Charlotte Niese

Aus dänischer Zeit

Verone

Charlotte Niese

Aus dänischer Zeit

1st Edition | ISBN: 978-9-92500-194-1

Place of Publication: Nikosia, Cyprus

Erscheinungsjahr: 2016

TP Verone Publishing House Ltd.

Reproduktion des Originals in Großdruckschrift.

Charlotte Niese

Aus dänischer Zeit

Bilder und Skizzen

Unsere kleine Stadt

Fremde werden heute die kleine weltvergessene Stadt wahrscheinlich sehr langweilig finden, wenn sie durch irgendeinen Zufall dorthin verschlagen werden sollten. Wir Kinder aber fanden an unserem Wohnorte nichts auszusetzen. Wohl waren die Häuser krumm gebaut, mit verzogenen Giebeln und windschiefen Schornsteinen; aber wir wussten von jedem, der darin wohnte. Wir kannten den Besitzer, seine Frau, seine Kinder, wir wussten, wo ein Kleines geboren, wo eins gestorben war, und an allem nahmen wir teil. Wir wussten sehr gut, wie es war, wenn man auf den Zehen in ein halbdunkles Zimmer trat, um in eine verhängte Wiege zu blicken. In dieser Beziehung bildeten wir uns auf unser sachverständiges Urteil etwas ein; denn auch bei uns kam der Storch aller zwei Jahre, und wir wussten genau, wie viel »es« wiegen musste. Dafür sorgte mein ältester Bruder, der jedes Mal, sobald ihm das Familienereignis bekannt geworden war, mit einer altmodischen Waage, einem sogenannten »Besemer«, in die Wohnstube huschte und zur Verzweiflung der Wärterin nicht eher fortging, bis »de oll Lütt«, so hieß das Jüngste immer, gewogen war. Unser Ältester begründete seine Forderung damit, dass die Jungen in der Schule doch wissen müssten, wie viel der kleine Bruder an Gewicht mitgebracht hätte. Bei uns kamen nämlich meistens Jungen, und als einer meiner Brüder einmal gefragt wurde, wie viele Kinder sie wären, antwortete er: Acht Jungens; einer davon ist ein Mädchen!

Aber wenn wir die Freude über einen neuen Bruder gut kannten und auch mit anderen über ihre neugeborenen Geschwister uns freuen konnten, so wussten wir doch auch, wie es war, wenn ein ernsthafter Gast in ein Haus einkehrte. Fahl brannten die Lichter in dem verhängten Gemach, und der Schläfer lag so merkwürdig still und unerweckbar vor uns. Früher hatte er vielleicht mit uns gespielt, oder wenn es ein erwachsener Mensch war, hatte er uns vielleicht einmal ausgescholten oder aus seinem Garten gejagt; oder er war gut gegen uns gewesen. Und nun war er so weit von uns fortgegangen, so unheimlich weit, und wir sahen ihn voller Staunen, aber auch voller Interesse an, um nachher wieder leichten Herzens in den hellen Sonnenschein hinauszulaufen und darüber zu sprechen, ob es wohl einen Leichenschmaus oder zwölf Sorten Kuchen geben würde. Denn es war in unserem Städtchen wie in den umliegenden Landgemeinden Sitte, eine Beerdigung als eine Festlichkeit anzusehen, bei der die Überlebenden das Andenken des Gestorbenen durch eine großartige Magenüberladung feierten. Je wohlhabender das Haus war, worin einer gestorben war, desto mehr Kuchen wurden gebacken, und desto mehr Menschen mussten dann beschenkt werden. Der Arzt, der den Kranken glücklich zu Tode kuriert hatte, bekam mehrere Torten ins Haus geschickt; aber auch der Pastor und der Justizbeamte erhielten ihr Teil. Eine große Beerdigung wurde also in weiteren Kreisen gefeiert, und die Kuchen, die man dazu buk, wurden von vielen Leuten gegessen. Da war es kein Wunder, wenn manche ehrgeizige Hausfrau noch auf dem Totenbette seufzte: Kinners, Kinners, lat de Rosinen doch jo nich in de Halfmahn [1] vergeten warrn!, und dass der sterbende Ehemann, der nach seiner Frau schickte, um von ihr Abschied zu nehmen, die Antwort erhielt, sie könne unmöglich kommen, sie habe zu viel mit dem Backen zu tun. Und wie lustig sangen die Schulknaben ihren Choral, wenn sie paarweise vor dem Sarge herschritten! Sie wussten, dass es nachher Wein und Kuchen für sie gab, oft auch noch Geld, wenn es eine besonders »große« Leiche gewesen war! Einen Leichenwagen gab es bei uns nicht; auf einer Bahre oder an großen Gurten wurde der Sarg getragen, und die Träger wechselten mehrere Male. Da nun der Kirchhof mitten in der Stadt lag, und der Leichenzug, woher er auch kam, immer einige Straßen durchwandern musste, so war es sehr interessant, zu beobachten, vor welchen Häusern der Sarg hingesetzt wurde, um die Träger zu wechseln. Denn, so sagten alle Dienstmädchen, in dem Hause, vor dem der Sarg ausruhte, würde die nächste Leiche sein. Nun war aber die Straße sehr breit, und dann befanden sich an beiden Seiten Häuser, sodass es nicht allein sehr schwer war, genau den Platz zu bestimmen, wo die verhängnisvolle Last hingesetzt wurde, sondern es blieb auch immer noch die Wahl zwischen zwei sich gegenüberliegenden Häusern. Da war also der Vermutung und der Fantasie reichlicher Spielraum ge-

---

[1] Halbmond, eine Art Stollen.

geben, und wir Kinder benutzten das eifrig, unterstützt von dem Geschwätz der Dienstmägde.

Es herrschte überhaupt ein ungeheurer Aberglaube in den niederen Kreisen der Bevölkerung, und selbst die Gebildeten konnten sich dem Einfluss dieser oder jener wahnwitzigen Behauptung nicht immer entziehen. Und doch sah die Stadt mit ihren breiten Straßen, ihrer hochgelegenen Kirche, die der Friedhof umgab, so ungemein prosaisch aus! Da waren keine dunkeln Winkel, keine Häuser, denen man ihre Geschichte am Giebel hätte ablesen können. Dennoch täuschte auch hier das Äußere; denn obgleich es nur hässliche Backsteinbauten waren, so wohnten doch viele gebildete Leute darin. Vor der sogenannten »preußischen« Zeit gab es in der kleinen Stadt viel mehr studierte Beamte als jetzt. Da war der Amtmann, der Justiz und Verwaltung in einer Person vereinigte, ein Beamter mit sehr hohem Range. Dann der Aktuar, gleichfalls ein älterer Jurist, der Amtsverwalter, der Bürgermeister, manchmal auch noch der Stadtsekretär, alles Juristen, denen der dänische König allmählich die Titel Justiz-, Etats- oder Konferenzrat verlieh, unter der Voraussetzung allerdings, dass sie keine politischen Sünden auf dem Gewissen hatten. Dann blieben sie beim Justizrat stehen. Die leidige Politik! Wie viel haben wir Kinder von ihr hören müssen; ein wie unnötiger Hass wurde in unseren jungen Herzen großgezogen! Reichte doch die Beschuldigung: Du bist ein Däne! Manchmal hin, uns mit Verachtung von einem Spielgefährten zu wenden, der nichts weiter getan, als uns in aller Harmlosigkeit berichtet hatte, dass sein Vater den Danebrogorden erhalten habe. Es war uns verboten, mit anderen

Kindern von Politik zu sprechen; wir taten es aber doch immer, wenn wir Geschwister unter uns waren. Dann erzählte uns unser ältester Bruder von dem Studentenonkel, der gegen die Dänen gekämpft und in Jütland den Soldatentod gefunden hatte. Wir hatten ihn alle nicht mehr gekannt, aber sein Gedächtnis lebte in uns fort wie das eines Heiligen. Er ist für Schleswig-Holstein gestorben; er hat's gut! Sagte mein ältester Bruder geheimnisvoll, und wir nickten, ehrfurchtsvoll die kleine schwarze Silhouette mit dem bunten Cerevis betrachtend, die das einzige Bildnis des Heimgegangenen war. Damals ahnten wir noch nicht, dass auch unser ältester Bruder auf Frankreichs Erde nicht allein für Schleswig-Holstein, sondern für das große deutsche Vaterland den Tod der Tapfern finden sollte.

Schleswig-Holstein – das Wort durften wir gar nicht aussprechen. In der Schule hieß es Sleswig und Holstein: Der gutmütige Jütländer, bei dem ich deutsche Aufsatzstunde hatte, drohte mir mit dem Finger, als ich einmal das verpönte Wort aussprach. Du musst in der Ecke stehen, wenn du noch einmal so was Verkehrtes sagst! Ich lachte übermütig. Oh, Herr Sörensen, ich meinte man bloß! Seien Sie nur nicht gleich böse! Herr Sörensen tat uns ja nie etwas, obgleich er ein patriotischer Däne war und ganz genau die politischen Ansichten unserer Familie kannte. Er war ein sehr guter, gewissenhafter Elementarlehrer, wie es denn überhaupt verkehrt ist, anzunehmen, dass alle dänischen Beamten und Lehrer, die damals Schleswig-Holstein überschwemmten, schlechte, intrigante Menschen gewesen seien. In unserer Stadt wenigstens war das dänische Element nicht das schlech-

teste: Und wenn wir Deutschen auch wenig mit ihnen
verkehrten, so würde es doch keinem Menschen eingefallen sein, Böses von ihnen zu sagen. Schlimmer waren
die geborenen Schleswiger, die in der Hoffnung, Karriere zu machen, mit fliegenden Fahnen zu den Dänen
übergegangen waren, die von Schleswig als Südjütland
sprachen, die eine servile Bewunderung für den volks-
tümlichen König Frederik zur Schau trugen und von
seiner morganatischen Gemahlin wie von einer Heiligen
sprachen. Diese Renegaten waren die Schoßkinder der
dänischen Regierung, sie wurden mit Orden und Ehren
überhäuft und mussten darin für sich und ihre Kinder
einen Ersatz für die Achtung finden, der sie weder bei
ihren Landsleuten noch bei den Dänen begegneten.

So war es denn nur die göttliche Gerechtigkeit, die einen großen Teil dieser Leute 1864 Amt und Stellung verlieren und das Brot der Verbannung in Dänemark essen
ließ, während viele Dänen ihre Stellung behalten und
unangefochten in Schleswig-Holstein weiter leben durften. Abgesehen aber von dem Unbehagen, dass die politischen Verhältnisse mit sich brachten, hatten es die Be-
wohner von Schleswig-Holstein nicht schlecht. Die Be-
amtengehalte waren bedeutend größer, das ganze Leben
viel behaglicher und gemütlicher. Man kannte weder
preußische Sparsamkeit noch preußisches Strebertum,
ihr Leben lang blieben die Beamten auf ihren Posten und
verwuchsen dadurch viel fester mit ihren Mitbürgern.
Und wir Kinder brauchten nicht allzu viel zu lernen,
und lernten doch genug, um nachher die berüchtigten
preußischen Examina bequem mit leisem Erstaunen

darüber, dass nicht mehr verlangt würde, bestehen zu können.

Wie gemütlich waren die Privatstunden bei Herrn Sörensen, die nachmittags nach Schluss der öffentlichen Schule in denselben Räumen stattfanden, wo Mädchen und Knaben zusammen unterrichtet und mit leiser Hand in die Geheimnisse des Rechnens und der Weltgeschichte eingefühlt wurden. Jedes Kind musste ein Licht im blanken Messingleuchter mitbringen, sobald die Tage anfingen, abzunehmen. Meistens waren es selbst gegossene Talglichter, nur ich besaß ein Stearinlicht, das mir viel Vergnügen machte, weil die Tropfen des Stearins, in und auf die Hand geträufelt, kleine, feste, weiße Kügelchen gaben, die ich als Pfefferminzbonbons anbot. Immer waren dumme Kinder da, die auf diesen Witz hineinfielen, und des heimlichen Kicherns gab es kein Ende, bis Herr Sörensen ein lautes Na na! Ertönen ließ oder einen dicken Strick, Bakel genannt, in der Luft schwenkte. Er schlug aber höchst selten in der Privatstunde, und dann nur die Jungen, die es auch immer verdient hatten.

Ein Hauptfesttag war sein Geburtstag. Dann wurde in der Schule gesammelt, und aus den Erträgnissen dieser Sammlung ein Korblehnstuhl angeschafft, der ihm von einer Deputation feierlich überreicht wurde. Ich wüsste mich nicht zu erinnern, dass er jemals etwas anderes als einen Korblehnstuhl erhalten hätte; aber er freute sich immer außerordentlich und traktierte seine große Klasse im Schulsaal mit Glühwein und Teekuchen. Selbstverständlich hatten an seinem Geburtstage alle Kinder frei; deswegen freuten wir uns immer, wenn der sechzehnte März kam. Wir, die wir Privatstunde bei ihm hatten, schenkten ihm etwas Besonderes. Dann kamen wir in seine Privatwohnung, tranken dort Schokolade, und er war immer ganz unglücklich, wenn wir nach seiner Meinung zu wenig Kuchen gegessen hatten. Er war Junggeselle, und seine Schwester, ein stilles älteres Mädchen, führte ihm den Hausstand. Wir aber nannten sie immer Frau Sörensen und konnten es nicht begreifen, dass sie keine Kinder bekam. An ihres Bruders Geburtstag musste sie stets, während sie uns mit Kuchen überfütterte, ein Kreuzfeuer vorwurfsvoller Fragen über sich ergehen lassen, und noch heute rechne ich es ihr hoch an, dass sie dabei stets geduldig und gut gelaunt blieb.

Ja, wir Kinder hatten es gut. Trotz der dunkeln Wolke, die über unserem Lande hing, und unter der mein Vater besonders zu leiden hatte, genossen wir unsere Kindheit in einer Freiheit und Ungezwungenheit, die jetzt selbst in einer Kleinstadt nicht mehr möglich ist. Hängt doch über allen jetzt das Damoklesschwert irgendeines Examens, von dem die Eltern schon von der Geburt ihres Kindes an sprechen. Damals wusste man gar nicht, dass solche unangenehme Sachen existierten. Man lernte, weil man gern etwas lernen wollte, weil es eine schöne Abwechslung war, und weil man eine reine Freude empfand, wenn unser Vater uns freundlich zunickte und sagte: Sieh, das weißt du schon; das ist ja schön! Das war ein Lob, an dem wir lange zehrten, und das uns zu neuem Fleiß anspornte.

In den klassischen Sprachen unterrichtete mein Vater seine Kinder selbst und nahm auch wohl noch fremde dazu. Er war freudig überrascht, als sein ältester Sohn nach der Konfirmation mit fünfzehn Jahren in die Prima des Gymnasiums zu A. aufgenommen wurde, er hatte ihn weder getrieben noch gedrängt. Mit den anderen Söhnen erging es ähnlich; der eine hatte sogar in einem Examen einen hervorragenden Erfolg, und doch war er weder überarbeitet noch überbürdet gewesen.

So verlief unsere Kindheit wie der Sommer unseres nordischen Landes. An trüben und Regentagen fehlte es natürlich nicht; mit der Schule aber hatte das schlechte Wetter ganz gewiss nichts zu tun, alle Dunkelheit kam aus den politischen Verhältnissen, und die warme Sonne des Elternhauses, die Güte des Großvaters war doch der Grundton von allem. Daher mag es wohl kommen, dass selbst in reiferen Jahren der Zauber nicht erloschen ist, der in meiner Erinnerung über der kleinen Stadt liegt. Weltvergessen ist sie noch heute, und es wird wohl noch etliche Jahre dauern, ehe das Pfeifen der Lokomotive in ihrer Nähe gehört wird. Dann aber wird auch viel von ihrer Absonderlichkeit verschwinden, und ich möchte sie festhalten, wie sie gewesen ist.

Tante Feddersen

Wir kannten sie alle, die ältliche Jungfrau mit der steifen Haltung und dem großen Strickbeutel, und wenn wir ihr begegneten, drückten wir uns scheu an ihr vorbei. Denn die meisten von uns lernten bei ihr Schreiben und Lesen und kannten genau ihr Lineal, mit dem sie sehr rücksichtslos umzugehen pflegte. Wie eine Königin thronte sie in einer engen, heißen Stube, und um sie herum saß auf kleinen Stühlen und Holzschemeln die Jugend beider Geschlechter im Alter von drei bis sechs Jahren und malte Striche auf die Tafel oder schrie im

Chor: a-b, ab, b-a, ba. Tante Feddersen selbst strickte beim Unterricht Strümpfe und Unterjacken und trug dabei eine Hornbrille auf der Nase, die nur wie durch ein Wunder des Himmels nicht herunterfiel, sondern auf der äußersten Spitze ihres sehr entwickelten Atmungsorgans hing. Ich genoss keine Unterweisung bei Tante Feddersen, weil ich im Hause unterrichtet wurde; als aber mein jüngerer Bruder in die Jahre kam, wo kinderreiche Eltern ihre Sprösslinge gern für einige Zeit los sind, schickte man ihn in die Kleinkinderschule. Nach einer Stunde kam er weinend wieder angelaufen. Es stinkt dort so! Erklärte er schluchzend, und erst durch vieles Zureden war er zur Rückkehr in die Hallen der Wissenschaft zu bewegen. Seit diesem Tage bestand sein Verhältnis zur Schule eigentlich nur darin, dass er sie schwänzte, und Tante Feddersen erlebte nicht viel Freude an ihm. Er aber wusste mancherlei von ihr zu berichten: dass sie immerfort Kaffee trinke und dabei Kandiszucker lutsche, dass sie sich manchmal die Haare mache und Haarnadeln in den Mund nehme, dass sie auf einem rotweiß gewürfelten Federkissen sitze, das eigentlich in ein Bett gehöre, und so weiter. Bei uns in Schleswig-Holstein gab es früher noch kein besonderes Examen für die, die eine Kleinkinderschule besaßen, und das war gut für Tante Feddersen. Sie stand nämlich mit der deutschen Sprache auf sehr gespanntem Fuße, vor allem mit den Geschlechtswörtern. Mein Bruder erregte unsere lebhafteste Freude, als er plötzlich die Mann, das Apfel, das Kartoffel, die Hund sagte; dass es auch ein männliches Geschlecht auf der Welt gab, schien Tante Feddersen nicht zu ahnen. So wurde ihr denn die Belehrung unseres Kleinen doch entzogen, was sie sehr übel nahm, ja sie sprach laut darüber, wie »komisch es doch sei, dass gewisse Leute ihr Fleisch und Blut in die Wildnis aufwachsen ließen«.

Ganz in unserer Nähe wohnte der Krämer Ehlers, ein älterer Mann mit kahlem Kopf und lustigem, rotem Gesicht. Wir Kinder liebten ihn leidenschaftlich, weil er uns immer »was zugab«, wenn wir bei ihm kauften, und erschienen daher oft in seinem Laden. Einer meiner älteren Brüder lief sogar zu Ehlers, wenn er wissen wollte, wie viel die Uhr sei, und rief, nachdem er Auskunft erhalten hatte: Nu noch een paar Plummen tau! Auch dieser Wunsch wurde erfüllt, und wir alle glaubten, dass unser dänischer König nicht halb so nett wie unser guter Krämer. Erwachsene Leute waren freilich nicht dieser Ansicht; Jens Lauritzen, unseres Großvaters Polizeidiener und ein Kopenhagener Kind, erklärte Ehlers für einen »Swindler« und behauptete, es würde einst ein »slimmes Ende« mit ihm nehmen. Aber diese Ansicht hinderte uns nicht, Ehlers bei allen Einkäufen zu begünstigen.

Als ich eines Tages zum Privatgebrauch für einen Schilling Feigen kaufte, stand Tante Feddersen vor Ehlers und forderte ein Pfund Zucker und eine halbe Flasche Jamaikarum. Zum Einreiben! Setzte sie mit feierlichem Ernst hinzu, und Ehlers bediente sie mit seinem freundlichsten Lächeln. Als sie gegangen war, winkte er mir geheimnisvoll zu. Das wird auch bloß innerlich eingerieben! Flüsterte er. Ich war damals noch nicht weise genug, diese Bemerkung zu verstehen, und sah ihn fragend an. Aber nach Art ungebildeter Leute, die mit Kindern alles besprechen, fuhr Ehlers mit noch geheimnisvollerer Miene fort: Früher wollte sie mir mal heiraten und hat mich auch'n Brief geschrieben! Liebe Zeit, hab ich damals gelacht! Ich hab ihr gar nicht geantwortet, und nun kommt sie immer und käuft was bei mich! – Heirate sie doch! Sagte mein älterer Bruder Jürgen, der den Feigeneinkauf gewittert hatte, und mir, wie immer bei solchen Gelegenheiten, mit großer Zärtlichkeit gefolgt war. Herrn Ehlers rotes Gesicht wurde noch röter vor Lachen. I du meine Güte! Zehn Jahre älter ist sie als ich! Nein, mein Junge, solche alte Scharteke nimmt Christian Ehlers nicht! Jürgen hörte ihm gespannt zu, und als wir fortgingen, erzählte er mir, dass es schon früher, in ganz alten Zeiten so gegangen sei, dass einer hätte heiraten wollen und der andere nicht. Mein Bruder lernte nämlich schon biblische Geschichte, und während er großmütig die Feigen mit mir »teilte«, erzählte er mir von Joseph und Potiphars Weib. Sie hatte gewollt, er nicht – gerade so wie Tante Feddersen und Herr Ehlers. Seit der Zeit ist Potiphars Weib für mich eine alte Scharteke, bewaffnet mit Lineal und Hornbrille, geblieben.

Einige Wochen später schickte mich unser Mädchen in der frühesten Morgenstunde zu Ehlers. Sie hatte vergessen, etwas sehr Notwendiges einzukaufen, und ich ließ mich bereit finden, vor der Morgenmilch einen Gang zu meinem Freunde zu machen. Als ich in den Laden trat, saß der Krämer mit rotblauem Gesicht auf der Essigtonne. Er hatte einen Strick um den Hals und sah mit gläsernen Augen auf Tante Feddersen, die vor ihm stand und sich in solcher Erregung befand, dass sie mein Kommen nicht bemerkte. Gott in hogen Himmel! Rief sie. Ehlers, Ehlers, was fällt dich eigentlich ein? An nen

Schinkenhaken hast dich aufgehängt, und wenn ich mich nich gerade forn Hamborger Schilling Sweinesmalz kaufen will, hängst du an den heutigen Morgen schon vor deinen himmlischen Richter! Und das allens, weil du reinemang bankrott büst, was ich dich all ümmer sagte! Und ich hab gerade die alte Kleiderschere bei mich, die ich nach 'n Smidt bringen will, weil sie keine Spitze mehr hat und – – Hier drehte sich Tante Feddersen leider um und sah in ein über alle Maßen neugieriges Kindergesicht. In derselben Sekunde hatte sie mich aus der Tür geworfen und mich bei dieser Gelegenheit so unsanft angefasst, dass ich weinend nach Hause lief.

Obgleich mir verboten wurde, über mein Erlebnis zu sprechen, so hatten doch wohl auch andere Leute Tante Feddersen in Ehlers Laden gesehen. Bald sprach die ganze Stadt davon, dass Ehlers sich hatte aufhängen wollen, weil er seinen Schuldnern nicht hätte gerecht werden können; der Laden wurde geschlossen, und es hieß, der lustige Krämer müsse sitzen. Aber da erschien Tante Feddersen beim Bürgermeister und hatte in ihrem großen Strickbeutel einige Strümpfe voll harter Speziestaler, und Ehlers brauchte nicht zu sitzen.

Eines Tages liefen wir Kinder, so schnell uns unsere Füße trugen, in die Kirche. Dort wurde Ehlers mit Tante Feddersen getraut, und dieses Ereignis regte unsere kleine Stadt so auf, dass Jens Lauritzen, der an der Kirchtür in voller Uniform stand, den andrängenden Müttern, die ihre neugeborenen Kinder mitgenommen hatten, immer wieder sagen musste: Kein Mensk unter seks Jahre darf hinein in das Kjerke! Es war aber doch ein furchtbares Gedränge, und alle sprachen laut über

das Paar, das zusammen hundertundzehn Jahre alt sein
sollte. Mir gefiel Tante Feddersen sehr gut in ihrem
schwarzen Kleide und in ihrer Mütze mit langen lila
Bändern. Sie sah ernst ringsum, während Ehlers mit
niedergeschlagenen Augen neben ihr stand. So hat Potiphars Weib doch ihren Willen durchgesetzt, flüsterte
ich Jürgen zu, der an meiner Seite stand. Aber er antwortete ärgerlich, ich sollte kein dummes Zeug reden, sondern lieber zusehen, ob man an Ehlers Halse noch einen
roten Strich erblicken könnte. Und so starrten wir denn
den Bräutigam unausgesetzt während der ganzen Feier-
lichkeit an, was ihm gewiss sehr angenehm war.

Nun wohnte Herr Ehlers bei Tante Feddersen, ein Umstand, den wir ebenso wenig begreifen konnten, als das
Verlangen der jungen Frau, Frau Ehlers genannt zu
werden. Dieser Wunsch wurde ihr durchaus nicht erfüllt. Die kleinen Kinder konnten wohl a-b ab lernen,
aber dass Tante Feddersen jetzt anders heiße, vermochten sie nicht zu begreifen. Sie blieb Tante Feddersen, und
da Ehlers jetzt beim Unterricht verwandt wurde, so
nannten die Kleinen ihn Onkel Feddersen. Er war, wie
sie sagten, »besser« als Tante Feddersen und gab ihnen
manchmal ein Stück Kandiszucker, wenn seine Frau
nicht im Zimmer war. Aber aus dem vergnügten, dicken
Ehlers wurde ein magerer, stiller Onkel Feddersen.
Wenn wir, seine alten Freunde, ihm begegneten und ihm
zunickten, lächelte er zerstreut und sah zur Seite. Zum
Zeichen, dass sich meine Freundschaft stets gleich blieb,
obgleich er mir nichts mehr »zugeben« konnte, fragte ich
ihn, ob das Aufhängen sehr weh tue; aber zu meiner
Überraschung kehrte er sich ab und antwortete gar

nicht. Anderen Kindern erging es ähnlich, und so wurde uns »Onkel Feddersen« langweilig und nach Art der undankbaren Welt endlich ganz von uns vergessen.

Unsere Teilnahme für ihn erwachte erst wieder, als wir hörten, dass er plötzlich gestorben sei. Da liefen wir alle zu Tante Feddersen, die Leiche noch einmal zu sehen. Wir wurden aber alle aus der Tür geworfen und mussten uns damit begnügen, dem Begräbnis auf dem Kirchhofe beizuwohnen, was wir denn auch taten, obgleich es uns längst nicht so gefiel wie die Trauung vorm Jahre. Die erwachsenen Leute, die mit uns auf dem Kirchhofe standen, sagten, Ehlers sei an der Auszehrung und an der Tante Feddersen gestorben, und alle bedauerten ihn und meinten, das käme davon! Wovon? Fragte ich neugierig, und die Antwort war: Kind, das verstehst du nicht! Später habe ich einsehen lernen, dass die erwachsenen Menschen das Leben mit seinen Rätseln auch nicht verstehen, damals aber war ich sehr beleidigt über diese Antwort.

Tante Feddersen hat noch viele Jahre unterrichtet, und nach Ehlers Tode war sie mit der deutschen Sprache gespannter als je zuvor. Ich sah sie später einmal wieder, da sprach sie gerade über »die Männers«. – Sie taugen alle nix! Sagte sie böse. Kaum hat man sie, dann kneifen sie wieder aus! Was ich mich bloß denke, was Ehlers mich für bar Geld gekostet hat; erst seine Schulden, und denn das Trauung und denn das Krankheit und denn die Begräbnis, denn kann ich rein swindlig werden! Ja, die Männers, da ist kein Verlass auf! Und meinen ehrlichen Namen, der mich angetraut is, und der in Kirchenbuch steht, den krieg ich erst, wenn ich tot bin, da pass man auf!

Tante Feddersen hat recht gehabt. Neulich war ich auf dem Kirchhof der kleinen Stadt und suchte ihr Grab. Ich konnte es nicht finden und wandte mich an den Totengräber. Tante Feddersen liegt hier! Sagte er, indem er mir einen Stein zeigte, auf dem stand: »Hier ruhet in Gott die christliche Ehefrau und Witwe Dorothea Ehlers geb. Feddersen.« Es tat mir doch leid, dass sie es nicht selber lesen konnte. Aber so ist es immer mit der Erfüllung unserer Wünsche. Da ist kein Verlass auf! Sagte Tante Feddersen.

Das Haus, in dem die Alte wohnte, steht noch, und ich glaube, es wird dort wieder lesen gelehrt. Aber der Lehrerin steht kein Ehlers zur Seite, und die Geschichte von dem lustigen und später so ernsthaften Manne ist so lange her, dass einige Menschen sie beinahe vergessen haben. Aber andere wissen sie noch besser als ich; denn in der kleinen Stadt haben viele Leute ein gutes Gedächtnis. So kommt es, dass auf Ehlers Grab manchmal ein Kranz liegt. Niemand weiß, wer ihn hingelegt hat, aber ich denke, er stammt von denen, die früher als Kinder von dem lustigen Krämer etwas »auf zu« bekamen. Denn hin und wieder gibt es doch noch dankbare Menschen.

Was Mahlmann erzählte

Is da was Gutes ein? Dann stell das Korb man hierhin und geh nach Hause! So wurden wir von dem alten Mahlmann begrüßt, wenn wir ihm einige Lebensmittel brachten. Er war steinalt und lag meistens im Bett, und nur an besonders warmen Sommertagen saß er auf der Bank vor seinem winzigen Häuschen und ließ sich von der Sonne bescheinen. Hätte sich nach unserem langweiligen Städtchen einmal ein Maler verirrt, so hätte er sicherlich den scharfgeschnittenen Charakterkopf des alten Mahlmann auf seine Leinwand gebracht. Es war ein kluges Greisengesicht mit festgeschlossenen Lippen und funkelnden Augen, deren Ausdruck so finster und beobachtend war, dass wir Kinder sogar den Eindruck gewannen, der alte Mahlmann sei anders als alle anderen Leute. Und das war er auch. Erstens bedankte er sich niemals, wenn man ihm etwas Gutes zu essen brachte; er machte sogar noch seine Bemerkungen über die empfangenen Wohltaten. Wenn man ihm etwas brachte, was er nicht mochte, so sagte er: Geh man wieder nach Hause und sag an dein Mutter, der alte Mahlmann wäre kein Drangtonne, wo man alles einsmeißt, was nich mehr zu essen ist. Brauchst auch nicht wiederzukommen!

Auf diese Weise verdarb es der alte Mahlmann mit mancher braven Hausfrau, und sie verschwor sich hoch und heilig, dem abscheulichen Sünder nichts mehr zu schicken. Aber Mahlmann machte sich nichts daraus, hier und dort in Ungnade zu fallen. Er brauchte wenig zu seinem Leben, und was er brauchte, wurde ihm noch immer gebracht.

Für mich hatte der alte Mann mit den finsteren Augen eine ganz besondere Anziehungskraft. Ich glaube, es kam das daher, dass er mir einmal eine wundervolle Spukgeschichte erzählt hatte. In dieser Geschichte kamen mindestens ein halbes Dutzend Hexen und ein ganzes Dutzend Gespenster vor, und ich war viele

Abende nachher unter Tränen und nur unter der Bedingung zu Bette gegangen, dass jemand bei mir säße, bis ich eingeschlafen wäre. Aber der Reiz des Schauerlichen war doch so stark bei mir, dass ich Mahlmann seit der Zeit noch lieber besuchte und ihm manchmal aus den eigenen schmalen Mitteln etwas kaufte, nur um ihn zum Erzählen zu bringen. Es gelang das aber nicht immer, denn der Alte war Stimmungen unterworfen, die ihn manchmal wortkarg und verdrießlich machten. Manchmal aber erzählte er doch allerlei aus seinem Leben, dem es ehemals nicht an Abwechslung gefehlt hatte. Als Diener eines höheren dänischen Militärs war er zur Zeit der Revolution in Paris gewesen, und seine Beschreibung, »wie die seinen Herrns da alle in ein alten Slachterwagen mussten, damit ihnen der Kopf abgeslagen wurde«, war äußerst deutlich. Mein Baron war da mit einem Mal auch mit mang und sollte auch zu die alte Tine oder wie das Ding hieß, erzählte er mir eines Tages, als er zum Sprechen besonders aufgelegt war; aber er kam noch gut davon. Das war so einer, der konnte die Weibers betören, und die Weibers haben ihn denn ja auch glücklich aus die Stadt gebracht!

Mahlmann saß auf einer Bank vor seiner Haustür und streckte die fleischlosen Hände so, dass die Sonne darauf scheinen konnte. Um die Schultern hatte er einen zerlumpten Rock, der ehemals rot gewesen war, nun aber in allen Farben schillerte. Es war so heiß, dass ich mich in den Schatten der Haustür flüchtete; der alte Mann aber zitterte vor Frost. Ich hatte ihm ein großes Stück Kuchen gebracht und hielt es ihm jetzt hin. Langsam griff er danach, und langsam aß er es auf.

So was hatt ich anno dunnemals in Pries auch mannichmal. Liebe Zeit! Mein Baron war ein hübschen Mann,
und für meine Jahrens, fufzehn oder sechzehn bin ich
woll gewesen, hatte ich einen guten Verstand. Bloß, ich
konnte die alte fransche Sprache nich recht verstehn,
und das war ärgerlich. Aber die Geschichte mit die lütte
Mamsell konnte ich begreifen, denn sie wohnte uns gegenüber, und ihr Vater hatte ein Krämergeschäft, wo sie
mit in Laden half. Zuerst kauften wir da nix; aber ein
langer Engelländer erzählte an meinen Baron, dass da
bei diesen Krämer ein feinen Ungarwein zu haben war.
Der kam aus den König sein Weinkeller, der ja nun doch
kein Wein mehr trank, weil dass er auch zu die Gartine
hatte fahren müssen. Und den Wein hatten sich ein paar
vernünftige Leutens geteilt, was ja recht und billig war,
und er kostete ein Spottgeld. Da bin ich denn herüber
gewesen und hab was davon gekauft, und Mamsell Manon war im Laden und hat über meine Sprache gelacht,
bis sie weinte. Und ich bin bös gewesen, und als ich mit
dem Wein zu meinem Baron kam, hab ich gesagt, dass
ich nich mehr zu die dumme Mamsell wollte, die nich
mal deutsch verstünde. Den andern Tag hat mich mein
Herr wieder schicken wollen; aber da bockte ich auf.
Herr Baron, hab ich gesagt, Sie können mich gern was
mit die Peitsche geben, denn ich bin man bloß der Diener, aber zu das dumme Mädchen von gradüber gehe
ich nich wieder, und wenn Sie mir dazu zwingen, dann
verklag ich Sie beis Gericht, dass Sie ein Aristokrat sind.
Denn hier is ja allens egal und frei, soviel fransch kann
ich auch noch, und leid solls mich tun, wenn Sie zu die
Gartine müssen; aber slecht behandeln lass ich mir nich!

Mein Baron hat mir ganz sonderbar angesehen, Räsong aber nahm er an; und zu die Mamsell brauchte ich nich mehr, denn mein Herr nahm selbst seine Beine in die Hand. Und da hat er denn eine Freundschaft mit Mamsell Manon angefangen, und sie ist zu uns gekommen und hat den königlichen Wein selbst gebracht. Bei näherer Bekanntschaft war sie nich slimm. Sie lachte ein büschen viel und sang wie ein kleinen Vogel, ümmerlos und ümmerlos; aber kein Mensch kann ja gegen seine Natur. Und ein anständiges Mädchen war sie auch; denn als mein Baron ihr mal umfassen und einen Kuss geben wollte, gab sie ihm einen Ordentlichen an die Ohren. Und ich hab gar nich gewusst, dass mein Herr ein so dummes Gesicht machen konnte. Aber was die Vornehmen sind, die kriegen auch nich ümmer ihren Willen.

Und Mahlmann nickte ein paar Mal und aß krümchenweise seinen Kuchen weiter, ehe ei wieder zu reden begann.

Nein, sie kriegen nich ümmer ihren Willen, fuhr Mahlmann fort. Mein Baron, der wollte partuh noch länger in Pries bleiben, obgleich schon viele von seine vornehmen Bekanntschaften mit abgeslagnen Kopf in die Kalkgrube lagen. Er hatte keine Lust, fortzugehn, und saß den halben Tag bei Mamsell Manon im Laden und sagte, was ein echter Däne wäre, der hätte keine Angst vor die Franzosen, die täten ihm ganz gewiss nix! Manchmal aber kommt allens anders, als man denkt, und eines Abends wird mein Baron auch von so'n paar lange Soldaten weggeholt. Das war nun hellschen ungemütlich, kann ich man bloß sagen: Der Herr war wohl

mannichmal mit die Peitsche auf mir losgefahren, und
so furchtbar viel machte ich mich nich aus ihn. Abersten
wenn man so ganz allein in so'n verdrehte Stadt is, wo
kein Christenmensch is, der ein Mund voll Snack verstehn kann, denn kriegt man doch das Gräsen. Und als
am andern Morgen Mamsell Manon ankam und auf mir
einredete und furchtbar weinte und mich die Backen
streichelte, konnte ich ihr ganz gut verstehn, obgleich
die alte fransche Sprache einen ziemlichen Swabbelkram
is. Die Mamsell meinte, ein Kasäng (Cousin) von sie, der
hätte den Baron ins Prison gekriegt, weil dass er schallu
war. Was sie sonst noch sagte, weiß ich nich mehr; aber
was sie wollte, das konnte ich bald begreifen, und die
Haare fingen an mich zu Berge zu stehn. Denn sie wollte
meinen Konfirmatschonsanzug geliehen haben, den ich
erst dreimal angehabt hatte, einmal bei die Konfirmat-
schon, denn beis heilige Abendmahl und denn, als ich
mir beim Herrn Baron meldete. Nun lag er in meinen
Koffer, weil dass ich immer nen bunten Rock trug, und
nachher, als die Franschen keine Lifreen mehr leiden
mochten, da gab der Baron mich einen alten grauen Anzug. Als die Mamsell ümmerlos meinen besten Rock haben wollte, sagte ich natürlicheweise *nonk, nonk* und
schüttkoppte dabei, dass mich die Gedanken ordentlich
vor die Augen funkelten; Manon aber streichelte mir
ümmer weiter, und sie kriegte wahrhaftigen Gott ihren
irdischen Willen, wie die Weibers das ümmer tun. Mit
einem Mal hatte ich meinen Koffer offen geslossen, und
sie lief mit den Konfirmatschonsrock fort und mit allens
andre. Ich kuckte ihr noch ganz verbaast nach, da kam
sie all wieder und wie'n Mannsbild angezogen!

Mahlmann schwieg einen Augenblick und wickelte sich fröstelnd in seinen roten Rock. Liebe Zeit, was das jetzt ümmer so kalt is, früher wars in Julimonat doch noch mannichmal ein büschen warm. Aber allens wird anders, als man denkt. Die kleine Mamsell hatte mich auch himmelhochens versprochen, ich sollt mein gutes Zeug wieder haben. Ja woll – Proste die Mahlzeit! Aber was wahr is, muss wahr bleiben: reinemang nüdlich hat sie ausgesehen in das gute schwarze Zeug, und nun habe ich auch verstanden, warum sie yom Baron keine Kleedasche angezogen hat, und auch nicht von dem Krämer, was ihren leiblichen Vater war. Der is kurz und dick, und der Baron is groß und breit gewesen: in so'n Kram hätte die Kleine man slecht ausgesehen. Nun konnte jedermann glauben, dass sie einen richtigen Jungen war. Und wie ein paar Jungens sind wir hingelaufen nach einem von die vielen Gefängnisse, wo die Aristokraten in Prisong saßen, ich mit'n Korb und sie mit'n Korb, da is Brot und Briefpapier ein gewesen, und das haben wir an eine Frau von die Wärters gebracht, die damit Handel getrieben und viel Geld verdient hat. Denn was die Aristokratens waren, die haben ümmerlos Briefe schreiben wollen, woraus man recht sehen kann, was das für Faulenzers gewesen. Denn was ein ehrlichen Mann sein will, der hat doch ein Mund zum Snaken und braucht doch nich Kleckse aufs Papier zu machen, bloß um die Zeit totzuschlagen. Zwei- oder dreimal sind wir bei einem von die großen Prisongs gewesen; ich bin draußen geblieben, weil dass ich ein büschen bange war, Mamsell Manon is aber hineingegangen und hat mit die Wärters gesprochen. Was sie sonst noch gemacht hat, weiß ich nich; ich hab da draußen gestanden und an mein Konfirmatschonsanzug gedacht, mit dem die kleine Mamsell gar nich schonsam umgegangen is. Drei Tage hat sie ihm schon gehabt und hat ihm mit nach Haus genommen, und ich hab gar nich gewusst, wo er war, wenn sie in'n Laden stand und ihre gewöhnlichen Kleider anhatt. Denn es musste ümmer dunkel sein, wenn wir zusammen ausgingen, so in Schummern; denn kam sie bei mich an, und denn ging die Tour los. Und was wahr is, muss wahr bleiben: wenn sie gekommen is, hat sie mich ümmer was mitgebracht, einen Sluck Wein und ein Stück Kuchen oder so was. Und am Abend von den vierten Tag, als ich wieder auf sie warte und vor die Tür von das große Gefängnis stehe, da fasst mir einer an die Schulter und sagt auf Deutsch: »Vorwärts!« Da war es mein Baron, der mit einmal vor mich stand und hellschen in Eile war, fortzukommen. Franz! - sagt er zu mich - komm snell, oder ich bin verloren! - Wo is aber die lütte Mamsell? - frag ich - und wo is mein Konfirmatschonsanzug? Da kriegt er mir beim Arm und sleift mir durch die Straßen, dass mich Luft und Atem vergeht. Sie wird kommen! - sagt er so vor sich hin - morgen schon wird der Irrtum aufgeklärt werden, wenn ich aus der Stadt bin. Ihr Vater wird sie schon befreien. Aber obgleich der Baron mir noch ümmer so vor sich hingeschoben hat, bin ich doch stehn geblieben. Herr Baron - hab ich gesagt -, die klein Mamsell hat mein besten swarzen Anzug an, und die Hosen sind noch aus den Herrn Pastor seine gemacht, und das sag ich Sie, wenn ich mein Anzug nich kriege, worin ich bin verkonfermiert worden, dann gehe ich zu die Herrn von die

Koppabslagegesellschaft und verklage Ihnen, dass Sie aus das Kaschott gebrochen sind, was doch gewiss nich sein soll. Denn von Rechts wegen sollen alle Aristokratens zu die Gartine, oder wie das Ding heißt, hin, weil doch Egalität und Freiheit sein muss, und weil wir armen Kerls uns nich veramüsieren können, wenn die hohen Herrns uns all das büschen Pläsier vorwegnehmen! Da hat aber mein Baron Augen gemacht, wie ich ihm das gesagt hab! War gerade so, als hätte er mir am liebsten totgestochen. Aber das ging nun doch nich, und er gab mich gute Worte. Liebe Zeit, was hat der Mann mich da allens versprochen! Einen Beutel voll Speziestaler und alle Jahre ein Swein und alle Jahre ein swarzen Anzug, wenn ich bloß ruhig mit ihm nach Haus gehn wollte. Und ein Ring mit ein roten Stein hat er mich auf die Stelle an den Finger gesteckt, weil der mich ümmer so in die Augen gestochen hatte, und so bin ich denn ganzen still mit ihm weggegangen und in seine Wohnung, wozu ich ein Slüssel hatte. Da hat mein Baron in die Dachkammer geslafen, wo ich sonst loschierte, und ich hab mir aufn Sofa in sein beste Stube hinlegen müssen, dass es so aussah, als wenn ich den großen Herrn spielen wollte. Der Baron is zweimal in ein blauen Kittel mit'n Mütze aufn Kopf ausgegangen, das heißt den andern Tag, und am zweiten Morgen sind wir beide zu Fuß aus die Stadt gewandert, und wir hatten Kleider an, die ich nich gern mit ein Feuerzange hätte anfassen mögen!

Mahlmann schwieg und rieb sein linkes Knie. Was ich doch immer fürn Reißmichtismus hab! Und im Julimonat! Aber das kommt davon, wenn man ein büschen in die Jahrens kommt. Neunzig sind es ja woll; was aber mein Großvater sein Tante war, die is weit in die Hunderte gekommen und is bloß gestorben, weil sie bein Sweineslachten zu viel gegessen hat!

Er seufzte und nickte dabei. Einmal müssen wir alle in die Erde; aber komisch is es doch, dass es so verschieden is. Das Sterben nämlich. Nu bin ich alt, und damals, als ich so an den frühen Morgen durch Pries lief mit nem Lumpensack auf'n Rücken, und mein Baron gerad so aufgetakelt, da dachte ich zu allererst in mein Leben an den Tod, was doch eigentlich kein Gedanken fürn halben Jungen is. Das kam auch man bloß davon, dass uns die Wagens vorbeifuhren, wo die Aristokratens einsaßen, denen der Kopp abgeslagen werden sollte. Ich hatte die alten Karrens schon oft fahren sehen und mich natürlicherweise gar nix dabei gedacht, weil es ja gut war, dass die feinen Moschüs und Madams aus die Welt kamen; aber diesmal verfiehrte ich mir doch, weil die lütte Mamsell mit auf einen von die alten stoßigen Dingers saß. Und was das dollste war, sie hatte meinen Konfirmatschonsanzug noch an und sah aus wie ein kleinen nüdlichen Jungen. Und sie hatte die Hände gefaltet und sah aus, als wenn sie zum heiligen Abendmahl wollte. Da waren wenig Menschen in die Straße, weil es so früh am Morgen war, und ich wollte gerade den Mund auftun und schreien, dass die Mamsell meinen swarzen Anzug noch anhatte, und dass sie mich den wiedergeben sollte, da legte mein Baron mich die Hand auf den Mund, dass ich beinah sticken muss. Gottsdonnerwetter, was hat er mir gedrückt; aber man bloß ein kleinen Augenblick; dann hat er mit einem Mal alle Kraft verloren und hat stockstill gestanden und angefangen zu zittern.

Und das is davon gekommen, weil er die kleine Manon angesehen hat, und sie ihm. Da is so'n Lächeln über ihr Gesicht gegangen, und sie hat den Kopf ein büschen vorüber geneigt, und denn is der Karren rasch weiter gefahren. Mein Herr aber hat woll ne Viertelstunde auf einen Fleck gestanden, und die dicken Tränen sind ihm über die Backen gelaufen. Ein grauenhafter Irrtum! Hat er gemurmelt. Sie sagt mir doch, dass sie nicht in Gefahr sei, dass ihr Vater sie am nächsten Tage befreien werde. Er muss sie nicht gefunden haben! Himmlischer Vater, hast du kein Erbarmen gehabt mit ihrer Jugend und Schönheit? Der Baron hat noch allerhand mehr gesprochen, und weil er gar nich weiter gegangen is, bin ich ungeduldig geworden. Herr Baron – sagt ich –, die lütte Mamsell is nun ja woll all weg, und mein swarzen Anzug auch, denn da is kein Gedanke, dass ich den wiederkriegen tu, abers wenn wir hier noch ein büschen länger stehn, dann kommen wir auch auf die Gartine, was die lütte Mamsell doch nicht gewollt hat. Sonsten hätte sie sich nicht so angestellt mit meinen Anzug. Und nun is sie ja woll schon in Himmel, wo es doch sehr nett sein soll! – So hab ich denn mit mein Baron klug gesnakt, und er is snell und ümmer sneller gegangen, bei die Torwachens vorbei und aus die Stadt hinaus, bis er sich erst nach mich umgesehen hat, als wir an Häusers kamen, wo Engelländer einwohnten. Das war ein Dorf ein paar Meilens von Pries fort, wo die Franschen nich so slimm aufpassten, wie in die Stadt selbst. Die Engelländers aber wollten auch wieder nach ihr eigen Land, weil das allens ein büschen ungemütlich wurde, und mit diese Herrschaften sind wir pöh und pöh nach die Küste gereist und von da in ein kleines Schiff nach Engelland, wo die Leute nach meinen Geschmack den Rinderbraten zu rot essen. Aber sonsten is da ein gutes Leben, und ich will gar nix dagegen sagen, wenn nur mein Baron ein büschen lustig gewesen wäre. Aber der hatte das Lachen verlernt, war still und blass geworden, und nachts, wenn er slafen sollte, dann lag er und stöhnte und sagte fransche und dänische Worte vor sich hin. Und im Traum rief er immer nach Manon. Das war ja eigentlich gar nicht nötig, weil dass sie doch nich kommen konnte!

Der Alte blickte nachdenklich in die Nachmittagssonne. Als ich mich die Sache nachher überlegt hab, da hat mich die lütte Mamsell auch hellschen leid getan. Denn sie war ein klein nüdliche Deern mit braunen, kurzen Haaren, und ihre Augens lachten so lustig in die Welt, als wenn es nie und nümmer Kummer und Sorge gäbe. Damals war ich ja noch ein grünen Jung und verstand nix von die Weibers; nachmalen aber is mich doch das Lächeln von die Kleine, wie sie auf dem Karren saß, nachgegangen. Ich hab nachher mal ein kleines Kind in'n Sarg liegen sehen: das sah gerade so zufrieden aus wie Mamsell Manon, als sie ihren weißen Hals auf die Slachtbank legen sollte. Mit den Jahren bin ich auch vernünftiger geworden und hab nich ümmerlos an mein swarzen Anzug gedacht, obgleich ich mir noch lange darüber ärgerte. Der Baron is gegen mir anständig gewesen, da will ich nich über klagen; aber nachher meinte er, mir wollten doch lieber voneinander, weil dass ich in Pries ein büschen frei in meine Manierens geworden war. Er hat mich was Ordentliches gegeben, und wenn ich nich Mallöhr gehabt hätte mit allerlei, so könnte ich jetzt ein reichen Mann sein. Aber das is ümmer so: hierzulande is es gar nix mit die Egaligkeit, und wenn wir nich mal ne ordentliche Revolutschon kriegen, wird es auch nich besser. Und dabei kann es einen auch noch slecht gehn, wobei ich an den franschen Krämer denke, der mit die Weinens aus den königlichen Kellers so'n guten Handel hatte. Das war einer von die Forschens, die immer noch mehr Aristokraten tot haben wollten. Na, und sließlich is sein eigen Fleisch und Blut für einen von die slimme Sorte in den Tod gegangen, was der Alte sich woll nümmer gedacht hat. Wenn einer nämlich Mallöhr haben soll, denn kommt es, und zu mich is es auch gelangt, als ich Anno dazumal mit einmal mit zu die Diebesbande gehören sollte, wo die Gerichtens so viel Wesens von machten. Und obgleich ich mir sehr gut verteidigte und den Leuten ordentlich Bescheid sagte, kam ich doch nach Glückstadt ins Zuchthaus und wär da woll ne Ewigkeit geblieben. Aber da bringt ein ganz sonderbaren Glücksfall den dänschen König dahin, der das Zuchthaus besehen will. Er und ein ganzen Berg von seinen Herren, und wir Sträflinge, mir müssen in Reih und Glied stehn, solange wie der alte Friedrich uns besieht. Wer aber geht hinter den König her? Mein Baron, der weiße Haare gekriegt hat und nen krummen Rücken und nen großen Stern auf die Brust. Der geht so ganz gemächlich zwischen uns durch; als er bei mich vorbeikommt, räuspere ich mir, und er kuckt sich so halb verloren um. Dann aber fährt er ordentlich ein büschen zusammen und kommt ganz nahe an mir heran. Dich sollt ich kennen! Sagt er, und ich lach ein klein wenig. – Herr Baron, wissen Sie noch die Geschichte von mein guten

swarzen Anzug? – Da macht er ein ganz merkwürdiges
Gesicht und fährt sich über die Stirn, als wenn er was
wegwischen wollte, und dann geht er weiter. Aber denselben Tag noch musste ein Wärter mir in seine Wohnung bringen, und er hat mir ausgefragt, warum ich ins
Zuchthaus gekommen wäre. Und als er allens ziemlich
genau gewusst hat, hat er geseufzt und leise vor sich
hingesprochen und dann wieder geseufzt. Endlich ist er
aufgestanden und hat mich die Hand auf den Arm gelegt. Weil du sie gekannt hast, Franz; weil du – weiter
aber ist er nicht gekommen; und ich bin wieder abge-
führt worden und bald begnadigt. Da hab ich doch bemerkt, dass der Baron ein ganz anständigen Kerl war
und noch an meinen Konfirmatschonsrock dachte, und
zehn Jahre später hab ich den Baron aufn Kieler Umslag
gesehen. Da fuhren sie ihn in'n Rollwagen, weil er nich
mehr gehn konnte. Als ich mir da bei ihm meldete, da
hat er mich zehn Spezies schicken lassen, und was sein
Diener war, der sagte, dass er viel Unglück in seine Familie hätte. Sein ältesten Sohn war totgeschossen von ein
andern Baron, und sein zweiter hatte ein Mädchen geheiratet, das mit nackigen Beinen ins Theater tanzt. Nun
is mein Baron all lange tot, und das is slimm, weil er
mich mannichmal noch was geschickt hat. So geht allens
vorüber – allens, und wenn ich morgens in mein Bett
liege und nich mehr slafen kann, dann mutz ich mannichmal an die kleine Manon denken, die in meinen
swarzen Anzug gestorben is, mitten mang die Aristokraten, wo sie doch gar nich hingehörte, und mein swarzen
Anzug gehörte da auch nich hin. Aber es kommt allens
anders, als man denkt, besonders bei die Liebe. Der eine

stirbt for ihr, was doch eigentlich grässlich is, und der andre lebt weiter und hat doch auch kein Spaß vons Leben. Ich glaube, was mein Baron war, der hatt gar kein Freude mehr von seine Titels und seine Ordens und sein Geld, was doch schade war. Er hätt man allens an mich geben sollen, abers das is ihn nich eingefallen, und daran kann man leicht sehen, dass er doch ein ganzen ekligen Aristokraten war. – Abers die Sonne scheint nich mehr, geh man nach Hause, Kind; ich will mir ein büschen an'n Feuerherd setzen!

Diebesrache

Dass unser Freund Mahlmann keine ganz tadellose Vergangenheit hatte, erfuhren wir allmählich mit den zunehmenden Jahren. Aber ich muss es leider gestehen, wir machten uns gar nichts daraus. Wir fanden es sogar sehr interessant, dass er im Zuchthause gewesen war, und dass er zu verschiedenen Zeiten die Begriffe von mein und dein verwechselt hatte. Er selbst sprach, wenn er gerade in der Stimmung war, mit großer Offenheit von seinen Fehlern, und er entdeckte manchmal Wahrheiten, die erwachsenen Leuten wie Gemeinplätze vorkamen, von uns aber mit großer Andacht vernommen wurden.

Ja ja, pflegte er zu sagen. Ehrlich währt am längsten! Hätt ich das man eher gewusst, dann war allens besser gewesen. Aber nun sitz ich da und habe nix und kann nix und hätt doch ein reichen Mann sein können, wenn ich man bloß ehrlich gewesen wäre. Aber dazumalen, als ich jung war, lernte man noch nix von so was, und nu is es zu spät.

Es klang das immer, als wenn die Folge der Ehrlichkeit
Reichtum sein müsste, und aus diesem Grunde das Be-
folgen des siebenten Gebotes zu empfehlen wäre. Dass
man auch ehrlich sein könne, ohne gleich die Belohnung
in klingender Münze zu erhalten, kam Mahlmann gar
nicht in den Sinn. Infolgedessen gab es natürlich Leute,
die ihn einen alten Spitzbuben nannten, der nicht einmal
die Sünden seiner Vergangenheit bereue, sondern nur
äußeren Vorteils wegen bedaure, kein ehrlicher Mann
geblieben zu sein. Wir Kinder aber hatten noch nicht soviel Unterscheidungsvermögen und hätten den alten
Mann ungern in unserem Freundeskreise entbehrt. Er tat
auch keinem Menschen etwas, und er war so einsam
und allein, wie wenige. Früher, als er noch gehen konnte, war er aufs Land gewandert, um alte Freunde zu besuchen, auch wohl um hin und wieder etwas zu betteln;
jetzt aber versagten ihm die Glieder, und er sah sich auf
die Mildtätigkeit seiner Mitmenschen angewiesen. Nur
dass er manchmal einen Dank aussprechen musste, wo
ihm eine Gabe halb widerstrebend, halb gleichgültig ge-
reicht worden war, das machte ihn verdrießlich und gal-
lig, das fraß an ihm, sodass er dann böse Worte sprach,
die ihm selbst am meisten schadeten. Denn das Geschlecht der Wohltäter ist von jeher ein anspruchsvolles
gewesen, das mit Sammetpfötchen angefasst werden
will, wenn es nicht, über den Undank der ganzen Welt
schreiend, mit stolzerhobenem Haupte sich von allem
Geben zurückziehen soll. Wir Kinder aber verlangten
keine gerührten Dankeshymnen, wenn wir Großvaters
Köchin allerlei Gutes für unseren Freund abgeschwatzt
hatten. Wir waren ja satt, wir brauchten die Lebensmittel

nicht, die wir lustig davontrugen, unserer Ansicht nach
war unser Großvater ein reicher Mann, dem es nicht darauf ankommen konnte, ein paar Arme satt zu machen,
und mit strahlenden Gesichtern polterten wir zu Mahlmann hinein: »Hier ist etwas für dich! Stina wollte es
uns nicht geben; aber wir liefen damit weg, und sie
konnte uns nicht einholen!« Dann lüftete der Alte den
Korbdeckel, um den Duft der Speise einzuatmen. »Ge-
bratne Klöße!«, sagte er schmunzelnd. »Mit Speck gebraten! Kinners, nun werd ich mal wieder gesund! Denn
was die echten, rechten Klötze sind, mit denen muss
man einen erwachsenen Kerl ein Loch in den Kopf
smeißen können. Und wer die aufn Totenbett zu essen
kriegt, der lebt noch wenigstens ein Jahr länger, so gesund sind sie. Abers mit Speck müssen sie gebraten sein,
mit richtigem Sweinespeck, sonst is das nix!«

Mahlmann legte sich bei diesen Worten in seine Kissen
zurück – er lag nämlich im Bett – und nickte uns zufrieden zu. »Ihr seid gute Kinners«, sagte er; »ihr wisst, was
ein alten Kerl haben muss, um ein büschen lustig zu
werden!«

Mahlmanns Lob war uns sehr schmeichelhaft, und um
ihn noch mehr aufzuheitern, erzählten wir, dass wir
bald ein Schwein schlachten würden, eine Nachricht, die
den Alten förmlich aufregte.

»Sweineslachten!«, sagte er. »O du himmlische Dreifal-
tigkeit, was Sweinslachten doch fürn schönes Fest is! Da
is Weihnachten gar nix gegen. Und was hab ich manchmal fürn Spaß gehabt beim Sweinslachten! Wenn ich an
Jochen Friederichsen sein Swein denke, dann muss ich
heute noch lachen! Setzt euch man ein büschen, Kinners;

dann will ich euch den Spaß man gleich erzählen. Abersten die gebratnen Klöße muss ich dabei essen, sonst verswiemeln mich die Gedanken!«

Das ließen wir uns nicht zweimal sagen. Bald saß Mahlmann aufrecht im Bett, verzehrte sein Lieblingsgericht, und wir saßen um ihn herum. Und nun begann er mit den Worten, mit denen er jede Geschichte anfing.

»Ja, Kinners, was ich man noch sagen wollte – Jochen Friederichsen sein Sweinslachten, das war spaßig. Nu is das all lange her; denn dazumalen, da hatte man noch ein vergnügtes Leben hier, was heutigentages ganz vorbei is, weil jedermann langweilig geworden is und immer an die Gesetzens denkt. Liebe Zeit, ich wusste von all die dummen Gesetzens nix; kein Mensch hat mich die vorgelesen, und das hab ich auch die Herrens gesagt, die nachher ein großen Skandal machten und sagten, wir hätten gestohlen. Als wenn wir jemals was von die Armens genommen hätten! Bloß ein büschen von die Reichens. Aber die stellen sich ja immer so an. Und Jochen Friederichsen war auch so einer, der nich mal ein Ferkel aus'n Stall missen konnte. Da war ein Bekannter von mich, der mochte so furchtbar gern Ferkel leiden, und als er einmal bei Jochen Friederichsen sein Sweinstall vorbeikam, da nahm er halb in Gedanken zwei oder drei von die kleinen nüdlichen Dingers mit. Na, und das weiß ja ein neugebornes Kind, das so'n richtiges Muttersswein ümmer nach seinen eignen Kopp geht und keinen Menschen um seine Meinung fragt. Da läuft denn auch Jochen Friederichsens Sau mit einem Male hinter meinen Bekannten her und will partuh nich wieder in Friederichsen seinen Stall hinein; und was nun mein

Freund is, der ein gutes Herz hat, und der so 'n unvernünftiges Vieh nich mitten in die Nacht aufn offnen Felde lassen will, der nimmt das alte Swein aus purer christlicher Barmherzigkeit mit in sein eigen Haus. Und weil er ein büschen swach von Gedächtnis war, so konnte er sich nich besinnen, aus was für'n Stall die alte Sau gekommen war, und weil in seinen eignen Haus nich viel Platz war, so hat er das Tier geslachtet, weil dass er doch nich wollte, dass so'n gutes und nützliches Vieh Heimweh kriegen sollte nach den andern kleinen Ferkeln. Von diese Geschichte hat Jochen Friederichsen einen unbändigen Skandal gemacht. In die Stadt is er geritten und hat es angezeigt, dass seine Sau verswunden war, und hat sich benommen wie ein unvernünftigen Menschen. Denn da kann doch keiner was für, wenn sein Swein sich mal in die Welt umsehen will, und es is hellschen ordinär, denn gleich von Dieben und Diebsbande zu sprechen. So haben denn viele von meine Freunde einen hellschen Pik auf Friederichsen gekriegt, und das war slimm, weil da wirklich gebildete Menschen mit mang gewesen sind, überhaupt so reiche Leute sind komisch. Wenn der Frühling kommt, dann läuft der Balbier zu allen hin und slägt ihnen die Ader auf, dass sie ein büschen Blut lassen und bei die Hitze kein Slag kriegen. Oders sie kriegen was ein von Apteiker, damit sie slank werden. An ihrem eignen Leibe können sie so was missen, wenn das abersten auf ihren Geldbeutel losgeht, dann werden sie fuchswild. Lieber Gott, das is doch auch gesund für viele Menschen, wenn die Reichens ein paar Taler lassen müssen!«

Mahlmann hatte so eifrig gesprochen, dass er das Essen beinahe darüber vergessen hatte. Jetzt aß er wieder kopfschüttelnd und murmelte einige halblaute Worte.

»Passierte die Geschichte mit Jochen Friederichsen, als die große Diebesbande hier war?«, fragte einer von uns.

Der Alte sah den Frager verdrießlich an. »Was ne dumme Frage!«, sagte er. »Hab ich nich gesagt, dass hier gar kein Diebsbande war? Da waren ein paar Leutens, die sich manchmal ein kleinen Spaß machten; das is allens, und an die Häuser von die Armens gingen sie vorbei. Gebildet waren sie, viel feiner als die dummen Bauerns hier, die niemals weiter als in die Stadt gekommen sind und sich auf ihre Geldsäcke was einbilden! Und Gemüt hatten sie, furchtbar viel Gemüt, was ihr schon an die Verse sehen könnt, die sie überall angesrieben haben. Bei einen von die Reichens, wo sie ein büschen Geld genommen hatten, stand mit Kreide an die Haustür: »Wir sind unsrer vier und nich bang vor dir.« Bei ein andern, wo sie ein paar Schinken und Würste aus'n Rauchfang geholt hatten, da hatten sie an die swarze Wand gesrieben: »Allens, was is von Swein, das smeckt fein!« O, da waren noch viel mehr Verse, ich hab sie man bloß vergessen, weil dass mein Gedächtnis nich is wie früher; das aber sag ich euch: mein Schwestertochter, die nu schon an die dreißig Jahre tot is, und die was von das echte Dichten verstand, die sagte immer, die Verse, die damals man bloß an die Wand gemalt wurden, die hätten direktemang ins Gesangbuch gedruckt werden können, so schön waren sie. Abers da sind ümmer Leute, die von so was keinen Begriff haben. Und Jochen Friederichsen war einer von die dummen Kerls, die bloß

ümmer an ihren Geldbeutel denken. Nix anders hat er
getan, als von die Diebe snacken, und dass der Pollerzei
und Schandarmen hierzulande gar nix taugten. Das mag
ja nun kein Mensch gern hören, und auch der Pollerzei
nich, und ich glaub, mein Seel, dass bloß von wegen
Friederichsen sein Gesnack zwei Schandarmen mehr
von Kiel kamen. Und von so'n Benehmen können die
besten Menschen verdrießlich werden; denn es is nich
angenehm, zu denken, dass man in einen Momang
gleich ins Gefängnis kommen kann, bloß weil Friederichsen sein Mutterswein sich verlaufen hat. Da sind
denn auch noch andre Geschichten passiert, die alle natürlicherweise von die Diebens gemacht worden sein
sollten. Einmal brannte ein Haus ab, und ein alter Mann,
der ein richtigen Tündelbüx war, der blieb in sein Lehnstuhl sitzen und konnte nich gerettet werden, weil er
nich aufstehn wollte. Lieber Gott! wenn ich nich leben
will, dann bleib ich tot, da is nix bei zu machen, und
kein Mensch kann da was bei tun. Abersten die Leute
wollten keine Räsong annehmen und stellten sich gräsig
an, und sie srieben sogar was in die Zeitung, dass der
Pollerzei nich im geringsten was taugte. Wenn man nu
ein büschen eigensinnig is, denn kehrt man sich den
Deubel an so'n Snack, und so kam es noch ümmer vor,
dass bei die Reichens Besuch, kam, der ein büschen was
mitnahm. Bloß bei die Reichens und denn man bloß ein
büschen. Und weil Jochen Friederichsen seine Speziestaler so lieb hatte, so wurden ihm ein paar Beutel voll abgeholt. Denn Gerechtigkeit muss sein, und wo man am
meisten von hält, das muss man hergeben. Und Jochen
Friederichsen hat himmelhoch gesworen, dass er sich rä-

chen wollt, was ein sehr unchristliches Wort war. Abersten so sind die Reichen. Bei ihren Geldbeutel, da hört allens auf, selbst das Christentum, das uns' Herr Pastor doch so schön predigen kann. Und als Jochen Friederichsen in seinen Kuhstall mal ein jungen Mann steht, der die Kühe melkt, da slägt er ihn halbtot und smeißt ihn dann auf'n Wagen und junkeriert mit ihn in die Stadt zum Amtmann. Auf diese heimtückische Manier is ein furchtbar guten und netten Mann mit einmal ins Loch gekommen, der doch weiter nix getan hatte, als dass er aus Versehen in ein fremden Kuhstall geraten war. Er hat natürlicherweise gedacht, dass er in sein Vater sein Stall wär. Abersten die Kruke geht so lange zu Wasser, bis dass sie kaput is, und als Jochen Friederichsen im Herbst das erste Sweinslachten feierte, wo auch eine Kuh mit mang war, da aß er so viele Smalzapfelns und frische Leberwurst, dass er mit einemmale perdüh war und ein richtigen Slag kriegte. Zwei Stunden nachher war er mausetot, und seine Frau, die gerade all das schöne Kuh- und Sweinefleisch eingesalzen hatte, dass alle Tonnens in Keller voll waren, die musste in denselben Momang auch noch Kuchen fürs Leichenbier backen. Friederichsen war ein großer Bauer gewesen; da mussten woll an die zwanzig verschiedenen Sorten Kuchens gemacht werden. Und die Wächters, die bei die Leiche Wache hielten, die kriegten am Tage Kalbsbraten und Rotwein und abends gebratene Klöße mit Speck und nachts Kaffee und Kuchen und Punsch. Ja, die Wächters, die lebten fein, und dazumalen wollte ich auch bei Friederichsen wachen und meldete mir dazu, was doch ein Zeichen von mein guten Gemüt war, weil dass er auch von mich was Böses gesagt hatte. Abersten als ich mir bei Frau Friederichsen anbiete, da fasst sie mir an den Hals und smeißt mir so ohne Sangfassong aus die Tür und sagt, dass ihre Knechtens bessere Wächter wären als ich, und schimpferiert so fürchterlich hinter mich her, dass ich ordentlich swiemelig in Kopf wurde. Weil ich nun aber ein gutes Gemüt hab, bin ich still weggegangen, und die Wächters, die sitzen neben die Stube, wo Herr Friederichsen liegt, und snacken und trinken und essen. Natürlicherweise sind sie vergnügt, von wegen das gute Essen und Trinken, und die Mädchens, die in die Backstube stehen und Kuchen ausrühren, die sind auch lustig. Denn ein feines Leichenbier mit Braten und Wein und Kuchen, das is ümmer ein fermoses Fest gewesen, worauf sich jedermann in Ehren freuen kann. Drei Tage und drei Nächte hatte das Leichenwachen all gedauert, und an den vierten Tag sollte das Fest und die Beerdigung sein. Vielleicht, dass nun die Knechtens und Mädchens ein büschen släfrig geworden waren: ich weiß da nix von, abers denken kann ich mich das. Da war viel Arbeit ins Haus gewesen: sie hatten auch zwei Kälber geslachtet und viele Tauben und Hühners, weil die Verwandtschaft so groß war, und beim Leichensmaus doch ordentlich gegessen wird. Da kommt der Tischler mit die Leichenkiste und geht in die Stube, wo Jochen Friederichsen liegt, und will ihn in den Sarg legen. Mit ein furchtbar dummen Gesicht kommt er wieder aus das Zimmer, denn Jochen war nich da!«

Mahlmann schwieg. Er hatte sein Leibgericht behaglich aufgegessen und reichte mir jetzt die Schüssel.

»Er war nicht da?« wiederholte ich, starr vor Erstaunen. »Wo war er denn?«

Der Alte wischte sich mit einem rotbaumwollenen Tuche den Mund ab. »Stina kann gut Klöße braten!«, bemerkte er wohlwollend. »Bloß, da muss ein büschen mehr Speck ein sein, und in die Klöße ein büschen mehr Eier. Denn is es ein Essen für'n dänischen König!«

»Aber Mahlmann!«, rief ich verzweiflungsvoll, »wo war denn Jochen Friederichsen? Du musst es uns sagen!«

Der alte Mann zuckte die Achseln. »Das hat er mich ja auch nich gesagt, wo er war, da weiß ich wahrhaftig kein Wort von. Jochen Friederichsen lag nich mehr auf sein Totenbett, und all die Kuchens und all die Bratens waren umsonst gebacken und gebraten, denn da konnte kein Leichenbier sein, wo die Leiche mit einem Mal einen kleinen Spaziergang machte!«

»Sie musste aber doch wiederkommen!«, bemerkte einer meiner Brüder. Aber Mahlmann antwortete nicht weiter, sondern sah starr auf die weiß getünchte Wand, an der die Tonne runde Figürchen malte. »Das war slimm für Frau Friederichsen!«, sagte er dann. »Die hatte sich ümmer so viel eingebildet und meinte wunder was sie vornehm wär, nu kriegte sie nich mal ein ordentliches Leichenbier for ihren Mann, und sie konnte die Kuchens an die Sweine geben. Und dann kam noch all der Snack aus'n Dorf. Die Leute sagten natürlicherweise, Friederichsen wäre gar nich tot, er hätt man bloß so getan; und nu war er ausgekratzt nach Merika, wo all die swarzen Heidens sind. Da wollt er sich ne neue Frau nehmen oder auch zwei, gerade so, wie das da Mode war. Ja, das sagten die Leutens, und Mutter Friederichsen musste allens mit anhören und konnte nich sagen: O ihr vermaledeiten Lügenbeutels!«

Es dauerte eine ganze Weile, bis wir merkten, dass Mahlmann unter keiner Bedingung den Schluss seiner Geschichte erzählen wollte. Wir baten, flehten, schmollten: Mahlmann blieb ungerührt und sprach mit unbefangener Miene von etwas anderem. Da gingen wir denn endlich in hellem Zorn fort und gelobten uns, den abscheulichen alten Mann fürs erste nicht wieder zu besuchen, und wir führten unseren Vorsatz auch aus. Allerdings mehr zufällig, denn es kam damals eine Seiltänzergesellschaft in unsere Stadt, deren Leistungen uns so entzückten, dass wir unseren alten Mahlmann ganz darüber vergaßen. Wenn wir auch nicht immer in das Innere des vielfach geflickten Zeltes eintreten konnten, so war es doch ein köstlicher Zeitvertreib, stundenlang vor dem Künstlertempel zu stehen und andachtsvoll die dicke Frau an der Kasse oder den klugen Pony Zampa oder die reizende Miss Kitty anzustarren. Und nach den Seiltänzern kam der General Montecucculi. Er war gerade so groß wie unser dreijähriger Bruder, trug eine wundervolle Uniform und erzählte auf einem Tische stehend mit piepsiger Stimme, dass er in Eckernförde geboren sei. So kam es, dass Wochen vergingen, ehe wir wieder an Mahlmann dachten. Erst als in unserem Städtchen ein sogenannter Pferdemarkt war, an dem sich aber nur etliche magere Kühe und eine Frau mit geräucherten Aalen beteiligten, fiel mir der Alte wieder ein; denn er hatte eine besondere Leidenschaft für geräucherte Aale. Der Rest meiner Barschaft wurde also für ein stocksteif geräuchertes Tier ausgegeben, das ich im Triumph durch die Gassen trug. Erhitzt und aufs Äußerste mit mir zufrieden langte ich bei Mahlmann an, der vor seinem Fenster saß und meinen Gruß gar nicht erwiderte. Auch die Frage, wie es ihm ginge, fand keine Antwort; erst ein Blick auf den geräucherten Aal löste dem Alten die Zunge.

»Nu? Lebst auch noch?«, knurrte er. »Gestern da läuteten die Glockens, und ich meinte, du würdest begraben!«

Diese seine Anspielung fand ich höchst ergötzlich und lachte aus vollem Halse.

»Nein, Mahlmann, ich bin es nicht gewesen – das war ja der alte Lorenzen; du weißt, der alte, krumme, der immer so viel Branntwein trank!«

»Na, denn kommst du vielleicht das nächste Mal dran!«, brummte Mahlmann.

Ich nickte gleichmütig. Viel zu oft hatte ich Tote gesehen und den Begräbnissen nachgeblickt, als dass der Gedanke ans Sterben meine Nerven erregt hätte. Aber ein anderer Gedanke durchzuckte mich blitzschnell, und anstatt dem Alten den geräucherten Aal zu überreichen, legte ich den Leckerbissen auf die entfernteste Fensterbank.

»Was tust du denn?«, fragte Mahlmann, der jede meiner Bewegungen mit Argusaugen beobachtet hatte.

Ich machte ein gleichgültiges Gesicht. »O, ich wollte dich man bloß fragen, ob du nicht ein kleines Stück Papier hättest. Ich möchte den Aal einwickeln und an unsre Brotfrau schenken – du weißt, an Trina. Sie mag so gern Geräuchertes!«

»Als wenn das gesund wär!« murrte der Alte. »Alte Weibers und geräucherten Aal, das passt nich zusammen! Da kann Trina den Tod von kriegen, und wer ihr dann den Aal geschenkt hat, der kommt ins Loch. Ja, so is das mit die neumodischen Gesetzens; da kann man slecht bei wegkommen!«

»Gestern hat Trina einen geräucherten Aal gegessen, ich hab's selbst gesehen; da kann sie diesen auch vertragen!«, erwiderte ich.

Der Alte seufzte. »Ja, denn geh man zu Trina; die magst du doch lieber leiden als mir. Und ich weiß so ne feine Geschichte! So ne Gespenstergeschichte, wo siebenundvierzig Geisters mit einem Mal aus die Erde kommen – reinemang aus die Erde. Soll ich dich ein büschen davon verzählen?«

Ich schüttelte den Kopf. Die Gespenstergeschichten hatten ihre zwei Seiten, eine helle Tag-, aber auch eine entsetzliche Nachtseite. Auch hatte ich mir etwas andres vorgenommen. »Weißt du wohl, Mahlmann, dass Hinrich gesagt hat, Jochen Friederichsen wäre gar nicht wieder aufgewacht, nachdem er drei Tage tot gelegen hatte? Er sagt, du hättest mal wieder gelogen!« Mahlmanns Augen sprühten vor Zorn. »Als wenn Hinrich davon was wüsst!«, sagte er verächtlich. »Der war dazumalen ja kaum aus die Wiege und gerade so'n Dösbaddel als nu!«

Die Abneigung Mahlmanns gegen unseren Kutscher Hinrich war uns bekannt und eine Quelle großer Belustigung. »Er sagt aber, dass Jochen Friederichsen damals gleich tot gewesen ist, rief ich, und –«

Mahlmann schlug mit der Hand auf den Tisch. »Hab ich gesagt, dass er nich tot war? Meine Zeit! Tot war er, und tot blieb er; und das war ja der Spaß davon, dass die Leute sich die Zunge aus'n Mund snackten und doch nich wussten, wo Friederichsen hingekommen war. Und die Geschichte kam in die Zeitungens, und der dänische König hat sie auch gehört und über Friederichsen sein Verswinden so mit'n Kopp geschüttelt, dass ihn die Krone mit eins abgefallen is!«

Der Alte sah einen Augenblick starr vor sich hin; dann lachte er ein wenig. »Was nich allens passieren kann! Von diese Geschichte is viel gesnackt worden, abersten als Friederichsen nich wiederkam, da wurde der Sarg aufn Boden gestellt, und die Wirtschaft ins Haus und aufn Hof ging weiter. Zuerst hatte Frau Friederichsen woll zwanzig Spezies Belohnung versprochen für den, der ihren Mann wieder brächte; aber kein Mensch fand ihm, und so ging allens allmählich weiter. Weihnachten kam, und denn das Mistfahren, und denn Ostern; und denn die Heuernte, und denn die Weizenernte. Und zwischendurch hatte Frau Friederichsen noch zweimal Sweinslachten gehabt, und die Knechtens und Mäd-chens hatten ordentlich Speck und Grütze gegessen und viel von das Swein- und Kuhfleisch, das unten in Keller in große Tonnens eingesalzen stand. Und eine große Tonne war da, da hatte Frau Friederichsen die besten Stücke von die Kuh und das Swein in Salzlake gelegt, und da wollte sie in Herbst bei. Abers als ihr Bruder sich aufhängte, weil er nich wusste, ob er sein Geld in Papierens oder in Häusern anlegen sollt, da ging Frau Friederichsen doch an die beste Tonne, weil sie ihrer Swiegerin ein gutes Stück fürs Leichenbier schicken wollt. Abersten da war gar kein Kuhfleisch mehr ein; bloß Jochen Friederichsen, der stand in die Salzlake und war so gut verkonserviert, dass jedermann ihn direktemang erkannte!«

»O Mahlmann, das hatten die Diebe getan!«, rief ich entsetzt.

Der Erzähler sah mich listig an. »Da weiß ich nix von, Kind! Ich bin nich beigewesen, als sie ihm fanden; abersten die Leutens sagen, dass Frau Friederichsen beswiemelt war, als sie ihren Mann mit einmal wiedergefunden hat. Ja, so sind die Weibers! Erst schreien sie, wenn einer tot bleibt; und wenn sie ihm wieder finden, dann mögen sie das auch nich! Abers sonsten war die Frau ganz vernünftig geworden. Als ich hinging und fragte, ob ich nu nich ein büschen Leichenwach halten sollt bei Herrn Friederichsen, da is sie ganz manierlich gewesen, hat mich ein paar Spezies geschenkt und ein paar dicke Würste. Und was so gute Freunde von mich gewesen sind, die haben auch allerlei gekriegt; abers gewacht haben wir nich. Die Familie hat gemeint, wir sollten uns man nich in Ungelegenheiten setzen, und Friederichsen is flink eingegraben worden. Das is ümmer das Beste, wenn man nich soviel Snackerei von ein kleinen Spaß macht; das hätten sie man früher einsehen sollen!«

Als ich Mahlmann jetzt den geräucherten Aal verehrte, war er sehr befriedigt und versprach mir noch eine schöne Geschichte zu erzählen, wenn ich ihm bald wieder etwas Gutes brächte. Dieses Versprechen hat er auch gehalten. Aber die Erzählung von dem verschwundenen Herrn Friederichsen wollte er uns niemals wiederholen; aus welchem Grunde, konnten wir nicht erfahren. Später habe ich in alten Akten dieselbe Geschichte wieder gefunden; sie war aber so umständlich und langweilig erzählt, dass ich Mahlmanns Bericht den Vorzug geben möchte. Eines aber ging aus den langweiligen Akten klar hervor, dass unser Freund Mahlmann Herrn Friederichsen in die Salzlake gesteckt, und dass er zu den Leuten gehört hatte, die so viel Gemüt hatten und so schöne Verse dichteten.

Der Stadtmusikus

Ich bilde mir ein, noch gar nicht so sehr alt zu sein; aber wenn ich über den Kirchhof meiner kleinen Vaterstadt gehe, so komme ich mir steinalt vor. Habe ich doch dort fast mehr Freunde als im Städtchen. Dicht an der großen Kirche liegt das Armesünderplätzchen. Es ist kalt und düster und liegt nach Norden, im Schatten eines anderen Hauses, sodass es nicht verwunderlich ist, wenn kein Sonnenstrahl auf die zwei Kreuze fällt, die dort stehen. Auf dem einen steht kein Name geschrieben, aber ich weiß doch, wer dort liegt, und werde es auch nicht vergessen.

Während ich an dem zusammengesunkenen Hügel stehe, klingt Musik die Straße herauf. Es ist eine Gilde, die ihr Sommerfest auf dem Schießplatze feiert. Den Gevatter Schneidern und Handschuhmachern zieht die Musik voran. Sie hat verstimmte Blechinstrumente wie ehemals, und der Stadtmusikus, eine Trompete am Munde, versucht mit den ausschreitenden Beinen den

Takt anzugeben – gerade so wie damals. Aber es ist nicht derselbe Stadtmusikus.

Steinberg, so hieß der frühere, ging immer allein seine Straße. Er war ein großer, magerer Mann mit blassem Gesicht und langen, weißen Haaren. Vor vielen Jahren, so sagten die Leute, war er in das Städtchen gekommen mit drei Kindern und einer todkranken Frau. Die Frau war bald gestorben, und die großen, recht alt aussehenden Töchter hielten nun ein Stickereigeschäft und klagten viel und laut über die schlechten Zeiten und über ihren Vater, der nichts verdiene. Viel war es gewiss nicht, was die Musik abwarf. Hier und dort eine Sonntagstanzmusik, ein Jahrmarktsball oder eine Beerdigung – das war alles, und das war eigentlich sehr wenig; denn nur sehr reiche Leute ließen ihre Angehörigen unter Choralbegleitung in die Erde senken. So war es denn gewiss begreiflich, dass der Stadtmusikus jahraus jahrein denselben verschossenen braunen Rock trug und nur mühsam sein kärgliches Dasein fristete. Seine Töchter schalten oft über ihn und seine brotlose Kunst. Das käme davon, wenn man den ganzen Tag über den Noten säße und am Klavier klimperte. Früher hätte ihr Vater einmal eine reiche Witwe heiraten können; aber er hätte nicht gewollt, weil sie lahm gewesen sei, und nun wäre sein Glück verscherzt. So berichteten die Mamsellen Steinberg jedem, der bei ihnen ein Strähnchen Wolle oder bunte Glasperlen holte, und alle kamen darin überein, dass der Stadtmusikus eigentlich ein Rabenvater sei, der nicht verdiene, dass seine Töchter bei ihm blieben.

Sie taten es auch nicht; eines Tages reisten sie nach Amerika, ohne vorher groß Abschied genommen zu haben. Sie gingen zu ihrem Bruder, der schon vor längerer Zeit ausgewandert war, und Steinberg blieb allein. Weil nun doch jemand für ihn sorgen musste, so suchte er eine Haushälterin. Aber er fand keine, sie wollten alle Geld und gutes Leben haben, und das konnte er ihnen nicht bieten.

Wir Kinder sprachen auch über diesen Fall; denn wir kannten Steinberg gut, und es tat uns leid, dass ihm niemand sein Essen kochen wollte. Wenn er bei uns im Hause oder bei dem Großvater das Klavier stimmte, dann standen wir um ihn herum und baten ihn, dass er uns etwas Schönes vorspielte. Er tat es nicht oft; manchmal aber glitten seine Finger über die Tasten, und dann stieg eine süße, kleine Melodie aus ihnen auf. Es war immer dieselbe Melodie, an eine andere konnte er wahrscheinlich nicht denken; wir waren auch sehr zufrieden mit ihr, und jedes Mal, wenn Steinberg erschien, hieß es: Aber nicht wahr, du spielst uns nachher dein Stück?

Es war an einem heißen Sommertage. Ich sollte mit Jürgen die Ouvertüre zur »Martha« vierhändig spielen. Selbstverständlich war es eine leichte Bearbeitung, aber ich jammerte doch über die »letzte Rose«, die ich im Diskant zu üben hatte. Jürgen spielte immer den Bass, weil er da so schön Spektakel machen konnte. Wenn wir zusammen unsere Kunstfertigkeit der Öffentlichkeit zeigten, dann behaupteten die Zuhörer, der Bass sei stets die Hauptsache. Dies beleidigte meine Eitelkeit, und nun übte ich den Diskant im Fortissimo allein, obgleich Flotow überflüssigerweise überall *piano* und *smorzando* angebracht hatte, wodurch er nach meiner Ansicht seiner

Komposition sehr schadete. Mein einziges Publikum bildete unsere Nähterin. Sie besserte unsere Wäsche aus und kam zu diesem Zweck aller vier Wochen ins Haus. Eine stattliche junge Witwe mit gutmütigem, aber nicht gerade klugem Gesicht, war sie uns Kindern eine willkommene Abwechslung in dem Einerlei des Lebens. Heute spielte ich ihr die »letzte Rose« mit dem dringenden Wunsche nach Bewunderung vor, und sie tat mir denn auch sofort den Gefallen. »Ah, was spielt das Kind hübsch!«, sagte sie mit aufrichtigem Staunen. »Du liebe Zeit, man sollte es gar nicht für möglich halten! So'n hübschen Galopp!« In diesem Augenblick kam der Stadtmusikus ins Zimmer. Meinen und Jürgens vereinten Bemühungen gelang es sehr oft, das alte Klavier aus der Stimmung zu bringen, und er war bestellt worden, um einige Saiten, die zu unserem großen Vergnügen abgesprungen waren, wieder aufzuziehen. Als er Frau Hartung, unsere Nähterin, erblickte, wollte er eigentlich wieder zurückgehen; sie nickte ihm aber freundlich zu. »Kommen Sie man herein, Herr Steinberg! Ich mag gern Musik hören! Oha, da haben Sie ja ein Knopf verloren, den will ich Ihnen man gleich wieder annähen! Ja ja, wenn da kein Frauensperson ins Haus ist, das merkt man gleich, und was Ihre Töchter waren, die hätten auch bei ihren alten Vater bleiben können!« Steinberg stand im Zimmer und sah sich nachdenklich um. Dann fuhr er mit der Hand über seine weißen Haare.

»So alt bin ich noch gar nicht!«, sagte er. »Nächsten Monat werde ich dreiundfünfzig!«

»Oha, noch so jung und doch alle die großen Kinder?« Frau Haiding hatte ihre Arbeit in den Schoß sinken lassen und sah zu dem Stadtmusikus herüber. Er saß jetzt am Klavier und spielte in seiner vorsichtigen, leisen Weise. »Als ich mich verheiratete, war ich neunzehn Jahre alt. Meine Frau war erst siebzehn!«

Die Nähterin schüttelte den Kopf. »O, was für'n Kinderkram!«, sagte sie missbilligend. »Denn kann man sich nicht wundern, wenn später allens verkehrt geht!«

Steinberg antwortete nichts. Er war am Klavier beschäftigt. Als ich ihm nun anbot, den Diskant der »letzten Rose« auch ihm vorzutragen, schüttelte er den Kopf. Schon wollte ich ihm diesen Mangel an gutem Geschmack übel nehmen, da fing er an, seine kleine, zarte Melodie zu spielen, und seine Augen sahen dabei weit in die Ferne. An was dachte er wohl? An die siebzehnjährige Frau und den »Kinderkram«?

»Herr Steinberg, wie heißt denn dein Stück?«, fragte ich.

Er fuhr etwas zusammen und lächelte. »Es hat gar keinen Namen!«

»Aber jemand hat es doch gewiss ausgedacht und dem Stück einen Namen gegeben! Mein Stück heißt doch die »letzte Rose«, und Jürgen spielt ein Stück, das heißt »Die Schlacht von Prag«. Da schießen die Kanonen dann, und die Verwundeten schreien!«

»Meine Melodie hat keinen Namen!«, murmelte er. »Sie ist schon lange in mir gewesen. Einmal habe ich sie aufgeschrieben mit andern Sachen und dem Hofkapellmeister gegeben. Und er sagte, ich sollte ihm nur mehr bringen.«

Der Stadtmusikus spielte leise weiter bei diesen Worten, und ich sah unser altes Klavier mit einiger Verwunderung an. Konnte es wirklich so hübsch klingen? »Hast du ihm denn mehr Stücke gebracht?«, fragte ich, und Steinberg nickte. »Ich brachte ihm wohl mehr. Aber – als nachher die Oper vom Herrn Hofkapellmeister aufgeführt wurde und meine Melodien drin waren, da meinte ich – –« Hier stockte er, und das Klavier wurde auch still.

»Es kam alles anders, als ich dachte!«, sagte er nach einer Pause. »Es waren auch nicht meine Melodien, die der Herr Kapellmeister genommen hatte, ich hatte mich geirrt und musste fort!«

Er stand auf und drehte an den Saiten. Frau Harding nähte weiter und nickte mit dem Kopfe. »Irren ist menschlich!«, sagte sie salbungsvoll. »Das kommt wirklich furchtbar leicht vor, denn ich meinte auch. Sie wären all an die Siebzig, aber das war ein Irrtum. Viele Leute sagen auch, ich wäre vierzig; das ist eine großartige Lüge, weil ich erst letzte Weihnacht achtunddreißig geworden bin!«

Ob der Stadtmusikus diese Worte gehört hatte, weiß ich nicht; er saß noch immer und sah still vor sich hin, während ich das Zimmer verließ. Vier Wochen später nähte Frau Härtung wieder bei uns. »Das ist aber zum letzten Mal!«, sagte sie mit wichtigem Gesicht. »Lieber Gott, Herr Steinberg ist doch zu furchtbar allein; das kann ja jedem Christenmenschen leidtun! Er hat mir gefragt, ob ich nicht für ihn kochen wollte. Meinen kleinen Jungen kann ich mitbringen, und ein klein bisschen Geld habe ich ja noch von meinem verstorbnen Mann, so brauche ich von ihm keinen Lohn!«

Also zog Frau Haiding zu Herrn Steinberg, und die Leute meinten, beide würden sich wohl heiraten. Der Stadtmusikus aber ging immer stiller herum. Wenn er zu uns zum Stimmen kam, dann spielte er gar keine hübschen Melodien mehr, sondern starrte wie geistesabwesend vor sich hin, und wenn wir ihn baten, uns etwas vorzuspielen, dann sagte er, dass er alles vergessen habe. Und eines Tages hatte Großvaters Schreiber, Rasmus, eine Neuigkeit zu berichten: Der Stadtmusikus hatte sich erschossen! In seinem kleinen engen Zimmer hatten sie ihn gefunden, den Kopf auf die Kreidezeichnung eines schönen, jungen Weibes gelegt, in der Hand einige vergilbte Notenblätter. Viele Leute waren sehr böse auf ihn. Er hatte ja nur die Witwe Härtung zu heiraten brauchen, dann wäre alles gut gewesen, sagten sie. Eines Morgens, ganz früh, wurde er begraben, natürlich ganz in der Stille und auf dem Armesünderplätzchen. Er, der so manchen Wanderern den letzten Choral geblasen hatte, bekam nicht einmal ein Glockengeläute. Aber die Vögel sangen gerade so süß, als wenn ein großer Heiliger begraben würde, und die Sonne schien noch einmal auf den Sarg, ehe er hinabgesenkt wurde in die dunkle Erde.

Damals habe ich die ganze Geschichte nicht verstanden. Aber nach vielen Jahren bin ich doch einmal Frau Harding begegnet. Sie ging wieder nähen und meinte, die Welt sei gerade nicht besser geworden mit dem Alter. »Undank ist der Welt Lohn!«, sagte sie. »Gegen Steinberg bin ich furchtbar gut gewesen, und er hat mir nicht einmal geheiratet! Jedes Mal, wenn ich ihm sagte, er sollte das Aufgebot bestellen, ging er nach dem Klimperkasten und tippte darauf herum, oder er guckte das Bild von seiner Frau an! Lieber himmlischer Vater, da war nichts dran zu sehen, ein Gesicht mit ein paar Augen drin, das war alles! Na, und als ich ihn mal ordentlich ins Gebet nahm und ihm sagte, dass er mir heiraten müsste, sonst machte ich Skandal, da schoss er sich andern Tags tot! Wenn man Verdruss haben soll, dann kommt es immer, da ist nichts zu machen! Sonst geht es mich ja gut. Vielen Dank für gütige Nachfrage, bei mich ist allens in Ordnung, bloß die Augen wollen nicht mehr so recht fort, und deshalb heirate ich wohl den alten Kapitän unten am Wasser. Er hält furchtbar viel von mich, und ich werde es gut bei ihm haben. Meinen Jungens geht es gut: der älteste von meinem ersten Mann ist schon in Amerika, und der zweite will auch hinüber. Ich kann mich man bloß von ihm nicht recht trennen. Der Junge hat so große Augen, gerade wie Steinberg; aber ich nenne ihn Harding, und wenn er nicht immer mit ner Fiedel im Arm herumliefe, würde ich ihn nicht gehn lassen. Aber die alte Musikantenwirtschaft will ich nicht wieder in der Familie haben! Lass ihm man Gold graben in Kalifornien, das ist gesünder! –«

Noch immer stand ich an dem Armesünderplätzchen. Die Musik war in der Ferne verklungen, und die langen, gelben Kirchhofgräser zitterten im Winde. Es war ganz still um mich her, nur ein kleiner Vogel sang leise und süß, so süß, dass ich an die Melodie des Stadtmusikanten denken musste. Es waren nur wenige sich *wiederholende* Töne, das Vögelchen schien nur eine Melodie zu kennen – gerade so wie der Stadtmusikus.

Ich trat aus dem Schatten des dunkeln Platzes hinaus in den Sonnenschein und sah plötzlich Frau Harding mir entgegenschreiten. Sie war fein gekleidet, und ihr breites Gesicht trug den Ausdruck vollständigen Behagens. Mit einem Lächeln näherte sie sich mir – wahrscheinlich um mir von dem guten Leben zu berichten, das sie an der Seite ihres Kapitäns führte –, ich aber bog in einen anderen Weg ein.

Wer hier auf Erden froh sein will, der muss es mit der Alltäglichkeit halten; manchmal aber kann man doch nicht unterlassen, ihr aus dem Wege zu gehen!

Großvaters Schreiber

Unseres Großvaters Schreiber wusste alle Neuigkeiten der Stadt und der Umgegend, und kein Mensch verstand so wie er, aus kleinen, harmlosen Begebenheiten eine große, wichtige Geschichte zu machen. Auch gab es wohl niemand in der kleinen Stadt, dessen äußere Erscheinung so allgemein bekannt gewesen wäre, wie die von Großvaters Schreiber. Herr Seckertär nannten ihn die Leute, und Rasmus Rasmussen ließ sich diese Bezeichnung mit wohlwollender Herablassung gefallen, ebenso wie die kleinen Schnäpse, die er sich als Tribut seiner hervorragenden Stellung hin und wieder einschenken ließ. Wer Rasmus reden hörte, musste glauben, dass das Wohl und Wehe des ganzen Bezirks von ihm abhinge, dass alle Beamten, vom Amtmann abwärts, eigentlich nur ihm zu gehorchen hätten, ja dass er mit dem König selbst auf vertrautem Fuße stünde. Besonders regten ihn die gebrannten Wasser auf die angenehmste Weise an, und wenn er nach einem Rundgang in den verschiedenen kleinen Wirtschaften der Stadt wieder zum Schreibpult zurückkehrte, so floss sein Mund über von den interessantesten Geschichten.

Wenn wir ihn in diesen Augenblicken der Verzückung besuchten, so hatte Rasmus für uns eine große Anziehungskraft. Er saß gewöhnlich an seinem Pult und schnitt Gänsefedern, probierte auch wohl eine oder die andere, während er seiner beredten Fantasie den freiesten Lauf ließ. Wir hockten auf Schemeln und Tischecken der alten räuchrigen und staubigen Schreibstube und regten unseren Freund zu immer weiteren Mitteilungen an. Durch jahrelange Bekanntschaft wussten wir ziemlich genau, was er uns erzählen würde, und mein Bruder Jürgen hatte Rasmus Geschichten förmlich in Klassen gebracht, die sich nach der Anzahl seiner Schnäpse richteten. Hatte er z. B. am Morgen nur zwei oder drei »Lütjenburger« genommen, dann berichtete er uns aus seiner weit hinter ihm liegenden Kindheit. Wie er sich immer so artig und brav betragen, wie er niemals »nachgesessen« hätte, wie er fast nie bestraft worden und stets ein Musterknabe gewesen sei. Obgleich sein rührendes Selbstlob mit vielen schönen Beispielen belegt wurde, so mochten wir diese Geschichten doch am wenigsten hören. Uns war es lieber, wenn Rasmus einige Schnäpse mehr getrunken hatte, weil er uns dann von den Irrfahrten seiner Jugend- und Mannesjahre berichtete. Er hatte nach unserer Ansicht die halbe Welt gesehen, denn er war in Hamburg Bierbrauer und in Kopenhagen Kaufmann gewesen, und einmal war er sogar zu Schiff von Fridericia nach Sonderburg gefahren, eine Reise, bei der Rasmus Meerungeheuer, Walfische, Delfine, ja sogar ein

Meerweib erblickt hatte, bei dessen Beschreibung uns die Haare zu Berge standen. Denn das wussten wir ganz genau: Wenn man einem Meerweibe begegnet, dann muss man sterben. Wann? Ist freilich nicht bestimmt angegeben; denn die Meerfräulein haben die schlechte Angewohnheit, stumm zu sein, und manchmal lassen sie die Menschen noch vierzig bis sechzig Jahre leben, nachdem sie ihnen erschienen sind. Sie sind eben ganz abscheulich unberechenbar, wie alle Weiber, sagte Rasmus mit einem Seufzer, und wir seufzten teilnahmsvoll mit ihm. Der arme Rasmus war nämlich einmal von einem Mädchen angeführt worden, und wir verstanden es sehr gut, dass er jetzt alle Weiber verachtete und immer höhnisch lachte, wenn von Heiraten und Verloben die Rede war. Wir wussten noch mehr: Denn wenn Rasmus mehr als acht »Lütjenburger« getrunken hatte – Jürgen kannte die genaue Zahl –, so erzählte er uns von seiner jetzigen Braut. Es war eine rührende Geschichte, und dass ihm manchmal dabei die Tränen über die dicken Backen liefen, fanden wir selbstverständlich. Sie war so schön, so reich, so vornehm, und sie liebte Rasmus so glühend, dass ihm die Worte bei der Beschreibung dieser Leidenschaft ausgingen. Wir aber verstanden durch Fragen nachzuhelfen, die, wenn auch nur praktischer Natur, doch dazu beitrugen, die Geschichte für uns noch anziehender zu machen. O, was ist sie schön! Stöhnte Rasmus, indem er mit seinen verschwommenen Augen die geschwärzte Zimmerdecke anstarrte. Schwarze Augen und blondes Haar und jeden Tag ein seidnes Kleid an. Und immer Nachtisch beim Mittagessen und abends Teepunsch und belegtes Butterbrot!

»Womit war es belegt?«, fragte Jürgen, und Rasmus wurde nachdenklich.

»Mit Frikandellen und Käse!«, murmelte er, während Jürgen die Achseln zuckte.

»Frikandellen mag ich gar nicht gern; wenn das meine Braut wäre, hätte sie mir Kalbsbraten mit Gelee geben müssen!«

Und nun kam die Reihe des Fragens an mich. »Weshalb hat deine Braut heute wieder schwarze Augen, Rasmus? Neulich hatte sie blaue, und die habe ich viel lieber!«

»Sie hat wahrscheinlich ein blaues und ein schwarzes Auge!«, schlug Jürgen vor, und da mir ein kleines Mädchen kannten, die wirklich diese Naturmerkwürdigkeit besaß, so war ich mit diesem Kompromiss zufrieden.

Rasmus weinte inzwischen. Er wollte Federn schneiden, aber er ließ die Hand mit dem Messer sinken. »Was hat sie mich lieb!«, schluchzte er. »Wenn sie mich sieht, dann wird sie ganz steif, und ihre Beine kriegen das Zittern – alles aus Liebe!«

Diese Mitteilung ließ uns kalt. Nach gelegentlichen Äußerungen von Erwachsenen mussten wir annehmen, dass die Liebe ein ganz absonderlicher Zustand sei – weshalb sollte man nicht vor Liebe steif werden können?

»Weshalb hast du deine Braut eigentlich nicht hier?«, fragten wir wohl gelegentlich. »Sie könnte ja gut bei dir wohnen!«

Dann schüttelte Rasmus den Kopf. »Hier wohnen? In dieser Hütte? Meine Braut? Habe ich euch denn nicht gesagt, dass sie in Hamburg wohnt! Hamburg und hier!« Er lachte spöttisch, und wir stammelten einige Worte der Entschuldigung.

Rasmus Schreibstube ging auf den Hof hinaus und besaß keine sehr aufregende Aussicht. Eine Pumpe und der dahinter liegende Pferdestall bildeten die einzigen sichtbaren Gegenstände, mit denen sich die Fantasie des Schreibers beschäftigen konnte; dann war noch eine nach der Straße führende Pforte, die meistens offen stand. Durch diese Pforte kamen die Schulkinder in den Hof gelaufen, um sich Wasser in Mützen und Papiertüten zu holen, eine Liebhaberei, die den Hof zu gewissen Stunden recht lebhaft machte. Denn Rasmus fand die Benutzung »seiner« Pumpe sehr überflüssig und schalt die Kinder in seinem etwas fehlerhaften Deutsch oftmals aus; oder er jagte sie in höchsteigner Person fort, ein Unternehmen, das dem großen, unholfenen, meist ein wenig angetrunkenen Manne nur unvollkommen gelang, und das dann allgemeine Fröhlichkeit erregte. Abends aber war der Hof einsam und verlassen, und wir Kinder gingen dann ganz gewiss nicht allein hin, weil es, wohlverbürgten Gerüchten zufolge, lebhaft darin spuken, oder wie man bei uns sagte, »spökeln« sollte. Irgendeine Dame, die in ihrem irdischen Dasein geizig gewesen war und ihren Dienstboten nicht genug zu essen gegeben hatte, war jetzt dazu verdammt, auf dem Hofe und in den unteren Räumen unseres Hauses zu spökeln. Sie huschte mit drei Lichtern in der Hand bald hier, bald dort herum und benahm sich für ein Gespenst ziemlich leichtsinnig, da sie durchaus kein festes Standquartier besaß und es besonders darauf abgesehen hatte, den

Dienstmädchen gerade dann zu erscheinen, wenn sie am lustigsten waren.

Wir Kinder glaubten felsenfest an die weiße Frau, und deshalb hüteten wir uns wohl, im Dunkeln über den Hof nach der Pumpe zu gehen. Einmal aber musste ich doch den schweren Weg machen. Das war, als ich an einem warmen Sommertage versucht hatte, aus meinem Strohhut Wasser zu trinken, ein Versuch, dessen Ergebnis ziemlich verblüffend gewesen war. Wahrscheinlich war meine Kopfbedeckung nicht aus gutem Stroh, sondern aus irgendeinem billigen Bast geflochten, jedenfalls hatte sie Form und Farbe bis zu einem solchen Grade verloren, dass ich mein unglückseliges Eigentum auf die Pumpenspitze drückte und den festen Vorsatz fasste, es ruhig dort sitzen zu lassen. Aber die Menschen sind neugierig. Mutter wollte plötzlich wissen, wo der »gute Hut« sei, und erzählte mir beiläufig, wie vorsichtig sie immer mit ihren Sachen umgegangen sei. Großvater, der sonst nie darauf achtete, ob seine Enkel überhaupt bekleidet waren, verlangte mit einem Mal, ich solle in der Sonne nicht ohne Hut gehen, und selbst Jürgen meinte, wenn man so hässlich wäre wie ich, könnte ein Hut nur nützlich sein, weil man ihn so aufsetzen könnte, dass das Gesicht nicht zu sehen sei.

So näherte ich mich denn, obgleich es schon recht dämmrig geworden war, mit vorsichtigen Schritten der nach der Straße führenden Hoftür und schielte durch die Türöffnung nach der Pumpe. Nur die Pumpe wollte ich sehen, das hatte ich mir fest vorgenommen, und sollte das weiße Gespenst mit seinen drei Lichtern irgendwo auf dem Hofe umherstöbern, wollte ich es durch meine

Blicke sicherlich nicht erzürnen. Mein Hut, eine weiße
Ruine, hing unbeweglich auf dem Pumpenknaufe – was
aber bewegte sich neben der Pumpe? Es war nicht die
weiße Frau; ein ganz in dunkle Gewänder gehülltes Wesen stand dicht neben Rasmus Fenster, und dieser selbst
hatte sich so weit aus eben diesem Fenster herausge-
lehnt, als es nur eben ging. Mit beiden Armen hatte er
die Gestalt umfasst, küsste mehrere Mal und sehr laut
ein ihm zugewandtes Gesicht und flüsterte dabei mit ge-
rührter Stimme einige Worte, deren Sinn ich nicht verstand. Einen Augenblick war ich starr vor Staunen; dann
huschte ich nach der Pumpe, nahm meinen Hut und zog
mich leise zurück. Keiner der zwei Liebenden hatte mich
bemerkt; ich aber ging fort mit dem Bewusstsein, etwas
Sonderbares gesehen zu haben und doch nicht genau die
Bedeutung des Gesehenen zu kennen. Trotz seiner Ver-
hüllung hatte ich übrigens das weibliche Wesen sofort
erkannt, und ich würde von meinem Erlebnis gewiss
anderen Mitteilung gemacht haben, wenn nicht der un-
glückselige Hut meine Gedanken gänzlich ausgefüllt
hätte. Mein reumütiges Geständnis half mir wenig: ich
bekam sehr viele Schelte, musste ohne Abendbrot mein
Lager aufsuchen und empfand eine so tiefe Zerknir-
schung über meine allgemeine Sündhaftigkeit, dass ich
erst am anderen Morgen, als die Sonne schien, wieder
die gewohnte Lebensfreudigkeit in mir fühlte. Mit dem
Vergnügen am Dasein kehrte auch die Erinnerung an
das Erlebnis des gestrigen Tages zurück, und bald steckten Jürgen und ich die Köpfe zusammen zu wichtiger
Unterhaltung, deren Gegenstand Mamsell Hansen bildete. Denn so hieß die Dame, die von Rasmus so innig ge-

küsst worden war. War sie seine Braut oder seine Frau? Und weshalb küssten sie sich im Dunkeln? Und was würde die andere Braut, die das Zittern bekam, dazu sagen, wenn Rasmus hier noch eine Braut hätte?

Jürgen, dem immer gleich seine biblischen Geschichten einfielen, bemerkte hierzu, dass Abraham zwei oder drei Frauen gehabt, und dass auch Jakob erst Lea und dann Rahel geheiratet habe. Aber Mamsell Hansen hatte nach der Bilderbibel gar keine Ähnlichkeit mit Rahel. Sie war klein, dick und besaß einen recht ansehnlichen grauschwarzen Schnurrbart, um den alle größeren Jungen sie beneideten. Sie hatte eine Leidenschaft für Menschen, die böse Finger oder die Rose hatten; dann verband oder »besprach« sie das kranke Glied und gab alle Medizin umsonst, sodass sie sich unter der dienenden Klasse eines großen Zuspruchs erfreute. Vor Jahren war einmal ein sogenannter Gesundheitsapostel, Ernst Mahner mit Namen, im Städtchen erschienen; zu seinen Hauptjüngerinnen hatte Mamsell Hansen gehört. Auf den Befehl dieses Mannes hatte sie jeden Morgen ein kaltes Bad genommen und war dann ohne jede Bekleidung im Garten spazieren gegangen, damit die Sonne auf ihren ganzen Körper wirken könne. Selbstverständlich war dieser Spaziergang immer in aller Herrgottsfrühe gewesen; aber die bösartige Jugend des Städtchens war noch früher auf den Beinen gewesen, sogar das Stadtoberhaupt hatte sich aufgeregt, und der armen kleinen Mamsell wurde es nicht vergönnt, die Sonne nach Mahnerscher Manier auf sich wirken zu lassen. In unserem kalten Norden hatte man für paradiesische Trachten so wenig Verständnis, dass Mamsell Hansen seit der Zeit für ein wenig übergeschnappt galt, und dass Jürgen und ich uns sorgenvoll anblickten bei dem Gedanken, dass Rasmus, der kluge Rasmus, einen so sonderbaren Geschmack entwickelte. Selbstverständlich wollten wir ihn fragen, was er eigentlich mit Mamsell Hansen vorhabe; aber es war gerade eine sehr beschäftigte Zeit. Mein Großvater nahm den Schreiber ganz in Anspruch, er kam nicht dazu, seine geliebten Schnäpse zu trinken, und als er wieder mehr Ruhe fand, war unsere erste Erregung über Mamsell Hansen verflogen.

Da geschah es eines Tages, dass die Genannte, am Fenster ihres Hauses stehend, Jürgen und mich heranwinkten. Wir hatten gerade nichts Besonderes zu tun und folgten mit großem Vergnügen ihrer Einladung, ein bisschen zu ihr »einzukommen«, wie sie sagte. Es war sehr gemütlich in ihrem Altjungferstübchen mit dem blanken Kaffeegeschirr auf dem Tisch, und bald saßen wir beide vor einer vollen Tasse und »stippten« Kuchen hinein. Auch die Unterhaltung riss nicht ab. Wir gehörten nicht zu den Kindern, die den Finger in den Mund stecken und trübselig um sich starren, wenn sie Rede und Antwort stehen sollen; wir berichteten heiteren Herzens alles, was wir wussten. Wir nahmen natürlich an, dass Mamsell Hansen sich gerade so für unsere Familie interessiere, wie wir selbst, und so erzählten wir denn, dass unser jüngstes Brüderchen schon anfange zu laufen, dass der älteste einen Anzug beim wirklichen Schneider gemacht bekommen, und dass wir heute Klöße mit Pflaumen gegessen hätten. Freundlich hörte Mamsell Hansen uns an, mit großer Freigebigkeit bot sie ihren Kuchen an, und da sie überhaupt ein gutes Gesicht hatte, so fassten wir unbegrenztes Zutrauen zu ihr. Plötzlich, ich weiß nicht mehr, wie es kam, sprachen wir von Rasmus. »Nicht wahr, er ist ein sehr netter Mann«, fragte die kleine Mamsell, und wir nickten mit vollen Backen. »O, er ist riesig gut – und so stark, dass er uns an seinen Daumen zehn Minuten lang in der Luft hängen lässt, und wie schön sind seine blanken Westen, in denen man sich beinahe spiegeln kann. Und was kann Rasmus für Schnaps trinken!« setzte Jürgen nachdenklich hinzu. »Ja, Mamsell Hansen, das glaubst du gar nicht, was er vertragen kann. Neulich bin ich mal mit ihm gegangen, als er was zu besorgen hatte, und da sind wir überall eingekehrt, und Rasmus hat gewiss vierzehn Lütjenburger getrunken. Und nachher konnte er gar nicht mehr genau den Weg sehen, aber vergnügt war er ordentlich, das ist wahr!«

Trotz dieser Lobeserhebung schien Mamsell Hansen von dem eben Mitgeteilten nicht besonders entzückt zu sein. Sie seufzte, wischte sich ein wenig die Augen, nahm einen Schluck Kaffee und murmelte dann allerlei von Übertreibung, dass man nicht auf schlechte Menschen hören solle, und was dergleichen mehr war. Wir nickten wohlwollend, obgleich wir ihre Worte nicht verstanden, und ich beschloss, auch mein Scherflein zu Rasmus' Lobe beizutragen.

»Seine Braut hat ihn auch so furchtbar lieb!«, berichtete ich, indem ich meine zweite Tasse Kaffee zufrieden umrührte. »Sie kriegt immer das Zittern, sobald sie ihn sieht, und sie hat ein seidnes Kleid an, und jeden Tag gibt es Nachtisch bei ihr! Mamsell Hansen, darf ich noch ein Stück Zucker haben? Jürgen hat zwei genommen. Nächstens kommt sie auch zu Rasmus zum Besuch!«

»Das ist noch gar nicht gewiss!«, unterbrach mich Jürgen. »Großvater muss seine Erlaubnis dazu geben, und er ist noch nicht gefragt worden! Und du hast gar nicht gesagt, wo sie das Zittern kriegt, wenn sie Rasmus sieht. In den Knien kriegt sie es!«

»In den Beinen!«, widersprach ich.

»Sie wird ganz steif vor lauter Liebe, und dann muss sie an einem Glase riechen, wo Salmiakgeist darin ist. Und –«

»In den Knien bekommt sie das Zittern!«, schrie Jürgen, der meinen Widerspruch stets sehr übel nahm. »Rasmus hat es mir erst gestern selbst gesagt, und du bist ein –«

Aber er stockte in seiner Rede, und auch ich starrte sprachlos auf Mamsell Hansen, die, das Taschentuch vor ihr Gesicht gedrückt, in ihrem Stuhl lag und weinte. Große Tränen rollten über ihre roten Wangen, und ihr Stöhnen klang so erbärmlich, dass auch mein Herz ein Gefühl unendlicher Wehmut beschlich. Schon rieb ich an meinen Augen herum, während ich plötzlich glühende Sehnsucht nach meinen Eltern und den kleinen Geschwistern empfand, als sich Bruder Jürgen zum Herrn der Situation machte.

»Trinke deinen Kaffee aus!«, flüsterte er mir zu. »Wir wollen nach Hause gehn, Mamsell Hansen hat gewiss einen schlimmen Finger bekommen, das tut weh, und dabei muss man immer weinen!«

Da schlimme Finger gewissermaßen zu Mamsell Hansens Attributen gehörten, fand ich diese Erklärung sehr glaubwürdig. Meine schmerzliche Rührung war verflogen, und mit vielen Danksagungen und Wünschen für »gute Besserung« verließen wir Mamsell Hansens gastliches Dach, während sie noch immer in Tränen schwamm. Unaufgefordert versprachen wir auch bald wieder zu kommen und berichteten den anderen aufhorchenden Geschwistern von so viel Kaffee und Kuchen, dass den älteren das Wasser im Munde zusammenlief und sie uns prügelten, weil wir ihnen nichts mitgebracht hatten. Natürlich besuchten wir Mamsell Hansen am nächsten Tage wieder, und zwei der älteren Brüder gingen mit, um festzustellen, ob sich alles so verhielte, wie wir berichtet hatten; aber die Haustür der guten Jungfrau war verschlossen, und die Fenster verhängt. Eine Nachbarin sagte, sie sei aufs Land gegangen zu ihrem Bruder, und wir mussten nicht allein unverrichteter Sache wieder abziehen, sondern uns auch noch allerhand spöttische Neckereien von den Großen gefallen lassen, die, wie so oft, so auch jetzt wieder behaupteten, dass Jürgen und ich unleidliche Großmäuler seien, denen man gar nichts mehr glauben könne. Und weil sie uns tagelang fragten, ob wir nicht wieder Kaffee bei Mamsell Hansen trinken wollten, so war es ganz begreiflich, dass wir von unserer so schnell erworbenen und plötzlich so grausam wieder verlorenen Freundin nicht gern mehr sprachen.

Rasmus hatte sich übrigens auch verändert. Er erzählte uns keine Geschichten mehr, ging uns vielmehr aus dem Wege, sah böse aus, wenn wir mit ihm sprachen, und was uns alle im höchsten Maße interessierte: Großvater jagte ihn zweimal fort. Der Schreiber ging zwar nicht, sondern blieb hartnäckig an seinem Posten; aber für uns Kinder war doch die ganze Geschichte sehr aufregend. Weshalb sagte Großvater, Rasmus solle machen, dass er fortkäme, als wir gerade alle bei Tische saßen, und der Schreiber mit seligem Gesicht hereinkam? Die Größeren hatten es bald heraus – es war der Schnaps aus Lütjenburg, der Rasmus so gleichgültig, so blaurot, so sonderbar machte –, und allmählich begannen wir den großen, starken Mann, der sich von einem kleinen Glase beherrschen ließ, zu verachten. Mochte er uns in seinen nüchternen Augenblicken auch noch die städtischen Neuigkeiten und sonstigen Mordgeschichten erzählen, wir hörten ihm wohl zu, aber wir besuchten ihn nicht mehr in seiner Schreibstube, und unsere vertrauliche Freundschaft für ihn hörte vollständig auf.

Es war gewiss ein Jahr vergangen, seitdem Mamsell Hansen aufs Land gegangen war; da erschien sie eines Tages wieder in der kleinen Stadt. Wir hatten sie noch nicht gesehen, aber ein junger Onkel von uns erzählte bei Tisch, dass er ihr begegnet sei. Sie hatte einen famosen Schnurrbart, setzte er halb lachend, halb neidisch hinzu, und ich sah zu Rasmus hinüber, der unten am Tische saß und eifrig zu essen schien. Er sagte kein Wort, obgleich noch allerhand Spöttisches über die gute Mamsell geredet wurde. Ich aber fühlte mich veranlasst, ihre Verteidigung zu übernehmen.

»Mamsell Hansen ist sehr nett, nicht wahr, Rasmus?«

Der Angeredete bekam einen roten Kopf. »Ich kenne die Dame gar nicht!«, sagte er so bestimmt, dass meine Augen rund vor Staunen wurden.

»Du kennst sie nicht? Und vorigen Sommer hast du sie hinter der Pumpe geküsst und deine Arme um sie geschlungen. Ich habe euch wohl gesehen, und Jürgen weiß es auch, und als wir nachher bei Mamsell Hansen Kaffee tranken, hat sie so viel nach dir gefragt, und wir erzählten ihr von deiner anderen Braut, und nachher weinte sie, weil sie einen schlimmen Finger bekam, und da –« aber weiter kam ich nicht. Zu Anfang meiner Rede war bei Tisch eine große Stille entstanden, nun sprachen alle durcheinander und sagten zu mir, Kinder dürften nicht so viel erzählen, das schicke sich nicht. Und weil Rasmus jetzt aufstand und erklärte, unaufschiebbare Geschäfte zu haben, und weil der Pudding gerade ins Zimmer gebracht wurde, so dachte ich bald an etwas anderes und konnte nicht recht begreifen, weshalb der Onkel so furchtbar lachte, und weshalb ich ihm später noch einmal erzählen musste, was ich mit Rasmus und mit Mamsell Hansen erlebt hatte. So war ich es leider gewesen, die mit kindischer Hand den Schleier weggerissen hatte von einem zarten Verhältnis, das viele Jahre hindurch nur in verstohlenen Spaziergängen und in noch heimlicheren Zusammenkünften bestand. Denn Mamsell Hansen verzieh dem Schreiber jene glühende Braut, die das Zittern bekam, sobald sie erfuhr, dass dieses entzückende Wesen schon lange verheiratet war und von Rasmus nur aus der Entfernung angebetet wurde. Wie sich die Versöhnung der Liebenden machte, weiß ich nicht; sie kam aber zustande, und etwa acht Jahre später führte Rasmus seine letzte Liebe zum Altar, nachdem sein Brautstand niemals veröffentlicht und doch von allen anerkannt worden war. In der Zwischenzeit geschah allerlei Bemerkenswertes: Unser Land wurde z. B. von den Preußen erobert, ein Ereignis, das unseren Rasmus sehr ärgerte, weil er sich plötzlich seiner dänischen Geburt entsann. Er verhielt sich in Gesellschaft der unser Haus besuchenden preußischen Offiziere meistens sehr still und drückte sich in den dunkelsten Ecken herum. Sah er uns Kinder aber allein, dann stieß er allerhand geheimnisvolle Drohungen gegen die »frechen Kerls« aus und behauptete, sie sollten ihn noch alle kennenlernen. Selbst seine Braut vernachlässigte er in diesen Zeiten, und als er erfuhr, dass Mamsell Hansen preußische Soldaten ins Quartier genommen hatte, wuchs sein Zorn gegen die siegreiche Armee bis ins Unendliche. Getan aber hat er den Preußen niemals etwas, und diese waren schließlich die Urheber seines Glückes; denn trotz seiner dänischen Geburt und seiner Vorliebe für den Lütjenburger Schnaps ist Rasmus Rasmussen als wohlbestallter preußischer Amtsgerichtssekretär gestorben, und Mamsell Hansen durfte als Frau Sekretärin den Lebensabend ihrer langjährigen Liebe verschönern. Als ich sie zuletzt sah, war ihr Schnurrbart schneeweiß geworden; sonst sah sie gesund aus und sprach mit Rührung von ihrem verstorbenen Eheherrn: Er war ein guter Mann, und sein Herz war erst recht gut, und Herr Justizrat war der beste von allen. Denn wenn er nicht immer mit Rasmus Geduld gehabt hätte, dann wäre der ja nicht Sekretär geworden, wo ich nun die schöne Pangschon von kriege. Und wenn Rasmus den Lütjenburger nicht so gern gehabt hätte, könnte er es heute noch gut bei mir haben! Aber sterben müssen wir alle, und wens zuerst trifft, der ist auch zuerst damit durch!

Frau Rasmussen sprach noch eine Weile so weiter, und ich kam nicht in die Lage, ihr Trostworte sagen zu müssen. Und doch sah ich im Geiste den dunkeln Hof so deutlich vor mir, auf dem zwei Liebende zärtlich sich umfangen hielten. Frau Rasmussen wollte durchaus, dass ich bei ihr Kaffee trinken und das Buch vom gesunden und kranken Menschen lesen sollte, auf das sie große Stücke hielt; ich dankte indessen und ging hinüber in den Hof, aus dem die Pumpe aber verschwunden war. Unser Spielplatz war ein Kohlgarten geworden, und als ich mich nach unserem Hausgeist erkundigte, hieß es, dass selbst diese Dame verschwunden sei und sich gar nicht mehr blicken lasse. Wenn aber sogar die Gespenster das Geschäft des »Spökelns« aufgeben, wie langweilig muss die Welt geworden sein! Da kommen die Kinder aus der Schule! Wie vernünftig gehn sie, und welch einen Packen neuer Schulbücher tragen sie! – Ihr Armen! Wir waren lange nicht so klug; unsere Bücher waren lange nicht so schön; und wir hatten es dennoch viel, viel besser!

Übers Wasser

Als ich ein Kind war, dachte man noch nicht viel ans Verreisen. Unser Großvater, der in Heidelberg studiert und der für den Schwarzwald wie für den Rhein eine große Vorliebe hatte, sprach viel von der Schönheit des Landes jenseits der Elbe, und hin und wieder war er auch wohl wieder dorthin gereist. Unsere Eltern aber blieben zu Hause, und wir Kinder ebenfalls. Ich bin auch der Meinung, dass unsere großstädtischen Verwandten nicht besonders begeistert waren von dem Gedanken, uns wilde Kleinstädter in ihre engen Wohnungen aufzunehmen, und noch heute wissen alte Familientanten von einigen Streichen zu erzählen, die zwei der ältesten Brüder in Hamburg verübten, als sie dort leichtsinnigerweise eingeladen worden waren. Also wir blieben hübsch zu Hause und empfanden auch keine Sehnsucht nach der Ferne. Es war nach unserer Ansicht immer schön bei uns. Im Frühling war es lustig, den Flug der Vögel zu beobachten, die wieder gen Norden zogen; viele Störche richteten sich ihre Häuslichkeit in unserer Stadt ein, und wir riefen ihnen unermüdlich zu: Adebar, du goder, bring uns 'n lütten Broder! Adebar, du Bester, bring uns 'n lütte Swester, worauf jedes Mal ein lebhafter Streit entstand, was wünschenswerter sei, das nächste Mal ein Brüderchen oder ein Schwesterchen zu bekommen. Wer für den Bruder gestimmt hatte, triumphierte, wenn wieder ein dunkelhaariger kleiner Junge bei uns in der Wiege lag, und sagte dann mit wichtiger Miene, er hätte es schon lange gewusst, dass es so kommen würde. Im Frühling kamen die Vögel, und die Veilchen, und die großen Brüder fuhren mit Großvaters Knecht Hinrich aufs Feld, um das Land zu bestellen. Das Sommervergnügen fing mit der Rapssaaternte an und hörte erst auf, wenn das letzte Fuder Weizen eingefahren war, und der Herbst brachte wieder so manche Freuden, dass schließlich Weihnachten kam, ehe man sich's versah. Im November wurden Gänse und Großvaters erstes Schwein geschlachtet, ein Fest, auf das wir uns schon wochenlang vorher freuten, indem wir uns mitleidlos jeden Tag an der zunehmenden Rundung des

Opfertieres ergötzten, das wir als Ferkel leidenschaftlich geliebt hatten und durchaus hatten »zähmen« wollen.

Nein, zum Reisen hatten wir weder Lust noch Zeit. Manchmal aber gab es doch Gelegenheit, einmal übers Wasser nach dem Festlande zu kommen, sei es nun, dass wir Besuch wieder fortbrachten oder abholten. Der Sund, so heißt die Wasserstraße, an der ein Fährhaus sich befindet, liegt etwa anderthalb Wegstunden von der kleinen Stadt entfernt; mit Großvaters Kutsche und seinen etwas steifen Pferden fuhr man etwa eine Stunde. Der beste Platz war selbstverständlich bei Hinrich auf dem Bock. Dort saßen aber schon seit einer Stunde die großen Brüder, und wir kleineren mussten im geschlossenen Wagen entweder zwischen zwei sehr kompletten Erwachsenen oder auch auf deren Schoß sitzen. Auf dem sogenannten Sundswege – wir Niederdeutschen schieben nun einmal überall das böse s ein – wehte es immer sehr; alle Fenster des Wagens wurden daher geschlossen, und wenn die Sonne schien, wurden auch noch die verblassten rotseidenen Vorhänge zugezogen. Großvaters Kutsche stand in unserer Stadt in dem Rufe, dass sie ein sehr feiner Wagen sei, und als ein naseweiser Großstädter von dem Gefährt als einem Rumpelkasten sprach, empfanden wir diese Bemerkung wie eine Art Gotteslästerung. Wir waren stolz, dass wir einen Großvater hatten, der einen solchen Wagen besaß, und in unseren Gedanken kannten wir nichts Besseres, als das Rasseln der vielen Wagenfenster, das Schaukeln und Stoßen des ganzen schwer beladenen Kastens. Wie selig fuhren wir durch die holprigen Straßen, wenn es endlich losging; wenn uns so viel Bewegungsfreiheit gestattet war, so nickten wir unseren Freunden, an denen wir vorbeifuhren, vergnügt zu, denn wir verreisten ja auf längere Zeit, auf mehrere Stunden, hoffentlich bis zum dunkeln Abend, wo man mit Laternen fahren musste.

Die ersten zehn Minuten in der Kutsche waren sehr genussreich. Selbstverständlich musste man sich mit den erwachsenen Hauptpersonen »einschütteln«. Gewöhnlich saß man zuerst auf der Hutschachtel, in der irgendeine Tante ihre Sonntagshaube wie ein Nationalheiligtum verwahrte, oder man stieß mit den Füßen gegen die Knie eines empfindlichen Onkels; da gab es dann allerhand Erregungen, Schelte und Ermahnungen, bis wir Kleinen uns so dünn wie möglich gemacht hatten und kaum zu atmen wagten, aus Furcht, mit dieser Bewegung unsere Verwandtschaft auch noch zu belästigen. Endlich wird es still, über alle kommt eine gewisse Ruhe, langsam ziehn die Pferde den klappernden Wagen, hin und wieder stößt es einmal, der Wind bläst um das Gefährt, und die Sonne scheint grell in die schwach verhängten Fenster. Die beiden großen Brüder sitzen in der frischen Luft bei Hinrich, wir hören sie laut lachen und sprechen, wir aber empfinden plötzlich gar keine Lust zur Unterhaltung. Eine Zeit lang mache ich die Augen zu und will mir einbilden, dass es wundervoll sei, auszufahren, aber ich kann es nicht recht, und dann sehe ich verstohlen nach Jürgen hinüber, der totenblass geworden ist und schon zum zwanzigsten Mal fragt, ob wir noch nicht da wären. Und nicht lange, so kommt der Augenblick, wo ich mit zitternden Lippen kaum die Worte hervorbringen kann: Darf ich nicht am Fenster sitzen? Ich – ich muss – mich brechen!

Und dann sitzt Jürgen an dem einen und ich an dem anderen Fenster; der Wind bläst plötzlich in den dumpfen Wagen, die lauten Verwünschungen unserer Verwandtschaft sind uns ganz gleichgültig, und nachdem wir unser bedrängtes Innere erleichtert haben, merken wir nicht ohne eine gewisse Genugtuung, dass wir jetzt die besten Plätze im Wagen einnehmen, und dass sich die alten, dicken Tanten plötzlich merkwürdig dünnmachen können. Diese Wahrnehmung gibt uns neuen Lebensmut: wir bitten um ein Butterbrot, weil wir das Bedürfnis empfinden, unseren angegriffenen Organismus wieder zu stärken, und als dieses Gesuch in Gnaden oder vielmehr in Ungnaden abgeschlagen wird, kommen wir uns so misshandelt vor, dass wir uns vollständig berechtigt fühlen, etwas unartig zu werden. Ich habe schon lange mit dem Weinen gekämpft; jetzt heule ich, so laut ich nur kann, und freue mich über die blanken Tränen, die mir die Wangen herunterrollen, und die ich ganz gut sehen kann, wenn ich ein bisschen nach unten schiele. Jürgen weint auch, aber gemächlicher, während er unseren jüngeren Bruder, der unter einem Haufen von Mänteln gleich eingeschlafen ist, bei den Beinen zieht und so unsanft aufweckt, dass dieser sofort mit gellender Stimme die Leitung unseres Schrei-Terzetts übernimmt. Und dann hält Hinrich plötzlich an; irgendjemand öffnet die Wagentür, wir werden auf die Landstraße gesetzt, und während der alte Glaskasten langsam weiterschaukelt, weht uns der Salzwind um die Ohren und bringt uns auf andere Gedanken.

Wir sind nämlich am Sunde angelangt, und wenig Schritte vor uns sehen wir den aus großen Steinen bestehenden Strand, über den manchmal die Wellen schlagen. Etwas weiter entlang ist die starke Holzbrücke, an der die großen Boote zum Übersetzen liegen. Hier steht auch die Stange, an der die Flaggensignale gegeben werden. Sie biegt sich im Winde hin und her, und als wir dem Wasser zulaufen, fliegen uns kleine Stücke Seeschaum und Tang ins Gesicht. Dort ist das Wasser! Heute siehts in der Nähe grün und in der Ferne blau aus; manchmal fliegen funkelnde Sonnenlichter über die weißköpfigen Wellen; manchmal ist's, als wenn ein stahlgrauer Schleier über die glitzernde Fläche gebreitet würde. Unter den Bohlen der Brücke murrt leise die See. Manchmal wirft sie von unten zwischen die Spalten einen Regen von Gischt, manchmal kommt eine größere Welle und bewirft uns alle mit ihrem gelblichen Schaum, während die Boote fortwährend auf- und niedertanzen, halb vorwärts, halb seitwärts, und niemals aus der Bewegung kommen, und an jedem Fahrzeug gluckst das Wasser in einer anderen Tonart. Eins der größten wird bereits für uns »klar gemacht«, d. h. Niels Jens, der ein Fährknecht und unser Freund ist, schöpft mit einer großen hölzernen Kelle das Wasser heraus. Niels Jens ist ein großer Mann mit eisgrauem Bart und riesigen Wasserstiefeln. Er kaut beständig Tabak, spricht fast gar nicht, nickt uns aber immer gutmütig zu, wenn wir einmal am Sund erscheinen, und wir sind überzeugt, dass er uns gern hat.

Nachdem wir uns vergewissert haben, dass die Wasserfahrt bald vor sich geht, wenden mir uns dem Fährhause zu, das etwas mehr landeinwärts liegt. Ein Garten mit verwehten Bäumen und ein Dornenwall schützen es vor der Gewalt des Sturms, und dicke warme Luft schlägt uns entgegen, als wir in das beste Gastzimmer treten. Hier sitzen die Onkel und trinken einen Grog; die Tanten nippen an gefüllten Milchgläsern, und auf dem Tische steht ein Teller mit belegtem Butterbrot, auf den wir uns stürzen. Natürlich entsteht ein Streit, wer die größten Stücke haben soll, aber im ganzen sind wir doch ziemlich artig, denn die an den Wänden hängenden Bilder von Schiffen, einige Schiffsmodelle und vor allem eine Puppe unter Glas beschäftigen uns ungemein. Die Puppe stellt eine Dame aus Südamerika in ihrer Promenaden- oder Brauttoilette vor. Ganz in Mull gehüllt, die weit auseinandergebreiteten Arme in Glacéhandschuhe bis zum Ellenbogen gesteckt, sieht sie uns aus blöden schwarzen Augen so gespenstisch an, dass wir von der Schönheit der Südamerikanerinnen keinen großen Begriff bekommen. Alles Fragen beim Fährpächter, wo die Figur hergekommen sei, hilft nichts.

Die hat einer mal mitgebracht, aus Lima oder Valparaiso – so um die Gegend herum –, mehr wusste uns der gutmütige, aber auch schweigsame Mann nicht zu sagen, und unbefriedigten Herzens, aber mit gefülltem Magen ging es nun auf sein Geheiß nach der Brücke. Dort lag das große Boot mit den mächtigen Steinen als Ballast drin, die Segel schlappten am Mast, und Niels Jens stand mit weitgespreizten Beinen auf der mittleren Bank und verstaute uns gemächlich alle nacheinander in dem geräumigen Fahrzeug.

Wenn wir mit einem so vollen Wagen am Sund erschienen, gab es gewöhnlich verschiedenen weiblichen Besuch fortzubringen, der nun angesichts des unruhigen

Wassers und der wenig bequemen Beförderungsweise vom Abschiedsschmerz übermannt wurde. Die Damen weinten meistens und überschütteten Niels Jens mit Fragen: ob das Boot auch sicher sei, wie lange die Überfahrt nach dem anderen Ufer dauern könne, ob es schaukeln würde, oder ob sie lieber einen anderen Tag wiederkommen sollten – Fragen, die unser Freund mit unverständlichem Grunzen und damit beantwortete, dass er die Fragerin anfasste und ins Boot setzte. So störte er mit rauer Hand manche wehmütige Abschiedsszene, denn manche der zurückbleibenden Verwandten zogen es vor, die Wasserfahrt nicht mitzumachen. Wir Kinder aber saßen schon ungeduldig auf den geteerten Bootbänken, bespritzten uns mit Wasser und erwarteten sehnsüchtig den Augenblick, wo es losginge. Endlich stößt Niels einen unverständlichen Laut aus, tief wühlt sich das Boot durch die Wellen, legt sich auf die eine, dann auf die andere Seite – klatschend fliegt das Segel herum, und wir sind mitten auf dem grün-blauen Wasser, über uns schweben die weißen Möwen, am Bug des Schiffes zischen die Wellen, und hin und wieder werden wir mit einem Sprühregen von Salzwasser übergossen. Es ist herrlich, und wir sind zuerst so stumm vor Entzücken, dass wir auf das Schreien einer bejahrten Tante gar nicht achten und erst allmählich dahinter kommen, dass ihr Mützenkorb sich nicht im Boot befindet, sondern selbstständig hinter uns herschwimmt. Wie es gekommen ist, weiß kein Mensch; aber der heilige Gegenstand scheint es ergötzlich zu finden, seine eigenen Wege zu gehen, und als Niels nach einigem Besinnen die Ruderstange holt und den Ausreißer einfangen will, versinkt dieser in den Wellen, um nicht wieder zu erscheinen. Die Tante ist außer sich vor Schmerz, wir sind außer uns vor Vergnügen, und selbst Niels spuckt mehrere Male durch die Zähne aus, was immer ein Zeichen von besonders guter Laune bei ihm ist. Und dann müssen wir kreuzen, hierhin und dorthin, bald zurück, bald vorwärts. Bald wird das Segel auf diese Seite gelegt, bald auf jene; das Wasser wird immer unruhiger, und uns kommt es vor, als schaukelten wir beständig auf derselben Stelle. Immer tiefer sinkt das Boot, um dann wieder halb aus dem Wasser zu steigen; die Erwachsenen sitzen nachdenklich da, uns scheint es, als wenn dort jemand aus einer kleinen Flasche tränke – endlich sehen wir uns hilfeflehend nach Niels um, der dem beim Segel stehenden Schifferknecht zuruft: Klas, lang mi mal de Bütt her, de Kinner wart wöhlig [2] in't Liv! Es waren meistens die einzigen Worte, die er während der Überfahrt sprach; aber sie waren bedeutungsvoll, denn von diesem Augenblick an hatten wir keinen rechten Genuss mehr von der Wasserfahrt. Eine merkwürdige Gleichgültigkeit bemächtigte sich unser; als wir endlich am Festlande anlegten, blickten wir verständnislos auf den sandigen Strand und die mit Seegras bedeckten Flächen und machten uns gar nicht klar, dass wir nun bis Italien zu Fuß gehen konnten, ohne dass sich die See hindernd dazwischen legte. Davon sprachen wir nämlich immer zu Hause. Jetzt aber ging unser Hauptverlangen dahin, möglichst bald wieder in den heimatlichen Fluren und in Großvaters Glaskutsche zu sein. Der Wunsch ging denn auch zu seiner Zeit in Erfüllung. Niels Jens lieferte

---

[2] von wühlen.

uns zwar hohläugig, aber sonst unversehrt wieder an
der Sundfähre ab; wir wurden in den Wagen gepackt,
schliefen ein und wachten gewöhnlich erst auf, wenn
uns das schlechte Straßenpflaster so durchschüttelte,
dass wir mit den Köpfen zusammenstießen. Wie wir
dann später ins Bett kamen, weiß ich nicht mehr, meine
Erinnerung versagt bei diesem Punkte völlig; ich weiß
nur, dass es am anderen Morgen herrlich war, aufzuwa-
chen und den Kopf voll der schönsten Erinnerungen zu
haben. Was hatten wir alles in wenig Stunden erlebt! Es
war kaum auszudenken, und unseren Spielgefährten
wurde so viel erzählt, dass sie uns sehr beneideten.

Wir kamen übrigens auch noch auf andere Weise übers
Wasser: an lauen Sommertagen, wo der Wind kaum die
Segel füllte, wo die See glatt war wie Atlas, wo an Seekrankheit nicht gedacht wurde, und wo uns Niels Jens
das Blinkern lehrte. Wir warfen einen blanken, schweren
Bleifisch ins Wasser, und die großen Dorsche kamen
und schnappten danach, was ihnen schlecht bekam;
denn an einem versteckten Haken hingen sie fest, und
mit einer an dem Lockfisch befindlichen Leine wurden
sie an die Oberfläche gezogen. So war es wenigstens in
der Theorie. In der Praxis haben wir höchst selten einmal auf diese Art einen Fisch gefangen, und wir ärgerten
uns außerordentlich über Niels, der einen ganzen Eimer
voll Dorsch blinkerte.

Einmal erlebten wir auf dem Wasser ein Abenteuer,
dass ich jetzt nicht mehr mit so viel Fassung tragen
würde wie damals. Es war an einem grauen Sommertage, wie wir sie so häufig in unserem trüben Norden haben: grauer Himmel und graue See, auf der fast keine

Bewegung zu sein schien. Wir sollten irgendeinen Besuch abholen, der vom Festlande mit Extrapost am anderen Ufer ankommen sollte. Dann zog man dort einen schwarzen Korb an der Signalstange empor, und Niels Jens holte, von uns begleitet, mit seinem Boote die Erwarteten ab. Aber zu damaliger gemütlicher Zeit blieb die Extrapost gerade so oft in den tiefen Sandwegen stecken wie die anderen Posten: Wir hatten schon stundenlang auf dem Wasser gelegen und gänzlich erfolglos geblinkert; und noch immer war das Signal nicht gegeben, dass der erwartete Wagen sein Ziel, die äußerste Spitze des Festlandes, erreicht habe. Dieser Umstand beunruhigte uns indessen gar nicht; wir überredeten Niels, mit uns in die freie See zu fahren, was er denn auch tat. Am Tage vorher war ein sehr starkes Gewitter gewesen, das in unserer flachen Landschaft viel Unheil angerichtet hatte; wir erzählten Niels, dass in unseren Kirchturm der Blitz eingeschlagen hätte, ohne zu zünden, dass ein kleines Haus in Brand geraten sei, und was der Geschichten mehr waren. Er hörte uns in seiner stillen Weise zu, spuckte durch die Zähne und sagte kein Wort. Es war fast gar kein Wind, das große geflickte Segel schlug müde gegen den Mast, und das Boot bewegte sich nur langsam vorwärts. Ich hatte die Hände bis zum Ellbogen in das laue Wasser gesteckt und griff nach kleinen abgerissenen Stücken Seegras.

»Sieh mal, Niels«, sagte ich schläfrig, »hier guckt ein Pfahl aus dem Wasser!«

Mit einem langen Schritt stand der alte Seemann neben mir, und seine scharfen Augen schienen das graue Wasser durchbohren zu wollen. Da war der »Pfahl«, die

Spitze eines schlanken Mastes, neben dem allerhand Tauwerk schwamm! Unser Boot lag ganz ohne Bewegung; Niels rief dem hinten sitzenden Schifferjungen ein paar Worte zu, dieser zog die hohen Stiefel aus und glitt plötzlich fast geräuschlos ins Wasser. Es war still in unserem Boot. Niels stand, mit einem Ruderpatten in der Hand, bewegungslos wie aus Stein gehauen; nur an dem Funkeln seiner Augen konnte man erkennen, dass er aufgeregt war. Da tauchte der flachsblonde Kopf des Jungen wieder aus dem Wasser; aber er war nicht mehr allein – hinter ihm hebt sich's leise, von den flüsternden Wellen liebkosend getragen. Es ist ein blasses, ernstes Menschenantlitz, in das wir sehen, noch unentstellt von der Hässlichkeit des Todes, mit dem Ausdruck des Friedens in seinen Zügen.

Da hängen noch zwei mehr in der Rigging, aber ich konnte sie nicht loskriegen! Berichtete der Junge, indem er sich am Bootrande festhält. Scheint ne Jacht aus Lübeck zu sein – gerade so 'n Takelwerk, wie sie da immer haben! Wird wohl im Gewitter aufn Stein getrieben sein!

Jetzt sitzt er vorn im Boot, schüttelt sich wie eine Ente, und hinten auf einem Stück Segeltuch liegt der tote Seemann. Niels hat ihm ein Tuch über das Gesicht gelegt, und wir können von ihm nur die Hand sehen, an der ein Trauring wie eingewachsen scheint. Und dann kommt plötzlich die Sonne durch die grauen Wolken, ein goldener Schein zittert über der düsteren See, und violette Lichter tanzen neben unserem Boot auf und nieder. Ich kann es nicht länger aushalten. Plötzlich sitze ich neben dem Toten, habe ihm das Tuch vom Gesicht genommen und rufe Niels zu, der mich daran hindern will: »Oh, lass ihn die Sonne doch noch einmal bescheinen, nur noch ein einziges Mal!« Und Niels lässt mich gewähren. »Er liebt ja die Sonne wie ich, wie wir alle, die wir im Nebellande geboren sind.« Dann rudern wir leise an die Brücke und sprechen kein Wort.

Inzwischen war unser Gast angekommen und von einem anderen Boote bereits abgeholt worden, sodass er auf uns gewartet hatte und uns nicht sehr freundlich begrüßte. Es war damals so schwer, zu uns zu gelangen, und auf einer bestimmten Stelle des Festlandes warfen die Wagen so oft um, dass die uns besuchenden Verwandten eigentlich Anspruch auf eine Belohnung machten, wenn sie ihr teures Leben unsertwegen in die verschiedensten Gefahren brachten. Später, wenn sie sich bei uns erholt hatten, trennten sie sich wieder ungern, und so kam niemand auf kürzere Zeit. Heute waren wir nun so voll von unserem Erlebnis, dass unsere Begrüßung wahrscheinlich sehr gleichgültig ausfiel, und dass sich unser Besuch, ein älterer Herr, fröstelnd in die Wagenecke setzte und sehr einsilbig wurde. Er mochte natürlich nicht gleich bei seiner Ankunft von Gewitter und Schiffbruch und Tod hören und war nicht erfreut von unserer Vorliebe für diese Art von Unterhaltung. Ich denke mir aber jetzt zu meiner nachträglichen Beruhigung, dass wir nicht allzu lange von diesen Dingen gesprochen haben, und dass er allmählich etwas mehr Gefallen an uns gefunden hat. Von dem Ertrunkenen musste er allerdings noch öfter hören, denn als dieser auf unserem Kirchhof beerdigt wurde, liefen wir Kinder alle mit, und wir haben noch lange Blumen auf einen Grabhügel gelegt, der ohne uns bald vergessen worden wäre. Wir aber hatten ein entschiedenes Eigentumsrecht auf dieses einsame Grab, und wir haben es viele Jahre treu gepflegt, obgleich es weder Kreuz noch Stein kenntlich machte. Den Namen »unseres Seemanns«, wie wir ihn nannten, haben wir niemals erfahren; was fragt auch ein Kind nach Namen – der liebe Gott wusste, wie er hieß, das genügte uns. Noch oft sind wir übers Wasser gefahren; bei allen Jahreszeiten, beim schönsten und beim schlechtesten Wetter, echte Seekinder, hin und wieder seekrank, aber niemals ängstlich und den gefährlichen Augenblicken mit derselben Ruhe entgegensehend, wie wir sie an unseren Seeleuten kannten. Niemals aber haben wir wieder einen so stillen Gast »an Land« gebracht, wie damals, obgleich wir in kindischer Neugier oft genug danach aussahen. Jetzt hoffe ich sehr, dass ich es nie wieder erleben werde.

Krambambuli

Sommerwirtschaften gab es nicht in unserer kleinen Stadt; wollte man in der schönen Jahreszeit einmal anderswo seinen Kaffee trinken, so musste man nach Feldkirchen, einem in der Nähe liegenden Dorfe. Dort gab es nicht bloß eine altertümliche Kirche, sondern, was für uns das Beste war, zwei Wirtschaften. Sie lagen nur durch ein Haus voneinander getrennt, hatten beide eine Kegelbahn und sehr angenehme Stachelbeerhecken, die uns auf die erfreulichste Weise beschäftigten. Wenn es also eines Sonntags hieß, Großvater wolle mit seinem etwaigen Besuch und mit uns nach Feldkirchen fahren, so freuten wir uns immer außerordentlich. Wir wurden auf den Bock und in die Kutsche selbst verteilt, und da wir meist bei dem ersten Hause des Dorfes, dem »Letzten Heller«, aussteigen durften, so war die Gefahr, seekrank zu werden, nicht so groß, denn die Fahrt dauerte kaum eine halbe Stunde. Im Wagen wurde die Frage, in welcher Wirtschaft wir einkehren sollten, lebhaft verhandelt. Kaffee, Kegelbahn und Stachelbeeren waren bei beiden Wirten von gleicher Beschaffenheit, aber Herr Hauschild besaß ein Gartenhaus mit wundervollen chinesischen Tapeten, und Herr Meinhard hatte einen Bruder, der als Kutscher des Kaisers von Russland in Petersburg eine hohe Stelle einnahm. Da wurde uns die Wahl oft recht schwer. Manchmal kannten wir nichts Erhebenderes, als beim Bruder des kaiserlich russischen Rosselenkers Kaffee zu trinken; manchmal aber hatten wir demokratische Anwandlungen, sagten, Herr Meinhard sei uns gleichgültig, und verlangten stürmisch nach den chinesischen Tapeten des Hauschildschen Gartenhauses. Gewöhnlich entschied unser Großvater, dass wir einmal zu Meinhard und einmal zu Hauschild führen, und da im Grunde genommen beides ganz dasselbe war, so fanden wir uns zufrieden in seine Bestimmung. Und nun wurde das Sonntagsnachmittagsvergnügen »programmmäßig« abgesponnen. Wir tranken alle Kaffee und aßen soviel Kuchen dazu, als es nur anging; dann schoben die männlichen Familienmitglieder Kegel, die Tanten, von denen wir immer einige in Vorrat hatten, strickten oder stickten, und wir Kinder liefen ab und zu, aßen Obst und wurden bald wieder hungrig und durstig. Großvater war immer sehr gut gegen uns. Wenn er uns auch häufig erklärte, er wisse durchaus nicht, was

unsere Eltern mit ihren vielen Kindern anfangen wollten, so hätte er doch sicherlich keinen Einzigen von uns
entbehren mögen. Er war auch niemals karg gegen uns.
Er hatte die außerordentlich angenehme Gewohnheit,
uns vor der Abfahrt aus dem Wirtshause zu fragen, ob
wir auch noch etwas genießen wollten, eine Frage, die
verschiedenen Tanten ebenso verwerflich erschien, wie
sie uns wohl tat. Denn wir wussten schon seit dem Vor-
mittag, ja vielleicht schon seit acht Tagen, was wir uns in
Feldkirchen selbstständig bestellen wollten. Manchmal
hatten wir eine Leidenschaft für Eierbier, ein andermal
war es Glühwein oder Brauselimonade, ohne deren Genuss wir nicht länger leben zu können glaubten, und als
wir eines Sonntags bei Herrn Meinhard Kaffee getrunken hatten, waren Jürgen und ich uns über unser Getränk schon längst einig.

Zwei Glas Krambambuli und eine kleine Flasche davon
auf zu! Bestellte Jürgen, während ich mit wichtiger Miene hinzusetzte: Aber mein Glas muss ebenso stark sein
wie Jürgens! Es war nämlich mein steter Kummer, dass
meine Getränke meistens schwächer bestellt wurden, als
die der älteren Brüder. Herr Meinhard achtete aber nicht
auf meinen Zusatz. Er stand in seiner kleinen Schenk-
stube, umgeben von unzähligen dunkeln Flaschen, und
sah uns verwundert an.

»Was wollt ihr haben? Bambuli? Was ist denn das?«

»Krambambuli!« wiederholte Jürgen mit Nachdruck.
»Herr Meinhard, das trinkt der Kaiser von Russland jeden Tag ein paar Mal!«

Is die Möglichkeit! – Herr Meinhard war immer angenehm berührt, wenn man auf seine Beziehungen zum russischen Hofe anspielte. Na, wenn der Kaiser das Zeugs mit dem komischen Namen trinkt, da müsst ihr kleinen Dingers das ja auch mal kennenlernen!

»Zwei Glas und eine kleine Flasche auf zu!« bestellte Jürgen noch einmal, während der Wirt den Kopf schüttelte.

»Kinners, so was Feines führ ich noch gar nich!

Aber was nich is, kann werden! Nächster Tags schreib ich nach Lübeck von wegen den Franschwein – da will ich gleich ein Gebinde Strampelkram mit bestellen. Also, das is was Russisches – na, denn is es was Gutes und was Starkes, denn was mein Bruder in Petersburg is –«

Aber wir hörten zum ersten Mal in unserem Leben nicht auf die Geschichten von Herrn Reinhards Bruder in Petersburg und schlichen enttäuscht aus der Gaststube, ohne uns etwas anderes zu bestellen.

Seit dem Tage, wo der Onkel Student mit seinen Freunden zum Besuch in unserer Stadt so lustig gesungen hatte: Des Abends spät, des Morgens früh trink ich mein Glas Krambambuli! Seit diesem Tage wollten auch wir dieses köstliche Nass kennenlernen. Die Herren mit den bunten Bändern über der Weste hatten uns auf unsere dringenden Fragen versichert, etwas Besseres auf der Welt gäbe es überhaupt nicht als Krambambuli. Die armen Studenten, die so schrecklich viel lernen müssten, könnten nicht gesund bleiben, wenn sie nicht Krambambuli hätten, und einer der Gefragten, dem eine breite Schmarre über die Wange lief, versicherte ganz ernsthaft, ohne Krambambuli würde er schon lange tot sein, und wer das tränke, könnte gar nicht sterben.

Wir dachten nun allerdings für uns selbst nicht an den Tod; aber wir hatten einen Spielgefährten, von dem die Leute sagten, dass er bald sterben müsse, und deshalb wollten wir nicht allein selbst das Krambambuli kosten, sondern auch Karl Piening davon mitbringen. So hatten wir es uns lange vorgenommen, und hatten in dem festen Vertrauen auf den Bruder des kaiserlich russischen Kutschers in Feldkirchen unsere Bestellung danach einrichten wollen. Nun fuhren wir betrübt der Stadt wieder zu, ohne eine Flasche Krambambuli!

Karl Piening war schon so lange krank, dass wir fast vergessen hatten, wie er aussah, wenn er nicht im Bette lag. Wir hatten ihn sehr gern, und es verging selten ein Tag, wo ihn nicht einer von uns besucht und ihm etwas erzählt hätte. Seine Mutter war Wäscherin bei uns; daher kannten wir ihn so gut. Als er noch gesund war, hatte er uns an den Waschtagen nachmittags besucht, hatte mit uns gevespert und dann gespielt. Er weinte nicht, wenn es einen Puff setzte, er klatschte auch nicht und ordnete sich still uns lebhaften Kindern unter. Da wir instinktiv merkten, dass er uns gut war, so hatten auch wir ihn gern, und als der schweigsame, etwas scheue Knabe plötzlich erkrankte, vermissten wir ihn zuerst außerordentlich. Dann aber wurde es eine stehende Gewohnheit, ihn zu besuchen. Bist du schon bei Karl gewesen? War eine tägliche Frage; irgendeins von uns erübrigte gewiss einen Augenblick, vor oder nach der Schulzeit, um an seinem Bette zu sitzen. Manchmal brachten wir ihm auch eine Kleinigkeit mit: einen Apfel, einen Kuchen, ein Stück Bindfaden; Karl aß aber fast gar nichts, und für den Bindfaden hatte er auch nicht mehr so viel Interesse wie ehemals, wo er noch »Pferdchen« spielte oder den Drachen steigen ließ. Seine Mutter aber sprach immer vom Tode. Wenn wir eintraten und nach Karl fragten, schüttelte sie den Kopf. Ja, pflegte sie zu sagen, heute is er noch da, und morgen auch; abers in ein paar Wochen geht er seinem Vater nach, der auch die Zehrung hatte. Oh, was hab ich mit den durchgemacht, ehe er glücklich in Himmel war, und nun fängt die Geschichte mit mein klein süßen Jungen ganz von vorn an! Na, der liebe Gott wird ihn nu all bald zu sich nehmen: Da bitt ich ihn jeden Abend und Morgen um!

Bei uns zu Lande, wie der Schleswig-Holsteiner sagt, sprechen die einfachen Leute immer in Gegenwart ihrer Schwerkranken vom Tode. Es ist wohl nicht Mangel an Liebe, der sie anscheinend so gefühllos macht, es ist der Ausdruck ihrer Naturwüchsigkeit. Das Sterben ist eine selbstverständliche Folge des Geborenwerdens: Warum soll man also den Leuten verschweigen, was ihnen bevorsteht? Aber der seiner empfindende Mensch sträubt sich doch gegen diese unbarmherzige Nüchternheit, und selbst wir Kinder mochten Frau Pienings Reden nicht hören. Karl sah uns dann stets mit seinen hellblauen, merkwürdig klaren Augen so ernsthaft fragend an, als wenn er in unseren Gesichtern lesen wollte, ob seine Mutter wahr gesprochen hätte; und wir standen unbeholfen vor ihm, halb traurig, halb verlegen. Es war kurz nach dem Winter gewesen, als Karl sich gelegt hatte, nun standen die Störche schon wieder in großen Versammlungen auf den Wiesen und berieten sich mit gravitätischen Mienen, ob sie reisen oder ob sie es noch ein paar Tage bei uns aushalten wollten. Wir erzählten Karl von den Störchen und auch davon, dass die Felder alle leer wären, und dass der Wind drüber führe, und dann berichteten wir ihm auch einmal, was uns der eine Student vom Krambambuli gesagt hatte: wer ihn tränke, der bliebe immer gesund und brauchte nicht zu sterben! Karl wiederholte die Worte, richtete sich in seinem Bettchen auf und sah uns mit aufleuchtenden Augen an. Er hatte immer alles geglaubt, was wir ihm erzählten – weshalb sollte er jetzt an unseren Worten zweifeln, von deren Wahrheit wir doch selbst felsenfest überzeugt waren?

Krambambuli! Wie hübsch klang das Wort! Zuerst vermochte der kleine Kranke es nicht auszusprechen, bald aber konnte er es ebenso gut wie wir, und wenn seine Mutter vor ihm stand und ihm schluchzend vom Sterben erzählte, dann blickte Karl in die über seinem Bette spielenden Sonnenstrahlen und sagte leise vor sich hin: Krambambuli, Krambambuli! Sobald wir wieder nach Feldkirchen fuhren, brachten wir es ihm mit – das war sicher; denn der Bruder des kaiserlich russischen Kutschers musste es haben, davon waren wir fest überzeugt. Und Karl freute sich so! Er konnte wieder lachen wie früher, und wenn wir bei ihm saßen und mit ihm plauderten, dann sprachen wir davon, wie es wohl sein würde, wenn wir niemals krank und niemals erkältet wären, wie merkwürdig es doch eigentlich sein müsste, wenn wir gar nicht zu sterben brauchten, und ob wir dann wohl noch immer spielen würden. Großvater, unsere Eltern und guten Freunde, alle sollten sie Krambambuli haben; nur der eine Lehrer; der neulich Jürgen gescholten, weil er seine dänische Lektion nicht gelernt hatte, der durfte keinen Tropfen bekommen! Der konnte unsertwegen morgen wieder nach Fünen reisen und sterben, wann es ihm beliebte. Aber auch für ihn legte Karl ein gutes Wort ein.

»Er braucht ja nich so viel zu kriegen«, meinte er halb entschuldigend und doch bittend. »Bloß ein klein büschen, damit er noch ein klein büschen länger lebt.«

»Weshalb, Karl? Der braucht gar nicht länger zu leben! Solch ekliger Däne!«

»Man bloß ein paar Jahre!« wiederholte der Kranke und sah uns so flehend an, dass wir gnädig meinten, wir wollten Herrn Larssen ein halbes Weinglas voll geben.

Nun standen wir Montagmorgen, nachdem wir am Sonntag in Feldkirchen gewesen waren, vor Karls Bett wie die armen Sünder. Er hatte sich bei unserem Kommen aufgerichtet, und sein Atem ging kurz; als er in unsere Gesichter sah, legte er sich zurück, und ein grauer Schatten zog über sein Antlitz.

»Es ist noch nicht da, Karl; aber Herr Meinard lässt es in Gebinden aus Lübeck kommen – du bekommst es sicher!«

Er sah uns mit erloschenen Augen an.

»Ehe es aus Lübeck kommt, bin ich tot. Mutter sagt es ümmerlos – lange kann ich es doch nich mehr machen!«

Er sagte die Worte in dem Tone vollständigster Hoffnungslosigkeit, und da auch wir wussten, dass es manchmal Monate lang dauerte, ehe der Schiffer die bestellten Waren aus Lübeck brachte, so schwiegen wir betrübt.

Jetzt kam Frau Piening ins Zimmer. Sie sah verweint aus und fuhr mit der verarbeiteten Hand über das spärliche Haar ihres Kindes.

»Erzählt ihm was vom Himmel!«, sagte sie zu uns befehlenden Tones. »Oder wisst ihr da kein Bescheid in? Denn geht man weg!«

Aber wir wussten Bescheid im Himmel, und wir begannen zu erzählen – erst stockend, dann geläufiger von den goldenen Toren der hochgebauten Stadt, von den Engeln, die jedem Kinde so freundlich entgegenkämen, von allem, was uns schön und lieblich aus fremden und eigenen Gedanken eingepflanzt war, davon sprachen wir. Karl lag ganz still und hatte die Augen geschlossen. Als wir aber leise fortgingen und die Sonne goldig durch die geöffnete Tür schien, da richtete er sich auf und fragte mit schwacher Stimme, ob wir nicht anderswo Krambambuli bekommen könnten.

Als wir draußen in der frischen Herbstluft standen, sagt Jürgen mit einem Mal, er wollte in die Apotheke gehen und nach Krambambuli fragen. Ich pflichtete ihm eifrig bei, denn beim Onkel in der Apotheke bekamen wir alles, was für unsere Gesundheit zuträglich war: saure und süße Säfte, Lebertran und Pfefferminzbonbons, Rizinusöl und Schokoladenplätzchen; er würde uns gewiss auch Krambambuli geben oder es wenigstens bereiten können, und wir waren dumm gewesen, uns nicht gleich an den guten Onkel zu wenden, der uns schon so manchen Gefallen getan hatte.

Als ich am anderen Morgen zu Karl ins Zimmer trat, hatte ich ihm eine frohe Nachricht zu bringen. »Denke dir, Onkel Anton will uns heute Krambambuli machen! Gestern hatte er keine Zeit; heute Nachmittag soll es aber fertig sein!«

Karl hatte sich mühsam aufgerichtet, und seine Augen leuchteten auf. »Ist es wahr, ganz gewiss wahr?« Sein Gesicht sah etwas verändert aus; ich achtete aber nur flüchtig darauf.

»Leg dich nur wieder hin, Karl; heute noch kommt es, ganz, ganz gewiss! Und du sollst es zuerst probieren und wirst dann gleich gesund! Morgen spielst du wieder mit uns!«

»Morgen spiele ich wieder!« wiederholte der Kleine träumerisch und doch mit glücklichem Lächeln. »Morgen spiele ich wieder!«, sagte er noch einmal. Sein Gesicht sah aus, als wenn die Sonne drauf schiene. »Erzähl mich was!«, sagte er dann etwas ungeduldig zu mir. Es war gerade, als wenn er das Warten nicht länger ertragen könnte, und ich willfahrte ihm. »Denke dir, weil wir doch so viel von Krambambuli sprachen, so hat Jürgen auch probiert, welches zu machen. Er tat Milch, Wasser, Zucker, Kaffeebohnen und sonst noch allerhand in eine Flasche und schüttelte sie tüchtig. Aber das Schütteln half nichts; es schmeckte doch schlecht, und dann ging er ins Schlafzimmer und holte Milo (einen der anderen Brüder) aus dem Bett und zeigte ihm die Flasche. Milo hatte gerade einschlafen wollen und war ganz müde; aber er tanzte doch eine halbe Stunde lang Galopp im Nachthemd und sang dazu: »Mit dem Pfeil, dem Bogen«, denn Jürgen versprach ihm, dass er die ganze Flasche nachher austrinken dürfte, wenn er uns etwas vortanzte und sänge. Als er dann aber einen Schluck probierte, da weinte er und wollte nichts weiter haben; aber Jürgen sagte, er müsste alles austrinken, weil er doch dafür gearbeitet hätte. Dann aber kam Mama dazu und schüttelte Jürgen, weil er seinem jüngeren Bruder nichts einbilden dürfte, und weil Milo schlafen sollte!«

Karl hatte mir gespannt zugehört. Jetzt lachte er: Er ließ sich so gern etwas erzählen.

Das war das falsche Krambambuli – ich aber – ich bekomme das Echte!

Er sprach mühsam, sah aber so glückstrahlend aus, dass ich ihm befriedigt zunickte. »Gewiss, du bekommst das echte, heute Nachmittag bringen wir dir's!«

Es dauerte heute lange, bis es Nachmittag wurde; aber endlich schlug es vier Uhr. Das war die Zeit, wo wir das Krambambuli von der Apotheke holen sollten, und wir standen schon lange vor dem großen, gelben Hause, bis wir die Turmuhr hörten. Jürgen lief in die Apotheke und kehrte nach wenig Augenblicken mit einer großen Medizinflasche zurück, die er mir triumphierend zeigte. Sie enthielt eine weiße Flüssigkeit, und auf der Etikette stand mit großer Schrift: Krambambuli! Später erfuhren wir, dass der Inhalt Kognak und Milch gewesen war.

Wir hatten aber die Empfindung, dass höchste Eile nötig sei. Ohne viel miteinander zu sprechen, liefen wir, bis wir atemlos vor Karls Häuschen anlangten, und traten eilig ein. Seine Mutter stand am Fußende seines Bettchens, und er selbst lag so still, dass wir glaubten, er schliefe. Seine Augen waren aber weit geöffnet, und als er uns erblickte, winkte er mit der Hand.

»Hier ist das echte Krambambuli«, sagte ich, mich über ihn beugend, und er lächelte glückselig.

»Das echte,« wiederholte er mit leisem Lachen, »und morgen – morgen spiele ich wieder!«

Seine Glieder streckten sich, noch einmal lachte er uns an, dann schloss er die Augen, und ein starrer Zug trat in sein Gesicht: Er war tot. –

»Nun spielt Karl mit den Engeln!«, sagte unser kleinster Bruder vergnügt, als der kleine schwarze Sarg bei unserem Hause vorbeigetragen wurde. Und dieser Gedanke trocknete auch unsere Tränen. Im Himmel zu spielen war doch noch besser, als auf der Erde Krambambuli zu trinken.

Blasse Rosen

Oben auf Großvaters Boden stand der Tantenkoffer, eingezwängt zwischen alten Truhen, Kisten und Schachteln. Er war alt, groß und hässlich, aber wir betrachteten ihn stets mit Neugierde, weil wir nicht wussten, was darin war. Die Großen wussten es auch nicht. Früher, vor vielen, vielen Jahren, waren zwei Cousinen unseres Großvaters lange bei dem Großvater im Hause gewesen, und als sie wieder davongezogen waren, hatten sie gebeten, diesen Koffer hier lassen zu dürfen, bis sie ihn selbst holen würden. Aber sie waren nicht wiedergekommen, und der Koffer stand noch immer auf Großvaters Boden. Dieser Boden war unheimlich. Groß, niedrig und dämmerig, mit schrägen Dachfenstern, war er uns schon am hellen Tage ein bisschen gruselig. Abends aber gingen wir vollends ungern hinauf, und unter keiner Bedingung ohne Begleitung. Es huschte, knackte und raschelte dort in allen Ecken, und wir waren froh, wenn mir wieder unten waren. Am Tage saßen wir wohl manchmal gern in einer helleren Ecke des Bodens, sahen die Stäubchen in den schräg einfallenden Sonnenstrahlen tanzen, suchten nach altem Gerümpel oder betrachteten den Tantenkoffer. Früher war er schwarz gestrichen gewesen; jetzt hatte ihn die Farbe allmählich verlassen, man sah das gerissene, wurmstichige Holz, und die eisernen Bänder, die ihn umklammert hielten, rosteten nach und nach immer mehr. Öffnen konnten wir ihn aber doch nicht; das Schloss schien noch sehr gut zu sein, und so mussten wir uns damit begnügen, den Tantenkoffer von allen Seiten zu betrachten, auf ihm zu sitzen oder auf ihm herumzutrampeln. Vertragen konnte er nämlich alles.

Nach den Tanten, die die glücklichen Besitzer dieses Schatzes waren, fragten wir übrigens wenig. Nicht weil es uns an allgemeiner Menschenliebe gefehlt hatte, sondern weil wir nach unserer Ansicht genug Tanten hatten. Wir hatten, wie alle Sterblichen, verschiedene Arten von Tanten. Einige waren sehr lieb, sehr gut und liebenswürdig; andere mäkelten beständig an uns herum und fanden uns unliebenswürdig, unartig und unbescheiden. Es gab gewisse Tanten, die niemals mit uns zufrieden waren, die uns beständig fühlen ließen, wie weit wir uns alle Tage vom Wege der Tugend entfernten, und die uns von unheimlich artigen Kindern lange Geschichten erzählten, deren Sinn darin bestand, dass wir mit diesen Tugendbolden auch nicht die entfernteste Ähnlichkeit hätten. Wir empfanden nicht leicht Müdigkeit; diese Tanten aber wirkten ermüdend auf unsere Gemüter. Wir waren ihnen nicht gerade böse, sie mochten ja recht haben mit ihrer schlechten Meinung von uns; aber wir liebten sie auch nicht. Kinder sollen aber nur lieben, und deshalb war ihr Einfluss nicht gut. Noch jetzt empfinde ich nur Kälte, wenn ich zurückdenke an jene liebeleeren, tadelsüchtigen Tanten, und wie warm durchströmt mich dankbare Liebe, wenn ich jener Tante gedenke, die mich mit liebender, weicher Hand einführte in die Geheimnisse des Alphabets, die alles Gute in mir sorgsam hegte, der keine Unart verschwiegen wurde, und die niemals Moralpredigten hielt. Dafür wird sie auch wieder geliebt werden bis in die Ewigkeit. Fremden Tanten standen wir immer mit einem gewissen Misstrauen gegenüber. Jürgen meinte allerdings, die Tanten, die Fräulein hießen, seien meistens die nettesten. Meinen Erfahrungen entsprach das nicht ganz. So gingen unsere Ansichten über diesen Punkt auseinander, und die Frage, ob eine unverheiratete Tante einer verheirateten vorzuziehen sei, ist bis heute von uns nicht gelöst worden.

Als wir Tante Julie und Tante Auguste vom Sunde abholen sollten, fiel uns plötzlich unterwegs ein, dass wir gar nicht wüssten, ob sie verheiratet wären. Es waren die Koffertanten, die erwartet wurden, und wir hatten uns auf die endliche Eröffnung des geheimnisvollen Gegenstandes so gefreut, dass uns die Frage, wer Tante Julie und Auguste eigentlich wären, ziemlich gleichgültig erschien. Jetzt aber, wo wir bei Hinrich auf dem Bock saßen, während die Glaskutsche einsam prächtig hinter uns herrollte, empfanden wir doch das Bedürfnis, etwas von den Damen zu erfahren, mit denen wir nachher artig im Wagen sitzen sollten. Ich hatte kürzlich eine etwas erregte Auseinandersetzung mit der unverheirateten Tante gehabt, die das Hauswesen unseres Großvaters leitete, und daher ging mein Wunsch dahin, dass sich die neuen Tanten imstande der Ehe befinden möchten. Jürgen bemerkte aber mit dem ihm eigenen Widerspruchsgeist, dass ihm die neuen Tanten überhaupt gleichgültig wären. Er könnte keine Tanten mehr leiden, möchten sie nun verheiratet oder unverheiratet sein, die meisten taugten doch nichts. Onkel wären unter allen Umständen besser. Ich widersprach nicht, denn wir hatten nette Onkel: Einen ganz jungen, lustigen besonders, der noch Student war; aber mir lagen die Tanten doch am Herzen, und ich fragte Hinrich, ob er etwas von den erwarteten gehört hätte, worauf der Kutscher mit ernsthaftem Gesicht bemerkte, dass er die Fräulein vor dreißig Jahren auch schon einmal gesehen habe.

Da waren sie Jungferns, setzte er hinzu, indem er mit der Peitsche eine Fliege von Hermanns Halse fortschob; aber in dreißig Jahrens kann sich das ümmer ein büschen verändern!

Das war gewiss möglich, und so konnten wir uns jetzt den gewagtesten Vermutungen hingeben, bis uns der scharfe Ostwind noch herber um die Ohren pfiff, und der Fährpächter uns vom Kutschbock in seine Arme springen ließ.

Sie kreuzen all lange, bemerkte er, eine hat ein blauen und eine ein grünen Sleier, und hellschen dünn sind sie auch!

Dann schraubte er sein Fernrohr zusammen, durch das er auf die sich wild stürzende See geblickt hatte, und wir liefen auf die Brücke, um das Boot zu beobachten, das jetzt anscheinend still zwischen den hohen Wellen lag.

Unser Sund ist bis zum heutigen Tage ein unberechenbarer Geselle geblieben. Bei heftigem Sturme, der, nebenbei bemerkt, selten eine Richtung beibehält und oft aller Viertelstunden umspringt, ist es gar kein Genuss, auf den grüngrauen Wellen der Ostsee im Segelboote zu tanzen. Die eine Strömung schleudert das Fahrzeug hierhin, die andre dorthin, und es gehört die Kaltblütigkeit eines gewiegten Schiffers dazu, sein schweres Boot glatt durch die Brandung zu führen. Aber die Insassen des Bootes fühlen sich nicht immer wohl dabei.

Ich glaub, dass die Damens fix seekrank sind! Meinte der Fährpächter, der neben uns stand, und wir nickten bedauernd. Mit Seekrankheit hatten wir immer Mitleid.

Jürgen aber hatte plötzlich einen ganz neuen Gedanken. »Wird man eher seekrank, wenn man unverheiratet ist, oder eher, wenn man einen Mann hat?«, fragte er.

Der Gefragte zog sich den Südwester etwas mehr über die Ohren. »Da weiß ich nix genaues von zu sagen«, erwiderte er dann bedächtig. »Was mein Swägerin ihr Swester is, die mit ihr Mann nach Schina fährt, die is in ein Taifun, was ein schinesischen Sturm is, gesund wie ein Stint geblieben, wogegen ihr Mann und der Steuermann und die Mannschaft reineweg elendig gewesen sind. Sie hat mich das in ein Brief geschrieben. Und wenn sich ein verheirateter Mann erst mal auf den Rücken legt, denn muss es all slimm sein! Nee, mit'n Ehestand hat die Seekrankheit ganz und gar nix zu tun! Na, da kommen sie ja – nun helft man ein büschen bei die Packenüllens, Kinder!«

Mit den Packenüllen, unter denen unser Freund alles Gepäck verstand, waren wir seit unserer Geburt vertraut. Wir wussten, dass, wenn Tanten kamen, wir eine Zeit lang vor Hutschachteln, Mänteln und Mützenkörben überhaupt nicht zu sehen waren, und als sich das schwere Boot dröhnend an die Brücke lehnte, während diese in allen Bohlen knarrte, da streckten wir bereits erwartungsvoll die Hände aus, um die bekannten Packenüllen in Empfang zu nehmen.

Zwei schlanke, ältliche Damen wurden von Niels aus dem Boot gehoben. Sie schwankten noch ein wenig und sahen sehr blass aus; als wir aber nach Hutschachteln und Tüchern griffen, kamen sie uns zuvor. Wir sollten nichts tragen, sagten sie, das könnte uns schaden; und dann streichelten sie uns und meinten freundlich, wir wären liebe, hübsche Kinder. Unser Erstaunen war groß; es wuchs aber ins Grenzenlose, als die Tanten in der Kutsche durchaus rückwärts sitzen wollten, während sie uns beschworen, doch vorwärts oder im »Fond«, wie man damals sagte, zu fahren. Wir taten es natürlich; schon des Spaßes wegen und um nachher den Gespielen gegenüber prahlen zu können, dass wir Tanten hätten, die rückwärts sitzen wollten, während wir vorwärts führen; unheimlich aber war uns doch dabei zumute, und wir wurden still und nachdenklich.

Die Tanten, die uns also bescheiden gegenüber saßen
und auch noch Hutschachteln auf dem Schöße hielten,
sprachen hin und wieder einige französische Worte miteinander. Wir konnten nicht alles verstehen, aber doch
soviel, dass sie uns *bien élevés* nannten, und mich *un pou
laid*. Erst sahen wir möglichst gleichgültig vor uns hin;
dann stießen wir uns an, und endlich konnten wir uns
vor Lachen nicht mehr halten. Es war doch zu komisch,
dass wir *bien élevés* sein sollten! Und als wir merkten,
dass uns die Tanten lächelnd anblickten und gar keine
Miene machten, uns von anderen Kindern zu erzählen,
die niemals lachten, oder die plötzlich gestorben wären,
weil sie in Gegenwart ihrer Verwandten gelacht hatten,
da wurden wir sehr zutraulich. Wir eröffneten ein wah-
res Kreuzfeuer von Fragen auf die unglücklichen Damen, und als wir nach Hause kamen, konnte ich bereits
dem Stubenmädchen erzählen, dass Tante Julie fünfzig
und Tante Auguste fünfundfünfzig Jahre alt geworden
sei, dass jede vier Kleider mitgebracht hatte, und dass
keine von ihnen verheiratet gewesen sei. Und der Koffer
sollte morgen gleich ausgepackt werden. Der Koffer! Der
Gedanke, dass mir endlich hinter die Geheimnisse des
Koffers kommen sollten, regte uns gewaltig auf, wir
sprachen unaufhörlich darüber, was er wohl enthalten
möchte, und begriffen gar nicht, dass sich die Tanten
nicht mehr auf dies Ereignis freuten, und dass Tante
Auguste sogar ein trauriges Gesicht machte, als sie, verfolgt von uns, die schmale Bodentreppe hinaufging. Und
nun endlich, endlich öffnete sich der schwere verstaubte
Deckel, ein sonderbarer Moderduft stieg uns entgegen,

und wir erblickten einen Haufen sorgfältig zusammengelegter Kleidungsstücke.

»Auspacken!«, riefen Jürgen und ich in einem Atem; aber die beiden sonst so höflichen und rücksichtsvollen Tanten gehorchten uns nicht sogleich. Sie knieten vor dem gefüllten Koffer, und die Tränen stürzten aus ihren Augen. Draußen regnete es, schwere Tropfen glitten wie Tränen über die schrägen Dachfenster; der Wind spielte mit einigen losen Ziegeln, und manchmal klang es, als ob auch er weinte. Uns wurde unheimlich zumute, bis Tante Auguste unsere bestürzten Gesichter bemerkte, trotz des grauen Lichtes. Mit bittendem Lächeln sah sie uns an, freundlich über unsere Haare streichend.

»Es geht gleich vorüber«, sagte sie entschuldigend. »Wir haben den Koffer so lange nicht gesehen – er wurde eingepackt, als wir noch dreißig Jahre jünger waren. Nun kommen die Erinnerungen –« sie brach ab, um uns noch einmal zu liebkosen. Sie mochte einsehen, dass Kinder weder für Erinnerungen noch für eine lange Spanne Zeit Verständnis haben.

Tante Julie hatte schon angefangen auszupacken. Zuerst waren es gleichgültige Gegenstände, die durch unsere Hände gingen: alte Wäsche, feine Strümpfe und sonstige nützliche Dinge, sodass wir aufmerksam Tante Julie zuhören konnten, die uns die Geschichte jedes Kleidungsstückes erzählte. Dies Spitzenjabot hatte ihr Vater bei feierlichen Gelegenheiten getragen. Er war Amtmann gewesen und musste, nach den Schnallenschuhen zu urteilen, die jetzt ans Tageslicht kamen, auf großem Fuße gelebt haben. Und dann kam ein Ordensband, das dem Großvater der Tanten, einem dänischen

General, gehört hatte. Früher mochte es nicht Mode gewesen sein, die Ordensdekorationen dem Landesherrn wiederzuschicken, ein Kasten, mit verblasster Seide gefüttert, enthielt allerhand Kreuze und Medaillen. Solange wir uns bei dem Unterkostüm des tapferen Generals aufgehalten hatten, waren wir stille Zuhörer der Tanten gewesen; als aber sein oberer Galamensch an das Tageslicht befördert wurde, da hätten sie ebenso gut mit den Dachziegeln wie mit uns sprechen können. Kaum dass wir ihre Erlaubnis abwarteten, etwas von den köstlichen Gegenständen anzulegen, dann polterten wir die Bodentreppe hinunter. Jürgen trug einen feuerroten Frack, dessen Zipfel wie eine Schleppe hinter ihm herzogen; ich hatte mir einen Dreimaster aufgesetzt und das Kommandeurkreuz des Danebrogs und eine Degenquaste um den Hals gehängt.

Am Fuße der Treppe standen die älteren Brüder, die auch von dem Koffer gehört hatten, und nach wenig Sekunden saßen wir weinend vor der Haustür. Alles, was uns zum »Teilen« geblieben war, war die Degenquaste. Unsere Schätze waren nicht allein in andere Hände übergegangen, man hatte uns auch noch vorgeworfen, dass wir schlechte Schleswig-Holsteiner wären – denn wer trägt heutzutage eine dänische Uniform und einen Orden des Dänenkönigs? Jedenfalls musste man doch dazu die Erlaubnis der Eltern einholen und vorläufig diese Sachen den älteren Brüdern überlassen!

Wir weinten jedoch nicht lange. Der rote, mottenzerfressene Frack wanderte wieder zu den Tanten zurück, die Orden gleichfalls, und als diese nachher uns allen etwas schenkten, waren es andere und passendere Gegenstände. Der Koffer enthielt wirklich köstliche Sachen: alte Glassachen, Bücher, Notiztafeln und eine Menge von altmodischen Dingen, die jedem Liebhaber Freude gemacht hätten. Uns Kindern wurde allerhand zur Auswahl hingelegt. Ich bekam eine dicke Taschenuhr aus einem Metall, das man Tombak nannte, und Jürgen wählte sich eine schmale, zusammengerollte Stickerei. Es waren verblasste Rosen und Vergissmeinnicht auf ganz schmalem Stramin gestickt, und die Tanten meinten, er solle sich später ein paar Hosenträger davon machen lassen.

Es war mir aufgefallen, dass Tante Auguste, ehe sie dieses Bündel auf den Tisch legte, wieder etwas geweint hatte. Sie sah lange auf die matten Rosen und strich wehmütig darüber hin. Als sie meine Augen auf sich gerichtet sah, suchte sie sich wieder zu entschuldigen. »Es ist nur, weil ich an meine Jugend dachte«, sagte sie mit ihrer leisen Stimme. »Als ich bei meiner Tante in Apenrade lebte, habe ich diese Rosen gestickt – es sollte ein Besatz für Vorhänge werden, es ist aber niemals fertig geworden!«

Ich stellte gerade meine Tombakuhr, die die Angewohnheit hatte, nur dann ein Weilchen zu gehen, wenn man sie heftig geschüttelt hatte. Daher hörte ich wenig auf Tante Auguste, sondern mehr auf das schwerfällige Ticken der Uhr.

Jürgen bekam also die gestickten, verblassten Rosen, und er wollte sich eine prachtvolle Pferdeleine daraus machen. Später aber passte ihm die Stickerei nicht mehr, und er tauschte sie bei mir gegen die Uhr um. Inzwischen waren die Tanten wieder abgereist. Die Trennung tat uns sehr leid, denn nach unserer Ansicht gab es keine besseren Wesen als sie. Sie hatten uns niemals Moralvorlesungen gehalten, noch hatten sie sich über unsere Wildheit gewundert. Immer höflich und freundlich, dachten sie von allen Menschen und auch von uns nur Gutes, sie gaben uns ein wundervolles Beispiel von Bescheidenheit und Herzensgüte, sodass wir in Kindergesellschaften, wo wir manchmal unsere Verwandten besprachen, erzählen konnten: Wir haben zwei Tanten, die nehmen immer die kleinsten Stücke bei Tisch und sagen, dass sie mit allem zufrieden wären, eine Behauptung, die von allen Zuhörern schon mit ziemlichem Misstrauen angehört wurde. Verstiegen wir uns gar zu der Mitteilung, dass uns diese Tanten zuerst aus der Tür gehen ließen und sogar lachten, wenn wir mit lauter Stimme ihr Alter bei Tisch verkündigten, dann erfolgte meistens lauter Widerspruch. Solche Tanten gäbe es überhaupt nicht, sagten die größeren Kinder in der Versammlung. Tanten seien immer furchtbar eigen, sowohl mit Essen wie mit ihrem Alter; und da unsere Geschichten den meisten sehr langweilig vorkamen, so wurden sie gewöhnlich mit gleichgültigem Stillschweigen übergangen. Die anderen hatten interessantere Verwandte. Da war ein Onkel, dessen Haare standen nachts auf einem Stocke, und ein großer Junge konnte sich einer Tante rühmen, die schon seit Jahren gestorben war und doch noch immer in der Stadt »spökelte«, weil sie einen Schatz vergraben und die Mitteilung, wo er zu finden sei, versäumt hatte. Nun konnte sie im Grabe nicht zur Ruhe kommen, während sich der Schatz nicht weiter zu beunruhigen schien. Wir Kinder aber saßen zusammengedrängt, mit hochroten Wangen und dachten uns aus, was wir tun würden, wenn wir der Spökeltante begegneten. Und wir, die wir die Koffertanten liebten, bedauerten doch insgeheim, dass sie nicht etwas getan hatten, was sie in den Augen der Gespielen recht groß und wichtig gemacht hätte. Sie blieben aber, wie sie waren, und erlitten denn auch das Schicksal der besten unserer Mitmenschen: Weil sie so gar nicht von sich reden machten, wurden sie endlich vollständig vergessen. Weinend hatten wir die guten Koffertanten übers Wasser gebracht, hatten zärtlichen Abschied genommen und ein treues Andenken versprochen – wo aber blieb dieses Andenken? Es kam neuer Besuch, andere Eindrücke beschäftigten das Kinderherz, und an die fernen Tanten wurde immer weniger gedacht. Zuerst, als die Tombakuhr noch manchmal ging, sprachen wir wohl von Tante Auguste, die sie uns geschenkt hatte. Als aber endlich das Räderwerk ganz versagte und allem Schütteln unzugänglich blieb, da kam die Uhr in eine schwer zu öffnende Schublade, und ich weiß nicht, wo sie ihr Ende gefunden hat. Aber ich hatte noch meinen Straminstreifen, für den ich nur vorübergehend Neigung gehegt hatte. Vergessen und zusammengewickelt, wie vor dreißig Jahren, lag er unter meinen übrigen Raritäten, bis ihn Jürgen einmal fand und ihn für sein Eigentum erklärte. Dies konnte ich aber doch nicht dulden: Es kam zu einem heftigen Streite, der damit endigte, dass ich mit der Stickerei entfloh und im Wohnzimmer des Großvaters begann, sie zu öffnen und auseinanderzuwickeln. Es waren mehrere lange Streifen, die, mit losen Stichen aneinandergeheftet, eine große Rolle abgaben. Hübsch erschien mir das Ganze nicht, und während ich darüber nachdachte, ob es wohl der Mühe verlohnte, mich dieser blassen Rosen wegen mit Jürgen zu erzürnen, öffnete sich die Tür des Zimmers. Ein Herr trat herein, offenbar von dem Stubenmädchen hergewiesen. Er trug die dänische Uniform, und ich wusste gleich, dass es wohl ein Offizier von der Aushebungskommission sei, der den Großvater zu sprechen wünsche.

Solche Besuche kamen nicht selten, und ich wühlte mich aus meinen gestickten Streifen heraus, um dem Herrn die Hand zu geben und ihm einen Lehnstuhl anzubieten. Er redete mich gleich deutsch an, etwas, was viele Dänen aus Grundsatz bei Deutschen nicht taten, und bald stand ich ganz nahe vor dem General und beantwortete ernsthaft seine Fragen. Er hatte gute und kluge Augen; als er mir von seinen Kindern erzählte, wurde ich immer zutraulicher, und wie er mich in gutmütigem Spott fragte, was ich denn mit den gestickten Bändern dort auf dem Fußboden anfangen wollte, holte ich alles und zeigte es ihm. Aufmerksam und halb in Gedanken betrachtete er die verblassten Rosen, während ich sie vor ihm ausbreitete. »Tante Auguste hat es uns geschenkt! Sie hatte einen Koffer, und der war in Apenrade gewesen vor vielen Jahren. Und diese Stickerei ist auch in Apenrade gemacht, und hier« – ich griff nach einem zusammengelegten Blatt Papier, das ganz unten am Ende befestigt schien –, »ach, hier ist ein Brief, und ich glaube, es ist etwas darin!« Plötzlich nahm der General mir das Billett aus der Hand. War er rot geworden, oder kam es mir nur so vor?

»Nicht wahr, du schenkst mir dieses Papier?«, fragte er, und ich nickte gleichgültig, wenn auch ein wenig erstaunt. Dann trat der Großvater ins Zimmer; der dänische Herr begrüßte ihn höflich, und ich wurde fortgeschickt. –

Viele Jahre waren vergangen, lange schon wehte der Danebrog nicht mehr über dem schleswig-holsteinischen Lande, da besuchte ich einmal die Koffertanten. So nannte ich sie nun allerdings lange nicht mehr; sie aber erinnerten mich an diesen Beinamen, und wir sprachen über alte, längst vergangene Zeiten. Sie waren mit den Jahren nicht schlechter geworden; wenn es wirklich wahr ist, dass die Menschen halb Engel, halb Teufel sein sollen, dann hatte der Teufel bei diesen alten Damen ein schlechtes Geschäft gemacht. Sie waren in ihrem ganzen Kreise bekannt durch ihre erstaunliche Güte, und während ich jetzt bei ihnen auf dem besten Platze saß und ihnen durchaus das Beste, was sie an Lebensmitteln hatten, wegessen sollte, kam über mich das drückende Gefühl der Beschämung, das den gewöhnlichen Menschen befällt, wenn er nicht mehr mit seinesgleichen, sondern mit Besseren umgeht.

Tante Auguste war sehr taub geworden. Wer ihr aber in die noch immer strahlenden Augen sah, der konnte ahnen, wie schön sie wohl früher gewesen war. Jetzt, nach dem Essen, zog sie mich in eine Ecke.

»Ich muss dir noch danken«, begann sie mit ihrer leisen Stimme, »du hast mir viel Gutes getan!«

Ich mochte wohl sehr erstaunt aussehen, denn sie lächelte, wenn auch voller Wehmut. Dann legte sie ein kleines, beschriebenes Blatt in meine Hand und zeigte auf einen schmalen Reif an ihrer Uhrkette.

»Du erkennst beides nicht, und doch hast du beides besessen. Soll ich dir die Geschichte erzählen? Sie ist kurz, aber wenn sie dich langweilt, dann steh auf und geh fort, ich nehme dir's nicht übel. Es ist nun schon lange her, und ich kann gut darüber sprechen. Als ich die Jugendjahre bei meiner Tante in Apenrade verlebte, da lag das Leben sonnig vor mir. Die Leute waren alle freundlich gegen mich, und die Tante meinte, ich müsste reich heiraten, das wäre gut für meine Schwestern. Ich hätte es gewiss gern getan, aber da war ein junger dänischer Leutnant, der gar nichts hatte, als seinen guten Namen. Er kam oft zu uns, und ich vergaß ganz, dass die Tante andere Absichten mit mir hatte. Damals arbeitete ich die Straminstreifen, die du nachher bekommen hast; wie eifrig stickte ich die Rosen hinein, wenn er dabei saß und mir auf die Hände sah! Ach, es war eine schöne Zeit, zu schön, als dass sie lange hätte dauern können. Eines Tages suchte ich meine Stickerei vergebens, und dann kam der Leutnant plötzlich auch nicht mehr zu uns. Die Tante behauptete, ich sei wohl selbst unordentlich mit der Arbeit gewesen; aber ich konnte ihr Verschwinden doch nicht begreifen. Allerdings dachte ich nicht viel darüber nach; viel schrecklicher war mir der Gedanke, dass der Leutnant nicht wiederkam. Ich wollte nicht nach ihm fragen, und nachher, als ich zufällig erfuhr, dass er versetzt worden sei, hatte ich schon heimlich viele Tränen vergossen. Kein gutes Wort hatte er mir gesagt, und nun war er von mir gegangen!«

Tante Auguste schwieg einen Augenblick und seufzte; dann wandte sie sich wieder zu mir. »Nicht wahr, die Geschichte ist langweilig? Aber nun ist sie auch gleich zu Ende. Zufällig fand die Tante nachher meine Arbeit wieder; ich mochte aber nicht mehr an den Rosen sticken. So wie es war, legte ich das Bündel weg und habe es nie wieder geöffnet. Die Tante starb; einige Jahre brachten wir dann bei deinen Großeltern zu, wo wir den alten Koffer ließen. Du weißt, wie es dann später kam, dass ihr Kinder einiges aus seinem Inhalt erhieltet. Ich dachte nicht mehr an die Rosen. Da erhielt ich eines Tages aus Kopenhagen einen Brief. Gehört hatte ich wohl von dem ehemaligen Leutnant; er war hoch gestiegen, und seine Frau war ein früheres Hoffräulein. Nun schrieb er mir. Es war ein Briefchen von ihm mit einem Ring darin gewesen, den er selbst in die Stickerei geschoben hatte. Ob es die Tante gesehen hatte? Es war gerade um die Zeit, wo ich die ganze Arbeit verlor. Aber die Tante meinte es gut mit mir; sie ist lange, lange tot – ich möchte ihr keinen unfreundlichen Gedanken nachsenden in die Ewigkeit. Sie wusste ja auch nicht, dass mein Lebensglück an dem Manne hing, der nun von mir gegangen war ohne Abschied, ohne ein Wort, weil er meine Handlungsweise nicht begreifen konnte!«

Die alte Dame hatte die Hände gefaltet und sah still vor sich hin. Draußen begannen plötzlich die Kirchenglocken zu läuten, und einige Kinder liefen lachend und plaudernd an unserem Fenster vorbei; Tante Auguste hörte von all dem Geräusch gar nichts. Strahlend lächelte sie.

»Er hat mich geliebt!«, sagte sie mit verklärtem Gesicht. »Er hat mich doch geliebt! Seitdem ich das weiß, bin ich so glücklich geworden, viel glücklicher als früher. Er schrieb mir so herzlich, bald, nachdem er seinen kleinen Brief bei dir gefunden hatte, und er bat mich um Verzeihung, dass er an mir gezweifelt hatte. Unglücklich war er von mir gegangen, und nun, wo doch viele Jahre zwischen uns und unserer Jugend lagen, nun musste er erfahren, dass ich niemals von seiner Liebe gehört hatte. Lange Zeit habe ich nicht an ihn denken mögen, jetzt, wenn ich für mich allein sitze und alles so still um mich ist, dann höre ich eine Stimme in mir, die leise sagt: Er hat mich doch geliebt, und er weiß jetzt, dass ich immer sein geblieben bin. Immer und ewig! Ist das nicht wundervoll? Und diesen Frieden im Alter danke ich einer Kinderhand!«

Nun ist die alte Tante tot, und im Sommer blühen die Rosen auf ihrem Grabe. Blasse Rosen sind es, von zartem, feinem Dufte, blasse Rosen, wie sie so vielen Herzen in diesem Leben genügen müssen.

Tanzstunde

»Morgen kommt Herr Weihkopf!«, erzählte uns Herr Denker, einer unserer Großkaufleute, und wir nickten bekümmert. Jürgen und ich hatten die Nachricht schon gehört; unsere Gefühle waren aber nicht sehr freudig.

»Er bringt auch seine Frau mit«, berichtete Herr Denker weiter, indem er zwei Pfund Reis, ein Pfund gebackene Pflaumen, drei Ellen Schirting und fünf Rollen Nähgarn sorgsam zu einem Paket vereinigte. »Wie die tanzen kann! Wiegt über zweihundert Pfund und springt wie ein Gummiball! Ich hab sie im Ballett in Sankt Pauli bei Hamburg gesehen; davon hab ich lange geträumt! Bei der könnt ihr noch was lernen! Nun – mehr wollt ihr also heute nicht haben? Sagt eurer Mama, dass ich frische Anchovis hätte, und nächstens kriege ich auch die Proben von den neuesten Frühjahrsstoffen! Ganz was feines! Kommen direkt aus Hamburg! Und nun geht nur noch mal zu den Kaninchen!«

Dieser Einladung folgten wir gern. Herrn Denkers Kaninchenstall war uns weit verlockender als die Tanzstunde, und bald saßen wir mit einigen Kohlblättern in der Hand vor einer Schar Kaninchen. Wir beneideten Denkers recht um diesen Besitz, denn er verursachte sehr angenehme Überraschungen. Heute hatte sich die zahlreiche Familie plötzlich und unerwartet um zehn bis zwölf Mitglieder vermehrt – ein Ereignis, das die Denkerschen Kinder überall mit lärmender Freude erzählten; morgen wurde dem alten Kaninchenurgroßvater die Unruhe zu viel, und er fraß so viele seiner Enkelkinder auf, wie er nur erwischen konnte. Denkers wussten also eigentlich nie ganz sicher, wie viel Kaninchen sie hatten, und dieser schnelle Schicksalswechsel, dieser plötzliche Übergang von lauter Freude zu noch lauterem Leid hatte für uns etwas ungemein Anziehendes. Dass auch unser Sehnen auf den Besitz eines Kaninchenpärchens gerichtet war, ist wohl begreiflich; aber bis jetzt war dieser Wunsch unbefriedigt geblieben, und wir mussten uns mit Denkers Stall begnügen. Vater Denkers lud uns auch immer dringend ein; wusste er doch, dass wir ihm Großvaters und der Eltern Kundschaft allmählich zuwandten. Bei ihm konnte man alles bekommen: die schwärzeste Schmierseife und die verlockendsten Früchte des Orients, die feinsten Nähnadeln und die schönsten seidenen Kleider und Blondenhauben. Auch der Lehrling Denkers war eine von uns viel besprochene Persönlichkeit. Erstens hatte er fast das ganze Jahr erfrorene Finger, ein Leiden, das wir nie hatten und doch sehr gern einmal probiert hätten, weil es Ferien für die Klavierstunden in Aussicht stellte, und dann durfte er von allen guten Sachen, die Denkers Laden so reichlich bat, so viel essen, wie er wollte. Dass er diese Erlaubnis sehr ausnützte, zeigte seine Gesichtsform, die stets etwas verzogen war, was daher kam, dass seine eine Backe immer mit irgendeiner Näscherei angefüllt war. Damals war es unsere Zukunftsidee, einen Laden zu haben voller Pflaumen und Bonbons, mit einer Kaninchenzucht als Nebenbeschäftigung, und dieses Ideal wäre uns noch ungetrübter erschienen, hätten nicht Herr Weihkopf und Gemahlin in der Ferne gedroht. »Ich nehme keine Tanzstunden!« bemerkte Jürgen, als wir uns endlich von den Kaninchen losgerissen hatten und nach Hause wanderten.

»Ich auch nicht!«, versicherte ich und seufzte sorgenvoll. Wir hatten im Wochenblatte gelesen, dass Herr Weihkopf kinderreichen Eltern ungeahnte Vorteile biete. Vier Kinder zu unterrichten kostete fast nicht mehr als zwei, und es beschlich uns die trübe Ahnung, dass unsere Eltern nicht ungern die Gelegenheit ergreifen würden, uns für ein Billiges dem Tanzlehrer zu überlassen. Die älteren Brüder konnten schon tanzen und sahen mit Freuden der nahenden Auffrischung ihrer Kenntnisse entgegen; Jürgen und ich aber verstanden uns noch nicht geschickt zu bewegen. Es gab Tanten, die behaupteten, dass die Grazien nicht an unserer Wiege gesessen hätten, und wir fühlten instinktiv, dass wir allerdings ein würdiges Arbeitsfeld für Weihkopf und Gattin abgeben würden.

Aber wir wollten trotzdem nicht tanzen lernen, Jürgen bekam sogar aus Furcht vor der Stunde moralische Anwandlungen. Er versicherte mir, dass er nicht daran denke, Mitglied des Balletts in Sankt Pauli bei Hamburg zu werden, und dass Papa dies auch gewiss nicht wolle, und ich pflichtete ihm eifrig bei. Nein, so leid es mir für das Ballettkorps tat: Tänzerin wollte ich auch nicht werden, und deshalb glaubte ich, Herrn Weihkopf als Tanzlehrer nicht nötig zu haben.

Es kam aber doch anders. Der Kinder Wille steckte zu damaliger Zeit noch hinter dem Spiegel, wie die älteren Brüder uns oft genug erzählten. Unsere Eltern hatten noch keine modernen Ansichten über Kindererziehung; was sie wünschten, geschah ohne Widerrede, und wenn wir auch freudlos in die Tanzstunde wanderten, so mochten wir doch nicht bitten, dass dieses Leiden an uns vorüberginge. Nur die Brüder wussten, dass wir eigentlich nicht tanzen lernen wollten, und sie benutzten diese Wissenschaft zu allerhand Späßen.

Eigentlich fand ich die Stunden gar nicht so schlimm. Der dicke, schwarzhaarige Herr Weihkopf hatte uns mit wahrhaft väterlicher Freundlichkeit empfangen, hatte jedem einzelnen Kinde auf den Kopf geklopft und gesagt, er freue sich, unsere Bekanntschaft zu machen, wir sähen alle so wohlerzogen aus. Auf manche Kinder unserer für großstädtische Begriffe sehr gemischten Gesellschaft passte zwar diese Bezeichnung durchaus nicht; sie verfehlte aber doch nicht ihren Eindruck, und selbst die unartigsten Kinder wollten nicht für schlecht erzogen gelten. Madame Weihkopf verfolgte dieselbe pädagogische Taktik. Sie war sehr dick, so dick, dass wir ihre unendliche Beweglichkeit kaum begreifen konnten, wenn sie uns mit hochgeschürzten Röcken ihre Entrechats vortanzte, aber sie war stets freundlich und hilfreich. Sie lachte selbst über die ungeschicktesten Kinderfüße nicht und schalt auch nicht, wenn alle ihre Mühe umsonst schien. Gutmütig sprang sie immer wieder im Saale herum, um jede Bewegung zu zeigen; hier band sie einem Mädchen die Haare fest, die bei der Bewegung losgegangen waren; dort knüpfte sie einem Jungen das Halstuch – kurz, sie hielt auf Ordnung nicht allein an den Füßen, sondern an der ganzen Erscheinung. Und ihre Art und Weise machte selbst die schweren fünf Positionen leichter und erhöhte den Mut, sich langsam und schwerfällig im Kreise zu drehen. Nein, so schlimm, wie ich gedacht hatte, war es doch nicht; sah ich auch mit einer gewissen Hoffnungslosigkeit auf Madames dicke und so überaus gelenkige Beine, so mühte ich mich doch im Schweiße meines Angesichts, eine halbwegs anständige Polka zustande zu bringen.

»Füßchen auswärts, tralala!«, sang Herr Weihkopf, während er sich mit seiner Violine im Kreise drehte und überallhin seine Blicke streifen ließ.

»Paris ist nicht an einem Tage erbaut worden!« tröstete Madame unterdessen Jürgen, der widerspenstig mit einem Mädchen tanzte, das er nicht leiden konnte.

»Sie meinen wohl Rom?«, fragte mein Bruder, dessen trübseliges Gesicht sich ein wenig bei dem Gedanken aufheiterte, doch etwas besser zu wissen als die Tanzmeisterin.

Sie lachte gutmütig. »Rom oder Paris«, sagte sie, »das sei einerlei; es hätte gewiss mit beiden Städten gleich lange gedauert, bis sie groß und berühmt geworden wären. In Paris hätte sie tanzen gelernt, aber in Rom solle gar kein ordentliches Ballett sein.« Dann sprang sie unermüdet weiter.

Wir mussten viel, erschrecklich viel lernen. Nicht allein uns langsam und schneller im Kreise zu drehen, sondern auch das Hereinkommen, das Fortgehen, ja selbst das Sitzen musste gelernt werden. Wer nicht vorzog, mit eingedrückten Knien, den rechten Fuß in der ersten Position, die Arme anmutig zusammengelegt an der Wand zu stehen, der musste kerzengerade auf einem Stuhle sitzen, die linke Hand aufs linke Knie und die rechte auf Herz legen. Dazu sollten wir ungezwungen freundlich aussehen und uns miteinander unterhalten. Die Unterhaltung litt allerdings häufig an grabesstillen Pausen, und nur die Söhne des Herrn Denker erzählten von ihren Kaninchen, oder davon, dass ihr Vater Herrn und Madame Weihkopf in ganz engen fleischfarbenen Hosen in Sankt Pauli bei Hamburg habe tanzen sehen. Wir glaubten diese Geschichte nicht recht, nur auf Jürgen machte sie einigen Eindruck. Noch immer hatte er keine Lust zum Tanzen, und als er hörte, dass man im Ballett meistens in einem Kostüm tanze, das man in unserer Stadt nicht auf der Straße zeigen könne, schwand seine Achtung vor dem Tanzlehrer immer mehr. Als dieser ihm einmal mit dem Violinbogen über die ungebärdigen Beine fuhr, verschwand unser Bruder stillschweigend aus dem Saale, um fürs Erste nicht wiederzukommen. An sehr gute Behandlung bei allen Lehrern gewöhnt, konnte er es nicht begreifen, dass ihn ein Balletttänzer schlagen durfte, und er wusste unserem Vater seine Abneigung gegen alles Tanzen so begreiflich darzustellen,, dass dieser ihm erlaubte, aus den Stunden wegzubleiben. Wir anderen tanzten aber munter weiter: Walzer, Esmeraldas, Françaisen; immer lustiger wurde es, und als das Ehepaar Weihkopf lange genug mit uns gehüpft und gesungen hatte, durften wir unsere Künste der Öffentlichkeit zeigen. Die »verehrungswürdigen Eltern und sonstigen Angehörigen« wurden eingeladen, unseren »Abtanzball« mit ihrer Gegenwart zu verherrlichen, und in jedem Hause begann sich einige Aufregung einzustellen. In der Stadt entstand große Nachfrage nach weißbaumwollenen Glacéhandschuhen, wie wir diesen zum ersten Mal geforderten Ballartikel nannten, die besten Stiefel wurden neu besohlt, und der Bedarf an Makassaröl und Eau de Lavande ging ins großartige. Um vier Uhr nachmittags sollte das Fest beginnen; aber schon viele Stunden vorher verlangten wir in unseren Ballstaat gesteckt zu werden und wiesen Speise und Trank mit Entrüstung zurück. Auch Jürgen ging mit. Er fand es doch angemessen, sich zu den »verehrungswürdigen Angehörigen« zu rechnen, und nahm mit Selbstgefühl diese Stellung ein, obgleich er behauptete, nicht tanzen zu wollen.

Als wir den Saal betraten, war er köstlich mit Tannenreisern und Papierblumen geschmückt, während an den

Wänden die vornehmsten Leute aus Stadt und Land saßen. Alle Beamte waren mit ihren Familien erschienen,
auch die Hofbesitzer, und unsere durch Pracht unver-
wöhnten Augen wurden fast geblendet von all den
schwarzseidenen Kleidern und den gelblichweißen
Blondenhauben.

Herr und Madame Weihkopf standen in der Tür, jeden
Gast aufs Leutseligste begrüßend. Beide waren im Ge-
sellschaftsanzug und sahen äußerst fein und würdig
aus. Endlich stellte sich der Tanzlehrer feierlich in die
Mitte des Saals, hob den Arm, und nun begann die
Stadtmusik ihren Eingangsmarsch zu spielen. Es war
derselbe, mit dem die Honoratioren begraben wurden,
und er kam uns so angenehm bekannt vor, dass die Po-
lonaise sehr schön ging. Auch die Zuschauer summten
ihn leise mit, denn es geht nichts über eine wohlvertrau-
te Melodie, und nun schlugen die Wogen des Festes
über uns zusammen. Noch nie hatten wir nach der
Stadtmusik getanzt, noch nie war uns von dienstbaren
Geistern Glühwein, Limonade und Butterbrot so freundlich angeboten morden, noch niemals waren wir uns so
glücklich und vergnügt vorgekommen! Es waren herrliche Stunden, und dass Jürgen in einer Ecke ganz für sich
allein tanzte, wunderte uns keinen Augenblick, obgleich
er es heutigentags noch ableugnet. Schon drängte sich
manches erwachsene Paar in unsere Reihen, schon fühlte
man eine sonderbare Schwere in den Augen, die man
vor besorgten Angehörigen mit Entschiedenheit ableug-
nete, da ertönte plötzlich eine schmetternde Fanfare. Alles hielt mit Tanzen ein und drängte sich auf die Seite,

um alsbald atemlos die Augen so weit wie möglich aufzureißen.

In den Saal flatterte etwas Buntes, Leichtbeschwingtes:
Madame Weihkopf in rosenrote Wolken gekleidet, hold-
selig nach allen Seiten grüßend, während ihr Gatte, von
Atlas und Gold strahlend, ihr in kurzen Sätzen folgte.

Und nun kam etwas Unvergessliches. Diese beiden, die
aussahen, als wären sie unmittelbar aus einer besseren
Welt auf unsere arme Erde geflogen, sie tanzten uns etwas vor! Tanzen war es eigentlich nicht zu nennen, dieses Neigen und Beugen, dieses Schweben und Zittern.
Wir waren auf die Stühle geklettert, auf denen eigentlich
die Honoratiorendamen sitzen sollten; ob wir uns auf irgendeine heilige Blondenhaube setzten, war uns ganz
einerlei. Alle Müdigkeit war wie weggeblasen, und wir
hatten nur noch so viel Besinnung, dass wir mit den Erwachsenen in die Hände klatschten und *da capo* rufen
konnten, wenn sich Madame Weihkopf minutenlang auf
einem Beine langsam herumgedreht hatte, das andere so
weit von sich streckend, dass wir dachten, es gehöre ihr
gar nicht mehr!

Das Fest war viel zu früh zu Ende, und als wir über das
holprige Straßenpflaster nach Hause gingen, konnten
wir uns gar nicht darein finden, dass wir wieder in unserer dunkeln kleinen Stadt und nicht im Himmel bei
Herrn und Madame Weihkopf waren.

Das war also das Ballett – oh! Gab es in der Welt überhaupt etwas Schöneres als das Ballett? Wenn ich groß
war, das stand bei mir fest, wollte ich doch versuchen,
ins Ballett von Sankt Pauli bei Hamburg zu kommen,

und Jürgen meinte auch, dass wir beide das Tanzen wohl noch lernen würden, wenn wir uns nur ordentliche Mühe gäben. Aber er war meistens etwas wankelmütig in seinen Entschlüssen. Nach wenig Wochen kam eine Frau mit einem dunkeln Vollbart in unsere Stadt, die sich für sechs Bankschillinge Eintrittsgeld sehen ließ, und von der uns der Junge an der Kasse die vertrauliche Mitteilung machte, dieses Wunder der Natur sei nicht seine Mama, sondern sein Papa. Da meinte Jürgen, es sei doch gewiss noch leichter, eine bärtige Frau zu werden als ein Balletttänzer.

Herr und Madame Weihkopf sind nicht wiedergekommen, und das war eigentlich klug von ihnen, denn sie lebten in unserer Erinnerung fort, von Tüll- und Gazeschleiern umgeben, wie die Engel auf alten Ölbildern. Mit Herrn Denker sprachen wir noch lange von ihnen, besonders wenn die Kaninchen genugsam erörtert waren; aber auch er wusste nichts Neues von ihnen, nur das eine, dass sie wohl ihr Schäfchen ins Trockne gebracht und kaum mehr nötig hätten, Tanzstunde zu geben. Dabei seufzte er wehmütig, was wohl bedeuten sollte, dass sein Schäfchen noch nicht so weit sei. Aber er lud uns doch einmal ein, bei ihm Kaninchenbraten zu essen, eine Aufforderung, die wir zu unserer großen Trauer ablehnen mussten.

Später kam ein anderer Tanzlehrer in unsere kleine Stadt. Er war viel würdevoller als sein Vorgänger und hatte zu unserem Leidwesen keine dicke Frau, sondern nur eine sehr magere Tochter, die über uns lachte, als wir die Geheimnisse der Française nicht gleich begreifen konnten.

Daher ist es denn wohl gekommen, dass wir Herrn und Frau Weihkopfs Gedenken noch lange in Ehren gehalten haben, und dass wir sehr betrübt wurden, als wir hörten, sie seien kurz nacheinander gestorben. Irgendjemand sagte, um uns zu trösten, sie seien wohl zu dick für diese Erde gewesen, wir aber glaubten, dass sie eigentlich zu gut waren, um sich noch länger mit ungeschickten Kindern abzugeben.

Und einer von uns meinte, die kleinen Engel im Himmel hätten auch einmal sehen wollen, wie man Ballett in Sankt Pauli bei Hamburg tanzt. Denn gerade so gern, wie wir wissen wollen, wie es im Himmel hergeht, wollen die kleinen Engel sich die Geschehnisse der Erde ansehen.

Als wir diesen Gedanken einmal in der Öffentlichkeit aussprachen, wurde eine Tante von uns sehr erregt. Sie sagte, Tanzlehrer kämen nicht in den Himmel; besonders die nicht, die in Sankt Pauli bei Hamburg Ballett getanzt hätten. Da haben wir uns denn vorgenommen, wenn wir in den Himmel kämen, den lieben Gott so lange zu bitten, bis er Herrn und Frau Weihkopf zu uns hineinließe. Aber wir sind noch nicht im Himmel, und wir wissen auch noch gar nicht genau, ob wir gleich hineinkommen werden. Wir hoffen es nur.

Poltern

In einer Ecke unseres Gartens war ein wüster Fleck. Dahin brachten die Mädchen alles, was ihnen »ganz von selbst« unter den Händen entzweigegangen war: Wasch- und Kochgeschirr, Tassen, Teller, Flaschen und Gläser. Man sollte nun denken, dass diese Ecke bald übervoll gewesen wäre, denn was wird nicht im Laufe eines Jahres in einem großen Haushalt alles zerschlagen! Aber das war nie der Fall. Im Gegenteil: Die Ecke war meistenteils leer, ja es konnte sogar vorkommen, dass unsere Mutter nach einem Krug, einem Steintopf suchte, den sie vor einigen Stunden noch anscheinend lebensfrisch in der Küche gesehen hatte, und der jetzt, wie vom Erdboden verschwunden war.

»Er war doch noch ganz heil«, seufzte die Mama, und die Köchin zuckte die Achseln.

Heinrich sagte, er hätte einen Riss und ginge allernächstens doch kaputt! Da hat er ihn lieber zum Poltern mitgenommen.

Poltern! Es gab kein schöneres Vergnügen. Irgendein Paar wollte sich morgen in den Stand der heiligen Ehe begeben, da wurde heute Abend vor dem Hause gepoltert, und zwar in des Wortes verwegenster Bedeutung. Alles, was von Ton, Porzellan und Glas war, wurde an oder vor die Haustür der glücklichen Braut geworfen, und wer die Sache als Kenner betrieb, der füllte die Flaschen und Töpfe mit Wasser, weil sie dann noch einmal soviel Spektakel machten. Dazu mussten sie aber noch wasserdicht sein, und deshalb suchte Mutter in ziemlich erregter Stimmung nach ihrem Kruge, der nach ihrer Ansicht noch zehn Jahre hätte leben können.

Der Meister im Poltern war Heinrich, einer der älteren Brüder. Er wusste von jedem Polterabend in der ganzen Stadt, und überall beteiligte er sich mit entsetzlichem Geklirr. Es gibt aber stets Menschen, die ein bisschen Spektakel nicht vertragen können, und deshalb hatte unser guter Bürgermeister nicht allein das Poltern verboten, sondern – und das war wirklich hässlich – auch den Polizeidiener Weber beauftragt, jeden Polterer einzufangen und in den Bürgergewahrsam zu stecken. Ins Loch! Nannten wir's, und mit gemischten Gefühlen dachten wir darüber nach, ob es wohl angenehm sein würde, unser junges Leben im Loch zu verbringen. Wir waren nämlich nicht ganz sicher, wie lange die Strafe der Einschließung dauerte. Einige unserer Spielgefährten meinten, mehr als zehn Jahre Gefängnis bekäme man nicht fürs Poltern. Andere hatten gehört, wer einmal im Loch säße, käme auch sobald nicht wieder heraus; man könnte vergessen werden im Gefängnis, und wen man jung hineingeworfen hätte, der käme manchmal erst auf Krücken wieder ans Tageslicht. Das waren nun eigentlich keine verlockenden Aussichten; dennoch polterten wir ruhig weiter und stoben wild auseinander, wenn es hieß: Weber kommt! Aber während wir das Schelten des Polizisten Weber in der Ferne hörten und eilig eine dunkle Seitengasse hinabflogen, dachten wir doch auch wieder mit einem Gefühl der Beruhigung daran, dass wir unser Gefängnis jedenfalls schon kannten, und dass wir uns also nicht in unbekannte Schrecken begeben würden, wenn uns Weber wirklich einfinge.

An des Bürgermeisters Geburtstag spielten wir nämlich mit seinen Jungen Versteckens im Gefängnis. Die Dienstwohnung des städtischen Oberhaupts befand sich, ebenso wie die Gefangenenzellen, im Rathause, das noch bis vor einigen Jahren mitten auf dem Marktplatze der kleinen Stadt stand. Es war ein windschiefer großer Kasten aus dem Ende des siebzehnten Jahrhunderts, der zugleich zur Behausung des obersten städtischen Beamten wie zur Aufbewahrung der Feuereimer und Feuerleitern diente. In den oberen Räumen tagte der Magistrat; unten und auf einem unheimlichen Boden befand sich eine Reihe von kleinen Gefangenenzellen. Die unteren waren uns die liebsten, wenn sie sich auch nicht gerade durch kostbare Einrichtung auszeichneten. Ein mit Stroh angefüllter Kasten bildete das Lager, und ein großer Haken diente zum Aufhängen der Kleidungsstücke. Da sich kein Stuhl in der engen Zelle befand, musste der Gefangene eigentlich immer auf dem Strohbett liegen, wenn er es nicht vorzog, zu stehen und aus dem kleinen, vergitterten, scheibenlosen Fenster auf den Marktplatz zu blicken. Wenn wir also mit des Bürgermeisters Söhnen durch diese geheimnisvollen Räume huschten, dann stellte sich wohl einer von uns an eins der kleinen Gitterfenster, schrie laut und jämmerlich und zog dadurch eine Menge Mütter mit kleinen Kindern an die Gefängnisseite des Rathauses, die, mit starren Augen zu uns hinaufblickend, sich natürlich dachten, der Bürgermeister mache sich die besondere Geburtstagsfreude, eigenhändig einen Gefangenen abzustechen. Unsere Gesichter waren durch die winzigen Zellen nicht zu erkennen, zum Überfluss hingen auch noch die Feuerleitern davor, und wir erreichten es mehr als einmal, dass etwa dreißig bis vierzig Menschen vor der einen Zelle standen, die angstvoll und doch mit dem festen Vorsatz, sich auch das schrecklichste Schauspiel nicht entgehen zu lassen, unserem Schreien lauschten, bis Lauritzen, der zweite städtische Polizeidiener, um die Ecke des Rathauses blickte. Dann wurden wir natürlich still, und da er als

Däne die wehleidigen Erklärungen der versammelten Frauen und Kinder nicht verstehen konnte, so blieben unsere wilden Seufzer vielen ein ungelöstes Rätsel. Manchmal war übrigens doch eine der Zellen besetzt und mit einem großen Vorlegeschloss verschlossen. Nach langer, flüsternder Beratung fragten wir dann durch die Tür den Gefangenen nach seinem Namen, und wie viele Menschen er umgebracht hätte, doch kann ich mich keiner sehr befriedigenden Antwort entsinnen. Nur einmal – aber das ist eine Geschichte für sich. Hin und wieder sahen wir auch vom Marktplatz aus ein Gesicht gegen die Eisengitter gedrückt; zur Unterhaltung waren die Gefangenen aber selten geneigt, und weil sie so still und verdrießlich schienen, nahmen wir wohl mit Recht an, dass der Aufenthalt in der Zelle nicht besonders erfreulich sein könnte. Und doch polterten wir weiter, und die Bürgermeisterjungen waren noch viel unartiger als wir, wie alle Leute sagten, ein Urteil, das uns mit Rührung über unsere eigene Vortrefflichkeit erfüllte, uns aber, ich muss es leider bekennen, nicht auf den Pfad der Tugend leitete, sondern nur das Gefühl gab, wir hätten, wie die katholischen Heiligen, einen Überschuss guter Taten im Himmel stehen, von denen wir nach Belieben verbrauchen könnten.

Da erschien plötzlich im Wochenblatt, das jeden Sonnabend herauskam, und das seinem Titel nach versprach, für Intelligenz und Unterhaltung zu sorgen, ein Edikt des Bürgermeisters. Ob es sich an die Intelligenz der Bürger wandte, weiß ich nicht; es schädigte aber unsere Unterhaltung, da es das Poltern mit strengen Worten ein für alle Mal verbot. Wahrscheinlich war etwas Gesetzwidriges an irgendeinem Polterabend geschehen, etwas, woran wir nicht beteiligt waren, und wofür wir nun büßen mussten. Und wieder drohte der Bürgermeister mit dem Gefängnis allen denen, die beim Poltern vom Polizeidiener Weber ergriffen werden würden, mit dem Zusatze, dass diese Gefängnisstrafe verschärft sei. Verschärft! Es gruselte uns doch leise, und wir dachten voller Abneigung an den holsteinischen Kollegen Lauritzens, an den Polizeidiener Weber. Der war sehr viel unfreundlicher als der Däne, er war groß und stark, konnte schnell laufen und hatte so große rote Hände, dass der Gedanke, von ihnen gepackt zu werden, selbst den größeren Brüdern nicht erfreulich erschien. Wir hatten schon öfter gesehen, wie er ein paar arme Sünder vor sich hergestoßen und in seiner derben holsteinischen Sprache ausgescholten hatte; vielleicht schleppte er uns nun auch bald davon! Und dabei war die Gartenecke herrlich voll, nicht bloß von Scherben, sondern auch von unversehrtem Geschirr. Im Hinblick auf ein bevorstehendes großes Hochzeitsfest hatte Heinrich schon lange gesammelt und sich von verschiedenen Freunden und Freundinnen leere Weinflaschen, Buttertöpfe und andere Herrlichkeiten schenken lassen. Besonders stolz war er auf eine Suppenterrine. Er hatte sie auf einem gelegentlich unternommenen Raubzuge im Hause der Großeltern mitgenommen und lächelte vergnügt, als wir durchaus keinen Schaden an ihr entdecken konnten. Der Deckel hätte einen Riss, erklärte er, und Großvater mag nichts Kaputes leiden! Obgleich wir diese Abneigung unseres kurzsichtigen Großvaters noch niemals bemerkt hatten, war uns Heinrichs Grund doch sehr einleuchtend. Was aber nützten uns alle Suppenterrinen der ganzen Stadt, wenn uns Polizeidiener Weber als strafender Engel der Gerechtigkeit das Vergnügen verdarb, den Brautleuten unsere Teilnahme zu bezeugen? Denn man glaube nur nicht etwa, dass das Poltern im Publikum unbeliebt gewesen wäre: im Gegenteil, die meisten Bräute fassten es als eine Unhöflichkeit auf, wenn an ihrem Polterabend kein Lärm vor dem Hause entstand, und die Aufforderung: Nicht wahr, ihr poltert doch bei mir? War so oft an uns gerichtet worden, dass wir uns einer Nachlässigkeit schuldig zu machen glaubten, wenn wir einem Polterabend fern blieben. Besonders die wohlhabenden Leute, denen eine zerschlagene Haustür keinen Kummer bereitete, luden uns geradezu zum Poltern ein, wenn sie auch der Obrigkeit gegenüber diese Einladung nicht eingestehen wollten. Bei dieser großen Hochzeit nun, die in der Stadt bei dem wohlhabenden Landwirt Hermenstein stattfand, musste unbedingt gepoltert werden, trotz des Verbots und trotz des Polizeidieners. Heinrich war Hausfreund bei Hermensteins. Zu jedem Schweineschlachten wurde er feierlich eingeladen; neulich hatte er sogar den Schwanz eines der Schlachtopfer halten dürfen, ein Vertrauensamt, um das er nicht wenig beneidet wurde. Und nun sollte er sich am Polterabend Fräulein Hermensteins teilnahmslos verhalten, er, der beste Polterer der Stadt? Es ging nicht, wirklich nicht, wir Jüngeren sahen das nur zu deutlich ein, und wir sahen uns auch schon in der düstersten Zelle des Rathauses, zu verschärfter, das heißt lebenslänglicher Kerkerhaft verurteilt.

Wir Kleinen konnten wohl auch wie der Wind laufen; doch gegen Bruder Heinrich waren wir ungeschickte Tölpel. Mit einem merkwürdig gewandten Körper begabt, verstand er es, mit indianerartiger Geschicklichkeit zu verschwinden. Andere Jungen machen Lärm, wenn sie laufen und klettern; er glitt unhörbar über eine Mauer oder schnellte sich, wie von Federn getragen, so außer Schussweite, dass es keinem Menschen einfiel, ihn zu verfolgen. Deshalb wussten wir auch genau, dass Polizeidiener Weber trotz seiner langen Beine Heinrich niemals einfangen würde. Wenn jemand erwischt wurde, so waren wir es, dies wussten wir sehr wohl; dennoch fiel es uns keinen Augenblick ein, diese Gelegenheit, unseren Mut zu beweisen, unbenutzt vorübergehen zu lassen. Heinrich konnte uns auch gar nicht entbehren, denn wir trugen die meisten Wurfgeschosse und mussten sie ihm nachher zulangen. Kam doch auf sicheres Zielen und einen geschickten Wurf sehr viel an. Gerade vor die Haustür, vielleicht auch an sie selbst, sollten die Scherben fliegen, niemals an die Fenster. Heinrich würde wegen solcher Ungeschicklichkeit sich selbst verachtet und vielleicht niemals wieder gepoltert haben. Deshalb begnügten wir Kleinen uns auch stets mit leeren Tintenflaschen und anderen leicht zu werfenden Sachen, die auch ihr Spektakelchen machten und doch wenig Unheil anrichten konnten.

Fräulein Hermensteins Hochzeit war Ende Oktober. Diese Jahreszeit hatte, der dunkeln Abende wegen, ihr Angenehmes. Straßenbeleuchtung kannte unser Städtchen natürlich noch nicht, und es war zu hoffen, dass uns Weber gar nicht sehen würde. In diesem Sinne äußerte ich mich gegen Jürgen, der mir achselzuckend erwiderte, dass die dunkeln Abende für den Polterabend allerdings sehr vorteilhaft wären, für das Gefängnis aber nicht.

»Wieso?«, fragte ich mit einem Gefühl banger Ahnung. Jürgen versuchte, ein gleichgültiges Gesicht zu machen. »Man kriegt gar kein Licht im Gefängnis!«

»Gar kein Licht! Muss man immer im Dunkeln sitzen?«

Jürgen nickte finster, und ich wurde sehr nachdenklich. »Jürgen«, fragte ich besorgt, »wir dürfen doch Weihnachtsabend nach Hause gehen? Das wird Weber gewiss erlauben!«

Jürgen schüttelte den Kopf. »Wer gefangen ist, ist gefangen!«

»Aber unser Weihnachtsbaum, Jürgen, und die Geschenke, und das Kuchenbacken?«

Jürgen putzte sich lange die Nase, dann erzählte er mir, indem er mühsam versuchte, seiner Stimme Festigkeit zu geben, eine Geschichte, die er gerade gelesen, und die unser Freund, Franz Hoffmann, geschrieben hatte. Der Held war ein edler, unbeschreiblich edler Knabe, der von seinen Feinden ins Gefängnis geworfen worden war. Er saß auf einem Strohbündel und wurde aus einem Knaben ein Mann, aus dem Mann ein Greis, und niemand kümmerte sich um ihn. Aber er blieb immer gut und freundlich, und weil er stets auf einem Flecke saß, wuchs sein Bart auf die Erde und von der Erde, wie Efeu, an der Wand des Gefängnisses entlang. Und als er über hundert Jahre so gesessen hatte, und seine holde Freundlichkeit stets dieselbe blieb, da öffnete sich end-

lich die Tür seines Kerkers, und die Befreier kamen: Er
sollte König eines reichen Landes werden. Er aber sagte
– ja was der edle Greis sagte, habe ich niemals erfahren.
Ich weinte schon längst Ströme von Tränen, und Jürgen,
der mich zuerst verächtlich angelächelt hatte, schluchzte
ebenso laut wie ich.

Am Polterabend Fräulein Hermensteins standen wir
rechtzeitig auf unserem Posten. Nicht weit von dem
großen hell erleuchteten Hause war ein Neubau mit einem Gerüst. Dahin hatten wir alle unsere »Pottschar-
ben« gebracht, da war auch eine große Gießkanne mit
Wasser, aus der die noch Wasser haltenden Gläser und
Töpfe gefüllt wurden. Zuerst begann eine kleine Plänke-
lei: Tassen, Gläser und einige Flaschen wurden gewissermaßen versuchsweise geworfen, aber es war nichts
Ordentliches. Wegen solcher Kleinigkeit setzte sich Polizeidiener Weber nicht in Bewegung. Einem Gerüchte
nach sollte er in einer dunkeln Ecke des Festhauses stehen, aber wir sahen ihn nicht; und auch Heinrich war
noch nicht erschienen, obgleich er uns gebeten hatte,
rechtzeitig auf dem Platze zu sein. Wir warteten noch
eine Zeit lang – endlich stand der große Bruder vor uns,
und nun ging der eigentliche Spaß los. Atemlos vor Aufregung reichten wir Heinrich Töpfe, Glaser und Krüge,
alle mit Wasser gefüllt: Prasselnd fielen sie immer auf
denselben Fleck nieder und machten einen wahrhaft
höllischen Lärm. An den hell erleuchteten Fenstern des
Brauthauses zeigten sich Gestalten: Man war entschieden erbaut von dieser Huldigung. Aber auch die rä-
chende Gerechtigkeit nahte sich. Es hatte sich eine größere Volksmenge angesammelt, und wahrscheinlich fie-

len einige spöttische Bemerkungen über Webers Leistungsfähigkeit; denn plötzlich hörte man sein lautes Schelten auf dem Platz, und die blanken Knöpfe seiner Uniform blinkten so unheimlich nahe bei uns, dass es meiner ganzen Selbstbeherrschung bedurfte, unser schönstes Polterstück, Großvaters Terrine, nicht fallen zu lassen. Heinrich hatte sie bis zuletzt verwahrt, und auch jetzt, wo die Gefahr in nächster Nähe war, schien er sich nicht von ihr trennen zu können. Er schob mich vor sich her und warf einen Wasserkrug so nahe an Webers Kopf vorbei, dass dieser zurücktaumelte und erst nach einigen Sekunden mit wilden Flüchen nach dem Neubau stürzte. Aber dort waren wir nicht mehr. Vom Dunkel begünstigt standen wir jetzt hart vor Hermensteins weit geöffneter Tür.

Wir konnten in den hell erleuchteten Hausflur sehen, wo viele Mädchen herumhantierten, und wo Berge von Butterbrot und Kuchen und lange Reihen dampfender Punschgläser standen. Ein Mädchen mit leeren Gläsern kam aus den Zimmern, um gleich wieder gefüllte fortzutragen, und aus den Fenstern tönte Musik und Lachen. Ich sah und hörte freilich von alledem nicht viel; meine beiden Arme hielten die bis zum Rande mit Wasser gefüllte Terrine umklammert, und ich hatte Mühe, mich mitten in dem Gedränge aufrecht zu halten. Und nun – das Blut stockte mir in den Adern – kam Weber wieder. Er fluchte sehr laut und ging sehr langsam. Er wird dich sehen, dachte ich! Dann gibt es lebenslänglich Gefängnis, keine Weihnachten und einen langen Bart! Aber Weber sah uns nicht. Er stand in der Haustür, und seine rote Nase bog sich wohlgefällig herunter zu einem Glase mit rotem Inhalt. Wie in halber Zerstreuung streckte er die Hand aus nach der Wange eines drallen Mädchens – da fliegt ihm die Terrine klatschend vor die Füße, dass er wild in die Luft springt und sein Punschglas fallen lässt. Ich sehe und höre nichts mehr; ich laufe nur, weiter und immer weiter, bis Heinrich, der mich an der Hand gefasst hat, mir zuruft, ich solle doch kein »Bangbüx« sein. Er war gar nicht stark gelaufen, und jetzt blieb er stehen und lachte.

»Das Wasser sprang ihm bis in seinen Punsch!«, rief er. »Na, und umziehn muss er sich auch!«

»Weshalb hat er uns denn nicht gefangen?«, fragte ich noch halb erschreckt.

»Er kann ja nicht laufen! Hast du's denn nicht gesehen, dass er hinkt? Kein Mensch sollte es wissen, aber sein Junge, der Krischan, sagte heute etwas in der Schule davon, dass sein Vater krank wäre; er wollte aber nicht verraten, was ihm fehlte. Heute Nachmittag kaufte ich ihm für einen Bankschilling Lakritzen, da sagte er, sein Vater hätte ein dickes Knie, und als ich ihm noch mein Butterbrot schenkte, kam die Wahrheit an den Tag. Weber hat eine Schweinsbeule am Knie und Grützverband darauf, da soll er's wohl lassen, uns einzufangen. So haben Hermensteins doch einen anständigen Polterabend bekommen!« setzte er stolz hinzu.

Am anderen Tage war die große Hochzeit, an der vierundzwanzig Stunden lang gegessen und getrunken wurde. »Zufällig« standen wir vor dem Hause und sahen in die Fenster. Da rief uns der alte Hermenstein herein. Wir bekamen so viel Gutes aufgetischt, dass wir es gar nicht bewältigen konnten, wir mussten uns auch noch die Taschen vollstecken. Vor allem aber war Heinrich der Held des Tages. Keiner sagte, weshalb, aber alle klopften, ihm auf die Schulter und meinten, aus ihm würde noch einmal etwas Ordentliches werden. Und der alte Herr Hermenstein konnte sich gar nicht beruhigen, so viel musste er lachen und unserem Heinrich zunicken und zutrinken, bis es diesem ungemütlich wurde, und er uns ein Zeichen gab, dass wir fortgehen wollten.

»Habt ihr noch Kuchen?«, fragte er, als wir auf der Straße standen.

Wir hatten Hände und Taschen voll, und er nahm von jedem von uns einen Teil. »Das ist für Polizeidiener Weber!«, sagte er. »Sein Bein ist immer, noch nicht besser, und es soll ihm arg wehtun. Ich leg es ihm gleich ins Fenster!«

So geschah es denn auch, und ich glaube, diese süße Spende hat den guten Weber getröstet über die klägliche Rolle, die er am Polterabend gespielt hatte. Jürgen und ich waren aber auch zufrieden, denn ins Gefängnis sind wir nicht gekommen.

Das Erlebnis des Stuhlwagens

Früher hatten wir uns eigentlich nicht allzu viel aus dem Stuhlwagen gemacht, der in Großvaters Scheune auf dem Platze stand, wo es immer zuerst durchregnete. Das Korbgestell mit den drei angeschnallten Stühlen darauf war nämlich recht alt und schadhaft, und obgleich wir nicht viel auf Äußeres gaben, so mochten wir doch nicht mit einem Gefährt durch die Straßen fahren, das an allen Ecken Löcher hatte. Nur eine lobenswerte Eigenschaft hatte der alte Wagen: Seine Stühle waren, wie gesagt, mit losen Gurten an dem Kastengestell befestigt, und wenn die Pferde etwas anzogen, und man sich vielleicht behaglich anlehnte, dann konnten die Stühle urplötzlich umkippen, derart, dass man mit dem Rücken im Wagenkasten lag und die Beine in die Luft streckte. Jedermann wird begreifen; dass diese Art der Beförderung ihr Anziehendes hatte, besonders wenn dieser kleine Unfall nicht gerade uns, sondern jemand anderes traf, z. B. einen Besuch, dem mir dann mit allen Ausdrücken aufrichtigen Bedauerns wieder auf die Beine halfen. Im Ganzen aber wurde der Stuhlwagen wenig und dann nur bei schmutzigem Wetter benutzt. Leute von Rang und Stand und mit den ihrer Würde entsprechenden steifen Beinen konnten nicht den eisernen Wagentritt, der vier weit auseinanderliegende Sprossen hatte, hinaufklettern, und auch Franz und Hermann war der Wagen nicht angenehm; uns kam es wenigstens immer so vor, als ob sie ganz besonders langsam trabten, wenn sie ihn ziehen sollten. Franz und Hermann waren nämlich Großvaters Pferde. Wie alles in der Welt, so waren auch sie nicht ganz makellos, weder äußerlich noch innerlich. Franz war ehemals, nach Äußerungen Sachverständiger, ein hübscher Brauner gewesen; leider hatte man aber versäumt, auf die Ausbildung seines innerlichen Pferdes achtzugeben: Sein Charakter litt an Ungleichheiten, und er biss nach rechts und nach links, sobald ihm etwas aufstieß, was ihn unangenehm berührte. Großvater hatte daher viel Verdruss durch Franz, auch in fremden Ställen betrug er sich unliebenswürdig, und wir hätten alle seinen Verkauf leichten Heizens ertragen; leider aber wollte ihn niemand haben, und so blieb er uns erhalten. Hermann war eine viel edler angelegte Natur, deshalb kann man auch wenig von ihm erzählen. Er hatte leider einen so spitzen Rücken, dass ohne Sattel auf ihm zu reiten zu einem etwas zweifelhaften Vergnügen wurde.

Hinrich, unser Kutscher, dem zugleich die Pflege von Großvaters Landwirtschaft oblag, liebte seine Pferde sehr, und wenn diese ihr bestes Geschirr trugen, und Hinrich gleichfalls in Livree steckte, sahen die Kutsche und auch die Halbchaise sehr anständig aus. Nur der Stuhlwagen war rettungslos unanständig. Aber wir hatten doch Achtung vor ihm bekommen, und wie das zugegangen war, möchte ich erzählen.

Großvaters Scheune war an schlechten Tagen, deren es viele bei uns gab, ein sehr behaglicher Tummelplatz. Auf der breiten, mit Lehm gepflasterten Diele standen Großvaters Wagen; seitwärts davon war ein Raum für die Kühe abgetrennt, und ganz hinten standen Franz und Hermann. Wenn es regnete oder schneite, war es sehr gemütlich, in der Scheune auf der Wagendeichsel zu sitzen und dem beschaulichen Kauen und Schnaufen der Kühe zu lauschen oder auch in einen der Wagen selbst zu steigen und Ausfahren zu spielen. Dann kam auch der Stuhlwagen an die Reihe, und eines Tages, als wir auf ihm saßen und uns auf den Sitzen müde geschaukelt hatten, verlangten wir stürmisch von Hinrich, er sollte uns etwas erzählen. Er saß vor uns und hatte sämtliches Pferdegeschirr auf der Scheunendiele um sich herum ausgebreitet, während ein Blechtopf, mit Fett angefüllt, gräulichen Gestank verbreitete. Wir hatten aber keine empfindlichen Geruchsnerven, sonst hätten wir auch gar nicht mit Hinrich verkehren können, denn er vereinigte an sich alle Düfte des Pferde- und Kuhstalls. Sein Besuch im Hause der Großeltern war deshalb nicht sonderlich erwünscht; doch erschien er meistens einmal des Abends, um dem Großvater über die Vorkommnisse des landwirtschaftlichen Lebens Bericht zu erstatten, und dann merkte man noch seine Gegenwart, wenn er schon längst wieder auf den Strümpfen die Treppe hinuntergehuscht war. Unsere Nasen waren aber nichts weniger als anspruchsvoll, und auch an dem hässlichen Regennachmittag ersuchten wir Hinrich dringend, doch etwas näher zu uns zu kommen, damit wir uns besser unterhalten könnten.

»Du musst uns heute auch mal was erzählen!« setzten wir hinzu, während er sich brummend nahe an den Stuhlwagen heranschob und uns den Fetttopf gerade vor die Nase setzte.

»Weiß nix!«, erwiderte er dann. Diese Antwort bekamen wir jedes Mal, wenn wir eine Geschichte von Hinrich verlangten, und meist gaben wir uns dann zufrieden; heute aber war das Wetter gar zu schlecht.

»Hast du denn gar nichts erlebt, Hinrich? Gar nichts Lustiges, gar nichts Trauriges?« fragten wir weiter und sahen den Kutscher erwartungsvoll an, der bedächtig einen Strohhalm in den Mund steckte und lange schwieg.

»Nee!«, sagte er endlich, und dann rieb er an seinem Leder weiter.

»Aber du bist doch verheiratet! Hat deine Frau denn gar nichts erlebt?«

Hinrich machte ein erstauntes Gesicht.

»Nee!«, meinte er nach langer Pause.

»Hinrich«, begann einer der älteren Brüder, »was sagtest du denn, als du deine Frau heiraten wolltest?«

»Was ich sagte? Deern, wullt du mi?«

»Mehr nicht?«

»Nee!«

»Und was sagte sie denn?«

»Das weiß ich nich mehr!« »Und als dein Junge geboren wurde, was sagtest du denn da?«

Hinrich spuckte den zerkauten Strohhalm aus und nahm einen neuen. »Da war ich nich bei – Herr Stizrat und ich hatten Gericht!«

»Was sind denn hier für Löcher im Wagen?«, fragte Jürgen. Er verzweifelte an Hinrich und belustigte sich damit, seine Füße durch das Korbgeflecht zu stecken.

»Bleib da man von. Junge, das is von anno dazumal, als all die Leute aufn Wagen stiegen, und der Herr sie wieder runter smeißen ließ!«

»Wann war denn das?«, fragten wir, und Hinrich, dessen ausdrucksloses Gesicht sich etwas belebt hatte, kratzte sich hinter den Ohren.

»Wann das war? Das kann ich warraftig nich sagen – so in die fufziger Jahrens, als ihr noch klein oder noch gar nich auf die Welt wart!«

»Was passierte denn damals?«

Hinrich sah uns verdrießlich an. »Das weiß doch jedermann, was da passierte – das brauch ich doch nich zu erzählen. Da hat Paster Simpel in Feldkirchen ein Buch über geschrieben, und in all die Zeitungens hat es gestanden! O, was is dies Fett doch einmal slecht! Stina hat es gekocht; aber slecht is es doch!«

Er murrte noch eine Zeit lang über die Schlechtigkeit des heutigen Fettes im Besonderen und über die Schlechtigkeit der Welt im Allgemeinen, dann sagte Jürgen, dass er zu Mahlmann gehen wolle.

»Was willst du bei den?«, fragte Hinrich mit scheelem Blick, denn wenn er jemand hasste, so war es unser Freund Mahlmann.

»O, der erzählt viel besser als du, Hinrich! Den braucht man nur zu bitten – gleich erzählt er so lange, wie wir wollen!«

»Ja, so ’n vermaledeiten Lügenbeutel, der sein Leben lang ins Zuchthaus gesessen, der hat den Mund voll Snack! Weiter hat er auch nix zu tun gehabt!«

Hinrich fiel grimmig über das Lederzeug her. »Und er is doch nich bei gewesen, als mir zu Gericht waren nach Petersdorf, wo Johann Bohnsacken den Kopp abgeslagen wurde! Reinemang ab! Und Mahlmann saß in Glückstadt und hat kein Spier von Bohnsack sein Kopp gesehen!«

»Hast du denn damals die Löcher in den Wagen gemacht?«

»Ich? Gott in heilgen Himmel! In den feinen Wagen, den Herr Stizrat damals für achtzehn Speziestaler auf

Aukschon gekauft hatte? Da sollte ich ein Loch in machen?«

Hinrich war förmlich erregt, er sprach viel rascher als sonst, und mir murmelten eine Entschuldigung, auf die er aber nicht hörte. »Nee, fuhr er fort, ich hatt da kein Schuld an. Der Herr hatt mich gesagt: Halt ein büschen früh vor die Tür, bei so was muss man nich zu spät kommen, und ich war fixig mit allens fertig. Mein besten Lafreerock hatte ich auch an, denn das gehörte sich so. Er war von grüne Kalör, was mich besser kleidete, als den grauen, den ich jetzt hab. Als ich nun von die Scheunendiele wegfahr, da krieg ich abers einen bannigen Schreck, denn vor Herrn Stizrat sein Haustür standen woll so'n Stücker dreißig Frauenspersonen, alle mit Kindern aufm Arm und an die Hand. Kaum dass ich da halte, da klettern sie denn auf diesen Wagen, und kein einzigen Weibsbild fällt es ein, mir um Permischon zu fragen. Ich sag: Was is hier los? Aber da krieg ich kein Antwort auf, und eh ich noch einmal den Mund aufmachen kann, da is den ganzen Wagen krimmelbimmel voll. Bei mir aufn Stuhl sitzen vier Fruensminschen, und zwei haben mich ihre Kinder aufn Schoß gesetzt, sodass ich knappemang noch Luft kriege. Und was der Junge von diese beiden Gören is, der dreht mich die blanken Knöpfe ab von Rock, weil dass er sie in den Mund stecken will – o, meine Zeit, was war das einmal schrecklich!«

Hinrich stöhnte förmlich. »Nahm denn Großvater alle die Leute mit?«, fragten wir.

»Der Herr? Nee, so dumm war er auch nich! Wie er aus die Tür kommt und zum Wagen aufkuckt – ein büschen hoch war er ja immer, ich mein den Wagen –, da fragt der Herr: Was wollen Sie hier? Und eine von die Weibspersonen, die so dicht bei mich saß, dass ich jeden Knochen in mein irdischen Leib fühlte, die sagte! O, Herr Stizrat, wir wollen man bloß ein büschen nach Petersdorf!

Was wollen Sie dort? Sagt der Herr.

Natürlicherweise nach die Hinrichtung, Herr Stizrat. Wenn so'n grässlichen Mann den Kopp abgeslagen wird, da muss man doch bei sein. Hat ja sein leibhaftigen Brotherrn in Niendorf mit'n Beil totgeslagen. O, was gibt es doch einmal für Menschen! Und alle andern Frauenspersonen fangen an zu jaulen und sagen dasselbe.

Herab vom Wagen! Ruft der Herr, aber die Weibers – herrjeh, was sind die dreist – die rühren sich gar nich einmal, und die Frau, die bei mich sitzt, die steckt ihr Kind ein Stück Kröm [3] in Mund, und der Bengel, der auf mein Knie sitzt, das all lange eingeslafen war, der wird blau ins Gesicht, weil dass er ein von mein Knöpfe in Hals hat. Die Mutter legt ihn denn auch aufn Leib und prügelt so lang an ihm herum, bis dass allens wieder herauskommt. Der Herr steht noch immer und sieht an den Wagen in die Höchte – da war kein büschen Platz vor ihn, und von achtern klettern noch ein ganzen Berg Jungens hinein, die in den Wagenkorb sitzen wollen.

Alle heraus! Schreit der Herr. Er hat ne hellsche Stimme, wenn er doll is; aber die Frauensleute dachten sich da gar nix bei. Eine kleine Madam fing an zu heulen. Mein besten Herrn Stizrat, lassen Sie mir doch man bloß

---

³ Brot aus ungesiebtem Weizenmehl.

mit. Ich mach ja die Haubens für Frau Stizrätin, und weil ich doch was von den Kopf verstehe, muss ich mich das ansehen, wie Herr Stizrat das macht!

Wie ich was mache? Sagt der Herr und sieht die Person so 'n büschen ungläubig an.

Wie Herr Stizrat den grässlichen Kerl seinen Kopf abhaut!

Ja, das müssen wir alle sehen! Schreien die andern Weibers, und das war ein Spektakel, als würden zwanzig Sweine auf einmal abgestochen.

Abers nun ward das den Herrn doch zu bunt. Er sagt was zu die beiden Polizeidieners, die eben angelaufen kamen, und bald kriegte er Platz; denn Weber und Lauritzen hatten dazumal noch Kraft in die Armens. Abers so 'n Weibsvolk ist doch falsch – was haben sie gescholten! Hier wäre nie was los, sagten sie, und wenn mal was Nettes käme, denn wollte Herr Stizrat sie das nich mal gönnen. Und den Wagen haben sie auch kaputtgemacht! Mit Willen!«

Hinrich schwieg; er war ganz atemlos vom Sprechen geworden.

»Hat denn Großvater dem Mörder wirklich den Kopf abgeschlagen?«, fragte ich.

Hinrich lachte höhnisch. »Na, was denkst du dich denn eigentlich? Mit so was haben der Herr und ich uns niemals abgegeben. Da kam ein Mann aus Kiel zu! Ja, das war ein Leben! Den ganzen Weg nach Petersdorf sah swarz aus, bloß von all das Volk, und hinter unsern Wagen liefen woll an fufzig Kinder, die mitwollten!«

»Du hast wohl nichts von der Hinrichtung gesehen?«, fragte Jürgen halb ungläubig, und Hinrich sah ihn böse an.

»Warum nich? Das war ja gerade von den König bestimmt, dass der Herr und ich bei Bohnsack sein Ende sein sollten: ich aufn Wagen und Herr Stizrat beis Schafott. Und was diesen alten kaputten Wagen is, der is auch bei gewesen, von Anfang bis Ende. Bei die Richtstätte hielt ich, und allens kam drecktemang an mich vorüber. Zuerst läuteten schon die Glocken, was mich ordentlich ans Herz ging, und denn kam ein langen Zug. Zuerst die Jungens von die Schule mit Gesangbüchern, und sie sangen ein Lied von das christliche Sterben, was an Johann Bohnsack seine Adresse ging, und er ging denn auch gleich hinter die Schulkinders her. Ich kannte ihm ein büschen von früher, wo er noch kein Mörder war; aber leiden konnte ich ihn niemalen, und als er seinen leibhaftigen Brotherrn totslug, sagte ich gleich, dass ich mich so was bloß von Johann Bohnsack denken konnte. Und auch nich ein büschen bescheiden sah der Sweinigel aus: er kuckte sich um als wenn er sich was darauf einbildete, dass so'n Fest aus sein Sterben gemacht wurde. Er hatte ein graues Hemd an: Das war das Armsünderhemd, und die Pastoren gingen rechts und links von Bohnsack. Dann kam der Amtmann und Herr Stizrat und denn noch ein ganzen Berg Leute; aber alle gingen sie an mich und meinen Stuhlwagen vorbei. Ein klein büschen näher fuhr ich noch an das swarze Gerüst, und denn hörten die Glocken auf zu läuten. Herr Stizrat trat vor Johann Bohnsack hin und fing an ganz laut was vorzulesen. Das war das Todesurteil von den dänischen

König unterschrieben, und alle die Menschens wurden still, und jedes Wort konnte über das ganze Feld gehört werden. Und denn nahm der Herr einen weißen Stab und hielt ihn den Mörder gerade vors Gesicht, und ich musste ordentlich den Atem anhalten, weil mich was auf die Brust drückte, und die anderen Menschen gings ebenso, und denn brach der Stab mitten durch – ein jeder konnte es hören. Ein paar Sperlinge bissen sich dicht bei meinen Wagen – die dummen Dingers verstehen ja nix von die Gesetzens; ich aber wusste ganz genau, dass kein irdischen Mensch Johann Bohnsack mehr helfen konnte, und dass er nun gleich vor seinen himmlischen Richter stehen würde. So kam es auch. Der Mann in roten Rock aus Kiel verstand den Rummel – eins, zwei, drei lag Bohnsacken in sein Sarg, und die Glocken fingen wieder an, zu läuten. Als ich nachher mit den Herrn nach Hause fahre, kommt ein Einspänner pläng Kajehr an uns vorbei – das war Bohnsack, der nun nach Kiel in die Antomarie reiste. Die Studenten sollten ja Geografie von den inwendigen Menschen bei ihn lernen, was natürlicherweise ein ganz verkehrten Idee war, denn bei so'n gottverlassenen Kerl kann man nix profetieren!

Hinrich griff nach dem Geschirr, das ihm beim eifrigen Erzählen vom Schoß geglitten war, und begann wieder seinen Lappen in das Lederfett zu tauchen. Er war lebhaft geworden, wir aber sehr still.

»Kam Bohnsack nun von Petersdorf aus gleich in die Hölle oder erst von Kiel?«, fragte ich.

»Von Petersdorf!«, sagte Hinrich mit Bestimmtheit. »Uns' Herrgott, der fackelt nich, das musst du nich glauben. Der Paster in Feldkirchen, der schrieb nachher

ein Buch von Bohnsack und von sein christlichen Tod,
von den kein Mensch nix merkte. Mit 'n roten Umslag
war es, das Buch, mein ich, und da in hat er auch was
von Himmel geschrieben, nämlich dass er glaubte,
Bohnsack könnte vielleicht doch noch nach zweitausend
Jahren in den Himmel kommen. Aber das war allens
Swindel. Paster Simpel wollte man bloß einen kleinen
Profit aus die Geschichte haben, und darum schickte er
das Buch an die Gräfin Donnerwetter, [4] was ja so'n Art
Frau von den dänischen König is, und die natürlicherweise auch lieber mag, wenn uns' Herrgott mannichmal
die Augen zudrückt. Und über das Buch mit'n roten
Umslag hat sie sich bannig gefreut und den Paster Geld
zu'n neuen Summar [5] gegeben. Sie kriegt woll nich
viel Büchers geschenkt. Na, und nu geh man von den alten Wagen dahl und steckt nich all eure Beine durch die
Löchers, davon werden sie nich heil!«

»Braucht Großvater diesen Wagen immer, wenn ein
Mann hingerichtet wird?«, fragte Jürgen noch.

Hinrich lächelte ein bisschen mitleidig. »Musst nich so
dumm fragen! So was passiert hier nich wieder, solange
Herr Stizrat und ich in Amt sind! Dazumalen, als
Bohnsack sein Herrn totslug, waren wir gerade beide
verreist, sonst wäre allens anders gekommen!«

Es hatte aufgehört zu regnen, und wir beschlossen,
Hinrich zu verlassen, nachdem wir ihm huldvoll zuge-
nickt hatten. »Das war eine sehr hübsche Geschichte; die
musst du uns noch oft erzählen!«

---

⁴ Gräfin Danner
⁵ Talar

»Das war ja gar keine Geschichte«, sagte Hinrich, indem er einen alten Blechdeckel über den Fetttopf legte. »Das war ja man bloß die reine Wahrheit!«

Von diesem Tage an betrachteten wir den alten Stuhlwagen mit einer gewissen Hochachtung. Er hatte doch nach unserer Meinung etwas sehr Angenehmes erlebt, und später haben wir noch so oft auf ihm gesessen und uns dabei von der Hinrichtung in Petersdorf erzählt, bis es uns schließlich vorkam, als wären wir selbst dabei gewesen.

Jahrmarkt und Theater

Sehr kunstliebend war unser Städtchen nicht: hin und wieder kamen aber doch musikalische und geistige Größen zu uns, die dann nicht bloß stürmische Bewunderung, sondern auch Anerkennung in anderer Form verlangten. Natürlich veränderte sich unsere künstlerische Bildung mit den Jahren. Zuerst war es der Polichinellkasten mit Hans und Grete, über dem wir Essen und Trinken, Haus und Schule vergaßen. Mit einigen Bankschillingen in der Tasche zogen wir zum Herbstjahrmarkt, indem wir den bedauernswerten Hausgenossen, die gezwungen oder freiwillig daheimblieben, gnädigst einen Kuchen versprachen. Waren wir aber einmal auf der Straße, und hörten in der Ferne das Blasen der Jahrmarktstrompeten, und die Musik des Karussells, dann vergaßen wir ebenso schnell die heiligsten Versprechen, wie die innigsten Familienbande, wir stürzten uns in den Strudel des Marktvergnügens und dachten erst dann wieder an die Freuden des Elternhauses, wenn wir todmüde, mit Leib- oder anderen Schmerzen behaftet, von irgendeinem dienstbaren Geist oder einem Angehörigen, der uns schon seit Stunden gesucht hatte, der Stille des Schlafgemachs zugeführt wurden.

Der Herbstmarkt, auch Gallusmarkt genannt, wurde sonnabends durch die Kirchglocken eingeläutet. »Sundsweg, Lingelang, Schelm und Deev [6] kamt in das Land«, sangen wir dazu. Acht Tage später wiederholten wir das Lied mit dem Zusatz: »Schelm und Deev gaht ut das Land!« Das erste Verslein gefiel uns aber doch besser. Dann standen wir auf der Kirchhofsmauer, von der man den Fahrweg weit übersehen konnte, und sahen die Plan- und Holzwagen kommen: Die Schuster aus Preetz, die Kuchenfrau aus Braunschweig, von der böse Menschen behaupteten, sie wohne in Neumünster, den Spielsachenmann aus Kiel. Zu allerletzt kamen die Harfenistinnen, deren Nationalität uns unbekannt war, die uns aber trotzdem sehr gut gefielen. Wo sie ihre Konzerte gaben, weiß ich nicht; am zweiten Markttage sangen sie aber immer unserem Großvater etwas vor. Gleich nach Tisch, etwa um fünf Uhr nachmittags, steckte das Mädchen den Kopf in die Tür: Herr Justizrat, die Singmamsellen! Und gleich darauf erklangen Harfentöne durchs Haus. Die »Singmamsellen« saßen im Nebenzimmer, und wir durften in der Tür stehen und ihnen zuhören. Wie Großvater darauf gekommen war, sich diese Musik ins Haus zu bestellen, weiß ich nicht; die Sitte bestand seit undenklicher Zeit, und der alte Herr saß still und nachdenklich und hörte auf die einfachen Melodien der Volkslieder, die ihm mit möglichster Kunst und Richtigkeit vorgetragen wurden. Nachher

---

[6] Diebe

durften wir den Sängerinnen ein Geldpäckchen überreichen, und mit vielen Dankesworten zogen sie von dannen und versprachen wiederzukommen im nächsten Jahre. Dieses kleine Konzert tat uns Kindern immer sehr gut, da wir am zweiten Markttage meist etwas leidend waren. Oder unser Geldbeutel war leidend, was uns noch schmerzlicher berührte, weil wir uns dann nicht im Getümmel des Marktes zerstreuen konnten. Wir versuchten natürlich immer, auch ohne Geld Karussell zu fahren und der Unterhaltung von Hans und Grete beim Polichinellkasten beizuwohnen; aber wir fielen meistens bei diesen leichtsinnigen Unternehmungen hinein. Es war ganz merkwürdig: mit vier Bankschillingen [7] in der Tasche konnte man sich auf dem Karussell immer frei reiten, indem man während der Fahrt eine Anzahl eiserner Ringe auf einen Stock stach; hatte man aber kein Geld, so stach man stets vorbei und musste nachher darauf hoffen, dass sich irgendeine bekannte Seele bereit erklärte, einen freizuhalten. Nun hatten wir allerdings viele Freunde; die mit gutmütigem Lachen in die Tasche fuhren, wenn sie unsere Verlegenheit sahen: Wir wussten aber, dass unsere Eltern nicht für dergleichen Geschenke waren, und deshalb gehörte eine solche Auslosung nicht zu den angenehmsten Erlebnissen. Bei dem Polichinellkasten liefen wir immer davon, wenn der Mann mit dem Teller kam; aber gerade wenn wir keinen Pfennig mehr hatten, richtete er sein Augenmerk auf uns und fing einen von uns ein. Das waren so kleine Verdrießlichkeiten neben den Jahrmarktfreuden: aber es

---

[7] Ein dänischer Bankschilling hatte ungefähr den Wert von drei Reichspfennigen.

gibt ja keine ungetrübte Wonne im Leben, und im ganzen war es doch wundervoll.

Nur wenn Petersens kamen, haderten wir manchmal mit dem Schicksal. Onkel Petersen war ein hübscher und liebenswürdiger Landpastor, der sieben Töchter hatte, die auch leidenschaftliche Sehnsucht nach den Jahrmarktsfreuden empfanden. Wenn der mit einem halben Dutzend quieksender Mädchen besetzte geistliche Stuhlwagen vor dem Elternhause hielt, dann nahmen die ältesten Brüder von der Mutter hastig Abschied. »Sag nicht, wohin wir gegangen sind – wir haben noch Schularbeiten, und dann bleiben wir zum Abendessen bei dem und dem!« – Mit diesen Worten waren sie verschwunden, und obgleich mir und Jürgen auch allerhand dringliche Arbeiten einfielen, an die wir lange nicht gedacht hatten – so half doch kein Widerstreben: Wir waren ungefähr in einem Alter mit den erstgeborenen Pastorstöchtern und mussten mit ihnen durch die Budenreihen ziehen. Es waren hübsche, lebhafte Mädchen, die, in großer Einsamkeit aufgewachsen, über jede Schusterbude aus Preetz in lautes Entzücken gerieten. »Oh, sechs Paar neue Stiefel auf einmal!«, jubelten sie und schlugen in die Hände, während wir mitleidig über diese ländliche Unschuld lächelten. Von den Kuchenbuden waren sie gar nicht wieder wegzubringen. Sie verlangten mit lautem Jubel das größte rotlackierte Kuchenherz, wenn es aber ans Bezahlen ging, machten sie unter Tränen die Entdeckung, dass der Einkauf ihre Kasse weit überstieg. Und nun der Polichinellkasten! Die ältesten Mädchen kannten ihn schon; ein Schwesterchen aber sah ihn heute zum ersten Mal in ihrem Leben. Zuerst lachte sie herzlich über die geistreiche Unterhaltung zwischen Hans und Grete; als aber dann der Teufel kam, um einen von den beiden zu holen, da brach sie in ein so entsetzliches Zetergeschrei aus, dass sie nicht bloß uns, sondern auch allen Umstehenden den Kunstgenuss vollständig verdarb. Vergebens waren alle unsere Vorstellungen, dass es nicht der wirkliche, sondern nur ein nachgemachter Teufel sei: Sie jammerte nach Vater und Mutter, nach allem, worauf sie sich in der Verzweiflung ihrs Herzens besinnen konnte, und wurde erst wieder ruhig, als wir den Polichinellkasten verlassen hatten und in den friedlichen Hafen der »geräucherten Aalfrauen« eingelaufen waren. Diese hatten ihren Stand zwischen der Rückseite einer Budenreihe und dem Rathause – dort war es nicht aufregend, und als eine gutmütige Frau der Kleinen einen geräucherten Aalschwanz in die Hand steckte, da sog sie eifrig daran und vergaß den Teufel. Dann kam das Karussell; dies bekam aber den kleinen Landbewohnerinnen so schlecht, dass sie alle in lautes Wehklagen ausbrachen und voll Zorn dem ganzen Marktvergnügen den Rücken kehrten.

So war es wirklich manchmal nicht ganz leicht für uns, die edle Pflicht der Gastfreundschaft zu üben, und ich fürchte auch, dass wir öfters in dieser Beziehung zu wünschen übrig ließen. Wenn Petersens mit der Drohung fortfuhren, zu solchem schrecklichen Marktfest nicht wiederkommen zu wollen, dann sagten wir höhnisch, das täte auch gar nicht nötig; solche Landpomeranzen, die nicht einmal den Teufel sehen könnten, brauchten unseren schönen Jahrmarkt nicht mit ihrer Gegenwart zu verunzieren. Aber es war nicht so böse gemeint, und Petersens kamen auch getreulich wieder, trotz aller Verwünschungen, ja sie freuten sich jedes Mal so auf den Gallusmarkt, dass sie schon einige Nächte vorher nicht schlafen konnten. Allmählich gewöhnten sich auch die Kleinen an den Teufel und erwarteten sein Erscheinen mit derselben Freude wie wir.

Mit den Jahren fühlten mir uns aber über Hans und Grete doch etwas erhaben. Wir sahen Maria Stuart in einer Scheune aufführen, und seitdem schwärmten wir für das Drama. Es war die Künstlerfamilie Holsten, die nach einer Pause von mehreren Jahren zum ersten Mal wieder unsere Stadt besuchte, und ich kann wohl sagen, dass wir Kinder sie mit Begeisterung aufnahmen. Vater Holsten gab Mörder, Verbrecher, gute, sehr dicke, und schlechte, sehr dünne Herren mit gleicher Vollendung; seine Frau spielte alle diese Rollen ins Weibliche übertragen. Dann war ein Sohn, der meist auf den Knien vor Fräulein Winrich lag und sehr jämmerlich tat. Wir konnten den jungen Herrn nicht leiden; die Großen aber sagten, er spiele den Liebhaber nicht schlecht. Besonders Stina, Großvaters Köchin, bemerkte, der junge Mann wüsste noch, was Liebe sei; Fräulein Winrich aber wäre ein dummes Frauensmensch und könnte gar nicht so gut schreien wie er. Der junge Holsten und Fräulein Winrich mussten sich in jedem Stück heiraten, wie man uns erzählte. Dies war uns gleichgültig, anderen Leuten aber musste diese sonderbare Gewohnheit doch gut gefallen; denn sehr oft riefen sie, nach dem Fallen des Vorhanges: Fräulein Winrich heraus! her–aus! Wi–ne–rich – heraus! Und klatschten mit den Händen, dass das Scheunendach zitterte, und die Hähne in dem angrenzenden Hühnerstall zu krähen anfingen. Dann erschien Fräulein Winrich, verneigte sich holdselig nach allen Seiten und legte die Hand dankend aufs Herz. Diese Bewegung gab uns Anlass zu vielem Nachdenken. Jürgen meinte, ihr Herz täte weh, weil sie Sigismund Holsten dreimal in der Woche heiraten müsse; Stina aber sagte, eine Person, die ihre Sache so schlecht machte, könnte gar kein Herz haben; sie schnüre sich nur so stark, und davon bekäme sie Seitenstechen.

Aber Stina, die Köchin unseres Großvaters, war überhaupt mit der Familie Holsten nicht zufrieden. Wir hatten eine Art von Straßenbekanntschaft mit etlichen jüngeren Kindern der Theatergesellschaft gemacht und brachten die kleinen mageren Dinger auch wohl gelegentlich in die Küche, um ihnen ein Butterbrot oder einen Teller Suppe geben zu lassen. Dann war Stina meist sehr verdrießlich und murmelte allerlei Drohworte vor sich hin, dass Herr Justizrat kein Brot für Theaterpack hätte, und dergleichen. Aber sie holte doch allerhand Essbares herbei, und bei einem Löffel Suppe vor dem warmen Herde sitzend wurden die Theaterkinder gesprächig. Sie konnten sehr weise sprechen, sogar von Dingen, die wir gar nicht verstanden und sofort wieder vergaßen. Wir empfanden daher anfänglich sehr viel Hochachtung vor ihrer großen Bildung; als wir ihnen aber mit einigen anderen Fragen zu Leibe rückten, kam heraus, dass keins der Theaterkinder getauft war. Sie wussten nichts vom lieben Gott, nichts vom Herrn Jesus; kaum etwas von Weihnachten. Schreiben und lesen konnten sie gar nicht, oder nur sehr unvollkommen, kurz, sie enthüllten uns einen solchen Abgrund von

Unwissenheit und Vernachlässigung, dass sogar Stina ihre roten Hände zusammenschlug und wohl zwanzigmal ausrief: »Oh, was ne Welt!«

Da wurden denn diese Kleinen in unserer Stadt nicht bloß zu Christen gemacht und der große Liebhaber, der sich eines Taufscheins erfreute, konfirmiert, auch sonst versuchten hilfreiche Hände, der ganz verarmten Familie Unterstützung angedeihen zu lassen, sodass das Theater länger, als es sonst üblich war, bei uns blieb. Selbstverständlich behielt die Bühne für uns stets ihren Nimbus, und obgleich wir Adolfine Holsten etwas von oben herab betrachteten, seitdem sie mühsam schreiben lernte, so beneideten wir sie doch, wenn sie auf der Bühne ermordet wurde, wie wir es einmal mit ansahen. Wir saßen mit Stina auf dem zweiten Platz, dort, wo die ungehobelten Sitzbretter hoch in der Luft schwebten, und man, ohne sich besondere Mühe zu geben, leicht auf die tief darunter liegende Scheunendiele fallen konnte. Jürgen und ich klammerten uns aber an Stinas dicke Arme und genossen es mit Entzücken, dass Adolfines leiblicher Vater im Stück ihr Onkel geworden war und durchaus von ihr verlangte, dass sie ihre Mutter vergiften sollte. Adolfine wollte nicht, was wir umso anerkennenswerter von ihr fanden, als sie die zehn Gebote doch noch nicht kannte; sie blieb auch fest trotz vieler Drohungen, und der Onkel erstach sie mit einem langen Messer. Mit einem sehr schönen Schrei sank sie zu Boden, das Publikum klatschte, und selbst Stina stimmte ein in den Ruf: Adolfine Holsten heraus!

Nun kommt gleich ein Sarg, bemerkte Stina dann zu uns im Tone der Befriedigung. Da packen sie Adolfinen ein, und denn kommt das Begräbnis!

In froher Erwartung der angenehmen Augenweide blickten wir angestrengt auf die Bühne, aber leider gänzlich erfolglos. Der böse Onkel erntete allerdings den Lohn seiner Taten und wurde gezwungen, mit demselben Messer, das er zur Mordtat verwandt hatte, sich selbst zu entleiben; aber ein Sarg erschien nicht. Wir freuten uns über den toten Onkel und riefen ihn heraus, wie die anderen Zuschauer, aber Stina wurde sehr verstimmt.

»Hab ich es nich all ümmer gesagt?« murrte sie, als wir durch die stille Herbstnacht nach Hause gingen. »Mit Holstens ist gar nix los. Die wissen mein Dag nich, was gut Theaterspielen is. Nich mal ein lumpigen Sarg auf das Theater und bloß zwei Mann tot. Da kann man sich gar nix bei denken! Ich hab mal ein Stück gesehen, da blieben sie alle tot, so an zwanzig Personen, und was die Köpfe war'n, die rollerten man so auf die Erde herum! Das war noch was! Da hab ich drei Nächte lang kein Auge zugetan, weil ich mir so graulte! Aber so was Schönes verstehn Holstens nich. Nich mal ein einzigen Sarg!«

Wir entgegneten schüchtern, »es sei doch schön gewesen«; aber Stina ließ uns gar nicht zu Worte kommen. »Seid ihr man still! Da versteht ihr doch nix von! Das Messer war auch längsten nich lang genug, um durch'n Menschen zu stechen; aber Slachter Struve wollte sein bestes Sweinemesser, wo er ümmer unsere Sweine mit absticht, nich an Holstens leihen. Er hat mich das noch heute Morgen gesagt, als er den Kalbsnierenbraten brachte. So war allens falsch, allens!«

Nun wollten wir doch wenigstens behaupten, dass Adolfine hübsch ausgesehen habe, als sie tot auf der Erde lag; ihre schneeweiße Nase hatte besonders unsere Bewunderung erregt. Aber auch hier riss Stina mit rauer Hand den Schleier von unseren Augen. »Allens Kreide!«, sagte sie verächtlich, »reine, weiße Kreide, so, als die Schulmeisters haben. Da kann ein jeder weiß von werden, und was die roten Backens sind, so weiß ich da auch was von. Zähnpolver, nix als rotes Zähnpolver. Als ich verkonfermiert wurde, hat meine Mutter mich auch was für sechs Bankschillinge gekauft von die Aptheke, und ich hab da noch immer was von, wenn das auch all lange her is – ich smier mich das nich auf die Backens.«

Wir trugen auch diese Enttäuschung mit Fassung, mit soviel Fassung, dass wir am folgenden Tage unseren Familienkreis durch weißangekreidete Gesichter, aus denen sich die Wangen ziegelrot hoben, überraschten. Da wurden wir freilich von der Mutter mit kräftiger Hand abgewaschen und bekamen von den älteren Brüdern allerhand kränkende Bemerkungen zu hören. Auch sonst musste man in maßgebenden Kreisen doch finden, dass das Theater keinen sehr veredelnden Einfluss auf uns übe; es wurde uns lange Zeit keine Eintrittskarte geschenkt, und erst als uns die lahme Zettelträgerin die Nachricht brachte, das köstliche Lustspiel »Die Reise auf gemeinschaftliche Kosten« solle gegeben weiden, da verbreitete sich das angenehme Gerücht, Großvater wolle uns alle noch einmal hingehen lassen. Auf den ersten Platz sogar!

Wir hatten noch nie ein Lustspiel gesehen und dachten es uns noch viel schöner als ein Trauerspiel. Da für uns ebenso wie für Stina jeder Mord ein freudiges Ereignis war, so nahmen wir an, dass im Lustspiel sich alle Mitspieler gegenseitig umbringen müssten – eine erhebende Aussicht, die nur durch die Furcht getrübt wurde, Schlachter Struve möchte nicht genug Messer haben, jedem Schauspieler eins zu leihen. Und wirklich: Obgleich das Lustspiel schon seit einer ganzen Reihe von Tagen angekündigt war, kam es doch lange Zeit nicht zur Aufführung. An Messern fehlte es nicht, vertraute uns Adolfine an, als wir ihr einmal ein Butterbrot geschenkt hatten: Aber zum Lustspiel gehörte ein Wagen, ein großer, schöner Wagen, sonst konnte es nicht aufgeführt werden. Ein Wagen! Unsere Gedanken flogen blitzschnell zu Großvaters Glaskutsche und zu Franz und Hermann, die doch gewiss schrecklich gern auch Theater gespielt hätten. Doch als wir in leichtsinniger Großmut diese Equipage anboten, schüttelte das Theaterkind den Kopf. Seine Mutter war schon dreimal bei Herrn Justizrat gewesen und hatte um den alten Stuhlwagen gebeten; nicht einmal diesen hatte Herr Justizrat hergeben wollen. Und die anderen Leute in der Stadt waren gerade so ungefällig. Ein Wagen aber gehörte unerlässlich in dieses wunderhübsche Stück. Pferde nicht, Pferde waren gänzlich überflüssig. »Der Wagen« – sagte Adolfine – »würde rückwärts auf die Bühne geschoben, sodass man die Deichsel gar nicht sähe, und dann finge das Stück an. Und es wäre herrlich, ganz herrlich! Wir würden schreien vor Vergnügen, so lustig wäre es!«

Wir wurden natürlich etwas erregt über das in Aussicht gestellte neue Stück und ergingen uns tagelang in den gewagtesten Vermutungen, was denn wohl so besonders lustig daran sein möchte. Besser, als dass alle stürben, konnte es doch nicht kommen, und was dann geschähe, vermochten wir nicht auszudenken. Auch Stina, der wir von unseren Vermutungen Mitteilung machten, war misstrauisch. »Da is nix hinter«, sagte sie, während sie an ihrem Butterfass stand und eifrig butterte, »hinter Holsten is nie was ordentliches. Ein Wagen aufs Theater? Wenn es kein Leichenwagen is, denn is da kein Spaß bei!«

Aber es war kein Leichenwagen, sondern ein wirklicher lustiger Ausfahrwagen, und als sich dann endlich das Gerücht verbreitete, ein alter Bauer habe seinen Wagen, den er einst von seinem Urgroßonkel geerbt, zum Theaterspielen hergegeben, da kannte unsere Freude keine Grenzen. Nun konnte die »Reise auf gemeinschaftliche Kosten« gegeben werden!

Den Tag vor der Aufführung bat uns Adolfine noch, ihrer Mutter eine Hutschachtel zu leihen. Wir besaßen zwar solche für uns ganz überflüssigen Gegenstände nicht, es war aber gerade eine Tante bei uns zu Besuch, deren zwei himmelblaue Hutschachteln in beschaulicher Ruhe auf dem Boden standen. Freudig gaben wir sie dahin: Eigentlich wollten wir um Erlaubnis fragen, aber wir vergaßen es. Auch andere Kinder unserer Bekanntschaft wurden um allerhand Gegenstände gebeten, die man zum Reisen braucht, und bald besaß Adolfine ein förmliches Museum von Fußkörben, buntgestickten Reisesäcken und Taschen. Und auch unsere Freunde hatten ihre Eltern nicht viel um Erlaubnis gefragt; war es doch nur ein Tag, wo Holstens sie benutzen wollten.

Endlich kam der denkwürdige Abend, das Theater fing um sechs Uhr an, aber schon um fünf saßen wir auf unseren Plätzen, neben uns die Besuchstante, die uns schon viel Geschichten erzählt hatte von artigen Kindern, die erschreckend wenig Ähnlichkeiten mit uns hatten. Wir hörten denn auch nur mit halbem Ohre zu; viel mehr beschäftigte es uns, dass Schlächter Struve zum Schweineschlachten aufs Land gefahren war und alle seine Messer mitgenommen hatte; womit sollten sich Holstens nun totstechen? Die Theaterscheune füllte sich allmählich bis auf den letzten Platz. Erstens sollte das Stück, das schon vor dreißig Jahren in Hamburg gegeben worden war, sehr hübsch sein, und dann wollten doch auch viele den alten Wagen von Peter Witt auf dem Theater sehen. Es sollte nämlich nicht wahr sein, dass Peter Witts Urgroßonkel den Wagen neu gekauft habe. Jemand, der es von seiner Großmutter wusste, behauptete, die Equipage sei weit über hundert Jahre alt und könne keinen Menschen mehr tragen. Eine Weile vertrieben wir uns noch die Zeit mit Äpfelessen – endlich, nachdem auf der Harmonika »Nun ruhen alle Wälder« gespielt worden war, ging der Vorhang langsam in die Höhe!

Erst sah man gar nichts; dann klang dumpfes Knarren aus den Kulissen, und langsam, ganz langsam wurde ein vollbesetzter dreistühliger Wagen rückwärts auf die Bühne geschoben. Alle Schauspieler saßen darauf im Reisekostüm. Jeder hielt einen Reisesack oder eine Hutschachtel auf dem Schoß. Mir fiel es plötzlich unangenehm auf, dass Tantes Hutschachteln so blau waren. Die

Tante selbst sah zuerst überrascht und sehr nachdenklich aus, als sie zwei dieser Gegenstände auf Holstens und auf Adolfinens Schoß erblickte. Ich hatte ihr einen hastigen Blick zugeworfen und fühlte plötzlich ihre fragenden Augen auf mich gerichtet; zum Sprechen aber fand sie keine Zeit. Der Wagen war eben bis in die Mitte der Bühne gefahren, da krachte er plötzlich und fiel unter lautem Geschrei der Schauspieler um, während Hutschachteln und Reisesäcke in den Zuschauerraum flogen. Wir dachten alle, es sollte so sein, und es entstand ein lautes Gejubel im Publikum. Wir klatschten in die Hände und riefen: Heraus, heraus! Herr Holsten! Frau Holsten! Adolfine! Heraus! Und erst ganz allmählich kamen wir dahinter, dass Frau Holsten weinte, Adolfine heulte, und Herr Holsten eine Rede halten wollte, während er sich mit kläglicher Miene den Arm lieb.

Allmählich wurden die Zuschauer still, wozu nicht wenig der Umstand beitrug, dass mehrere Elternpaare ihren Reiseapparat auf der Bühne oder in den ersten Reihen der Sitzplätze entdeckt hatten und dadurch ebenso nachdenklich gestimmt wurden wie Tante Klementine. Herrn Holstens Worte waren kurz und wenig erbaulich: Alle Künstler konnten nicht weiter spielen. Er nicht, weil er sich einen Arm verstaucht, seine Frau nicht, weil sie sich zwei Vorderzähne ausgestoßen hatte. Die Zähne waren eben erst neu und mit großen Kosten angeschafft worden – so versicherte er, während aus dem Hintergrunde des Zuschauerraums lautes Schluchzen ertönte. Das war Willy Hinrichsen, der Sohn des Stadtbarbiers, der plötzlich sehr viel Mitgefühl für die arme Frau Holsten zu empfinden schien, was besonders Tante Klementine sehr rührte.

»Das ist noch ein guter Junge«, sagte sie; »gerade so gut, wie ein kleiner Junge, den ich kenne, und der auch ein so freundliches Herz hat, dass er –«

Aber während sie diese kleine Rede hielt, hatten wir schon erfahren, dass Willy Hinrichsens Tränen seinem Vater galten, der Frau Holsten die Zähne auf Probe geliehen hatte. Es war überhaupt eine traurige Geschichte. Wir mussten alle, ohne das Lustspiel gesehen zu haben, wieder nach Hause gehen, und es gab Menschen, die sogar an der Kasse ihr Geld zurückverlangen wollten. Aber das half ihnen nichts: Die Kasse war geschlossen, und die Kassiererin, die für diesen Abend als Baronin verkleidet gewesen war, hatte sich ein Loch in den Kopf gefallen, das zugenäht werden musste. So haben wir die »Reise auf gemeinschaftliche Kosten« nicht gesehen und wissen bis zum heutigen Tage noch nicht, wie viel Menschen darin umgebracht werden. Die Hutschachteln unserer Tante retteten wir übrigens und stellten sie wieder auf ihren Bodenplatz, ehe die Tante daran dachte, nach ihnen zu fragen. Später sprach sie von allerhand Beschädigungen dieser kostbaren Gegenstände, über die sie ebenso erstaunt wie entrüstet war; wir liefen aber stets aus dem Zimmer, wenn sie davon zu reden anfing.

Holstens gaben nach dieser Vorstellung keine andere mehr. Sie waren wirklich recht bedauernswert; besonders da Peter Witt eine große Entschädigungssumme für seinen Wagen verlangte, der plötzlich »so gut wie neu« geworden war. Es wurde für sie gesammelt, und dann verschwanden sie und erschienen erst nach einigen Jahren wieder.

Inzwischen hatte die Kunstliebe auch andere Kreise der Stadt erfasst. Unser Schornsteinfegermeister leitete eine Dilettantenbühne, und noch oft haben wir uns vom Großvater stürmisch das Geld erbettelt, um in der Theaterscheune unseren Schornsteinfeger wild deklamieren zu hören. Er hatte eine so interessante dunkle Hautfarbe, dass wir ihn viel lieber hatten als Sigismund Holsten.

Aber auch die Dilettantenvorstellungen nahmen ein Ende, wie alles Schöne auf dieser Welt, und allmählich mochte gar niemand mehr an etwas Lustiges denken. Nahte sich doch etwas mit schweren Fittichen, das den Großen die Lebensfreude nahm, aber auch die Kleinen bedrückte: Das war der Krieg, eine bittere Notwendigkeit für Schleswig-Holstein. Mit der Theaterfreude war es da vorbei für lange Zeit.

Allerhand Politisches

Wir Kinder hörten sehr viel von Politik. Nicht allein, dass sich der Großvater viel mit den Ereignissen beschäftigte, von denen die Zeitungen und mündliche Berichte meldeten, auch anderswo wurde von der Lage der Herzogtümer und von dem, was kommen würde, gesprochen. König Frederik regierte noch immer, und es gab selbst in unserer Abgeschiedenheit Menschen, die ihn gesprochen, oder die ihn wenigstens gesehen hatten. In früheren Jahren war er noch nach Holstein gekommen, um sich in Kiel oder Plön seine Beamten vorstellen zu lassen; in den letzten Zeiten beschränkten sich seine Besuche nur auf das Herzogtum Schleswig. Und auch hier zeigte er sich manchmal ungnädig und konnte die Herren in der Audienz scharf fragen, wo sie denn ihre Frauen gelassen hätten? Die Frauen der schleswig-holsteinischen Ritterschaft und die der höheren Beamten waren aber stets am Erscheinen verhindert. Wohl beugten die Herren in ihren kleidsamen Uniformen das Haupt vor dem angestammten Landesherzog, aber ihre Gemahlinnen sollten nicht der Gräfin Danner die Hand küssen. Nicht weil sie als Putzmacherin ihre Laufbahn begonnen und einen Bruder hatte, der Schuster in Hamburg war, sondern weil ihr früheres Leben sie des Verkehrs mit reinen Frauen unwürdig machte. Und die Gräfin strebte gerade nach dem, was für sie unerreichbar war. Das Leben manches Beamten würde sich ganz anders gestaltet haben, wenn er seinen trotzigen Stolz beiseitegesetzt und seine Frau zur Gräfin Danner gebracht hatte. Auch der charakterschwache, aber gutherzige König würde wahrscheinlich die Herzogtümer mehr in sein Herz geschlossen haben, wenn seiner Gemahlin mit mehr Zuvorkommenheit begegnet worden wäre. Jetzt waren seine Besuche immer mit Kränkungen und Demütigungen für die Gräfin und dadurch auch für ihn verknüpft, und man konnte es ihm nicht verdenken, dass er immer seltener kam und dadurch die Fühlung mit seinen deutschen Untertanen immer mehr verlor. Er tat zwar sehr jovial mit den dänischen Prediger- und Unterbeamtenfrauen, die er *faute de mieux* zur Tafel mit der Gräfin Danner laden ließ; aber er war doch klug genug, einzusehen, dass auch diese Damen nur kamen, weil sie mussten, oder weil ihnen jegliches feine Gefühl fehlte. Ob der Hass gerechtfertigt war, den die Schleswig-Holsteiner auf die Gemahlin des Königs geworfen hatten, ist schwer zu sagen. Sie war eine ungebildete, aber kluge Frau, die ihren Gemahl besser zu behandeln wusste, als ihre zwei Vorgängerinnen aus fürstlichem Blute. Ganz in den Händen der dänischen Höflinge, die Luise Rasmussen dem Könige zugeführt hatten, musste sie ihren Gemahl im national-dänischen Sinne behandeln. Alle Angelegenheiten der Herzogtümer wurden Friedrich nur von einer, nämlich der fanatisch dänischen Seite vorgetragen, und selten erfuhr er die Wahrheit. Wäre damals eine echt schleswig-holsteinisch denkende Persönlichkeit am dänischen Hofe gewesen, die sich auch mit der Gräfin zu stellen gewusst hätte, so wäre sicher manche Ungerechtigkeit nicht begangen worden. Denn weder der König noch seine Gemahlin wollten ungerecht sein: Sie liebten die Schleswig-Holsteiner nur nicht und wussten genau, dass sie auch nicht geliebt wurden. Gegen Menschen und Länder, die man nicht liebt, ist es aber stets schwer gewesen, die Unparteilichkeit zu wahren. Keine warnende Stimme drang bis zum Ohre des Königs, und die geborenen Schleswig-Holsteiner in seiner Nähe, die ihr Vaterland verleugnet hatten, waren dänischer gesinnt als die Dänen selbst. Wenn sie »Karriere« machen wollten, und dies war natürlich ihre Absicht, so mussten sie auch mit ihrer »nationalen« Gesinnung prunken. So erhielten sie doch eine Belohnung für ihr Renegatentum und machten sich nichts aus der allgemeinen Verachtung, nichts aus der Erbitterung, die sie erregten, und die doch nachher böse Früchte trug.

Die bösen Jahre der Erhebung Schleswig-Holsteins hatten wir Kinder nicht erlebt: Unsere Eltern waren damals erst jung verheiratet gewesen, und als wir anfingen, uns für die Lage des Landes zu interessieren, lag diese Zeit schon lange hinter denen, die sie mit durchgemacht hatten, sodass die bitteren Erlebnisse ein wenig ihren Stachel zu verlieren anfingen. Aber es geschah so wenig, und in unserer kleinen Stadt schien das Leben manchmal ganz stille zu stehen; wer uns etwas erzählen wollte, der musste schon vor der Zeit berichten, wo der Krieg gewesen war. Wir wollten auch bald von nichts anderem hören. Was waren uns Dornröschen, Schneewittchen und alle jene holden Bilder, die vor andere Kinderseelen gezaubert werden; wir wollten von dem Onkel hören, der mit Weib und Kind vor den Dänen hatte flüchten müssen, oder von dem anderen, der ohne Weiteres abgesetzt wurde, nur weil er Schleswig-Holsteiner bleiben wollte. Und dann war das kleine Bild des ältesten Sohnes unseres Großvaters, der in Jütland gefallen war, der stete Gegenstand unserer Fragen! Die arme, gute Großmutter, die starb, als wir alle noch klein waren, wie oft haben wir sie gebeten, uns von dem Onkel zu erzählen, der auszog, um niemals wiederzukommen! Ich höre noch ihre leise, müde Stimme, mit der sie uns einen Zug, eine kleine Geschichte von dem erzählte, der ihr Stolz und ihre Freude gewesen war, und der nun in fremder Erde schlummerte. Wir liebten unsere Großmutter sehr: Als sie starb, verloren ihre Enkelkinder Unersetzliches; aber wir waren noch sehr jung und konnten nicht lange traurig sein. Unser größter Wunsch war, von der großen Welt und von fremden Menschen zu hören;

wer uns etwas Schönes erzählen konnte, den liebten wir über alle Maßen. Aber diese Geschichte begann nur zu oft mit den Worten: Das war damals, als die Dänens noch nich hiergewesen waren, oder: Gerade als die Dänens aus die Stadt zogen, usw. So konnten wir von der Politik nicht loskommen, und wir wuchsen in alles hinein, in den letzten Krieg, in den Dänenhass, in die leidenschaftliche Liebe zu unserer düstern und für uns doch so schönen Heimat.

Was wir eigentlich mit unserem Dänenhass wollten, weiß ich nicht mehr. Den einzelnen dänisch redenden Beamten oder Lehrer hassten wir nur in sehr vereinzelten Fällen, und dann war der sogenannte Hass auch noch lau. Aber das Wort Däne war nun einmal ein Schimpfwort, das besonders denen galt, die deutsch geboren waren, und deren Tun Grund zum Argwohn gab. Selbst in unserer kleinen Stadt lebten Renegaten. Da war vor allen der Amtmann, ein finster dreinblickender Mann, der den Namen eines dänischen Spions wahrscheinlich nicht unverdient trug. Er stammte von der Insel Föhr, gehörte also dem freien Friesenvolke an. Aber der Durst nach Ehren war größer in ihm gewesen als der Durst nach Freiheit; er schrieb fleißig Berichte nach Kopenhagen, denunzierte auch bisweilen, und alle Jahre durfte er ein buntes Bändchen mehr im Knopfloch tragen. Da er nicht in unserer Familie verkehrte, sahen wir Kinder ihn nur auf der Straße, grüßten ihn widerwillig und standen ihm nur ungern Rede und Antwort. Er war immer sehr höflich gegen uns, nahm den Hut vor uns ab, während andere Leute uns nur zunickten; aber wir machten doch einen langen Umweg, um ihm nicht zu begegnen. Da er nicht verheiratet war und nur eine Haushälterin bei sich hatte, von deren Verhältnis zu ihm, wie wir später hörten, allerhand Gerüchte gingen, so lebte er sehr einsam und verkehrte nur mit denen, die sich über seine politischen Ansichten wie über sein Privatleben hinwegsetzten.

Außer dem Amtmann gab es noch allerhand Zoll- und Postbeamte, die mit ihrem lispelnden Dänisch eine stete Quelle der Freude für uns bildeten, und deren Kinder wir auch wohl im Eifer einer erregten Unterhaltung mit schweren Strafen bedrohten, wenn wir einmal an die Reihe kämen! Dann kam hin und wieder die trotzige Antwort, sie seien die Herren und wir nichts anderes als verdammte Deutsche; meistens aber behielten wir das letzte Wort. Denn die eingeborenen Dänen fühlten sich bei uns doch niemals recht heimisch. Mit einigen dänischen Kindern spielten wir, trotz unseres Hasses, recht gern, und – solange wir es nicht vergaßen – wir wussten ja auch, dass Kinder nicht über Politik sprechen durften. Aber es kamen doch manchmal Augenblicke, wo wir alle Verbote in den Wind schlugen und mit wilder Leidenschaftlichkeit Farbe bekannten. Nachher konnten die bittersten Reuetränen die unbedacht den Lippen entflohenen Worte nicht zurückholen. So warf die politische Lage unseres Vaterlandes manchen düstern Schatten auf unsere sonst so fröhliche Kindheit.

Ein bedeutungsvolles Jahr war für uns Kinder das Jahr 1862. Unser Vater wurde versetzt, und als die Eltern mit ihrer Knabenschaar davonzogen, blieb ich beim Großvater. Als Geisel, spotteten die Brüder wohl; doch als es an den Abschied ging, da lachten sie nicht mehr; meine wilde Verzweiflung, als sie alle, alle von mir gingen, machte auch die großen Jungen weich. Es war Winters Anfang, als die Trennung eintrat, und der Winter wollte nachher gar kein Ende nehmen. Der folgende Sommer war desto kürzer, und bald kamen die Herbststürme wieder. Am fünfzehnten November 1863 starb König Friedrich, und zwar auf schleswig-holsteinischer Erde, in Schloss Glücksburg. Täglich läuteten die Glocken eine lange, lange Zeit, und als das Läuten endlich vorüber war, da spannte sich der bleigraue Winterhimmel über unserer Stadt, und die Welt sah aus nach ewigem Winter. In der Zeitung stand allerhand Wunderbares von Sachsen, von Hannoveranern, vom Herzog von Augustenburg, und wieder begannen die Leute, vom Krieg zu sprechen. Krieg! Sollte es wieder so werden wie damals, wo erst die Freischaren kamen und dann die Dänen, wo die Dänen so trotzig auftraten, sich als Sieger gebärdeten, in manchem Hause herrisch Unglaubliches verlangten, und sollten wir wieder alles schweigend tragen, was ein frecher Eroberer uns auferlegen würde?

Aber es kam anders, schon insofern, als die Dänen zuerst erschienen. Eines Tages, als wir Kinder aus der Privatstunde kamen, sahen wir eine Ansammlung von Menschen auf der Straße. »Die Dänen kommen!«, riefen sie uns entgegen, und nun standen wir mitten in der Menge und sahen einen Trupp Soldaten an uns vorbeiziehen. Still zog der »tappere Landsoldat« ein, still wurde er auch empfangen: Niemand sagte ein Wort, weder ein gutes noch ein böses – nur der Amtmann schien sich zu freuen. Er trug seine goldgestickte Uniform und schüttelte dem Führer der kleinen Truppe lächelnd die

Hand. Vielleicht mochte er sich in der stillen, kleinen Stadt doch ein bisschen verlassen gefühlt haben. Dann standen die dänischen Soldaten in den Straßen herum, und wir fanden, dass sie gar nicht so übel aussahen. Es waren Reservisten, ältere Leute mit guten Gesichtern, unter ihnen Nordschleswiger, die deutsch sprachen und wahrscheinlich nicht begreifen konnten, dass wir sie mit Misstrauen betrachteten. Sie wollten uns ja nur beschützen vor den Preußen und Österreichern, von denen es plötzlich hieß, dass sie nicht mehr weit wären. Wir bekamen aber keine Post und keine Zeitungen mehr; selbst die erwachsenen Leute wussten nicht, was Lord Palmerston zu all diesen merkwürdigen Sachen sagte. Solange ich zurückdenken konnte, hatte ich von Lord Palmerston gehört. Großvater las abends seine Reden vor, von denen ich kein Wort verstand; ich freute mich nur immer, wenn das Unterhaus hört! Hört! Rief. Doch auch diese kleine Abwechslung gehörte nun der Vergangenheit an; nur über Kopenhagen hörten wir noch etwas von der Welt. Einförmig glitten die Tage dahin, und wir Kinder freuten uns doch, als nun auch eine kleine Anzahl hübscher dänischer Dragoner erschien. Aber sie kamen unberitten, die reichen Hofbesitzer der Landschaft mussten schweren Herzens ihre Ställe öffnen und den dänischen Offizieren die Auswahl unter ihren wohlgepflegten Pferden freistellen. Wahrscheinlich herrschte keine große Freude über diese Requisition. Bei uns in der Stadt war außer dem Amtmann und einigen dänischen Beamten wohl nur ein Mensch glücklich über die Gegenwart der blauen Dragoner.

Dies war der ehemalige Dragonerwachtmeister Eritzoe, ein hübscher Mann mit guten Augen, der zuerst als Gendarm zu uns gekommen war und dann eine Zivilstellung bei dem Amtmann bekleidete. Er war ein Vollblutdäne und konnte kaum ein Wort deutsch verstehen. Nicht anders war es mit seinen Kindern, und doch konnten wir Thor und Signe Eritzoe sehr gern leiden. Sie hatten keine Ahnung davon, dass wir eigentlich die Dänen hassten; sie waren so zutraulich und freundlich und so hübsch dabei, dass man ihnen gut sein musste. In der Tanzstunde trug die graziöse Signe über die patriotischen Schleswig-Holsteinerinnen stets den Sieg davon, und wie jeder Junge immer mit der kleinen, zarten Dänin tanzen wollte, so errang der Bruder große Erfolge bei den Mädchen. Und weil auch der Wachtmeister gutherzig war, uns stets freundlich grüßte und die Augen hastig abwandte, wenn er an irgendeiner Jungenmütze die schleswig-holsteinische Kokarde erblickte – seit Friedrichs Tode trugen wir sie alle, wenn auch verborgen –, so hatten wir ihn wirklich in unser Herz geschlossen wie keinen anderen Dänen. Als er die schöne blaue Uniform aus- und einen schwarzen Rock anzog, bedauerten wir ihn anfänglich sehr: Thor und Signe erzählten uns aber, dass er nun Beamter werden wollte; das sei mehr als Wachtmeister.

Um diese Zeit war es, dass die Kinder sich untereinander erzählten, die Preußen würden kommen. Diese Nachricht stammte von den Fischern: Kein Erwachsener glaubte sie, und die dänischen Offiziere schienen sich gleichfalls sehr sicher bei uns zu fühlen. Obgleich das Kriegsschiff, das die Dragoner mit ihren requirierten

Pferden nach den dänischen Inseln bringen sollte, bereits seit einigen Tagen angekommen war und in der Nähe unserer Leuchtfeuer umherkreuzte, so konnten sich die Herren doch nicht von uns trennen. Vielleicht war auch der Amtmann zu liebenswürdig gegen sie, kurz, der Dragonerrittmeister mit seinen Leutnants und einem Tierarzt wohnte noch immer im ersten Gasthof unseres Städtchens, und man sagte, dass es sich alle Krieger dort sehr wohl sein ließen.

»Morgen kommen die Preußen!«, erzählte ich am Abend des vierzehnten März meinem Großvater; der aber schüttelte den Kopf und sagte: »Sie kommen nicht – das ist ja dummer Kinderschnack!«

Die Nacht war sehr unruhig, heulend fuhr der Märzsturm durch die kahlen Bäume, rüttelte an den Ziegeldächern und warf klirrend einige Dachpfannen auf die Straße. Ich kannte nicht schlafen; hatte mir nicht mein Freund, Georg S., ganz bestimmt erzählt, dass die Preußen heute kommen würden? Er hatte die Nachricht von seinem ältesten Bruder, der im offenen Boot von einer kleinen holsteinischen Stadt zu uns herübergerudert war, hart an dem dänischen Kriegsschiff vorbei, das ihn erst angerufen hatte, als er nicht mehr nötig hatte, zu antworten. Dann waren einige Kugeln über ihn dahingeflogen aber keine hatte ihn getroffen. Mit seiner Ladung von Kolonialwaren, die kein Krämer bei uns von Kopenhagen beziehen wollte, war er glücklich gelandet. Die Preußen kamen sicher – er hatte sie ja selbst gesehen: kleine Kerls, mit den Hosen in den Stiefeln! Dies und vieles andere hatte mir Georg berichtet, so schöne Geschichten, und niemand wollte sie mir glauben! Es war ärgerlich, so ärgerlich, dass ich aufstand, als der Morgen kaum graute. Es wehte noch immer stark, und der Himmel war trübe. Ich sah missmutig aus dem Fenster – im nächsten Augenblick stürzte ich die Treppe hinab und aus der Haustür.

Truppweise mit gefälltem Bajonett kommen fremde Soldaten die Straße herauf. Hier und da knattert ein Schuss, ein Kommando erschallt, dann geht es wieder trab! trab! durch unsere verschlafene Stadt. Ein dänischer Soldat stürzt bei mir vorbei nach der Schmiede, wo angeschirrte Pferde stehen; er schwingt sich auf ein Tier – da knattert es, und er sinkt lautlos zusammen. Dort sind einige halb bekleidete Dänen, die sich willenlos ergeben und den Schlaf sich aus den Augen reibend zusehen, wie indes die Preußen uns »erobern«. Es geht weiter hinein in die Stadt, wir Kinder selbstverständlich hinterdrein. Dort steht Wachtmeister Eritzoe in voller Dragoneruniform und stürzt mit geschwungenem Säbel auf die Fremden zu; wieder knattert es, und er bricht zusammen. Wir Kinder aber beginnen laut zu jammern: »Ach, was habt ihr getan! Das ist ja Eritzoe, der gar kein Soldat mehr ist!«

Aber wie konnten die Preußen wissen, dass Eritzoe kein Soldat mehr war! Sie liefen weiter, und vor dem Gasthause entwickelte sich eine eigentümliche Szene, die uns Kindern wie ein Theaterstück vorkam. Der eine dänische Dragonerleutnant wollte sich den Preußen nicht ergeben. Aus süßem Morgenschlummer erweckt, kletterte er im leichtesten Kostüm auf das Dach des Wirtshauses und schoss von dort nach allen Seiten seinen Revolver ab. Aber auch die preußischen Soldaten begannen mit einer Leiter das Dach zu erreichen, worauf der Leutnant wieder in das offenstehende Fenster seiner Giebelstube schlüpfte, sich einen neuen Revolver holte, in der Erregung aber stets nach uns Kindern und nicht nach den Preußen schoss und endlich, immer noch in unvollständiger Toilette, aus dem Fenster sprang und in ein Nachbarhaus floh. Was vermochte er aber gegen die Übermacht? Als er wieder erschien, führten ihn zwei preußische Soldaten, und ein dritter warf ihm aus dem Fenster einige höchst notwendige Kleidungsstücke zu. Dass der aufgeregte junge Herr keines der Kinder verwundet hatte, die in nächster Nähe dem Schauspiel beiwohnten, ist allen Augenzeugen später als ein Wunder erschienen.

Und noch etwas sollten wir erleben. Wildes Schreien und Johlen drang von der Straße, die nach dem Amtshause führte, an unser Ohr, und ein kleiner Volkshaufe näherte sich, der so wütende Laute ausstieß, wie wir sie noch nie gehört hatten. Zwischen einigen preußischen Soldaten ging der dänische Amtmann, der Spion und Verräter, wie ihm wohl hundertmal zugerufen wurde! Dem großen, starkgebauten Mann, den wir nicht anders als in schöner Uniform gesehen hatten, merkte man es auch an, dass er eben aus dem Bette kam; die Kleidung hing lose um ihn herum; er ging schwankenden Schrittes und lehnte sich totenblass auf einen Soldaten. Er wurde zum Kommandeur der Preußen geführt, der ihn nach kurzer Unterredung vorläufig wieder nach Hause schickte. »Habt ihr nicht noch mehr Dänen hier?«, fragte einer der Preußen die umstehenden Leute, und diese nickten. Gewiss, da waren der Postmeister und der Zollverwalter; auch der Propst hatte neulich erst einen dänischen Orden bekommen, etliche Zollkontrolleure sprachen nur gebrochenes Deutsch. »Sind die Leute gefährlich?« hieß es, und man sah sich zweifelnd an. Gefährlich? Nun, es waren ja Dänen; man konnte sie immerhin wegjagen. »Nun, dann wollen wir sie wegjagen!«, riefen die Brandenburger, »kommt mit und zeigt uns den Weg!«

Schon setzte sich ein Trupp Leute in Bewegung, da kommt Bruder Heinrich des Wegs. Er ist jetzt wieder für eine Zeit lang in der kleinen Stadt anwesend und amüsiert sich heute vortrefflich.

»Jungens, wo wullt jü hen?«, ruft er den Leuten zu, von denen er jeden Einzelnen kennt, und einer der Angerufenen streicht sich bedächtig das helle Haar aus der Stirn.

»Ja, Heine, wir wullt den Propsten en beten wegjagen und de annern Dänens ok! Komm mit, min Jung, dat is en Spaß!«

Aber Heinrich schüttelt den Kopf. »Nee, ik will nich mit' de Lüd do hebbt mi ja gor nix dahn – de hebbt ja keenen Minschen wat dahn!«

Die Leute bleiben stehen und werden nachdenklich, »Dat is ja wull eegentlich ok wahr: nee, de hebbt uns gor nix dahn – dor sind ja ganz vernünftigen Kerls mit mang – nee, dahn hebbt se uns nix!« Und einer von ihnen wendet sich zu den Preußen, die diesen barbarischen Naturlauten verständnislos und ein wenig verächtlich gegenüberstehen. »Wir wollen das man sein lassen! Die paar Dänens, die noch hier sind, können for unsertwegen hierbleiben!«

Und sie blieben alle. Eine Zeit lang wahrscheinlich mit sehr unbehaglichen Gefühlen, besonders wenn sie der Zeiten gedachten, wo die dänischen Machthaber deutschgesinnte Beamte aus Amt und Brot in die Fremde jagten. Dann aber gewöhnten sie sich bald an das neue Regiment, das gegen die Dänischgesinnten des Landes mit großer Nachsicht verfuhr und sich wohl hütete, alte Wunden wieder aufzureißen. Nur die Beamten, die den frommen Wahn hegten, der augustenburgische Herzog würde jetzt sein rechtmäßiges Erbe antreten, mussten bald zu ihrem Schaden erfahren, dass es nicht so gemeint war. Vorläufig aber war natürlich von solchen Dingen nicht die Rede. Wir freuten uns alle unbändig, und viele Menschen behaupteten, der fünfzehnte März 1864 sei der schönste Tag ihres Lebens. Für die Frau des ehemaligen dänischen Wachtmeisters war er das nun freilich nicht. Ihr Mann hatte sich heute zum letzten Mal die blaue Uniform angezogen, um dem Dragonerrittmeister, der früher sein Chef gewesen war, Lebewohl zu sagen: Er sollte den Tod darin finden.

»Der schönste Tod ist der Soldatentod!«, tröstete uns der tapfere preußische Hauptmann, als wir ihn immer wieder fragten, weshalb Eritzoe habe sterben müssen. Und er versprach uns für ihn das schönste Begräbnis. Es war auch wirklich schön: die drei Salven über das Grab, die feierliche Choralmusik, die vielen Uniformen. Unser Amtmann stand ebenfalls am Grabe: Vielleicht wünschte er, dass auch ihn eine preußische Kugel getroffen hätte. So gut sollte es ihm aber nicht ergehen: Den Verdacht, noch immer zu den Dänen in Beziehung zu stehen, konnte er ebenso wenig von sich abschütteln, wie die Verachtung der Bevölkerung, und eines Tages war er verschwunden, um niemals wiederzukommen. Er ist dann auf einer der dänischen Inseln vergessen gestorben.

Uns Kindern war sein Schicksal gleichgültig: Wir hatten gar keine Zeit, an ihn zu denken. Am Eroberungstage wussten wir nicht, wo uns der Kopf stand. Da galt es zuerst den durchkälteten Preußen Kaffee aufs Rathaus zu bringen; dann musste man sich doch eine Schleife in den schleswig-holsteinischen Farben kaufen, oder eine Nadel, die zwei verschlungene Hände darstellte, über denen stand: Up ewig ungedeelt, oder: Frei bis zur Königsau. Die Kaufleute hatten plötzlich alle diese Sachen vorrätig, und als am Abend das Städtchen illuminierte, da fehlten nur in wenig Fenstern die leuchtenden Farben, mit denen sich Schleswig-Holstein seit so vielen Jahren nicht hatte schmücken dürfen.

Dunkel und verhängt war nur das Häuschen des toten Wachtmeisters. Als ich am nächsten Tage einen Kranz hinbrachte, erschrak ich vor der Grabesstille, die dort herrschte, und vor der tränenlosen Verzweiflung der Angehörigen. Damals lernten wir zum ersten Mal die traurige Rücksichtslosigkeit selbst des kleinsten Gefechts kennen und empfanden es dunkel, dass die, die einen Krieg zwischen Dänemark und Schleswig-Holstein einen Bruderkrieg nannten, doch nicht so unrecht hatten. Aber das trotzige kleine Dänenreich hatte zu lange die Rolle des Kain gespielt, als dass sich Abel, trotz mancher Schmerzen, nicht aufjubelnd von dem Banne der

Knechtschaft hätte losreißen sollen. Wie aber wäre es wohl nach dem Tode König Friedrichs geworden, wenn seine Ratgeber den stammverwandten Herzogtümern ihre Stammverwandtschaft gelassen, wenn sie die deutsche Sprache in Schleswig nicht zu unterdrücken versucht, die deutschgesinnten Beamten nicht verfolgt und gequält, wenn sie, mit einem Wort, Schleswig-Holstein den Schleswig-Holsteinern gelassen hätten?

Wen die Götter verderben wollen, den pflegen sie mit Blindheit zu schlagen. Dieses Wort bewahrheitete sich sogar bei der eben berichteten kleinen Eroberung. An demselben Tage, wo die Preußen uns eroberten, hatten die dänischen Dragoner mit den requirierten Pferden nach Kopenhagen segeln wollen. Trotz eines in der Nähe kreuzenden Kriegsschiffes, trotz ausgedehnter Wachen ahnten sie nichts von der Nähe der Preußen, während wir Kinder uns in der Schule davon erzählten! Viele Leute haben sich später darüber gewundert, dass so etwas möglich gewesen war; im Grunde genommen war es aber gar nicht so erstaunlich. Gerade wir deutschen Kinder hatten gar keine Fühlung mit den dänischen Soldaten; selbst dem neugierigsten Jungen fiel es nicht ein, sich ihnen zu nähern. Nicht aus Hass oder Abscheu hielt man sich fern von ihnen, es tat uns ja niemand etwas; es war eben eine Unmöglichkeit, mit ihnen zu sprechen.

Wenig Tage nach dem Einzuge der Preußen wanderte eine stille Schar durch unsere kleine Stadt. Es waren die gefangenen dänischen Soldaten, die nach Brandenburg marschierten, ihnen voran fuhren die Offiziere. Still waren sie gekommen, und still zogen sie wieder ab, kein Mensch sagte ihnen ein böses Wort. Sie hatten es auch nicht verdient; denn obgleich sie requiriert hatten, so wüsste ich mich doch keines einzigen Falles zu erinnern, wo sie sich ungehörig betragen hätten.

Mit den Dänen zog sie von dannen, die dänische Zeit, ein neuer Tag brach an in der Geschichte Schleswig-Holsteins. Und so lange Nord- und Ostsee an unsere Küsten schlagen, solange unsere Buchenwälder grünen, und über unseren Marschen der Sturm pfeift, solange wollen wir nun bleiben: »Up ewig ungedeelt!«

Mamsell van Ehren

»O mein Gott, Kinners, mir könntet ihr doch auch mal besuchen!«, sagte Mamsell van Ehren. Sie stand in Großvaters Schreibstube, die damals Kontor genannt wurde, und zog sich die schwarzseidenen Halbhandschuhe über die breiten ausgearbeiteten Hände. »Nicht wahr, Herr Justizrat, wenn Sie nach Petersdorf aufs Gericht fahren, denn bringen Sie mich die Kleinen mal vor!« Das war nämlich in der Zeit vor 1864, wo unsere kleine Ostseeinsel noch ihre besondere Verfassung hatte, und wo unser Großvater an mehreren Wochentagen unter Beisitz der bäuerlichen Richter auf den Dörfern Gericht abhielt.

Mamsell van Ehren wiederholte noch einmal ihre Einladung, dann nahm sie ihren großen schwarzgestrickten Arbeitssack in die Hand, machte meinem Großvater einen altmodischen Knicks und ging würdevoll aus der Tür.

Sie hatte auch alle Ursache, würdevoll zu sein, denn die ältliche, hagere Jungfrau mit den großen Gliedern und der schlechten Haltung war eine der reichsten Hofbesitzerinnen der Insel. »Hof«, sagte man allerdings nicht bei uns. Die Insulaner nannten ihre stattlichen Häuser, bei denen sich die ausgedehnten Korn- und Weideländer befanden, nicht »Hof«, sondern »Stelle«. Eine »Stelle« sein eigen zu nennen, ist wohl noch heute der dringende Wunsch jedes Inselbewohners, aber in vielen Dörfern sind die größeren Landbesitze durch übergroße Elternliebe und Erbschaft geteilt worden und daher nicht mehr so begehrenswert wie ehemals. Mamsell van Ehren saß aber auf ihrer »Stelle« von so und soviel »Drömpsaat« Land und hatte darauf gesessen, solange die meisten Menschen denken konnten. Sie war reich, sehr reich. In dem Beutel, den sie hin und wieder meinem Großvater brachte, waren lauter blanke dänische Speziestaler, die sie ihm zum Anlegen gab, oder über deren Verwendung sie sich sonst Rat holte. Kein anderer Bauer hatte so gutes Vieh im Stalle und so ausgezeichnete Pferde. Damals gab es wenig gute Pferde auf unserer Insel. Wenn aber Mamsell van Ehren auf ihrem hohen Stuhlwagen zur Stadt gefahren kam, dann sahen sich alle Leute nach den zwei stattlichen Braunen um, die den Wagen mit einer gewissen vornehmen Nachlässigkeit über das schlechte Pflaster zogen, als wenn sie sagen wollten, dass solche Arbeit sich eigentlich nicht für sie schicke.

»Kremper Marschpferde!«, sagte mein Bruder Heinrich, der immer viel von der Landwirtschaft verstand. Und dabei spuckte er aus. Denn das gehörte sich so, wenn man von vornehmen Dingen sprach.

Wir, d. h. etliche aus unserer zahlreichen Geschwisterschar, standen an der Ecke des großelterlichen Hauses und sahen Mamsell van Ehren abfahren. Dies geschah in einem großen Stuhlwagen, der Platz für vier Stühle und auch noch für Kornsäcke hatte. Unter dem Wagen hing ein kleiner Behälter, worin sich Teer und ein Quast befanden. Die waren für den Fall bestimmt, dass eins der Räder nicht mehr weiter wollte. Dann wurde seine Achse so lange mit Teer bepinselt, bis das Rad sich wieder wie ein Kreisel drehte. Wir fuhren selten in einem solchen Wagen, der so hoch war, dass man nur mit einer Leiter in ihn hineinkommen konnte, und der, wie Großvaters Kutscher behauptete, so stoßen sollte, dass alle Knochen im Leibe an eine verkehrte Stelle kämen. Dies hätten mir nun gar zu gern einmal probiert, und deshalb standen wir an Mamsell van Ehrens Wagen und dachten, da sie uns nun doch schon eingeladen hätte, so könnte sie uns jetzt auch auffordern, eine kleine Probefahrt durch die Stadt mit ihr zu machen.

Aber die gute Mamsell dachte nicht an solche Sachen. Sie war schon sehr wohl verwahrt, als sie aus Großvaters Hause kam; jetzt aber langte ihr der Kutscher noch ein dunkelgrünes Kleidungsstück herunter, das unser höchstes Entzücken erregte. Es war ein riesengroßer Mantel mit sieben Kragen, und als die Mamsell ihn nach einiger Mühe umgelegt hatte, sah sie unbeschreiblich aus.

»Größer, als unsre größte Turmglocke«, sagte Heinrich, und er war so begeistert, dass er ganz vergaß, auszuspucken.

»Wie ein Wigwam«, bemerkte Jürgen, der augenblicklich John Fennimore Cooper las.

»In diesen Wigwam kann aber viel mehr als eine Familie hinein!«, bemerkte ich. Denn auch ich hatte etwas
vom Lederstrumpf und von Unkas gehört, der immer
»Ugh« sagte, wenn er durchaus nichts weiter wusste.
Heinrich aber meinte, ich sollte still sein, weil ich noch
zu klein wäre, und dann beobachteten wir Mamsell van
Ehren weiter. Sie war mithilfe einer Leiter und eines
Mädchens in den Wagen gekommen, hatte sich noch eine Decke über die Knie gebreitet und sagte: »Nu man
jüh!« zum Kutscher.

Der aber hielt noch ganz still, und als seine Herrin den
Befehl in einer etwas schrilleren Stimme wiederholte,
deutete er schweigend mit der Peitsche auf die Straße.
Dort kam, ganz langsam, ein kleiner Einspänner herge-
rollt. So einer, wie man ihn alle Tage sah. Ein großer
Mann, der eine Zeitung las, hielt lässig die Zügel und
ließ sein hässliches, knochiges Pferd gehen, wohin es
wollte.

Als Mamsell das Gefährt und seinen Insassen erblickte,
saß sie ganz still. Wie ihr Gesicht aussah, kann ich nicht
sagen, denn sie war so eingewickelt, dass man nicht
einmal ihre Nasenspitze sehen konnte. Sie kauerte nur
ein wenig in sich zusammen und sagte kein Wort. Langsam und anscheinend achtlos fuhr der Mann an dem
stattlichen Wagen vorbei. Keinen Augenblick erhob er
die Augen, und wir hätten ihn uns ganz genau ansehen
können, wenn wir gewollt hatten. Aber wir wollten gar
nicht. Was ging uns ein ganz gewöhnlicher Einspänner
mit einem gewöhnlichen Manne darin an? Wir fanden

Mamsell van Ehren viel interessanter und wunderten uns nur, dass sie so geduldig wartete, bis der kleine Wagen vorüber war, denn es war genug Platz auf dem Fahrdamm: Zwei Gefährte konnten sich dort gut begegnen. Nun fuhr sie auch fort. »Nu man los!«, sagte sie ganz leise zu ihrem Kutscher. Die stattlichen Braunen nickten ein wenig mit den Köpfen, und im schlanken Trabe ging es davon. Da passierte noch etwas Merkwürdiges. Die Mamsell, die so eingepackt war, dass sie sich kaum von der Stelle rühren konnte, stand plötzlich in dem heftig stoßenden Wagen auf und blickte die Fahrstraße entlang. Es war sonderbar, aber sie sah sich nach dem elenden Einspänner um, der wirklich keine Beachtung verdiente. Sie konnte ihn übrigens auch nicht mehr erspähen, denn er war trotz seiner Langsamkeit doch schon vorübergefahren.

»Wer saß in dem Einspänner?«, fragte jetzt Heinrich, indem er sich an Großvaters Kutscher wandte, der bis dahin Mamsell van Ehrens Pferde gehalten hatte.

Hinrich nahm langsam die Tressenmütze ab und kratzte sich auf dem Kopfe. »Michel van Ehren!«, sagte er dann.

»Michel van Ehren? Ist das ein Verwandter von Mamsell van Ehren?«

»Ihr Bruder!« lautete die einsilbige Antwort. Denn Hinrich sprach nie mehr, als er irgend musste.

»Ihr Bruder? Aber er fährt gar nicht in einem guten Wagen, und sein Pferd war jämmerlich!«

»Er hat auch nix!«, sagte Hinrich mit dem Tone äußerster Verachtung.

»Warum hat er nichts?«, fragten wir, aber Hinrich schien keine Lust zu weiterer Unterhaltung zu haben und wandte sich kurz ab. Da fingen wir auch an, Michel van Ehren zu verachten. Denn soviel begriffen wir gleichfalls von der Welt und ihren Ansichten, dass es das größte Verbrechen ist, wenn einer nichts hat.

Seitdem Mamsell van Ehren uns eingeladen hatte, ließen wir unserem Großvater keine Ruhe, bis er uns eines Tages mit auf eine seiner Gerichtsfahrten nahm, um uns bei der alten Dame abzusetzen. Diesmal waren es Jürgen, Milo und ich, die diese Fahrt mitmachten. Heinrich sagte, er wolle lieber einmal allein hin, wenn die Ernte begänne, und dann möchte er auch nicht mit so kleinen Gören ankommen, die immer unvernünftig wären und dummes Zeug machten. Das war nun ein Urteil, das uns in seiner Ungerechtigkeit tief kränkte, uns aber zugleich mit dem schönen Gefühl des Verkanntseins erfüllte und uns dadurch neue Lebensfreude gewährte.

Es war auch ein so schöner, warmer Sommermorgen, wie er bei uns nicht häufig vorkommt. Die Vögel sangen, und Großvaters Pferde waren mutig und frisch, was bei ihnen ebenfalls nicht immer der Fall war. Wir hatten der zu Hause gebliebenen Familie viele Versprechungen unausgesetzter Artigkeit geben müssen, und als Großvater uns vor einem blendend weiß gestrichenen Hoftor absetzte, rief er auch noch einige Worte, die von Bescheidenheit handelten. Wir nickten flüchtig – hörten noch halb gedankenlos, dass der Wagen uns nach etlichen Stunden wieder abholen sollte, und liefen dann in großer Eile den breiten, mit Kies bestreuten Fahrweg hinauf, der zum Hause Mamsells van Ehren führte. Das

Haus lag unter grünen Linden und Erlen versteckt. Es war alt, mit lauter kleinen Fenstern und einem tief herunterhängenden Dache. Die Wirtschaftsgebäude jedoch, die zu beiden Seiten des Wohnhauses standen, mussten erst kürzlich erbaut sein. Sie sahen funkelnagelneu aus, und der ganze Hof glänzte so von Sauberkeit und Ordnung, dass selbst unsere Kinderaugen davon angenehm berührt wurden. Wir standen an der Schwelle des Wohnhauses und nickten wohlgefällig. »Hier ist's hübsch!«, sagte ich, aber Jürgen steckte seine Nase in die Türöffnung.

»Hier wird gewaschen!«, bemerkte er, und der weißgraue Qualm, der uns plötzlich entgegenschlug, bewies, dass er recht hatte.

In diesem Augenblick erschien Mamsell van Ehren auf der dunkeln Hausflur. Sie war sehr leicht und nicht übermäßig elegant gekleidet. Als sie uns erblickte, schlug sie die Hände über dem Kopfe zusammen.

»Du mein Heiland! Nu hab ich die Kinners jeden und jeden Tag erwartet, und nu kommen sie gerade, wenn ich Wäsche hab! O, was'n Unglück! Hundertundfünfundachentig Savjetten und denn noch all das Bettleinen! Du meine Zeit! Und zwei Waschfrauens sind dabei, und ich hab auch schon seit heute morgen Klock zwei an die Waschbütte gestanden! Nu wollte ich mich gerade ein büschen verpusten und mich eine Tasse Tee kochen!«

»Ich trinke keinen Tee«, sagte Jürgen. »Gib mir lieber Milch!«

»Mir auch!« beeilte ich mich hinzuzusetzen; und Mamsell van Ehren sah uns nachdenklich an, während sie ihre bis zum Ellbogen aufgekrempelten Ärmel wieder über die knochigen Arme streifte.

»Hundertundfünfundachentig Savjetten!«, bemerkte sie dann noch einmal. »Und denn all das Bettleinen! Kinners, das is ein Arbeit!«

»Was für feine Treppengeländer!«, fragte Milo mit glänzenden Augen. »Darf man darauf wohl auf und nieder rutschen?«

»Nu natürlich!« lachte Mamsell van Ehren. Sie sah wohl ein, dass wir noch nicht in das Alter der Überlegung gekommen waren, in dem man jemand, der hundertundfünfundachtzig Servietten auf einmal wäscht, scheu aus dem Wege geht.

Unsere Wirtin verschwand auf einige Augenblicke, und als sie zurückkehrte, trug sie ein Brett, auf dem nicht allein einige Gläser Milch standen, sondern auch ein sehr netter Teller mit belegtem Butterbrot. Es war gut, dass sie kam, denn wir waren in ziemlicher Aufregung. Jürgen und Milo prügelten sich wegen des Treppengeländers, auf dem jeder zuerst hatte rutschen wollen, und ich weinte. Nicht aus Mitgefühl mit Milo, der eben von Jürgen geohrfeigt wurde, sondern weil ich auf einem kleinen Privattreppengeländer, das hinten auf dem Flur war, für mich ganz allein hatte rutschen wollen. Dieses war nun mit mir umgefallen, denn ich hatte nicht bemerkt, dass es nur lose neben den vier Stufen stand, die zu einer etwas höher gelegenen Tür führten.

»Is die Möglichkeit!«, sagte Mamsell van Ehren, während sie das Teebrett auf einen Tisch setzte und uns dann betrachtete. »Wie könnt ihr doch in so'n kleinen

Momang so viel Spengtakel machen! Na, nu kommt mal mit in den Döns, da könnt ihr was besehen!«

Was sie »Döns« nannte, war die nach hinten gelegene Stube, zu der einige Stufen hinaufführten, und als wir ihr dorthin folgten, sah sie das Treppengeländer, das auf dem Fußboden lag. Sie hob es auf und stellte es wieder an seinen Platz.

»Da sind schon mehr Leute mit umgefallen!«, sagte sie. »Ein ganz Berg Kinners. Damals, als es noch Kinners hier gab!«

»Du musst das Geländer fest machen, damit man darauf rutschen kann!«, bemerkte Jürgen. Sie aber schüttelte den Kopf.

»Nu nich mehr! Nu is das allens einerlei!«

Wir vergaßen zu fragen, weshalb nun gerade alles einerlei sei. Denn wir mochten uns gern umsehen, und beim Eintritt in den langen Saal fanden wir hierzu die beste Gelegenheit. Der Döns war ein großes Zimmer, dessen Fenster nach dem Garten gingen. Daher kam es, dass eine Anzahl von Gebüschen von draußen her eine grüne Dämmerung in dem Räume verbreitete. Es mochte lange her sein, dass diese Fenster einmal geöffnet worden waren; eine dicke, etwas moderige Luft schlug uns entgegen, die wir ungewöhnlich und deswegen auch sehr schön fanden.

»Nu setzt euch man!«, sagte die Mamsell, auf eine Reihe von Stühlen deutend, die nebeneinander an der Wand standen. Wir folgten dieser Aufforderung aber nicht, sondern sahen uns erst eine Weile schweigend um, um dann in allgemeines Bewundern auszubrechen.

Denn an der Wand über den Stühlen war ein langes Wandbrett, auf dem Teller und Schalen aus Porzellan, sowie allerhand Geräte aus Messing und Silber standen, Becher und getriebene Kannen, sogar vierarmige Leuchter. Und je mehr wir uns weiter umsahen, desto mehr fanden wir, das des Betrachtens wert war. Da war ein großer Schrank mit geschnitzten Türen, eine Truhe, deren Deckel bunte Malereien trug, und endlich noch ein Ofen, dessen Kacheln mit Darstellungen versehen waren, die uns sehr bekannt vorkamen. Da war ein brennender Busch, den wir aus der Kinderbibel kannten, und dann ringelte sich eine Schlange um einen köstlichen Apfelbaum, und vor ihr standen zwei Menschen, deren äußere Erscheinung so wohlgenährt war, dass man sich ihre Lust nach einem noch so schönen Apfel doch nicht ganz erklären konnte.

»Kinners, seid ihr denn gar nicht hungrig?«, fragte Mamsell van Ehren endlich. Sie hatte einen kleinen Tisch mit den erwähnten Esswaren vor die Stuhlreihe geschoben und sich hingesetzt. »Wenn ihr nich kommt, dann fang ich an,« setzte sie hinzu, und dann erzählte sie wieder etwas von ihren Servietten.

Wir aber saßen vorläufig wie festgenagelt vor dem Ofen, und jeder wollte dem anderen erzählen, was er entdeckte. Jede Kachel trug ein Bild aus dem Alten Testament. Da fanden mir nicht allein Adam und Eva, Kain und Abel – auch der Turm von Babel war zu sehen, und das Rote Meer mit den großen Wellen und den nachstürzenden Ägypterscharen.

Jürgen wusste immer gleich, was alles bedeute. Aber auch Milo behauptete von jedem Bilde, dass er die Geschichte dazu wisse, und so wurde die Unterhaltung wieder etwas erregt, weil jeder seine Weisheit an den Mann bringen wollte.

»Kinners, Kinners,«, sagte da die Mamsell wieder, »verzürnt euch man nich. Da kommt nix bei heraus, ganz und gar nix, kann ich euch sagen!«

Und sie schien ein wenig zu seufzen, aß aber mit vortrefflichem Appetit ein Stück Butterbrot nach dem anderen und erreichte durch ihr gutes Beispiel, dass wir uns endlich doch von dem Ofen trennten und uns von ihr füttern ließen.

»Ein famoser Ofen!«, sagte Jürgen enthusiastisch. »Wenn wir den doch hätten!«

»Er raucht bannig!«, meinte die Mamsell behaglich. »Weißt du, mein Junge, zum Gebrauch is er ganz und gar nix. Ich hab ihn zuletzt gebrannt, als Vater sein Leichenbier hier war. Das war nämlich im Jannuvarmonat und furchtbar kalt. Sonsten heiz ich ja natürlich nich in Winter, wo ich noch all die guten Feuerkiekens [8] von mein Vater und Großvater hab, die ich doch nich wegsmeißen kann. Abers bein Leichenbier, da muss man sich doch ordentlich benehmen, und wo hier an die fufzig Personen ein ganzen Abend und Nacht essen sollten, so durften sie ja auch nich frieren. Aber der alt Ofen raucht so furchtbar, dass ich alles Holz wieder rausnehmen musste, sonstens wäre da wirklich kein Vergnügen gewesen!«

»Haben die Gäste denn gefroren?«, fragten wir. Sie schüttelte aber den Kopf.

---

8 Kohlenfässer, auf die man die Füße setzte.

»Nee, zum Glück nich. Ich gab gleich Punsch, und denn aßen sie mit 'n guten Appetit. Ich hatt acht Kalbskeulen und fünf Sweinebraten, und denn gefüllte Rippen und zehn Gänse, und denn noch Zunge in Salz und ein paar Schinkens, und nachher all die eigengebacknen Kuchen, fünf Kranzkuchen und sieben Wiener Torten, und denn noch all das klein Gebäck – nee, gefroren haben sie nich, wo sie mich woll ein Fass Wein ausgepunscht haben. Und als es so an das Morgengrauen ging, wo man ja ümmer ein büschen kalt wird, da verzürnten sich ein paar und slugen sich mit die Schinkenknochens um die Ohren. Nu – so was macht ja denn wieder warm!«

»Haben sie sich totgeschlagen?«, fragte Jürgen, der aus den Erzählungen der alten Leute wusste, dass die Insulaner in den guten alten Zeiten vorsorglich ihr Totenhemd mit auf die großen Leichenschmäuse nahmen.

Mamsell schüttelte den Kopf.

»Nee, so was tun sie nich oft mehr – so was is aus die Mode gekommen! Herrgott,« setzte sie dann nach einer Pause hinzu, »früher, da war das anders. Mein Vater sein Vater, den ich noch gekannt hab – der könnt was davon verzählen! Wie bei so'n großes Leichenbier woll an fünf bis sechs Personen totgestochen wurden, und kein Mensch das genau sagen könnt, wenn er zu Leichenbier ging, ob er auch lebendig wiederkam! Ja, dazumalen – da erlebte man noch was!«

Sie seufzte, und wir hatten das Gefühl, sie über die Langweiligkeit des jetzigen Lebens trösten zu müssen, wir wussten aber nicht recht, wie wir es anfangen sollten.

»Ich möchte auch wohl mal zu einem großen Leichenbier!«, meinte Jürgen, der sich prüfend umsah. Dann wandte er sich zu unserer Wirtin. »Sag mal, Mamsell van Ehren, soll dein Leichenbier auch hier im Saale sein, und gibst du dann auch so viele Braten?«

»Natürlicherweise!«, sagte die Gefragte ruhig. »Meinst du, ich will mir lumpen lassen? Mein best Gedeck kommt aufn Tisch – da sind vierundsechzig Savjetten bei, und is noch ganz und gar nich gebraucht. Bloß, dass es jedweden Sommer mal auf die Bleiche muss, sonst kommen da Spakflecken ein!«

»Hoffentlich raucht der Ofen dann nicht!«, meinte Jürgen nachdenklich, und ich fiel tröstend ein: »Das kann doch im Sommer oder im Herbst sein; dann braucht hier nicht geheizt zu werden!«

Milo war unterdessen mit seinem Butterbrot wieder vor den Ofen gelaufen.

»Da sind Kain und Abel!«, rief er triumphierend. »Kain schlug Abel tot; weißt du nicht, Mamsell? Kain war gar nicht nett, sonst hätte er so etwas doch nicht getan. Esau steht hier auch und hat einen grünen Rock an, das war auch einer von den Bösen, die kein Mensch leiden mag!«

»Nu sieh mal an!« Mamsell van Ehren lachte. »Du kannst ja fein dein biblische Geschichte! Verzähl mich nur noch ein büschen mehr!«

Milo sah sehr wichtig aus. Das kam daher, weil er nicht häufig aufgefordert wurde, ganz allein vor anderen zu sprechen. Aber es stellte sich bei dieser Gelegenheit heraus, dass er nicht sehr viel wusste. Er begann nämlich wieder bei Kain und Abel. »Geschwister sollen sich lieb haben,« fing er an. Aber Kain und Abel hatten sich nicht lieb. Abel war immer gut, aber Kain –« »Abel wurde natürlich von Adam und Eva verzogen, und das konnte Kain auf die Länge nicht aushalten!« schob Jürgen hier ein, der es eigentlich nicht gern hatte, wenn Milo allein sprach. »Abel war gewiss sehr eingebildet. Glaubst du nicht auch, Mamsell van Ehren? Wenn ein Bruder mehr sein will als der andere, dann ist es doch auch ärgerlich!«

Und Jürgen blickte drohend zu Milo herüber, der heute Morgen behauptet hatte, er wäre immer artig. Er selbst schien sich indessen dieser abscheulichen Anmaßung gar nicht mehr zu entsinnen, denn er begann wieder mit größter Unbefangenheit zu erzählen: »Jakob und Esau vertrugen sich auch nicht gut, und das war unrecht, denn Geschwister müssen sich immer lieb haben! Jakob –«

»Merkwürdig, dass Esau den Jakob nicht totgeschlagen hat!«, musste Jürgen wieder sagen. »Ich glaube, ich hätte es getan. Jakob war wirklich eklig, ganz eklig, nicht wahr, Mamsell van Ehren? Er mochte natürlich gar keine Linsen – ich mag sie auch nicht; aber er musste sich doch mit seinem Teller vor die Tür setzen, nur damit Esau das Gericht sähe, über die Geschichte kann man sich wirklich ärgern, und wenn ich Esau gewesen wäre, dann wäre alles anders gekommen, da könnt ihr euch darauf verlassen! Erstmals hätte ich die Linsen überhaupt gar nicht gegessen, und dann würde ich mein

Erstgeburtsrecht auch nicht verkauft haben. Hättest du das getan, Mamsell van Ehren?«

»Nee!«, rief diese mit großer Bestimmtheit. »Ganzen gewiss nich!«

Und sie schenkte sich aus einer großen Kanne eine dampfende Tasse Tee ein und biss von einem größeren Stück Zucker ein Bröckchen ab, um dann langsam den warmen Trank über die Zunge gleiten zu lassen.

»Ist dein Bruder eigentlich älter als du?«, fragte Jürgen plötzlich.

Mamsell setzte die Tasse hin, aus der sie eben so gemächlich getrunken hatte. »Was weißt du von mein Bruder, Kind?«, fragte sie, und zum ersten Mal sah sie unfreundlich aus.

»Oh, ich meine man bloß! Er hat ja nichts!«

»Nein, er hat nichts!« bemerkte Milo. »Und wenn man nichts hat, dann ist man nichts! Das sagt Hinrich!«

»Wann hat Hinrich das gesagt?«, rief Jürgen. »Er hat ja gar nicht mit dir gesprochen!«

»Wohl hat er mit mir gesprochen!« Milos Stimme klang gekränkt.

»Gestern Abend, als du fort warst, habe ich bei Hinrich gesessen und ihm gesagt, wir sollten heute zu Mamsell van Ehren. Da sagte er, das wäre eine kluge Person, die wüsste, was sie wollte. Sie hätte nicht nötig gehabt, an Michel etwas zu geben, und da hätte sie es auch nicht getan. Nun würde er wohl bald vor Hunger sterben, und das wäre auch in der Ordnung! Und Hinrich erzählte noch mehr, ich habe es nur wieder vergessen!«

»Oh du heilige Gerechtigkeit!«, sagte Mamsell van Ehren und stand hastig auf. »I du himmlische Güte!« Sie ging einige Mal im Zimmer auf und nieder, während wir uns behaglich über die Milch hermachten. Es ist immer ein angenehmes Bewusstsein für einen Gast, seine Wirte gut zu unterhalten, und auch wir hatten das friedevolle Gefühl, Mamsell van Ehren außerordentlich interessiert zu haben. Daher sprachen wir eine Zeit lang gar nicht, denn die Butterbrote schmeckten wirklich gut. Die Mamsell hatte sich wieder zu uns gesetzt.

»Ob Großvater woll bald kommt?«, fragte sie plötzlich.« Wir versicherten ihr, dass wir das nicht glaubten, und sie seufzte ein wenig. Sie war überhaupt unruhig geworden, zupfte an ihrem Kleide, an ihrer Mütze und schien keine rechte Freude mehr an unserem Besuch zu empfinden. Selbst wir merkten dies und schlugen ihr vor, sie solle uns ihr Haus zeigen. Aber sie schüttelte den Kopf. »Heut nich, Kinners! Da is allens in Unordnung! Denkt doch man an die große Wäsche – hundertundfünfundachentig Savjetten!«

Da begnügten wir uns denn, den Ofen noch einmal sehr eingehend zu betrachten und uns die Schnitzereien des Schranks anzusehen. Aber es war plötzlich langweilig geworden, und als Großvaters Wagen früher kam, als wir gedacht hatten, freuten wir uns und kletterten so schnell, als es nur anging, in die Halbchaise oder auf den Bock zu Hinrich.

Der Abschied war merkwürdig kurz, und auf die Einladung der Mamsell, bald wiederzukommen, antworteten wir halb ablehnend. Wir überließen es unserem Großvater, einige Dankesworte für die freundliche Aufnahme zu sagen, und wurden erst wieder vergnügt, als wir unserem Städtchen zufuhren.

Ich hatte die Auszeichnung, bei Hinrich, dem Kutscher, zu sitzen. Dies ging natürlich nach der Reihe, und ich kam selten daran. Heute aber thronte ich neben ihm und durfte seine Peitsche halten, während er die Zügel nachlässig in den Händen hielt. Hinrich war ein stiller Mann. Hin und wieder sagte er aber doch etwas, und das war nach unserer Ansicht immer sehr bedeutend.

»Wie war's denn?«, fragte er jetzt, und ich dachte eine Zeit lang nach.

»Es war wohl nett!«, sagte ich dann zögernd.

Er nickte. »Bei Mamsell van Ehren is allens nett«, sagte er darauf. »Allens. Sie hat Angelliter Kühe und richtige engelske Sweine, und die Pferde sind Kremper Marschsorte!«

»Heute wusch sie hundertfünfundachtzig Servietten!«, berichtete ich, und er nickte wieder.

»Kann ich mich denken! Was sie hat, is allens pikfein! Das is ein feine Mamsell! Oh – ha!« Und er zog vor Bewunderung die Zügel etwas fester an, sodass Franz und Hermann, die Pferde, ihre Ohren spitzten und sich entschlossen, ein wenig schneller zu laufen.

Ja, Mamsell van Ehren war ihres Reichtums wegen zu bewundern, daran konnte man nicht zweifeln, und ich bewunderte sie ebenso sehr, wie es Jürgen und Milo taten. Nur, dass wir nicht so entzückt von dem Besuche bei ihr waren, wie sie und ihr Geld es wohl verdient hätten. Weshalb nicht, vermochten wir nicht zu sagen, und wir waren uns auch gar nicht klar, warum mir nicht so

sehr gern bei ihr hatten sein mögen. Wir sprachen wenig
von ihr. Milo erwähnte nur hin und wieder ihren Ofen,
dann aber verwies Jürgen hin zur Ruhe und sagte, »er
solle nicht mit seiner biblischen Geschichte prahlen, von
der er doch nichts Ordentliches wisse.«

Der Sommer war ins Land gezogen, und wir hatten Ferien. Für mich fiel dadurch nur die eine Stunde aus, in
der ich mich täglich mit der Wissenschaft beschäftigen
musste. Manchmal freute ich mich darüber, manchmal
sehnte ich mich aber nach meiner Schiefertafel und den
Bildern in der großen Weltgeschichte, zu denen es so
hübsche Geschichten gab. Wir wurden nicht mit Gelehr-
samkeit gequält, deshalb liebten wir unsere Lernstunden
als etwas ganz Besonderes und konnten es nicht begreifen, dass man sich vom Lernen ausruhen müsste.

Aber es war doch so. Wir hatten unserer Lehrer wegen
Ferien und wussten nun nicht immer, was wir mit den
langen Vormittagen und den noch längeren Nachmitta-
gen anfangen sollten. Wahrscheinlich waren wir für unsere Umgebung nicht immer ein angenehmer Verkehr,
denn es wurde uns alle Tage öfters geraten, spazieren zu
gehen. Nach den glühenden Beschreibungen sämtlicher
Anverwandten zu urteilen, musste diese Beschäftigung
das Beste sein, was es überhaupt auf der Welt gab; wir
aber fanden sie langweilig. Denn es wurde von uns verlangt, dass wir mitten auf der ebenen Straße und zu einem bestimmten Ziele gehen sollten. Das taten wir ein-
oder zweimal, und dann erklärten wir, vom Spazieren-
gehen genug zu haben. Jürgen hatte glücklicherweise
ein Buch gelesen, in dem die Kinder immer Touren
machten. Das heißt, sie gingen spazieren und nahmen

eine Tasche voll Butterbrot und Kuchen, ja sogar Heidelbeerwein mit. Dies Getränk kannten wir nicht; aber eine Tour mit einer großen Lebensmitteltasche wollten wir wohl auch machen.

Butterbrote wurden uns zugesagt. Nur das Getränk machte uns Schwierigkeiten, weil wir Wein und Wasser zu gewöhnlich fanden und keinen Heidelbeerwein bekommen konnten. Endlich schenkte Bruder Heinrich uns ein Stück Lakritzen, von dem wir eine Flasche voll Lakritzenwein machten. Er schmeckte nicht gut – aber da in der Geschichte auch nicht stand, ob der Heidelbeerwein gut geschmeckt hätte, so fanden wir uns in diesen Umstand. Und dann gingen mir eines Morgens um neun zu dreien aus, um unsere Tour zu machen. Jürgen, Milo und ich waren die Touristen, und die Segenswünsche der Familie begleiteten uns. Die älteren Brüder meinten, in einer Viertelstunde würden wir wohl wieder zu Hause sein – wir erklärten aber, dass vor drei Stunden gar nicht an unsere Heimkehr zu denken wäre. Dann erkundigten wir uns in der Küche, was es heute zu Mittag gäbe, und nach befriedigender Auskunft zogen wir »los«, wie wir sagten. Zuerst liefen wir die Straße entlang, dann durch eine windige Pappelallee, und dann querfeldein, mitten durch ein Kartoffelfeld. Auf diese Weise kamen wir sehr schnell vorwärts, und als darauf Jürgen vorschlug, wir sollten einmal immer geradeaus laufen und uns eine ganze Stunde lang gar nicht umsehen, so taten wir auch dies.

Eine Uhr hatten wir nun allerdings nicht, aber wir waren eine lange Zeit immer geradeaus gelaufen, und als wir endlich Atem schöpften, befanden mir uns in einem

gemütlichen kleinen Hohlwege, der zum Frühstücken
sehr geeignet schien. Das besorgten wir nun auch
gründlich, und wenn man viel von dem Lakritzenwein
trank und die Nase dabei zuhielt, dann schmeckte er gar
nicht so schlecht. Dann ging die Tour weiter. Der Hohl-
weg war bald zu Ende, ein freies Feld kam mit einem
Wege mitten darin, und in der Ferne lag die See. Sie sah
sehr dunkel aus, und die Möwen flogen schreiend über
die Insel. Da merkten wir, dass ein Wetter im Anzuge
sei, und wir merkten noch weiter, dass wir gar nicht
wussten, wo wir waren.

Einen Augenblick standen mir ratlos da, dann aber fiel
uns ein, dass es wahrscheinlich zu einer Tour gehöre,
sich ein wenig zu verlaufen. Deshalb gingen wir fröhli-
chen Gemüts weiter, aßen den Rest unseres Butterbrotes
und begannen zu singen, wie wir immer taten, wenn wir
nicht recht mussten, was wir anfangen sollten. Der Regen aber schien zu wissen, was er wollte – er kam von
der See her auf die unangenehmste Weise zu uns, mit
Gepolter und Gekrach, mit Donner und Blitz, und nirgendwo schien ein Platz zu sein, wo wir das Unwetter
hätten abwarten können. Da wurde die Tour etwas unangenehm, und obgleich es gewiss sein Interessantes
hatte, bis auf die Haut nass zu werden, so ist dieser Zustand doch immer netter in der Vergangenheit als in der
Gegenwart. Und so kam es denn, dass die harmonische
Stimmung, in der wir gewesen waren, ein wenig litt. Milo und ich weinten, und Jürgen schalt heftig über uns. Er
sagte, »wir seien nass genug von auswendig, von innen
brauchten wir nicht noch mehr Feuchtigkeit zu verbrei-
ten. Mir machten eine Tour, und die sei immer wunder-

hübsch.« Als wir nun entgegneten, »diese Tour könne besser sein,« wurde er so böse, dass auch er zu weinen begann. Aber nur deshalb, wie er wohl zehnmal versicherte, weil er sich über uns ärgerte.

Bei diesem Streit, und weil es immer noch donnerte und regnete, hatten mir gar nicht auf unseren Weg und noch weniger auf unsere Umgebung geachtet. Jetzt erst sahen wir, dass ein Einspänner neben uns hielt, und dass der Führer dieses Wagens uns erstaunt betrachtete. Es war ein großer Mann, der unter einem riesigen dunkelblauen Regenschirme saß, von dem das Wasser in Strömen herabrieselte.

»Nu, Kinners,« sagte der Mann, »wat wüllt jü hier? Man fix in den Wagen!«

Er hatte die lederne Schutzdecke aufgeknöpft und machte eine einladende Handbewegung, der wir sofort Folge leisteten. Darauf zog der braune, hässliche Gaul an, und wir saßen unter dem blauen Regenschirm. Es war sehr nett, und noch netter war, dass wir in nicht allzu langer Zeit vor einem kleinen Bauernhause hielten und von einer stattlichen Frau in Empfang genommen wurden.

»Du leve Tidt, Vadder!«, begann sie allerdings, er aber nickte gutmütig.

»Frag man nich so veel, Stina! Lat dat lütt Takeltüg man wat Warms in und op den Liv kriegen!«

So kam es denn auch. Bald hatten wir allerhand warmes Zeug, in dem wir sehr wunderbar aussahen, auf dem Leibe. Unsere nassen Sachen trockneten am Herdfeuer, und wir selbst saßen an einem weißgescheuerten

Tisch, auf dem eine große Schale mit Specksuppe und Klößen stand.

Aber der Lakritzenwein oder das Gewitter musste uns den Appetit verdorben haben, wir aßen nur mäßig und sahen uns desto mehr um.

Es war ein kleines Zimmer, in dem wir saßen, hinten war ein großer Alkoven, dessen Türen aber geschlossen waren. Von den kleinen Fenstern standen Blumen, und am Tische mit uns saßen außer den Eltern noch vier Kinder. Alle flachshaarig, mit hellen, blauen Augen und runden, etwas gleichgültigen Gesichtern. Dann und wann betrachteten sie uns, wandten sich aber schnell wieder der Specksuppe zu, sobald sie merkten, dass auch wir sie ansahen.

Milo, als der Unbefangenste, hatte schon lange erzählt, woher wir kämen, was unser Vater wäre, und dass Großvater auch noch lebte. Schweigend hörte ihm alles zu, nur der Bauer sagte manchmal: »Kik mal an!«, oder die Bäuerin lachte ein wenig. Sie war hübsch, diese Frau, die der Bauer Stina nannte, selbst wir Kinder konnten es sehen, und Jürgen, den Milos Redseligkeit schon wieder beunruhigte, wandte sich plötzlich zu ihr.

»Ich mag dich leiden, du bist hübsch!«, sagte er, und die also Angeredete wurde ordentlich etwas rot, während der Bauer seine breite Hand auf Jürgens Kopf legte.

»Hast einen guten Gesmack, mein Junge«, sagte er, und mir schien, als wenn sich auch sein sonnenverbranntes Gesicht dunkler färbte.

»Abers,« setzte er dann nach einer Weile langsam hinzu, »Schönheit allein is nich genug. Mudder is auch gut, hellschen gut: das is die Hauptsache!«

Jürgen nickte zerstreut, und ich gähnte. Uns wurde so oft gesagt, dass wir gut sein sollten, und meistens in Augenblicken, wo wir keine Lust dazu hatten, dass uns das Wort gut immer etwas müde machte.

»Wie heißt du eigentlich?«, fragte ich unseren Wirt, um die Unterhaltung auf ein interessanteres Thema zu bringen.

»Michel van Ehren!« lautete die Antwort, und wir waren einen Augenblick stumm vor Staunen. Dann fand Milo zuerst seine Fassung wieder.

»Du hast ja gar nichts!«, begann er in vorwurfsvollem Tone. »Und wenn einer nichts hat, dann ist er auch nichts!«

Es war plötzlich ganz still in der kleinen Stube geworden – selbst die Fliegen, die sonst so viel Lärm machten, summten nicht mehr. Der Bauer hatte einen erstaunten Blick auf Milo geworfen, dann lächelte er gutmütig.

»Ganz recht, mein Jung, ich hab nix, und ich bin nix; abers« – er sah sich langsam um – »glaub man nich, dass ich unzufrieden bin. Da oben im Himmel, da wohnt ein, der hat noch ümmer für mich gesorgt, und der wird mich auch nich verhungern lassen. Nich, Stina?«

Er sah mit klaren Augen zu seiner Frau hinüber. Die aber blickte auf ihren Teller, und etwas Funkelndes glitt von ihrer Wange herunter.

»Milo ist dumm!«, sagte jetzt Jürgen, der die Frau unverwandt angesehen hatte. »Er spricht nur nach, was andere Leute sagen. Ich aber mag hier viel lieber sein als bei Mamsell van Ehren, viel lieber! Wir wollen euch auch bald wieder besuchen, und dann bringe ich meine neue Peitsche mit! Sie kann riesig knallen, und oben ist eine Pfeife!«

Die letzten Worte waren an den weißhaarigen Jungen gelichtet, der neben ihm saß, und dessen Augen anfingen zu leuchten. Und plötzlich war die peinliche Stille im Zimmer überwunden – wir sprachen alle, und auch die Fliegen summten wieder.

Es war sehr nett bei Michel van Ehren, und wir wären am liebsten den ganzen Tag bei ihm geblieben. Das ging aber nicht. Als das Wetter aufklärte, und unsere Kleider ziemlich trocken waren, stand Michels Einspänner vor der Tür, und wir wurden nach Hause gefahren. In einer Beziehung war unsere Heimkunft sehr angebracht–denn sowohl im elterlichen wie im großväterlichen Hause herrschte die wildeste Aufregung. Hinrich hatte schon mit dem Polizeidiener gesprochen, dass er uns »ausklingeln« sollte, wie jeder verlorene Handschuh ausgeklingelt wurde. Die älteren Brüder suchten uns nach allen vier Windgegenden, und die Onkel und Tanten, die uns so dringend zu einer Tour geraten hatten, bereuten ihre selbstsüchtigen Ratschläge auf das Tiefste. Da sie annahmen, wir wären irgendwo ertrunken oder sonst wie umgekommen, so jammerten sie nach uns, wie sie noch niemals nach uns gejammert hatten, und jeder von uns erhielt schon einen kleinen Heiligenschein in ihren Gedanken, den sie aber sehr schnell wieder entfernten, als wir wohlbehalten und in bester Laune vor ihnen standen. Da wurden wir abwechselnd gescholten und umarmt, und niemand fragte nach Michel van Ehren, der ganz still wieder fortfuhr. Selbst wir nahmen keinen Abschied von ihm, obgleich wir ihn und sein Pferd, das Robert hieß, sehr lieb gewonnen hatten und es ihm auch gesagt hatten.

Aber die Nachricht, dass wir beinahe »ausgeklingelt« worden wären, erregte uns außerordentlich, und wir bedauerten ungemein, zu früh wieder gefunden zu sein. Denn wir hätten, außer dem Spaß, so durch die Stadt geschrien zu werden, doch zu gern erfahren, wie viel Belohnung auf unsere Auffindung gesetzt worden wäre. Dann waren wir auch nicht einig, ob Großvater mehr bezahlt hätte, wenn wir tot gefunden worden wären, oder ob es ihm teurer gewesen wäre, wenn wir so lebendig, wie mir jetzt waren, wiedergekommen wären. Das war ein sehr ergiebiger Gesprächsgegenstand, und da wir uns außerdem sehr wichtig vorkamen, von den Brüdern aber sehr nachdrücklich ermahnt wurden, uns nichts einzubilden, so darf sich niemand wundern, dass wir Michel van Ehren ein wenig vergaßen. Allerdings dauerte diese Vergesslichkeit nicht lange, und zwar war es seine Schwester, die uns wieder auf ihn brachte.

Sie war am zweiten Tage nach unserem Abenteuer wieder bei Großvater im Kontor, und dann erschien sie plötzlich oben im Wohnzimmer, wo Jürgen und ich ganz allein saßen und Bilder besahen.

»Nu, Kinners«, sagte sie, während sie sich ohne Weiteres hinsetzte und ihren schweren Beutel auf den Tisch

stellte, »wann kommt ihr denn mal wieder zu mich? Hat
euch doch woll bei mich gefallen, nich?«

»Nein«, erwiderte Jürgen ruhig. »Es hat mir gar nicht
bei dir gefallen, Mamsell!«

Ich sehe ihn noch so gut vor mir. Er lag der Länge nach
auf dem großen Tisch und stützte sich auf seine beiden
Arme, wahrend er die alte Dame starr ansah.

»Nu war ick klok!«, sagte diese im Tone höchster Überraschung. »Das hat mich noch kein ein gesagt, dass er
bei mich nich sein mochte! So viel Geld, wie ich, haben
nich alle Menschen, mein Jung, und mein Butterbrot, das
ich euch gab, war auch gut. Und denn all meine Sachens! Du liebe Zeit! Und gesehen habt ihr noch gar
nich, was ich allens aufn Boden in die Kistens und Bila-
dens [9] hab! Da kommen nich viele gegen auf die Insel,
kann ich dich sagen, und du brauchst dich gar nix einzubilden, Jürgen, wo dein Vater doch auch kein Geld hat
und knappemang mit seine vielen Kinners rund kommen kann!«

Mamsell hatte sich in Aufregung gesprochen. Das Band
ihres Hutes war losgegangen, und nun knotete sie es
hastig und so energisch zusammen, dass der große Ka-
potehut auf ihrem Kopfe wie ein Schiff hin und her
schwankte. Jürgen betrachtete sie aufmerksam.

»Bei Michel van Ehren war es viel netter als bei dir!«
begann er jetzt wieder. »Und Stina ist so hübsch. Das ist
nämlich seine Frau. Manchmal sagt er Stina zu ihr und
manchmal Mudder. Sie ist sehr freundlich, und Fritz ist
auch gut. Ich meine den kleinen Fritz van Ehren, der so

---

9 Beilade=kleine Kiste

prachtvoll auf zwei Fingern flöten kann! Ich sage dir, das klingt fein! So –!« Und Jürgen steckte seine Finger in den Mund und suchte auf ihnen zu pfeifen; aber es ging nicht ordentlich. Mamsell van Ehren saß einige Minuten ganz still. Dann riss sie ihr Hutband wieder auf und schöpfte tief Atem.

»So! Also bei Michel bist du gewesen und bei Stina? Bei Stina! Sie hob die Hand, als wenn sie nach etwas in der Luft greifen wollte; aber da war nichts, was sie anfassen konnte, und sie ließ die Hand wieder sinken. »Bei die Menschen warst du, die natürlicherweise slecht von mich snackten, die natürlicherweise sagten, dass ich ein grässliche Person wär und dass ich geizig wär, und der Deuvel mir holen sollt – nich? Haben sie das nich gesagt?«

Jürgen kehrte sich zu mir.

»Haben Michel und Stina etwas von Mamsell gesagt?«

Ich schüttelte den Kopf; zugleich hatte ich das Gefühl, unseren aufgeregten Besuch ein wenig beruhigen zu müssen. »Nein Mamsell, von dir hat kein Mensch etwas gesprochen. Wir haben auch gar nicht an dich gedacht. Michel sagte nur, oben im Himmel, dort wohne jemand, der für ihn sorge – damit hat er dich doch nicht gemeint – du bist ja noch nicht im Himmel!«

»Aber später kommst du natürlich hinein!« setzte Jürgen hinzu, der nun etwas Höfliches sagen wollte.

»Natürlicherweise!«, murmelte die Mamsell. Sie war plötzlich ruhiger geworden und saß ganz still.

»Natürlicherweise!«, sagte sie noch einmal.

»Sind deine Lippen immer so weiß?«, fragte Jürgen nach einer Weile, und die Alte stand hastig auf.

»Gott in hohen Himmel – ihr seid Kinners – so was is mich mein Lebzeit noch nich vorgekommen! Abers besuchen sollt ihr mir, und ich schick den Wagen mit die guten Pferde, und wer artig is, kann bei Krischan sitzen und die Zügel in die Hand halten. Und junge Hunde hab ich auch, und allens, was ihr noch nich in mein Haus gesehen habt, das will ich euch weisen! Na, wollt ihr noch ümmer nich?«

Natürlich wollten wir. Wir begriffen überhaupt nicht, dass wir uns zuerst so ablehnend verhalten hatten! Schon das Wort »junge Hunde« stieß jeglichen anderweitigen Entschluss über den Haufen, und als nach einigen Tagen der wundervolle Stuhlwagen der Mamsell vor unsrer Tür hielt, freuten wir uns ganz außerordentlich.

»Wenn ihr noch ein büschen spazieren fahren wollt, so soll ich das tun!«, sagte Krischan, der Kutscher, ein hübscher junger Mann, der eben bei den Dänen in Rendsburg Soldat gewesen war und feine Manieren hatte. »Und wenn ihr noch einen Jungen mitbringen wollt, sollt ihr das auch man tun!«

»Denn fahr nach Krümpitz!«, befahl Jürgen ohne Weiteres, und Krischan machte erstaunte Augen.

»Nach Krümpitz? Is das nich« – aber er stockte plötzlich. »Nu ja, Mamsell hat gesagt, ich sollte fahren, wohin ihr wolltet!«

So fuhren wir nach Krümpitz. Das war ein kleines Dorf mit einigen weit auseinanderliegenden Gehöften, und als wir durch das Dorf gefahren waren, lag Michel van Ehrens kleines Bauernhaus vor uns.

Der Kutscher pfiff ein wenig durch die Zähne, als er den Wagen unweit vom Hause anhielt. Aber niemand achtete viel auf ihn. Milo und ich dachten darüber nach, was nun geschehen sollte. Da sprang Jürgen vom Bock und ging auf den kleinen Fritz van Ehren zu, der vorm Hause stand und uns ernsthaft betrachtete.

»Willst du ein bisschen mit uns ausfahren?«, fragte er, und die Augen des Knaben öffneten sich weit, während er die großen Pferde und den großen Wagen betrachtete. Er antwortete aber noch nichts, und dann trat Frau Stina neben ihn. Sie sah den Wagen, den sie natürlich nicht kannte, und dann sah sie uns und lächelte uns zu.

»Willst ihn weit mitnehmen, Jürgen?«, fragte sie, und ihre Hand legte sich auf den hellen Kopf ihres Erstgeborenen.

»Wir sind aufs Land eingeladen«, berichtete Jürgen, »und wir dürfen jemand mitbringen. Darf Fritz nicht mit uns gehen?«

Frau van Ehren blickte wieder das Gefährt und dann uns an. Sie sah zweifelhaft aus – ihr Junge aber fasste sie am Rock und schaute sie flehend an. Da mochte sie wohl nicht fragen, wohin es ginge, oder sie vergaß es.

»Er muss bloß nicht zu spät nach Hause kommen!«, meinte sie zögernd und ließ es kopfschüttelnd geschehen, dass Fritz ins Haus rannte. Er kehrte in fabelhaft kurzer Zeit mit seinem Sonntagsanzug angetan zurück und kletterte darauf zu uns in den Wagen. Gesagt hatte er noch nicht viel – aber sein ganzes kleines Gesicht sah verklärt aus. Krischan, der Kutscher, der sehr lange und nachdrücklich mit dem Kopfe geschüttelt hatte, murmelte jetzt, »dass er an allem keine Schuld hätte,« und nach dieser Erklärung fuhr er uns in schlankem Trab zu Mamsell van Ehrens Hause.

Unsere Stimmung war auf der ganzen Fahrt sehr heiter gewesen, und als Mamsell vor der Tür stand und uns bewillkommte, begrüßten wir sie fast zärtlich. Ihr altes, verschrumpftes Gesicht legte sich denn auch in freundliche Falten.

»Nu, Kinners, heute is das ja woll Sonnenschein bei euch, und ihr freut euch, zu die alte Mamsell zu kommen. Ich hab auch ein gut Mittagbrot for euch kochen lassen – Kirschensuppe und Kirschenpfannkuchen – und nachher rote Grütze mit Rahm bei – nu kommt man in die Stube! Habt ihr ein klein Besuch mitgebracht? Das is nett! Ich hab auch genug Essen for ihm. Wie heißt du, mein Jung?«

»Fritz!« lautete die schüchterne Antwort, und Mamsell sah starr in ein paar helle Kinderaugen.

»Nu, Fritz, denn komm man ein!«, sagte sie langsam, als wenn sie sich auf etwas besänne. »Ihr könnt nu man ein klein Butterbrot kriegen, vordem die Suppe aufn Tisch kommt – das macht den Magen smeidig!«

»Lass uns erst in den Saal!«, rief Jürgen bittend. »Ich will Fritz den Ofen mit den schönen Bildern zeigen und den großen Tisch, an dem die Leute sitzen, wenn dein Leichenbier ist, Mamsell! Denke dir, Fritz, dann gibt es hier so viele Braten und Kuchen, dass man die ganze Nacht daran essen muss, und auch so viel Wein und

Punsch, wie man nur trinken kann! Nicht wahr, Mamsell?«

»Ganz gewisslich!«, versicherte diese mit stolzem Lächeln. »Meinst, ich will mir lumpen lassen? Mein bestes Gedeck kommt auch aufn Tisch!«

Fritz stand mit uns in dem Döns und sah sich langsam um. Er hatte auf der ganzen Fahrt sehr wenig gesprochen, aber kein Vogel war an uns vorübergeflogen, der nicht von ihm bemerkt worden wäre, er hatte jedem Baum seinen richtigen Namen gegeben, und er kannte jede Kornart auf dem Felde. Jetzt waren seine Augen über jeden Gegenstand, der im Saal war, geglitten, und nun blieben sie an Mamsell van Ehren haften.

»Was kukst du mir an?«, fragte Mamsell scharf, und er wurde rot.

»Du hast so 'n feines Kleid an, stotterte er, voller Ehrfurcht das schwerseidene geblümte Gewand betrachtend, das unsere Wirtin uns zu Ehren angelegt hatte.

Sie nickte wohlgefällig. »Das hat auch fufzehn Mark Kurant die Elle gekost! Das kannst woll sehen, wie?«

»Ziehst du das auch an, wenn du dein Leichenbier hast?«, fragte Fritz ein wenig zaghaft. Aber Jürgen und ich lachten laut über diese Frage.

»Mamsell van Ehren ist ja gar nicht dabei, wenn sie ihr Leichenbier feiert!«, sagte Jürgen belehrend. »Mamsell ist dann im Himmel. Sie hat uns neulich noch gesagt, dass sie gleich hineinkommt. Nicht wahr, Mamsell?«

»Gewisslich!«, rief die Gefragte ungeduldig. »Wer so viel Talers hat, wie ich, die kann doch nich außenvor stehn bleiben. Unser Herrgott weiß auch, was er die Reichen schuldig is! Und nu kommt man, Kinners; sonsten vergeht mich der Appetit, weil dass ich mir heute ein büschen flau fühle!«

Wir folgten ihrer Aufforderung, das Zimmer zu verlassen – nur Milo stand vor dem Ofen und zeigte auf eine Kachel, auf die viele Flammen gemalt waren.

»Die Geschichte kenne ich auch!«, frohlockte er. »Das ist der reiche Mann, der brennen muss, weil er dem armen Lazarus gar nichts von seinem Geld abgegeben hat!«

Er wollte uns noch mehr von seinen reichen Kenntnissen der biblischen Geschichte berichten, aber Mamsell fasste ihn sehr unsanft am Arme und sagte, »er wäre ein grässlichen Jung, der sein Snabel halten sollte.«

Im übrigen verlief der Tag sehr nett. Mamsell war sehr guter Laune, und wenn sie auch fand, dass wir nicht so viel aßen, wie wir von Rechts wegen hätten tun sollen, so schien sie doch sonst mit uns zufrieden zu sein. Sie zeigte uns nach dem Essen große Koffer voll aufgestapelter Leinenschätze, die uns sehr gleichgültig ließen, und einen schweren Kasten, der mit silbernen Löffeln in verschiedener Größe angefüllt war.

»Das is allens mein, und ich hab mich das allens zusammengeerbt!«, bemerkte sie schmunzelnd. Wir aber liefen in die dunkeln Ecken des Hausbodens, auf dem wir waren, und suchten nach allerlei altem Gerümpel, das wir lieber hatten als das blanke Silber. Da war z. B. ein roh gearbeitetes hölzernes Schaukelpferd, an dem wir helle Freude hatten. Zuerst saß Jürgen darauf, und dann Fritz van Ehren. Als dieser gerade anfangen wollte, zu schaukeln, kam Mamsell van Ehren in unsere Nähe. Sie trug ihr großes Schlüsselbund in der Hand, weil sie noch eine Kiste aufschließen wollte, worin der Brautstaat ihrer Eltern war; als sie aber Fritz auf dem Schaukelpferde erblickte, ließ sie die Schlüssel fallen. Er hatte sich das Pferdchen ins Licht gerückt, und durch das Bodenfenster schien die Sonne hell auf ihn, wie er mit zusammengepressten Lippen und gefalteter Stirn sein Rösslein auf und nieder schwenkte.

»Was bist du eigentlich forn Jung?«, fragte die alte Dame, nachdem sie ihm eine Weile starr betrachtet hatte.

Er hielt ihren Blick ruhig aus und schlug jetzt mit der Hand durch die Luft. »Ick bün Michel van Ehren sin Jung!«, sagte er dann und schlug noch einmal auf sein Pferd.

Mamsell setzte sich auf die Kiste, die sie hatte öffnen wollen, und blickte regungslos vor sich hin. Sie war so still geworden, dass wir uns neben sie stellten, und dass Jürgen das Gefühl hatte, sich entschuldigen zu müssen.

»Es ist nämlich, dass mir gerade niemand anders einfiel, wie Krischan mir sagte, ich dürfe jemand mitbringen«, sagte er. »Fritz hat nicht viel Vergnügen in Krümpitz, nicht, Fritz? Und er mag auch gern mit dem Wagen fahren, nicht wahr, Fritz? Und wenn Michel dein Bruder ist, dann ist Fritz –«

»Lass man sein«, sagte Mamsell. Sie saß noch ganz still und schob nur an den Falten ihres Seidenkleides. »Lass man sein – da hast du keine Schuld an, Jürgen! – Kinners sind Kinners, und Nachbedenken haben sie nich. Und nu kommt man runter, dass ihr noch'n büschen Kaffee kriegt und denn wieder wegfahrt, denn wenn ich mich das so recht bedenke, so kann ich doch die Kinnerwirtschaft nich auf die Länge vertragen!«

Krischan musste also bald wieder anspannen, und mir fuhren nach Hause, nachdem wir Fritz in der Nähe seines väterlichen Hauses wieder abgesetzt hatten. Bis vor die Tür Michels van Ehren fuhr Krischan nicht – das sei ihm verboten worden, behauptete er, und Fritz war es einerlei. Der hatte noch niemals auf einem Schaukelpferde gesessen und auch noch nie auf einem Wagen, vor den solche Pferde gespannt waren. Er war so vergnügt, dass er mehrere Male von selbst etwas sagte, was er bis jetzt noch nicht getan hatte. Als er vom Wagen kletterte, warf er seine Mütze in die Höhe und stieß einen rauen Schrei des Vergnügens aus. Dann lief er schnell seinem Hause zu und sah sich gar nicht mehr nach uns um, was wir sehr übel nahmen. Denn wir fanden, dass er uns Dank schuldete für einen Tag, dessen plötzliches Ende uns wiederum erstaunlich berührte, obgleich wir dieses Erstaunen nicht in Worte zu kleiden wussten.

*

Großvater hatte einen Schreiber, der Rasmus Rasmussen hieß, und der sich öfters betrank. Wenn er angeheitert war, dann erzählte er uns hin und wieder sehr lange Geschichten, die immer rührender wurden, je mehr Gläser Branntwein er getrunken hatte. Auch gehörte er zu den Menschen, die mit Kindern wie mit Erwachsenen sprechen. Aber da er uns eigentlich niemals etwas Böses, nur oft etwas Unverständliches erzählte, so war der Verkehr mit ihm weiter nicht schädlich, und wir durften viel mit ihm zusammen sein. In der Landbevölkerung hatte Rasmus eine angesehene Stellung, besonders bei den kleinen Bauern. Diese nannten ihn Herr Seckertär und fragten ihn in sehr vielen Angelegenheiten um Rat, den der Gefragte gern erteilte, um sich dann mit einem Glase Punsch traktieren zu lassen. Rasmus hatte mit der Zeit eine große Personalkenntnis erlangt und kannte die Lebensgeschichte fast jedes Insulaners. Allerdings gab es Leute, die behaupteten, dass seine Erzählungen nicht immer der Wahrheit entsprächen: Das wussten wir Kinder aber natürlich nicht zu unterscheiden, und wir hörten ihm mit großer Freude zu, wenn er uns lange Geschichten berichtete.

Es war an einem Donnerstage im September und Jürgen und ich liefen auf dem Marktplatze herum, an dem etwas abseits unter Bäumen das erste Wirtshaus der Stadt stand. Dort ging es donnerstags immer sehr lebhaft zu. Alle Landleute fuhren nämlich donnerstags »zur Stadt«, wie es hieß, und gaben sich dann ein Rendezvous im Albersschen Gasthof. Hier wurde Korn und Vieh, Butter und Käse gekauft und verkauft, hier wurde Geld verliehen und geborgt, kurz, der Donnerstag war der Börsentag für die Insel, und einer, der etwas Geschäftliches besorgen wollte, fehlte gewiss nicht, und wenn er drei Stunden lang darum fahren musste.

Uns Kinder erfreute der Donnerstag schon deswegen, weil wir so viele Wagen zu sehen bekamen, Wagen mit den verschiedensten Pferden davor, über die Heinrich und Jürgen mit wichtiger Miene ihr Urteil sprachen, während ich mehr nach den Fuhrwerken selbst blickte und die Damen betrachtete, die, sehr verhüllt und sehr unkenntlich, von den Wagen herabsprangen. Denn zu springen gab es meistens etwas, und es waren nur ganz auserlesene, sehr reiche Leute, die in wackligen Kutschen angefahren kamen, aus denen die Insassen meistens rückwärts steigen und dann eine Zeit lang mit dem rechten Bein in der Luft herumtappen mussten, ehe sie den eisernen schmalen Tritt gefunden hatten. Für die Betreffenden war es vielleicht nicht angenehm, auf diese Weise ihren Wagen zu verlassen; für uns Zuschauer war es aber sehr nett. Wenn eine Kutsche über den Marktplatz geholpert kam, dann liefen wir hinter ihr her und standen erwartungsvoll bei Albers Hotel, um den Anblick des Aussteigens von Anfang bis zu Ende zu genießen. Es waren natürlich immer ältere Leute, denen das aus dem engen Wagen Krabbeln schwer wurde. Manchmal, wenn der Hausknecht bei Albers durch Abwesenheit glänzte – er kam gewöhnlich nur bei der Abfahrt zum Trinkgelde –, dann öffneten auch wir wohl den Schlag und leisteten hilfreiche Hand. Oder wir riefen: »Das rechte Bein nach links!«, oder »mehr rechts!«, um den Aussteigenden wenigstens mit Worten zu helfen. Manchmal aber versahen wir uns in der Eile mit rechts und links, oder der, der unseren Rat empfing, verstand ihn nicht recht, und dann konnte es vorkommen, dass jemand sehr schnell aus dem Wagen fiel, der sonst immer eine Viertelstunde gebrauchte, ihn zu verlassen. Dann leisteten wir natürlich sofort hilfreiche Hand, sammelten auf und bürsteten, was aufzusammeln und zu bürsten war, und es passierte auch niemals ein ernstliches Unglück. Im Gegenteil manch freundliche

Einladung, mit nach Albers zu kommen und Kaffee und Kuchen zu genießen, war uns infolge unserer Hilfeleistung zuteilgeworden. Das Annehmen solcher Einladungen war uns aber ein- für allemal streng verboten, und das Ausschlagen wurde uns auch nicht schwer. Denn wir konnten uns gar nicht denken, dass es in den heißen, räucherigen Wirtsstuben so lustig sein konnte wie vor der Tür. Übrigens waren wir nicht die einzigen Zuschauer des Anfahrens der donnerstägigen Wirtshausbesucher. Verschiedene erwachsene Städter trieben sich gleichfalls auf dem Marktplatz herum, vor allem die kleineren Geschäftsleute und Handwerker, die mit den Bauern zu tun hatten; und auch Rasmus Rasmussen war eigentlich regelmäßig in der Nähe zu finden.

Auch an diesem Donnerstag im September. Er stand, an eine der Gasthoflinden gelehnt, und erteilte einem Landmann, der eben zu Pferde gekommen war, juristischen Rat. Wenigstens sprach er mit erhobener Stimme von irgendeinem Gesetzesparagrafen, und der andere nahm einen kleinen karierten Geldbeutel aus der Tasche und steckte seine Finger hinein. Ich hatte mich gerade auf die Zehen erhoben, um zu sehen, wie viel Rasmus für seinen Gesetzesparagrafen bekam, da stieß Jürgen mich an.

»Da kommen Mamsell van Ehrens Pferde, und sie hat eine Kutsche!«

So war es in der Tat. Der Stuhlwagen war verschwunden und hatte einem geschlossenen Gefährt Platz gemacht, das sehr hoch in den Rädern hing und mit gelbseidenen Vorhängen geziert war.

»Die ist aber nicht so schön wie Großvaters Kutsche!«, bemerkte ich, und Jürgen meinte auch, es wäre ein richtiger »Rummelkasten«. Dennoch liefen wir sofort an die Wagentür, als die Pferde stillstanden, und rissen an dem Türgriff.

»Man nich so hitzig!«, sagte die verhüllte Gestalt, die im Innern saß und sich jetzt aus dem Fenster beugte. »Macht man nich allens twei! Fufzig Spezies hat er mich gekostet und is aus Eutin. Is ein Wagen von den Großherzog. Den sein Urgroßonkel is da ümmer mit spazieren gefahren. Abers die Tür –«

Wir hatten wohl Mamsells Worte gehört, aber nicht gerade auf ihren Inhalt geachtet, sondern munter weiter an der Tür gerissen. Sie sprang denn auch mit einem Knall auf und fiel nun auf uns, weil ihr Gehänge in Unordnung war. Da das Fenster in ihr heruntergelassen war, schadete sie uns nicht viel, und wir brachen natürlich in ein Triumphgeschrei aus, weil wir ein solches Ereignis noch gar nicht erlebt hatten.

»Nu seh einer an!«, schalt Mamsell. »Konntet ihr meine Tür nich in Ruh lassen? Aus'n Fenster klettern tu ich sonsten ümmer und mach das Tür gar nich offen! O, was'n Schaden, und fufzig Spezies hat er mich gekostet!« Sie war ziemlich schnell ohne unsere Hilfe aus dem Wagen gekommen, und da sich ihr gleich ein Handwerker näherte, der den Schaden betrachtete und ihn wunderbar gut zu reparieren versprach, so standen wir ziemlich betrübt abseits. Wir hatten es gut gemeint und hatten auch mit Mamsell van Ehren, die wir solange nicht gesehen hatten, sprechen wollen: Nun kamen wir uns selbst etwas unartig vor. Rasmus, der die kleine Szene aus der Ferne angesehen, und der schon einige Schnäpse genossen hatte, kam jetzt zu uns.

»Geht nur nach Hause!«, riet er. »Ihr macht hier doch nur Unfug, und wenn ich an Papa erzähle, was ihr eben getan habt, dann gibt's was!«

Wenn Rasmus schlechter Laune war, dann verklagte er uns manchmal an höchster Stelle wegen unserer Missetaten, und da er dann auch oft die Tatsachen entstellte, so liebten wir seine Berichte über uns durchaus nicht. Wir zogen es also vor, seinem Rate zu folgen, und gingen davon, während er uns ein Stückchen begleitete.

»Mit Mamsell van Ehren ist nicht zu spaßen«, begann er wichtig. Es schmeichelte nämlich seiner Eitelkeit, dass wir ihm so ohne Weiteres folgten, was nicht oft geschah.

»Wir haben ihr nichts getan!«, erklärte Jürgen. »Solche Wagentüren kennen wir aber nicht. Wir wollten ihr nur Guten Tag sagen, weil wir sie so lange nicht gesehen haben!«

»Sie war böse auf euch!«, sagte Rasmus, dem die geistigen Getränke die Zunge gelöst hatten. »Was brachtet ihr auch Fritz van Ehren auf ihren Hof? Das hat sie übel genommen!«

»Ich weiß nicht, dass sie Fritz van Ehren nicht leiden kann«, rief Jürgen. »Warum mag sie ihn denn nicht? Ist Michel van Ehren nicht ihr Bruder?«

»Natürlich ist er ihr Bruder. Aber den mag sie ja auch nicht!«

»Warum denn nicht?«, fragte mein Bruder ungeduldig, und Rasmus zuckte die Achseln. »Was verstehst du davon? Kleine Jungen dürfen noch nicht alles wissen!«

Aber dann erzählte er doch unaufgefordert weiter.

»Michel war der Stiefbruder von Mamsell und ziemlich viel jünger. Der alte van Ehren hatte zuerst eine reiche Frau gehabt und dann eine arme. Mamsell war aus der ersten Ehe und Michel aus der zweiten. Der alte van Ehren hatte von sich selbst eigentlich nicht viel gehabt; die erste Frau hatte die Schulden bezahlt, die auf der Stelle waren, und alles in Ordnung gebracht. Als sie starb, hatte sie ein Testament gemacht, nach dem ihre Tochter Jakobine alles erbte und ihr Mann nur die Nutznießung bekam, solange er lebte. Er war eigentlich nur eine Art Großknecht seiner Tochter, die damals eben erwachsen war. Das war dem Alten wohl nicht sehr angenehm: Jedenfalls heiratete er plötzlich wieder, und das war wieder der Tochter nicht recht. Mit der zweiten Mutter hatte sie nicht gut gelebt und ihr immer gesagt, sie sei die Herrin, und sie hätte das Geld. Als der alte Ehren starb, war die Stiefmutter mit Michel in ein Häuschen gezogen, das der Alte ihr vermacht hatte. Aber es stellte sich heraus, dass auch dies Häuschen der Mamsell gehörte, und wenn nicht der Herr Justizrat dazwischen gekommen wäre und Jakobine Vorstellungen gemacht hätte, dann wäre Michels Mutter beinahe verhungert. Unter diesem Zank war nun Michel groß geworden. Als er noch klein war, hatte seine Schwester ihn gut leiden können und mit ihm gespielt; als er groß wurde, sollte er nur tun, was sie wollte. Aber er war eigensinnig und hatte seinen eigenen Willen, und deshalb erzürnten sich die Geschwister. Von Michel war dies eine Dummheit, weil er arm war, und sie immer reicher wurde. Sie hatte nämlich noch einen reichen unverheirateten Bruder ihrer Mutter beerbt und wusste nun gar nicht, wohin mit ihrem Gelde. Wenn Michel nach ihrem Willen gelebt hätte,« schloss Rasmus, »dann würde sie ihm doch helfen, dass er aus den Schulden herauskäme! Denn von der kleinen Stelle, auf der er sitzt, gehört ihm fast gar nichts, und es kann leicht geschehen, dass er von seinen Gläubigern hinausgeworfen wird. Dann hat er nichts als eine Frau und vier Kinder. Das ist wohl viel, aber zum Leben ist es zu viel, viel zu viel!«

Rasmus lachte herzlich, weil es ihm vorkam, als wäre er witzig gewesen. Und dann erklärte er, dringende Geschäfte in Albers Hotel zu haben, und ging eilig dorthin zurück.

Wir waren inzwischen vor unserem elterlichen Hause angelangt und beratschlagten, ob wir hineingehen sollten. Dann war es mit unserer Freiheit für heute zu Ende, das wussten wir ganz genau. Uns ahnte überhaupt, dass irgendjemand uns schon irgendwo suchte, und deshalb sahen wir mit einiger Bekümmernis in die Septembersonne, die noch so hoch am Himmel stand und das Verlangen in uns erweckte, noch etliche Stunden in ihr umherzustrolchen.

Da fasste jemand Jürgen an den Arm. »Dag ok, Jürgen!«

Es war Fritz van Ehren, der uns etwas verlegen lachend begrüßte und von uns sehr erfreut empfangen wurde. Wir kannten ihn ja wenig, aber er gefiel uns.

»Ist dein Vater zur Stadt?«, fragten wir, und er nickte.

»Ja, er is zur Stadt und hat mir mitgenommen. Mudder is auch mit!«

»Komm herein, du sollst was zu essen haben!«, rief Jürgen. Der andere schüttelte den Kopf. »Lass man, ich bin nicht hungrig; bei Schmidt hat Vadder mich Käsbutterbrot geben lassen.« Schmidt war ein Gasthaus dritten Ranges.

»Willst du denn nach Großvaters Scheune und die Pferde und die Kühe sehen?«, rief Jürgen, der das natürliche Gefühl hatte, seinen Gast unterhalten zu müssen. Dessen Augen leuchteten auf. Aber dann blieb er plötzlich stehen.

»Ich darf nich lange bleiben«, sagte er. »Vadder sagt, ich soll gleich wieder kommen.«

»Aber dein Vater hat hier doch gewiss viel zu tun. Es ist ja noch ganz hell, und er fährt noch nicht wieder fort!«

»Ich glaub doch«, meinte Fritz. »Vadder sein Geschäft is snell vorbei gewesen. Er wollte Geld – abers kein ein wollt ihn was geben. Mudder hat geweint. Mudder hat schon viel geweint. Nu is Vadder noch zu Moses gegangen – vielleicht dass er ihm was gibt!«

Moses war Herr Regensburger, ein alter, würdig aussehender Herr, hinter dem wir in unseren unartigen Momenten herliefen und sangen:

<blockquote>
Jude, Jude, schachre nicht!
Weißt du nicht, was Moses spricht?
</blockquote>

Moses spricht: Du darfst nicht schachern,
Sonst will ich dir den Buckel wackeln!

Das waren aber, wie gesagt, unsere unartigen Stunden. Zu anderer Zeit ließen wir uns von Moses Osterkuchen schenken, oder wir sahen in seinen Garten, wenn er mit seiner zahlreichen Familie Laubhütten feierte. Im Ganzen hatten wir also gar nichts gegen ihn einzuwenden. Wir wussten aber, dass er Geld auslieh, und dass es nicht gut war, wenn man Geld von ihm brauchte.

Deshalb wurden wir auch etwas nachdenklich bei Fritzens Mitteilung. Dann aber meinte Jürgen, wir wollten doch in Großvaters Scheune gehen. Dort sei eine weißbunte Kuh, die solch niedliches Kalb habe, das könne Fritz noch schnell besehen. Unser Gast war es zufrieden, und wir gingen einträchtig zusammen dahin, bis es Jürgen plötzlich einfiel, mir zu sagen, ich brauchte nicht mitzugehen. Im Ganzen ließ er sich meine Gesellschaft nur zu gern gefallen; fremden Jungen gegenüber verleugnete er mich aber manchmal und tat, als wenn ich nicht würdig wäre, mit ihm zusammen Kühe oder anderes Viehzeug zu besehen. So auch heute.

»Geh du nur nach Hause«, sagte er plötzlich, »Mädchen verstehn noch nichts von Kälbern, nicht wahr, Fritz?« Der Gefragte nickte.

»Nee, Mädgens verstehn nix von so was!«, meinte er dann mit einem nachsichtigen Lächeln. »Abers, for meinswegen kann sie mit. Ich mach mich da nix aus, ob sie mit is oder nich!«

Aber Jürgen beharrte auf seinem Worte, dass ich das Kalb nicht besehen sollte, worauf ich mich denn beleidigt abwandte und erklärte, es fiele mir auch gar nicht ein, mit den dummen Jungen zu gehen. Es erfolgte ein kurzes geschwisterliches Wortgefecht, und dann setzte ich mich auf die Treppe vor Großvaters Haustür und sah den beiden Knaben nach. Ich hatte ausgiebige Gelegenheit, den Sprössling von »Wittbunt« alle Tage zu sehen, und benutzte diese Gelegenheit gar nicht sehr häufig. Heute aber sehnte ich mich glühend nach dem kleinen Kalbe, das auf so zittrigen Beinen stand und so unglaublich dumm aussah, und dann nahm ich mir vor, morgen mit Jürgen kein Wort zu sprechen. Er sollte merken, was er an mir verloren hatte.

»Is Großvater woll zu Hause?«, fragte eine Stimme neben mir. Es war Mamsell van Ehren. Sie trug eine grasgrüne seidne Mantille und einen Hut mit kirschroten Bändern und sah so fein aus, dass ich den Kummer über das Kalb vergaß und sie bewundernd betrachtete.

»Du bist aber mal wunderhübsch angezogen, Mamsell!«

»Nich wahr, klein Deern? Ja, das muss man bloß verstehn, und wenn man das Geld dazu hat, denn kann man es auch. So'n Mantilje kost auch ein Heidengeld. Mehr als ein fettes Swein! Abers wers lang hätt, de lett dat ok lang hängen! Na, wo is das denn mit Großvater?«

Ich lief ins Haus, kam aber mit der Botschaft zurück, dass Großvater ausgegangen sei und erst nach einer halben Stunde zurückkehre.

»Da will ich auf ihm warten!«, sagte Mamsell. »Komm, wir wollen vor die Tür sitzen und auf die Straße gucken. Gott o Gott, was gehn hier für Menschens auf die Straße!

Hier ein und da ein, und da zwei auf einmal. Herrjemineh, was is da doch forn Leben in so'n Stadt. Da bin ich eben bei Slachter Suhl gewesen und hab ihn ein paar Kälber und ein paar Ferkeln verkauft, und während ich bei ihn sitze, sind woll an zwanzig Personen an sein Fenster vorbeigegangen!«

Wir saßen zusammen auf der Bank, die vor dem großelterlichen Hause stand, und Mamsell blickte sich zufrieden um.

»Ja ja, so'n Stadt is doch nett. Vielleicht, dass ich auch noch zu Stadt zieh, wenn mich das zu einsam wird auf mein Stelle. Bloß, dass hier zu viel Menschens sind! Da kann man nich zwischen durchfinden. Slachter Suhr sagt auch, ich soll mir besinnen!«

»Schlachter Suhr seine Kinder sind krank!«, bemerkte ich. Ich war sehr erleichtert, dass Mamsell gar nichts mehr von ihrer Wagentür sagte – eigentlich hatte ich gefürchtet, sie sei zu Großvater gekommen, um uns zu verklagen. Dies war entschieden nicht der Fall, und ich bemühte mich nun auch, meinen Besuch zu unterhalten.

Sie nickte gleichgültig.

»Jawoll, da war so was von Krankheit. Scharlachenfieber nennen sie das ja woll, und is ne Krankheit, die sonsten noch nich auf die Insel war. So'n neumodisch Zeug, was früher gar nich gewesen is. Als ich die Kinners die Hand gab, krieg ich ein büschen Haut an mein Finger – sie sagen, das is Schelber. Suhr sagt, das steckt an. Abers ich hatt Handschuhe an; denn tut mich das nix!«

Und Mamsell zeigte ihre dicken, ledernen Handschuhe, die blank und nagelneu aussahen. Ich hatte nur halb zugehört, denn meine Gedanken waren doch wieder zu dem Kalbe und den dummen Jungen gegangen. Besonders grollte ich mit Fritz, denn wenn er nicht gewesen wäre, würde Jürgen anders gehandelt haben.

»Fritz van Ehren ist auch hier!«, sagte ich plötzlich, und Mamsell sah mich scharf an.

»Was hat der bei euch zu tun?«, fragte sie, und ich zuckte die Achseln.

»Er wollte uns besuchen. Nun zeigt Jürgen ihm das Kalb in Großvaters Stall. Sein Vater ist bei Moses!«

»Bei Moses!« wiederholte die Alte.

»Jawohl, bei Moses. Fritz sagt, sein Vater könnte sonst nirgendwo Geld erhalten, und seine Mutter weint!«

»Sie weint?« Mamsells Augen leuchteten triumphierend. »So, so! Is sie all so weit? Nu, hab ich das nich ümmer gesagt? Ümmer und ümmerlos! Damals, als Michel sie partuh haben wollte – hab ich da nich gesagt: Michel, nimm ihr nich! Denn sie hat kein Geld, und wo kein Geld is, da is auch kein Glück! Nee, ganzen gewisslich nich! Und leiden mocht ich ihr sowieso nich – denn sie lachte ümmer, und alle Mannspersonen sagten, sie wär so hübsch! Was'n Idee, ümmer lächerlich zu sein, wenn man nich den geringsten Schilling in den Beutel hat, und denn mit die Augen zu smeißen und zu tun, as wenn man furchtbar vergnügt is. Ich hatt so'n schöne Frau für Michel! Zehntausend Taler bar mit, und denn zwei unverheiratete Swestern, die beide kränklich waren und bald mit Tode abgehn mussten. Das war so gut wie zwanzigtausend auf'n Tisch! Einen ganzen kleinen Verdruss hatt Male ja. Abersten Michel braucht ihr ja nich ümmerlos von hinten anzukucken! Und wenn ein so viel Geld hat, denn is so was bloß ein klein Unbequemlichkeit for die Sneiderin! Michel, sag ich, nehm Male! Sie is ein guten Partie und ein guten Kurakter! Er abers meint, ein gute Partie wär sie woll, aber ganz und gar nich ein guten Kurakter, weil dass sie ihr Dienstmädchen mal mit'n glühende Feuerzange durchgeprügelt hatt. Du lieber himmlischer Vater! Als wenn einen nich mannichmal die Fingers juckten, um allens, was bei einen in Dienst steht, durchzuhauen. Und mit'n glühende Feuerzange fühlen sie es, wenn sie auch sonsten kein Gefühl haben. Das sagt ich auch an Michel. Male is edel, sag ich; wenn man zehntausend bar hat, is das nich anners möglich. Nimm ihr, sonsten werd ich böse! Denn werd man böse, sagt er; wer mein Frau sein soll, die muss ich ein klein büschen lieb haben, sonst fühl ich mir nich gemütlich. Mit Stina fühl ich mir gemütlich, und ich hab ihr auch lieb. Und er hat gar nich darauf gehört, dass ich ihn ausgelümmelt und ihn gesagt hab, wenn er mich mein Willen nich tat, denn erbte er auch nix von mich. Da wurd er noch frech und sagte, er möchte auch gar nix erben! Von sein Hände Arbeit zu leben, war besser, als auf den Tod von sein nächste Anverwandten zu warten. Auch so'n dummen Snack! Denn mich hat das Erben ümmer Spaß gemacht, wenn ich auch zuerst furchtbar traurig war. Abers sterben müssen wir doch alle! Auf so'n vernünftiges Wort hört er nu nich und heiratet Stina, wo ich ihr nu nich im geringsten leiden mochte. Da hab ich beide auch gesagt, dass ich nix mit sie zu tun haben wollte, und wenn sie mir zu Kindtauf eingeladen haben, denn bin ich nich hingegangen, und wenn Michel zu mich kam, denn hab ich mein Tür verslossen und mir zu Bett gelegt. Allmählich is er das denn müde geworden, zu mich zu kommen. Ich seh ihm nich, und er sieht mir nich. Er is arm, und ich bin reich. Er hat ein Frau und vier Kinners, und ich hab nix, rein gar nix!«

Mamsell schwieg. Sie hatte sich vollständig atemlos geredet und seufzte nun erschöpft.

»Wie schade«, sagte ich, »dass du keine Kinder hast! Warum hast du keine? Ist es nicht langweilig?«

»Ganzen und gar nich!«, versicherte Mamsell eifrig. »Oh, was freu ich mir, dass ich kein Kinner hab! Nix als Verdruss hat man von die Dingers!«

»Wer leistet dir denn im Winter Gesellschaft?«, erkundigte ich mich, und sie zuckte mit den Schultern.

»Ich brauch kein Gesellschaft! Ich hab meine Kisten mit Leinzeug und Savjetten und Silber. Die kuck ich mich an, wenn ich mir langweile!«

Darauf wusste ich nun nichts zu erwidern. Nach meinem Dafürhalten war es viel interessanter, mit anderen Kindern Versteck zu spielen, als sich einige silberne Löffel anzusehen, aber das wollte ich Mamsell schon deswegen nicht sagen, weil ich diesem Gedanken keinen rechten Ausdruck zu geben vermochte. Mir fiel etwas anderes ein.

»Wer bekommt eigentlich alle deine Sachen?«

»Wer die kriegt?«, fragte Mamsell argwöhnisch. »Die hab ich! Die kriegt niemand anders!«

»Ich meine, wenn du tot bist! Oder willst du alle deine Sachen mit dir begraben lassen?« Die Aussicht auf diese ungewöhnliche Begebenheit veranlasste mich, ganz nahe zu ihr zu rücken. »Dann hast du wohl ein Begräbnis mit sechs Särgen oder noch mehr?«

»Nee«, sagte Mamsell. »Silber wird swarz in die Erde, und for die Savjetten is das auch nich gut. Tot bleib ich abers noch lange nich, Kind, da brauchst nich bange vor zu sein. Ich hab eine gute Natur, und später wird mich das woll einfallen, wer mir beerben soll. Was meinst, willst ein büschen von mich erben?«

Ich schüttelte den Kopf. »Nein, ich habe einen silbernen Löffel, das ist genug für mich, sagt Papa, und jeden Sonntag bekomme ich eine reine Serviette. Wenn es Kirschenkompott gibt, muss ich manchmal in der Woche noch eine haben – dann aber setzt es Schelte. Ich darf auch gar nichts von dir erben!« setzte ich hinzu.

»Warum nich?« Mamsell van Ehren hatte mir still lächelnd zugehört, und nun wurde sie aufmerksam.

»Nein, du darfst mich nicht erben lassen! Wenn du dein Geld an Fremde vermachst, dann hast du keine Ruhe im Grabe und musst jede Nacht umgehn!«

»Wo weißt du das her?« Die Alte war blass geworden, während ich eifrig weiter sprach.

»O, das hat Mahlmann mir erzählt! Kennst du Mahlmann nicht? Früher war er im Zuchthause und hat sehr viel gelernt. Nun ist er alt, und ich besuche ihn manchmal. Er weiß viele schöne Geistergeschichten, und er weiß auch, dass man sein Geld nicht an fremde Leute vermachen darf, wenn man ruhig im Grabe liegen will. In der Familie muss es bleiben, sonst gibt es ein Unglück! Hier in der Stadt hat ein Mann gelebt, und der –«

Aber ehe ich meine Weisheit zum Besten geben konnte, standen Jürgen und Fritz vor uns, und Fritz nickte mir wohlgefällig zu.

»So'n schönes Kalb!«, sagte er, und dann gab er mir die Hand. »Mudder wartet. Adjö auch!«

Er hatte aus angeborener Schüchternheit Mamsell van Ehren gar nicht gegrüßt und wollte still an ihr vorübergehen. Sie hielt ihn plötzlich am Jackenärmel fest und zog ihn ein wenig zu sich.

»Nu kannst mir nich sehen? Mich nich Tag sagen?«

»'n Tag!«, murmelte er.

»Und Vater is bei Moses?«, fragte sie spöttisch. Er nickte ernsthaft, während er unwillkürlich seine Mütze abnahm.

»Ich denk mich nich, dass Vadder von Moses was kriegt!«, sagte er zweifelnd, und seine weichen Züge nahmen einen Ausdruck von Sorge an.

»Was tut er dann?«, fragte Mamsell hastig.

»Oh, dann müssen wir fort von Krümpitz, ganz fort!«

»Slimm genug für dein Vater!«, murrte die Tante. Aber sie hatte den Jungen doch an sich gezogen und strich ihm über die Haare. »Ja, wer nich hören will, muss fühlen! Sag das man an dein Vater von mich! von Mamsell van Ehren, hörst woll? Und sag ihn, dass Male zehntausend Taler hatt! Nu geh!«

Fritz ging. Mamsells Worte schienen keinen Eindruck auf ihn zu machen – wenigstens sah er ganz gleichmütig aus. Beide Hände steckte er in die Taschen seiner viel zu weiten Beinkleider, und dann ging er pfeifend davon.

Ich sehe ihn noch deutlich vor mir. Die Sonne schien hell auf sein weißliches Haar und in seine trotzigen Augen. Er machte sich nicht viel aus der Welt – das konnte jeder merken.

Jetzt kam Großvater zurück, und Mamsell van Ehren begleitete ihn ins Haus, während Jürgen und ich es richtiger fanden, gleichfalls heimzugehen. Wir fühlten an unserem Hunger, dass die Stunde des Abendbrots geschlagen hatte.

Am anderen Tage bekamen wir plötzlich und unerwartet sehr starke Schelte. Rasmus hatte sich veranlasst gesehen, eine Mordgeschichte von uns zu erzählen, des Inhalts, dass wir Mamsell van Ehrens Wagen absichtlich zertrümmert hätten. Wir beteuerten unsere vollständige Sündenreinheit, aber wir durften zwei Tage lang nur im Garten spazieren, und in die Stadt eine Zeit lang nur unter starker Bedeckung gehen. Das war unerträglich langweilig, und wir freuten uns nicht wenig, als plötzlich Mamsell van Ehrens Stuhlwagen erschien, der uns zu einem Besuche bei ihr abholen sollte.

Es war an einem Mittwoch Nachmittag, fast acht Tage nach ihrem letzten Besuch in der Stadt. Wir hatten Zeit, ihrer Einladung zu folgen, und bekamen auch die Erlaubnis dazu, allerdings mit einigen Ermahnungen verbrämt. Unsere Familie schien aber doch zu merken, wie sehr wir in der Wagenangelegenheit verleumdet worden waren, und als wir jetzt an Rasmus, der aus einem Wirtshause trat, vorüberfuhren, grüßten wir ihn mit vornehmer Überlegenheit.

Krischan brachte uns schnell zu Mamsell van Ehrens Stelle, dann wandte er seine Pferde, und als wir kaum ausgestiegen waren, fuhr er nach der entgegengesetzten Richtung, als von wo wir gekommen waren, davon.

»Wohin fährt er?«, fragten wir neugierig. Die alte Mamsell aber die uns an der Haustür empfing, lachte geheimnisvoll. »Nu seid man nich so fragig! Kommt ein und trinkt Kaffee – alles andere findt sich! Ich hab auch Kuchen gebacken, und nachher geb ich euch Äpfel, Gravensteiner, und ihr könnt ein Korb voll mit nach Hause nehmen!«

Mamsell war so aufgeräumt, wie wir sie noch gar nicht gesehen hatten. Sie behandelte uns ganz zärtlich und streichelte mich sogar ein wenig, was mich sehr verlegen machte. Denn ich war nicht gewohnt, gestreichelt zu werden.

Eigentlich sollten wir in der täglichen Wohnstube Kaffee trinken. Weil wir aber so dringend baten, im Saal sitzen zu dürfen, wurde das Kaffeegeschirr in dieses Heiligtum getragen.

»Nu man nich gleich wieder an den Ofen!«, rief Mamsell, als Milo sich wieder vor dieses Möbel kauerte. »Nu man her und Kaffee trinken! Biblische Geschichte weiß ich all genug, da braucht mich kein ein mehr zu belehren. Und wenn da auch ein reichen Mann in die Hölle sitzt, so weiß ich ganzen genau, dass ich nich ein komme, weil dass ich Gotts Wort kenn und auch danach tue. Vergeben und vergessen will ich, und wenn mich das auch swer genug fällt, so will ich mir doch zwingen und zeigen, was ich for'n gutes Herz hab! So – nun trinkt

man, und kuckt man nich so nach die leere Tasse; die bei
mich steht – da kommt noch ein, der aus die Tasse trinken soll – den wirds abers smecken, kann ich euch sagen!«

Wir hatten die leere Tasse natürlich gar nicht bemerkt,
und auf die Reden der Mamsell achteten wir nur wenig.
Sie hatte unsere Teller so mit Kuchen bepackt, dass wir
damit genug zu tun hatten und ihre Worte ziemlich
gleichgültig über uns ergehen ließen. Sie saß nicht lange
bei uns, sondern stand aller Augenblicke auf, um aus
der Tür zu horchen. Dann setzte sie sich wieder und
lachte uns an.

»Ja, Kinners, ihr sollt euch wundern, was ich für'n guten Menschen bin! Vergeben und vergessen will ich,
wenn ich mir auch noch ümmer über Stina ärgere und
ihr nich in mein Haus lassen will. Natürlicherweise nich!
Abers ihren Jungen – das is was andres! Der ist ein van
Ehren! Ganz und gar! Soll auch aufn Schaukelpferd reiten und nahstens –«

Sie hatte sich neben mich gesetzt und strich mir das
Haar aus dem Gesicht. »Was hat der alte Kerl, der
Mahlmann, noch vons Erben gesagt? Wenn man das
Geld aus der Familie gehen lasst, was dann?«

»Dann hat man keine Ruhe im Grabe!«, berichtete ich
und biss eifrig in meinen Kuchen. Mahlmann der hat einen Mann gekannt, der eine silberne Uhr hatte und eine
Tabakspfeife. Er hatte auch einen Bruder, aber –«

Ein Wagen fuhr vor, und Mamsell schnellte in die Höhe. Dann setzte sie sich aber wieder.

»Er kann ja von selbsten ein kommen!«, sagte sie halb zu sich selbst. Ich brauch ihn nich entgegen zu gehn. Nee, das brauch ich auch nich!«

Es kam aber niemand an die Tür, und Mamsell rieb sich die Hände voller Ungeduld. Endlich klopfte es leise.

Mit scharfer Stimme rief sie: »Man flink herein!«

Krischan, der Kutscher, steckte den Kopf in den Saal, und als er außer seiner Herrin nur uns erblickte, trat er vorsichtig herein.

»Wo is Fritz?«, fragte Mamsell scharf, und der Gefragte fuhr sich mit der Hand über seinen kurz geschorenen Kopf.

»Dat weer nix, Mamsell!«, murmelte er.

»Kannst nich hochdeutsch mit mich snacken?«, fuhr sie ihn an. »Womit war das nix? Wo is Fritz? Wo is mein klein Brudersohn?«

»Dat weer nix, Mamsell!«, murmelte er.

»Da is Stina an schuld!«, rief die Alte mit schriller Stimme. »Sie will mich den Jungen nich gönnen – nu denn, so –«

»Nee nee«, sagte Krischan etwas heiser. »Da is kein ein an schuld – ganzen gewiss nich, Mamsell. Bloß das Scharlachenfieber, einzig und allein das Scharlachenfieber. Den Donnerstag is er noch so vergnügt aus die Stadt gekommen, abersten Freitag hatt er schon Halsweh. Da is es denn mit einmal snell gegangen. Montag hat er noch ganz von selbst gelacht und gesagt: Wer nich hören will, muss fühlen! Das abers ist das letzte gewesen!«

»Wo so?«, fragte Mamsell. Sie war dicht an Krischan herangetreten und fasste ihn am Arm.

Er räusperte sich. »Nu ja, Mamsell, er is tot. Scharlachenfieber is es gewesen, und kein ein weiß, wo er es gekriegt hat, weil dass die Krankheit in die Stadt bloß bei Slachter Suhl war, und Fritz da gar nich gewesen is. Zwei von die annern Kinner haben es auch, und Frau van Ehren is auch krank, und Michel muss woll bald von sein Stelle, weil dass er gar kein Geld mehr hat und auch kein geliehen kriegt –«

Er hatte die letzten Worte nur undeutlich gesprochen. Nun schlich er leise hinaus, und Mamsell lehnte sich gegen den Ofen, auf dem alle die biblischen Bilder waren, die Bilder von Kain und Abel, von Esau und Jakob, von dem reichen Manne, dem sein Geld nichts geholfen hatte. Es war still im Saale geworden, denn auch wir sagten kein Wort. Wir waren traurig, und der schöne Kuchen wollte uns nicht mehr schmecken. Da fingen mir denn an, uns leise zu unterhalten.

»Er war noch so lustig!«, murmelte Jürgen. »Er mocht Großvaters Kalb so gern leiden, dass ich es ihm gern geschenkt hätte. Aber Großvater hätte das nicht gemocht!«

»Im Himmel bekommt er gewiss ein schöneres Kalb!«, meinte Milo, der sich von den himmlischen Freuden stets die angenehmsten Vorstellungen machte.

»Ob er auch wohl Kuchen bekommt?«, fragte ich, und Milo nickte.

»Ganz gewiss, viel besser, als dieser ist! Überhaupt« – der Sprecher erhob seine Stimme ein wenig – »überhaupt – Fritz hat es im Himmel viel besser als hier, wo sein Vater nie Geld hatte, und wo seine Mutter immer weint. Im Himmel singen die Engel, und da weint niemand!«

»Im Himmel hat man auch immer Geld!«, meinte Jürgen, der schon wieder angefangen hatte, Kuchen zu essen.

Davon wusste Milo nun nichts, und beide Brüder unterhielten sich darüber, ob die Engel wohl Portemonnaies, wie Onkel Heinrich, oder grünseidene Geldbeutel mit goldenen Ringen, wie Großvater, hätten. Dabei aßen wir Kuchen und tranken Kaffee, und Mamsell hatte sich neben den Ofen gekauert und sah sich in ihrem großen Zimmer um.

»Wer nich hören will, muss fühlen!«, sagte sie plötzlich und trat dicht an uns heran. Hat er das nich zu allerletzt gesagt?«

Wir nickten, und sie stöhnte tief auf. Dann setzte sie sich und schenkte sich Kaffee ein. »Ich weiß auch gar nich, was ich den lieben Herrgott getan hab, dass er mir so behandelt, wo ich doch ümmer allens tat, was Rechtens is. Wenn ich in die Kirche geh, geb ich ümmer sechzehn Bankschillinge in den Klingelbeutel, was doch gewiss anständig is. Und nu, wo ich mein Brudersohn zum Kaffee insitiere, muss er tot bleiben. Tot an Scharlachenfieber! Tot!«

Sie griff nach der Rahmkanne, aber ihre Hände zitterten, und das schwere silberne Gerät fiel um. Sein Inhalt floss über den ganzen Tisch, und wir mussten alle aufstehen, nur Mamsell van Ehren blieb sitzen. »Wer nich hören will, muss fühlen!«, sagte sie, und der Ausdruck

ihres Gesichts war so sonderbar, dass Milo plötzlich
bange wurde.

»Ich will nach Hause!«, rief er und stellte sich wie
Schutz suchend an den Ofen. »Ich will zu Mama und zu
Line!«

Line war das Kindermädchen, nach der Jürgen und ich
uns niemals sehnten. Heute aber fanden wir doch, dass
ihre Gesellschaft der von Mamsell entschieden vorzuziehen sei, und auch uns überwältigte die Sehnsucht
nach den Freuden der Heimat. Wir wollten auch nach
Hause, erklärten wir, und Mamsell hielt uns nicht zurück. Sie nickte nur und sagte: »Krischan solle uns fort-
bringen.« Aber als der Stuhlwagen mit dem bestürzt
aussehenden Kutscher vor dem Hause hielt, und wir
einstiegen, erschien, zu unserem Erstaunen, Mamsell.
Sie war in ihren grünen Mantel gehüllt und stieg zuerst
ein.

»Ich kann da nich allein in das alte große Haus bleiben!«, sagte sie kurz, als wir sie verwundert betrachteten. »Ich will zur Stadt. Da muss ich doch hin. Mach einen kleinen Umweg, Krischan, weil dass die Luft schön
is!«

Es war auch schön. Leise fuhr der Wind über die gelben Stoppelfelder und weiße Fäden zitterten in der klaren Luft. In der Ferne schien die Nachmittagssonne auf
einen blauen Streifen, und bei seinem Anblick nickte
Mamsell.

»Fahr ein büschen aufn Berg, Krischan, dass wir das
Wasser sehen können. Nich, Kinners, nix is doch so
schön, as das Wasser!«

Berge waren auf unserer Insel wenig zu finden, und was davon dort war, verdiente kaum den Namen eines Hügels. Krischan aber fand doch eine Anhöhe, wo er die Pferde halten ließ, und wir auf das blaue Meer sehen konnten. Die untergehende Sonne warf goldene Streifen auf die leise zitternde Fläche, und hier und dort tauchte ein Segel auf.

»Nu man zu Stadt!«, sagte Mamsell, nachdem sie eine Weile starr auf das friedliche Bild geblickt hatte, und dann fuhren wir weiter. Wir hatten, beim Suchen der Anhöhe, einen großen Umweg gemacht und kamen nun auf eine ganz andere Landstraße, als die, auf der Mamsell van Ehren sonst zu fahren pflegte. Die Pferde aber griffen munter aus, sie schienen nicht müde zu sein, und Mamsell nickte vor sich hin.

»Man ordentlich flink, Krischan. Ich mag gern ein büschen snell fahren, und dann hab ich auch noch was beim Doktor zu tun. Ich will ihm was fragen! Man ümmer snell! Krischan fuhr denn auch lustig drauf los, bis wir ganz in die Nähe der Stadt kamen und ein kleines Gefährt fast eingeholt hatten, das langsam, unendlich langsam fuhr. Es war ein Kastenwagen, wie ihn die Landleute gebrauchen. Vorn saß ein Mann in vorgebeugter Haltung, und hinter ihm, im Kasten, stand etwas, das halb mit einem Leinentuch bedeckt war. Langsam ging das Pferd. Es ließ auch den Kopf hängen, wie sein Herr, aber Jürgen erkannte es doch.

»Das ist Robert«, begann er, »und der Mann ist –«

»Man snell an die alte Karrete vorbei!« lief Mamsell. Krischan sah sie indessen zweifelnd über die Schulter an.

»Mamsell, das is Fritz. Sein Vater fahrt ihn woll zur Stadt, damit er morgen früh aufn Kirchhof kommt!«

Mamsell sagte kein Wort, und als der Kutscher nun die mutigen Pferde langsam hinter dem kleinen Wagen hergehen ließ, hüllte sie sich fester in ihren Mantel und murmelte einige Worte. Aber sie hatte die Unruhe in den Gliedern. Als der kleine Wagen dicht vor der Stadt in einen Seitenweg einbiegen wollte, richtete sie sich plötzlich auf und rief schrill: »Michel, Michel van Ehren! Komm her! Ich will dich was sagen!«

Der also Angerufene hob den Kopf und sah sich nach seiner Stiefschwester um. Ob er sie schon bemerkt hatte, konnte man seinem Gesicht nicht ansehen.

»Was willst du?«, fragte er dumpf.

»Komm her!«, rief sie noch einmal. Er schüttelte den Kopf. »Ick hevv keen Tidt! Will min Kind begraven!«

Da sprang die Alte mit ungewohnter Behändigkeit vom Wagen und hielt plötzlich Michels Pferd an. Es schien müde zu sein und ließ sich gern anhalten.

»Michel, Michel!«, rief sie laut. »Wenn du allens getan hättest, was ich wollte, denn wär dies nich passiert!«

»Weißt du das so genau?«, fragte er ruhig.

»Warum konntst du Male nich heiraten?«, schluchzte sie plötzlich.

»Weil ich ihr nich leiden mochte!« war die Erwiderung, und die Mamsell stampfte mit dem Fuß.

»Was hätt das geschadet! Was mach ich mich aus das Leidenmögen! Nun siehst du, was danach kommt!«

Michel van Ehren hatte den Kopf wieder auf die Brust sinken lassen. Er sah so müde aus! Aber nun blickte er seine Schwester ernsthaft an.

»Du weißt ja gar nich, was von das Leidenmögen kommt! Du magst ja nur dein Geld leiden und deine Stelle und deine Kühe und deine Pferde!« Er stockte einen Augenblick. »Arme Jakobine«, sagte er dann. »Arme Deern! Du tust mich doch leid! Kein ein hast du in dein Leben gehabt, der dir ein büschen lieb hatte. Da musst du auch komisch von werden. Wo oft, wenn ich doll auf dir war, hat Stina mich das auch gesagt. Michel, sagt sie, lass Jakobine man in Frieden und schilt nich auf ihr. Sie hat es slecht in diese Welt, ganz slecht, und wir haben es gut, ganz gut, weil wir doch zusammen sind.«

Ei schwieg, und Mamsell lachte schrill. »Hast du es jetzt gut, wo du deinen Jungen nach'n Kirchhof bringst?«

Michel antwortete nicht gleich, weil er an seinem rauen Rock zu bürsten hatte. Dann nickte er.

»Ich hab es vielleich ja nich gut«, sagte er mit etwas schwerer Zunge. Das is ja nich so furchbar leicht, wenn so 'n Jung, an den man sich freute –« er stockte. Aber nach wenig Sekunden sprach er hastig weiter. »Nu hat er es doch gut, Jakobine! Nu braucht er doch nich jeden Morgen in die Schule, wo ihn das Lernen swer wurde, und nu braucht er sich da auch nich, um zu quälen, dass er sein Brot kriegt. Stina hat oft gesagt: Was soll doch einmal aus'n Jungen werden, wo er so hinter die Tiere her is und so gräslich gern Landmann werden will, und wir doch kein Geld haben, ihn auch nur ne Kuh zu kaufen. Ich slaf da nich um, hat sie woll gesagt, wenn ich mich denk, dass mein Fritz mal Knecht werden soll und nix weiter. Nu kann sie geruhig slafen, und mein Fritz auch – nu hat unser Herrgott for ihm gesorgt.«

Michel war wieder heiser geworden, aber er hatte den Satz doch gut zu Ende gesprochen. Mamsell war von dem Pferde zurückgetreten. Es zog plötzlich an, und das kleine Gefährt rumpelte von dannen.

Wir Kinder und Krischan hatten die ganze Unterhaltung schweigend angehört. Als Mamsell jetzt wieder mühsam in den Wagen kletterte, rückten wir ihr näher – sie tat uns so leid. Mir versuchten auch, mit ihr zu sprechen, aber sie erwiderte uns kein Wort. So verlief das Ende unserer Fahrt sehr trübselig, und als wir glücklich vor unserem Hause abgestiegen waren, sagte Jürgen, »dass er niemals wieder Mamsell van Ehren besuchen wollte. Dort passierte immer so etwas Sonderbares, und sie sei selbst auch sehr sonderbar, denn dass sie Fritz gerade eingeladen hätte, als er schon tot gewesen wäre, sei doch merkwürdig.« Milo war nun nicht Jürgens Meinung. Er hatte den Nachmittag sehr ereignisreich gefunden, und der Kaffee hatte ihm vorzüglich geschmeckt. Auch ich war bereit, jede Einladung wieder anzunehmen. Aber es wurde uns keine zuteil. Mamsell schien uns gänzlich vergessen zu haben, während wir doch täglich von ihr sprachen. Wir hatten wohl gemerkt, wie traurig sie über den Tod des kleinen Fritz gewesen war – was aber würde sie wohl zu den Ereignissen der folgenden Tage gesagt haben? Denn Michel van Ehren kam noch dreimal zur Stadt, und jedes Mal mit einem Sarge. Zuerst war es seine Frau, und dann waren es noch zwei Kinder, die alle drei am Scharlachfieber gestorben waren.

Die Leute sprachen viel über sein Unglück, und wir Kinder machten die Beerdigungen mit und weinten, weil die Großen weinten. Aber dann tröstete uns der Gedanke, dass alle jetzt im Himmel seien, und wir freuten uns auf den Herbstmarkt, von dem wir uns vorher viel mehr Genüsse versprachen, als er uns nachher bot. Aber die Vorfreude ist das Beste bei allen Dingen, und es war Unrecht von Rasmus, uns in unserer Erwartung zu stören und uns zu erzählen, wie krank wir im vorigen Jahre schon am zweiten Markttage gewesen seien. Das hörten mir nicht gern und gaben ihm eine ungezogene Antwort, worauf er höhnisch bemerkte, nun wolle er uns auch gar nicht das Allerneueste erzählen. Rasmus wusste nämlich immer die Neuigkeiten der Insel, besonders die traurigen, und musste sie sehr schnell mitteilen, sonst wurde er krank. Das wussten wir und meinten spöttisch, er könne das Schweigen doch nicht aushalten, seine Nachricht würden wir wohl noch erfahren. Mit diesen Worten liefen wir aus dem Hause und stießen auf Krischan, Mamsell van Ehrens Kutscher.

Dieser begrüßte uns hastig, dann fasste er mich an die Schulter: »Gut, dass du da bist. Sollst mit mich nach Albers Hotel kommen. Mamsell will dir sprechen!«

Das war für mich eine ungeheure Auszeichnung, denn ich wurde selten ganz allein eingeladen. Deshalb nahm ich nur flüchtigen Abschied von den Brüdern und folgte dem Kutscher mit dem erhabenen Gefühl von halber Wichtigkeit und derselben Portion Verlegenheit.

»De Ohlsch is ein büschen dwatsch in diese Zeit!«, sagte Krischan vertraulich zu mir. »Mit ihren Bruder is das auch'n dumme Geschichte – sie sollt ihn man helfen und'n Strich über alles machen, wo er doch'n guten Menschen is und man bloß sich versehen hat, dass er ein ander Frau nahm, als sie wollt. Sonsten hat er ihr nie und nümmer was Böses getan. Abers Mamsell is von de regiersüchtige Sorte – das hast du woll auch gemerkt!«

»Was soll ich eigentlich bei ihr?«, fragte ich. Krischans Äußerungen verstand ich nicht so recht, außerdem nahm ein grüner Wagen auf dem Marktplatz meine ganze Aufmerksamkeit in Anspruch.

»Weiß nich. Sie hat viel gesnackt, was ich nich verstand. Ich glaub abers« – Krischan blieb stehen und sah sehr schlau aus –, »das is was mit'n Testament! Wie ich man gehört hab, wollt sie all ihr Geld an die van Ehrens in Holstein vermachen. Du weiht, die van Ehrens, die ganzen weitläufig mit unser Mamsell verwandt sind. Sie kann es natürlicherweise tun, sie is ihr eigen Herr – nu abers kommt mich das vor, als wenn sie sich besinnen tut!«

Krischan sagte noch etwas über das Erben im Allgemeinen, während ich nach den kleinen Fenstern des grünen Wagens sah und leidenschaftlich wünschte, in ihm wohnen zu dürfen. Und dann stand ich in dem kleinen Damenzimmer von Albers Hotel, dessen einziger Schmuck eine Schale mit zwei fetten Goldfischen war, die ebenso langweilig aussahen wie die unbequemen Möbel. Mamsell saß auf dem Sofa und zog mich hastig zu sich.

»Verzähl mich die Geschichte noch mal!«, sagte sie befehlend, und dabei spielte sie mit einem dicken Papierheft.

»Welche Geschichte?«, fragte ich überrascht. Mamsell hatte mir nicht einmal Guten Tag gesagt, und das fand ich doch sonderbar.

»Sei nicht dumm, Kind! Was Mahlmann dich sagte, vom Erben und« – sie sah sich scheu um – »vom Liegen im Grab und so was!«

»Oh! Du meinst die Geschichte vom Mann, der seine silberne Uhr und seine Tabakspfeife nicht an seinen Bruder vermachte? Nun, der hatte nachher keine Ruhe im Grabe! Er ist eine ganze lange Zeit nach seinem Tode jede Nacht um zwölf aufgestanden und hat gebeten, der Mann, dem er seine Uhr vermacht hatte, sollte sie doch an seinen Bruder geben. Er ist auch nicht eher ruhig geworden, bis sein Bruder alles bekommen hat. Und Mahlmann sagt, mit Geld ist es noch schlimmer, das darf nun keinesfalls aus der Familie! Er –«

»Kannst du mich sagen, ob der Mann, der die Uhr kriegte, noch ein büschen mit den anderen verwandt war?«, unterbrach Mamsell meine Mitteilung, und ich dachte lange nach, obgleich mich die Goldfische dabei sehr störten.

»Ich glaube, ein bisschen. Aber der Bruder war doch näher verwandt!«

Einen Augenblick atmete Mamsell tief auf. Dann nahm sie das große Papier und zerriss es in lauter kleine Stückchen.

»Ich will Ruhe haben in mein Grab«, murmelte sie. »Sie is ja auch tot, worüber ich mir ümmer so ärgerte, und er – nu ihn kann ich die gute Aussicht gönnen. Is doch ümmer ein guten Jung gewesen und hat neulich ganz nett mit mich gesprochen, wenn er mir auch nich gerade mit Respekt behandelte. Abers – ich will ihn das denn nich weiter nachtragen. Ich will auch seine Schulden bezahlen, und er kann mit sein klein Tochter – ein Kind is da ja man – bei mich wohnen. Still is es bei mich, und wenn ich mich recht bedenke, denn war das gar nich so slimm, als Michel klein war und Freunde hatt und sie in das Haus Spengtakel machten. Nu macht da kein ein Spengtakel bei mich – kein ein, und wenn ich mich nu noch denke, dass ich nich mal geruhig in mein Grab liegen sollt, bloß weil ich allens an die weitläufige Verwandtschaft gegeben hab – nee! – das is mich doch zu arg – das will ich nicht! Er soll es gut haben, und für mir is es auch nett!«

Sie sprach noch mehr, aber ich hörte nicht darauf. Ich hatte mich ins Fenster gestellt und beobachtete Rasmus, der behaglichen Schrittes die Straße heraufkam. Er sah zufrieden aus, gerade so, wie er immer tat, wenn er irgendeine Neuigkeit wusste. »Da geht Rasmus Rasmussen!«, sagte ich, und Mamsell stand auf.

»Ruf ihm, Kind. Er soll mich was bestellen an dein Großvater. Ich will ein neues Testament machen, und Herr Justizrat soll gern mal herkommen, wenn er Zeit hat!«

Ich rief denn auch, und bald stand der Schreiber vor der Mamsell. Sie nickte ihm nur flüchtig zu.

»Ich wollt Ihnen man bitten, Herr Seckertähr« – er aber unterbrach sie.

»Zuerst möchte ich Ihnen meine herzlichste Kondolation aussprechen, Mamsell van Ehren.«

Sie sah ihn etwas erstaunt an.

»Nu ja – die Kinners waren ja mit mich verwandt, und der kleine Fritz« – sie seufzte. »So ne slimme Krankheit!«

»Und allens von unbegreiflicher Ansteckung!«, sagte Rasmus bedauernd.

Mamsell wandte sich hastig ab. »Da is nu nix weiter bei zu machen«, sagte sie. »Was tot is, is tot – abers ich will mir auch mit Michel vertragen. Das können Sie man an Herrn Justizrat bestellen! Wird sich freuen, wo er mir schon ümmer ausgescholten hat, dass ich Michel slecht behandelte.«

Rasmus hatte sich erregt die Hände gerieben. »Er war kein schlechter Mensch – er hatte nur das Bedürfnis, allen Leuten unangenehme Sachen zu sagen, und ehe er diese vom Herzen hatte, geriet er in fieberhafte Unruhe.«

»Michel kann sich nicht mehr mit Ihnen vertragen!«, murmelte er.

»Warum nich?«, fragte Mamsell scharf. »Meinen Sie, dass er bocksch is und nich will?«

»Er kann nicht – er ist tot!«, sagte Rasmus hastig. »Vorhin kam die Nachricht. Verstecktes Scharlachfieber. Der Doktor sagt, dass Erwachsene es auch bekommen können. Jeder muss sich heutzutage in acht nehmen, weil ja niemand weiß, wie die Krankheit einen anfliegen kann. Von Schlächter Suhr ist sie nach Krümpitz geflogen – Kein Mensch weiß, wie. Ja, es sind böse Zeiten!« Rasmus ging wieder. Er hatte seine Neuigkeit an Ort und Stelle angebracht, nun war er befriedigt. Händereibend verließ er das Wirtshaus, und ich sah ihn über den Marktplatz gehen. Denn ich stand noch immer am Fenster, weil mir ängstlich zumute war. Mamsell van Ehren war so still, so merkwürdig still geworden. Sie stand eine Zeit lang unbeweglich auf derselben Stelle,, auf der sie die Nachricht empfangen hatte, dann nahm sie die Papierschnitzel, die auf dem Tische lagen, ballte sie zusammen und warf sie wie einen Ball in die Höhe. Dabei lachte sie leise und sagte endlich: »Wer nicht hören will, muss fühlen!« Zu allerletzt aber setzte sie sich und lachte laut – so laut, dass selbst die Goldfische es zu hören schienen und mit ihren Mäulern verwundert gegen die Glaswand stießen – so laut, dass ich eilig davon lief und nachher erklärte, niemals mehr Mamsell van Ehren besuchen zu wollen.

Dieser Vorsatz war ganz unnötig. Mamsell hat nie wieder jemand von uns eingeladen. Sie ist damals ganz still nach Hause gefahren und hat später ihre Stelle nie wieder verlassen. Die Leute sagten, sie sei wohl ein wenig verkehrt im Kopfe; es sei aber nicht schlimm, man könne ganz gut mit ihr sprechen. Besonders von Korn- und Viehpreisen wisse sie gut Bescheid: Es sei nur merkwürdig, dass sie kein Geld sehen könne. Dann fange sie an zu schreien und zu lachen und würde schließlich so böse, dass es ganz ängstlich sei. Deshalb besorgte der Rechtsanwalt im Städtchen ihre Geldgeschäfte, und dieser Herr hatte auch Michels kleine Tochter bei wohlhabenden Landleuten untergebracht, wo sie »standesgemäß« erzogen wurde. War sie doch, nach dem Zerreißen des Testaments, Mamsells einzige Erbin. Sie hieß Stina und sah ihrer verstorbenen Mutter sehr ähnlich – deshalb wollte ihre Tante sie nicht sehen. Mit den Jahren ist Mamsell van Ehren dann doch wieder ein wenig vernünftiger geworden. Wenigstens hat man nach ihrem Tode einen kurz vorher geschriebenen Zettel gefunden, auf dem allerhand Bestimmungen, ihre Leichenfeier betreffend, standen, unter anderen die, dass auch wir, nämlich Jürgen, Milo und ich, dazu eingeladen werden sollten. Dieses Gedenken rührte uns wirklich: Leider konnten wir die Einladung nicht mehr annehmen, weil wir alle nicht mehr auf der Insel lebten. Sie hatte entschieden vergessen, dass unser Vater versetzt, und dass wir groß geworden waren. An Milo vermachte sie außerdem ihren bunten Ofen: weil dass er doch raucht, und klein Milo so gut auf ihn Bescheid weiß!

Das war nun wirklich sehr nett. Aber »klein Milo« bekam den Ofen doch nicht. Denn Mamsell hatte ihn schon vor einigen Jahren an den besten Freund von unserem Moses Regensburger verkauft und diese Tatsache nur vergessen. Auf der Insel sagen sie, dass dieser Ofen jetzt in einem Königsschloss stehe. Wenn dies der Fall sein sollte, dann hoffe ich nur, dass die Königskinder etwas mehr von seinen bunten Bildern lernen, als die arme Mamsell van Ehren, die nicht hören wollte und nachher fühlen musste.

Reise ins Kloster

»Morgen reisen wir ins Kloster!«, sagte Vater eines Sommermorgens zu Jürgen und mir. Wir waren überrascht, aber wir sagten kein Wort, schon aus Furcht, dass wir uns, wenn wir dumme Fragen stellten, das Glück der Reise verscherzen könnten.

»Wo liegt denn das Kloster?«, fragte ich nachher meinen Bruder.

Er lächelte überlegen: »Weißt du das nicht? In Holstein liegt es, und lauter alte Damen sind drin – furchtbar alt sind sie, kann ich dir sagen. Heinrich ist schon mal mit Papa dort gewesen, und er sagte, »er hätte nur lauter steinalte Damen gesehen, nur einen einzigen Mann und gar keine Kinder.«

»Gar keine Kinder?« wiederholte ich erschrocken. »Aber was sollen wir denn da?«

»Wir sind eingeladen. Mama hat es mir eben erzählt, dass uns Fräulein von Moldenwitt und Tante Emma eingeladen haben, etwas bei ihnen zum Besuch zu sein. Wir müssen uns aber gut betragen, sonst werden wir wieder fortgeschickt!«

»Bleibt denn Papa auch im Kloster?«, fragte ich.

Jürgen schüttelte den Kopf. »Papa bringt uns hin und holt uns wieder ab!«

Es entstand eine nachdenkliche Pause, und dann lachten wir vergnügt. Papa war nicht immer gerade ein sehr bequemer Vater, man musste ihm aufs Wort gehorchen. Im Damenkloster zu sein ohne ihn – diese Aussicht erschien uns also nicht gerade unangenehm.

Auch schon der Gedanke an die Reise stimmte uns freudig, und alle Welt nahm an unserem Vergnügen teil. Die älteren Brüder lachten zwar etwas beleidigend, als ich von Line, unserem Mädchen, verlangte, dass sie meine gesamte irdische Habe, meinen Winterhut und meinen dicken Paletot einpacken sollte. Sie sagten, »es wäre Juni, und da brauche man keine Wintersachen.« Ich meinte gekränkt, »die Klosterdamen sollten doch meinen neuen Hut sehen, der so wunderhübsch wäre.« Aber Line hielt es mit den Brüdern, betrachtete auch misstrauisch eine halbgefüllte Flasche mit Tinte, die ich ihr ebenfalls hingestellt hatte.

»Ich muss doch an Mama schreiben!«, rief ich eifrig, während Jürgen vier dicke alte Bücher in den Koffer warf.

»Gott in hohen Himmel,« was bringt der Jung mich da!« murrte Line. »Meint das Kind, in so'n Koffer geht allens!« »Ich will Blumen pflücken und pressen!« bedeutete sie Jürgen, aber auch seine Bücher wurden verachtet. »Blumens kannst auch hier pflücken; dazu geht man nich auf Reisen, um so'n Unsinn zu machen. Nun bringt mich man was Vernünftiges her, sonst werdet ihr nie und nimmer fertig, und dann fährt Papa ohne euch!«

Diese Drohung verfehlte ihre Wirkung nicht, und wir kamen allmählich zu der kummervollen Überzeugung, dass nicht alles, was wir so leidenschaftlich liebten, uns auf die Reise begleiten könne. Der Koffer war wirklich schrecklich klein – wie konnte nur der Sattler so kleine Koffer machen! Aber es half nichts, wir mussten uns in diesen Umstand fügen. Selbst der lebendige Laubfrosch, den mir Heinrich in einem Anfall von Rührung zum

»Spielen« auf der Reise geschenkt hatte, musste zu Hause bleiben, weil sein grünes Glas nicht mehr in den Koffer ging. Heinrich nahm sein Geschenk wieder, gab mir aber nun statt dessen vier weiße Mäuse, die ich in einem Pappkasten auf dem Schoße halten könnte. Eigentlich konnte ich Mäuse nicht leiden, aber da ich wusste, dass Heinrich Wert auf seinen Besitz legte, so wollte ich sie doch nicht zurückweisen. Jürgen nahm dann noch als Handgepäck eine Schachtel voll Grashüpfer mit, während uns Hans zur Reise einen Pferdezügel schenkte.

Am anderen Morgen hielt Heinrich früh vor der Tür, und wir waren sehr verschlafen. Ich war den letzten Abend spät ins Bett gekommen, weil ich bei mehreren Freunden lange Abschiedsbesuche gemacht habe. Auch hatte ich noch etliche Tränen vergossen über eine der vielen Enttäuschungen, die selbst ein Kinderleben nicht verschonen. Eine alte Freundin hatte mir als Reisegefährten einen zerbrochenen Käfig mit einem lebendigen Kanarienweibchen geschenkt. Es war ein liebes Tier, das nicht nur fortwährend piepste, es sollte auch in seinen Mußestunden mit großer Unverdrossenheit Eier legen. Man wird also begreifen, wie ich mich freute, einen solchen Schatz mein eigen zu nennen, und wie die verschiedensten Pläne mein Hirn durchkreuzten. Noch war ich nicht ganz entschieden, ob ich den Kanarienvogel für mich selbst zähmen oder ob ich ihn der Tante im Kloster mitbringen oder ob ich eine Hecke anlegen sollte; da kam das Schicksal in Gestalt zahlreicher Angehörigen und verbot mir die Annahme des Geschenks. Die Leute sagten nicht bloß, dass wir schon genug solch dummes Getier hätten, sie behaupteten auch, dass dieses alte

Weibchen ein wertloser Besitz sei, mit dem man keine Hecke anlegen könne. Kurz, Heinrich musste den Vogel seiner Besitzerin wiederbringen, und ich weinte sehr. Zugleich beschlichen mein Herz in Betreff der weißen Mäuse so schlimme Ahnungen, dass ich beschloss, keinem Menschen etwas von ihnen zu sagen. Sie wurden mit einer Semmel in meine kleine Umhängetasche gepackt, und ich bohrte ein paar Löcher ins Leder, damit sie Luft bekommen könnten. Unter diesen Vorbereitungen war es sehr spät geworden, und so konnte man mich kaum erwecken, als die Reise nun vor sich gehen sollte. Der Abschied von den Meinen aber wurde Jürgen und mir sehr leicht; wir dachten nur an das bevorstehende Neue und fuhren, nachdem alle Müdigkeit abgeschüttelt war, seelenvergnügt davon. »Seid nur recht artig!« vermahnte uns Mutter noch, und wir lächelten mit großer Selbstgerechtigkeit. Wenn wir wollten, konnten wir unheimlich artig sein – die alten Damen sollten sich wundern! Großvater schenkte uns sogar noch Reisegeld, eine Gabe, die uns in Entzücken versetzte und die kühnsten Pläne in uns aufsteigen ließ.

Ehe wir uns aber noch darüber geeinigt hatten, was wir uns alles kaufen wollten, und ob man wohl an einem Tage für zwei Banktaler Bonbons essen könnte, ohne krank zu werden, waren wir schon am Sunde; Niels setzte uns über, und nun befanden wir uns in Holstein.

Dies war schon an und für sich ein so großes Ereignis, dass wir gegen unsere Gewohnheit ganz still wurden und unserem Vater folgten, der dem Fährhause zuschritt. Denn auch auf der holsteinischen Seite befand sich ein Fährhaus, das von einem Manne bewohnt war, der in dem Rufe unglaublicher Grobheit stand. Alle Reisenden, die unsere Insel besuchen wollten, empfing er mit den entsetzlichsten Vorwürfen über die Vermessenheit ihres Unternehmens. Auch sollte er sich mit Vorliebe den reisenden Damen in einem sehr wenig vorschriftsmäßigen Anzuge zeigen, besonders wenn sich die Post verspätete, und sie in der Nacht ankamen. Wir hatten in dieser Beziehung schon die interessantesten Geschichten von ihm gehört und hegten schon lange den leidenschaftlichen Wunsch, ihn kennenzulernen. Da war es denn eine rechte Enttäuschung für uns, den Fährpächter in ganz anständiger Kleidung aus seinem Hause kommen und sogar den Hut vor unserem Vater abnehmen zu sehen. Und dieser Enttäuschung folgte sofort eine zweite: Unser Vater hatte wohl Extrapost bestellt, sie war aber nicht da, und wir mussten warten. So etwas kam zu damaliger Zeit öfter vor, und die großen Leute hatten sich schon längst eine gewisse Resignation deshalb zugelegt. Vater zog also ein Buch aus seiner Reisetasche und setzte sich auf einen großen Stein am Wasser. Wir aber blickten sehnsüchtig hinüber nach unserer Heimatinsel. Auf dem blauen Wasser fuhr Niels mit einem großen Segelboote und »blinkerte« Dorsch; wir aber saßen auf dem Festlande und fühlten uns verlassen. Wir hatten zuerst das Fährhaus durchstreift, aber außer Tausenden von Fliegen nichts Sehenswertes gefunden, dann waren wir im Pferdestall gewesen, ohne auch da etwas Besonderes zu entdecken, und nun saßen wir am Wasser.

Jürgen sagte, »er hätte schon immer gesagt, dass er nicht mitreisen möchte: er wolle nicht ins Kloster, da sei es so langweilig; er wolle sein Taschentuch an die Flaggenstange binden, dann käme Niels und holte ihn.« Ich erwiderte, »dann wollte ich auch mit.« In diesem Augenblicke rief uns unser Vater. Er hatte einen großen Teller mit Butterbrot vor sich stehen, auch etliche Gläser voll Milch; dieser Anblick verbesserte unsere Stimmung, und als der Teller leer war, hatten wir schon wieder so viel Reisemut, dass wir in lautes Freudengeschrei ausbrachen, als sich die Extrapost endlich einstellte.

Sehr langsam ging es nun vorwärts, die Wege waren sandig, und der Wagen schaukelte beständig. Gottlob, dass es eine offene Halbchaise war, und so ging die Reise wenigstens ohne betrübende Zwischenfälle vonstatten. Nur dass wir heute nicht mehr ins Kloster kommen konnten, sondern unterwegs übernachten mussten, eine Nachricht, die uns sehr überraschend kam und uns mit mannigfachen Befürchtungen erfüllte.

»Gibt es wohl in Holstein Räuber?«, fragten wir unseren Vater, der beim Beantworten unserer Fragen eine rührende Geduld an den Tag zu legen pflegte. Er verneinte entschieden; aber wir wurden doch sehr nachdenklich. Unser Großvater hatte als Student einmal ein Abenteuer mit Räubern in einem Wirtshause gehabt, und wenn er diese Geschichte erzählte, setzte er stets hinzu, man dürfe nie in einem fremden Wirtshause übernachten. Und nun sollten wir das heute tun! Jürgen und ich flüsterten viel miteinander, während sich Vater allerlei vom Kutscher erzählen ließ. Es gab eine Geschichte – wer hatte sie uns doch erzählt? – von einem Himmelbett, worin man, nachdem man eingeschlafen war, vom Betthimmel, wie ein Pfannkuchen platt ge-

drückt wurde. Also für Himmelbetten dankten wir. O-
der es kamen Diebe in das Schlafzimmer und nahmen
einem alles weg, vielleicht sogar das Leben, wenn man
aufwachte. Also man durfte nicht aufwachen; man
musste laut und tief atmen, am liebsten schnarchen, um
die Menschen sicher zu machen. Wir übten uns also im
Schnarchen, und dabei schliefen wir wirklich ein.

Als wir erwachten, hielten wir vor einem großen Hause. Die Sonne war im Untergehen, und wie uns der
Hausknecht aus dem Wagen hob, sahen wir, noch
schlaftrunken, auf die Straßen einer kleinen Stadt. Dann
saßen wir plötzlich in einer kühlen, dunkeln Gaststube,
sollten essen und mochten nicht, sondern blinzelten halb
besinnungslos um uns.

Vater fand nicht viel Zeit, sich um uns zu bekümmern;
er hatte zufällig einen Universitätsfreund getroffen, und
beide Herren unterhielten sich lebhaft. Das Hausmäd-
chen brachte mich zu Bette, während sich Jürgen energisch jede weibliche Hilfe verbat. Wir hatten zwei anei-
nanderstoßende Zimmer und glücklicherweise keine
Himmelbetten. Als ich aber in den Kissen lag, wurde ich
wieder vollständig wach. War es die ungewohnte Umgebung, das fremde Lager – kurz, alle Müdigkeit war
von mir gewichen. Ich setzte mich im Bett aufrecht hin
und suchte meine Gedanken zu sammeln. War ich wirklich fern von den anderen Brüdern, von der Insel, von zu
Hause? Und als mir immer klarer wurde, dass ich mich
in der Fremde befand, kam das bitterste Heimweh über
mich und das Gefühl eines solchen Leids, dass ich es
noch heute empfinde.

Wie lange ich in die Kissen geschluchzt habe, weiß ich nicht; plötzlich aber öffnete sich die Tür, und Jürgen huschte herein. »Komm schnell!«, rief er, »draußen vor der Tür spielen junge Katzen mit deinen Sonntagsstiefeln!«

In einer Sekunde war ich aus dem Bett und auf dem Vorplatz. Dort zerrten drei junge, halb erwachsene Katzen seelenvergnügt an meinen Stiefeln, und die Katzenmutter saß auf der Bodentreppe und sah dem Treiben ihrer Kinder zu. Es war reizend – aber es waren doch meine Sonntagsstiefel, und ich stand ratlos vor der Notwendigkeit, mein bestes Eigentum möglichst zu schützen. Ich gönnte ja den Katzen ihr Vergnügen von Herzen, aber ich dachte auch an meine Mutter. Jürgen warf ihnen ein paar fürchterlich alte Pantoffeln hin, die er unter seinem Bett hervorgegraben hatte, aber die ließen sie liegen und bewiesen damit allerdings einen achtungswerten Geschmack – aber was sollte ich nun anfangen? Da durchzuckte mich ein rettender Gedanke: Ich wollte ihnen eine weiße Maus opfern – nur eine, drei waren genug für die Tante. Sie lebten noch alle vier, vorhin erst hatte ich mich davon überzeugt, denn sie hatten nicht bloß die Semmel, sondern auch ein Stück Seife aufgefressen, das ich in die Tasche gesteckt hatte, Veilchenseife. Sie schienen ordentlich dick geworden zu sein, wie ich mich durch vorsichtiges Öffnen der Tasche überzeugt hatte. Die magerste von den vieren sollte also den Kätzchen überliefert werden. Zum Spielen natürlich; wenn sie dann schließlich verspeist wurde, schadete es auch nicht allzu viel.

Jürgen ging mit sehr viel Begeisterung auf meinen Plan ein, und weil er sich von mir an Großmut nicht übertreffen lassen wollte, holte er sein Grashüpferkästchen, um auch sein Teil zum Katzenvergnügen beizutragen. Aber Grashüpfer sind sehr unzuverlässig, sie waren alle verschwunden. Auf welche Weise sie ihre Flucht bewerkstelligt hatten, war uns ein Rätsel. Jürgen aber bemerkte ganz richtig, was verloren sei, das sei verloren, ich solle nur die Tasche mit den Mäusen holen. Dies geschah denn auch, Jürgen und ich knieten beide auf der matt erleuchteten Flur, die Katzen sprangen um uns herum, und wir versuchten, eine Maus aus der Tasche herauszuholen. Aber mir mochten sie nicht recht anfassen, und plötzlich geschah es, dass alle vier weißen Mäuse zwischen den Katzen herumliefen, dass die Katzenmutter beinahe einen Purzelbaum von der Bodentreppe schoss, um möglichst schnell zu ihnen zu kommen, und dass es eine große, interessante Jagd gab. Wir waren plötzlich mit unseren Stiefeln allein, und Jürgen meinte, wir sollten nur wieder zu Bett gehen.

Ich wusste nicht recht, wie ich meinen Verlust auffassen sollte, ob es besser wäre, zu weinen oder zu lachen. Da kamen Schritte die Treppe herauf, und wir huschten in unser Schlafzimmer, und als ich wieder im Bette war, schlief ich auch bald wieder und fuhr unwirsch in die Höhe, als Jürgen mich abermals rief. »Sieh doch auf und sieh aus dem Fenster! Sie werfen einen Betrunkenen aus der Tür, und er schimpft! Höre nur! Aber der kann fluchen!«

So lagen wir denn aus dem weit geöffneten Fenster hinaus und horchten mit Spannung auf den Monolog eines Arbeiters, dem die Tür gewiesen worden war. Spät konnte es noch nicht sein, denn es gingen noch Leute auf der Straße; wir meinten aber, es sei mindestens mitten in der Nacht, und kamen uns dabei ungemein interessant vor. Und alles, was der Arbeiter sagte, schien wunderhübsch zu sein, nur konnten wir leider den größten Teil seiner Rede nicht verstehen. –

Am anderen Morgen bestiegen wir wieder unseren Wagen, nachdem wir unsäglich viel Kaffee getrunken und Butterbrot dazu gegessen hatten. Ich war selig: Der Wirt hatte mir eine junge Katze geschenkt.

»Das is ein kleinen Kater und ein feines Tier«, sagte er; »da wirst noch Spaß an haben! Und ein Mäusefresser! Was sein Mutter is, die is auch hinter die Mäusens her, wie nichts gutes. Heut ganz früh zog sie mit so'n weißen Diert herum, ich wusst gar nich, dass wir auch weiße Mäusens hatten! Na, das is denn ja auch einerlei: Willst ihm haben, kannst ihm kriegen!«

Na, ob ich »ihm« haben wollte! Eilig nahm ich den kleinen, rot und schwarz getigerten Wollball an mich und erklärte, zeitlebens für ihn sorgen und ihn lieben zu wollen. Vater sah zwar etwas bedenklich aus, am liebsten hätte er wohl den Kater dankend abgelehnt; aber mein Jammer über das versagte Kanarienweibchen stand ihm vielleicht noch zu lebhaft vor der Seele. So durfte ich unbehelligt davonfahren, mein Geschenk auf dem Schoße.

Unterwegs entspann sich ein lebhafter Meinungsaustausch zwischen meinem Bruder und mir wegen eines Katernamens. Wir hatten eine Hauskatze, die auf den

Namen »Miesch« hörte: So schlecht durfte dieses Tier nicht behandelt werden, die ganze biblische Geschichte, die großen und die kleinen Propheten boten ja reiches Namenmaterial für den Täufling. So beschloss ich denn, ihn Zephanja zu nennen, worüber Jürgen höhnisch lachte. Er war überhaupt etwas beleidigt, weil er keine Katze geschenkt bekommen hatte, und ich hatte nun unter seiner übeln Laune zu leiden. Er sagte, der Kater solle Garibaldi heißen; das wäre der hübscheste Name, den es gäbe. Zephanja wäre ein Jude gewesen, ein Jude aber dürfe nicht bei einem christlichen Kater Gevatter stehen. Da ich aber nie etwas von Garibaldi gehört hatte, und Jürgen auf meine Fragen nach ihm nur antwortete, Großvater habe manchmal von ihm vorgelesen, so widerstrebte ich diesem Namen heftig und äußerte mich über Garibaldi in einer Weise, die Jürgen in hohem Grade missfiel. Ich schlug ihn, und er schlug mich wieder, dann weinten wir beide, und als sich Vater, der sich auf den Bock neben den Kutscher gesetzt hatte, ernsthaft nach uns umsah, trockneten wir unsere Tränen und zankten uns leise weiter. Ich warf Jürgen den Verlust meiner weißen Mäuse vor, und er sagte, ich wäre schuld, dass die Grashüpfer Reißaus genommen hätten, dann rief er plötzlich mit lauter Stimme nach Garibaldi, und ich nach Zephanja; denn der Kater war mein, und er sollte Zephanja heißen.

Aber Garibaldi *alias* Zephanja war nicht zu errufen. Er hatte unser kleines Handgemenge benutzt, auf Nimmerwiedersehen zu verschwinden. Wann er vom Wagen gesprungen, und wohin er gelaufen war, ist stets ein unaufgeklärtes Geheimnis geblieben. Jedenfalls war die ganze Streiterei gänzlich überflüssig gewesen, weil Vater nicht umkehren und Zephanja suchen lassen wollte; denn Zephanja sollte er in meiner Erinnerung heißen, das nahm ich mir vor, und nun hatte auch Jürgen nichts mehr gegen diesen Namen.

Die unerwartete Flucht des Katers gab dem Rest unserer Reise etwas abenteuerliches. Jeden Baum, an dem wir vorüberfuhren, sahen wir darauf an, ob etwa der Flüchtling darin säße – denn er konnte ja ebenso gut vorwärts wie rückwärts geflohen sein und Jürgen erzählte viele Geschichten von Flüchtlingen, die sich durch tausend Gefahren durchgeschlagen hatten. Auf diese Weise verging die Zeit sehr schnell, und als wir am Kloster ankamen, wunderten wir uns, dass es schon Mittag war.

Im Kloster wartete unser wieder eine Enttäuschung! Wir hatten natürlich angenommen, dass das »Kloster« ein Haus mit dicken Mauern und vielen kleinen Gängen sei. Nun befanden wir uns plötzlich in einem großen, schönen Garten. Überall blühten die Rosen und andere Blumen; zwischen Rasenflächen lagen alte und neue Häuser, und das Ganze sah aus wie ein Bild des Friedens und der Behaglichkeit.

Das Haus, vor dem unser Wagen hielt, war eins der ältesten des Klosters, sodass seine Bewohnerinnen vortrefflich hineinpassten. Beide standen vor der Tür, als wir ausstiegen. Fräulein von Moldenwitt ziemlich mager und freundlich, Tante Emma ziemlich dick und sehr ernst. Mit einigen ermahnenden Worten nahmen sie uns in Empfang.

Ihr dürft bei Tante Emma nur immer »ja« sagen und sonst nichts antworten; dann hört sie am ersten auf! Mit diesem Rate hatten uns die älteren Brüder entlassen. Wir befolgten ihn andächtig und standen uns ganz gut dabei, denn da wir nur eine Antwort hatten, brauchten wir ihr ja auch nicht immer zuzuhören.

Es war ein über zweihundert Jahre altes Haus, das die beiden Damen bewohnten, und es hatte die sonderbarsten kleinen Stuben, winklige Treppen und Treppchen, einen weiten Bodenraum und einen köstlichen, halb zugewachsenen Garten, an dem ein breiter Graben vorüberfloss. Hier fingen wir gleich in der ersten Stunde nach unserer Ankunft so viele Grashüpfer, dass wir Sophie, die Köchin, um ein Gefäß ersuchen mussten, damit wir unsere Schätze unterbringen konnten.

Sophie war ein gutes Mädchen. Gleich zu Anfang unserer Bekanntschaft fragten wir sie natürlich nach ihrem Alter, und als sie uns lachend Aufklärung gegeben hatte, gingen wir in die beste Stube, wo Fräulein von Moldenwitt mit Tante Emma, Vater und einem Besuch saß, und erkundigten uns teilnehmend auch hier, wie alt die Damen wären. Fräulein von Moldenwitt erschrak sichtlich, lachte aber und sagte nichts, während Tante sehr rot wurde und einige ermahnende Worte an uns richtete, des Inhalts, dass man nach solchen Dingen nie fragen dürfe. Wir sagten »ja!« und flohen schleunigst wieder zu Sophien, die uns im Ganzen freundlicher schien als die Damen im Wohnzimmer. Sie erzählte uns auch gleich, was wir heute essen würden, und wie viel Geschwister sie habe. Zweimal verlobt war sie auch schon gewesen, und letzte Weihnachten hatte sie ein schwarzes Kleid

bekommen – alles Nachrichten, für die wir eine rege
Teilnahme bekundeten. Denn auch unsere Mädchen waren sehr viel verlobt, und dann kam da doch nie was
nach, wie sie sagten. Damit trösteten wir denn auch Sophien, die darauf erwiderte, dass eben jeder Mensch seine Drangsale habe, eine Bemerkung, der wir mit Überzeugung beistimmten.

Denn wenn wir's recht bedachten, wir hatten auch unsere Drangsale. Was sollten wir eigentlich im Kloster, da
wir es doch so gut zu Hause hatten, wo die Kleinen so
lustig krähten, und die Großen uns wohl manchmal
pufften, uns aber niemals Reden hielten. Als Tante Emma nach einer Weile in die Küche kam, fand sie denn
auch Jürgen und mich auf dem Holzkasten sitzen und
weinen. Sophie aber hantierte am Herde herum und
schluchzte mit uns um die Wette. Sie könnte keinen
Menschen weinen sehen, erklärte sie; »und die kleinen
nüdlichen Dingers aufn Holzkasten, die haben so gräss-
liches Heimweh!«

Tante Emma hatte den Mund wieder voller Ermahnungen, aber diesesmal behielt sie sie doch für sich. Sie
nahm die »kleinen Dingers«, wischte ihnen die Tränen
ab und erzählte, dass es bald was gutes zu essen geben
würde. Und bald saßen wir auch am reichgedeckten Tische, aßen alle möglichen Herrlichkeiten, tranken Bi-
schof, und als die Abschiedsstunde für Vater schlug, ließen wir ihn gefassten Mutes ziehen, obgleich wir ihm
noch einmal zuflüsterten, er solle uns ja nicht zu lange
hier lassen.

Wirklich hatten wir mit unseren Tränen den Heimweh-
tribut bezahlt. Wohl kamen hin und wieder noch Au-

genblicke, wo wir uns nach Hause sehnten; aber wir hatten doch zu viel neue Eindrücke in uns aufzunehmen, als dass wir nicht immer vollauf beschäftigt gewesen wären.

Fräulein von Moldenwitt war sehr gut gegen uns. Sie hatte einen Hund, der Kule hieß, und an den sie den größten Teil des Tages dachte, mit dem sie spazieren ging, und dessen Wohlbefinden sie beseligte. Wenn Kule schlief, dann saß sie allein in der besten Stube und las sich selbst die Zeitung vor, mit zitternder, etwas lachender Stimme und ohne jede Interpunktion. Abends suchte sie dann manchmal für uns das aus, was sie für unsere Gemüter für das unschädlichste hielt, nämlich das Vermischte. Auch unser Großvater pflegte uns, solange wir denken konnten, etwas aus der Zeitung vorzulesen, meistens von Engländern und Franzosen: Wir waren also an stilles Zuhören gewöhnt. Das »Vermischte« Fräulein von Moldenwitts gefiel uns aber bei Weitem besser – besonders die Unglücksfälle. Ob dabei Feuer oder Wasser die Hauptrolle spielte, war uns ganz gleichgültig, wenn nur recht viele Menschen dabei ums Leben kamen. An den Vortrag der alten Klosterdame hatten wir uns bald gewöhnt, und sie fühlte sich geschmeichelt, dass wir ihr so andächtig zuhörten. Auf diese Weise bereicherte sich unser Wissen nach einer Richtung hin sehr, und wenn wir die Geschichten nachher wieder Sophien erzählten, so rief sie ein Oherrjeh! Über das andere. Aber auch Kule gewährte uns Zeitvertreib. Er durfte, nach Fräulein von Moldenwitts Behauptung, nie gebadet, sondern nur gebürstet werden. Wir mussten nun täglich mit ihm spazieren gehen, und da warfen wir ihn jedes Mal in den Bach, der das Kloster an einer Stelle durchschnitt. Seine Wasserangst, sein nachheriges Herumjagen und Fräulein von Moldenwitts Erstaunen, dass Kule wieder so geschwitzt habe, was er sonst nie tue, gewährten uns viel Vergnügen.

Sophie wusste um unser Geheimnis, aber sie verriet uns nicht, denn ihr war der Hund ein Gräuel. »So'n altes Tier wird so gehöscht [10] und is doch man ein alten Dorfteckel!«, sagte sie. »Weiß nich mal ein Unterschied zu machen! Neulich hat er an ein Tag Komtess Anna ihr Kleid zerrissen und den Postboten ins Bein gebissen, und das will ein feinen Hund sein. Was mein ersten Bräutgam sein Swiegervater von die zweite Frau her war, der hat 'nen richtigen, feinen, echten Teckelhund gehabt! Oh was ein Tier! Der is jetzt bei die Baroness Schilli, [11] und der beißt bloß die Postbotens und die Schornsteinfegers, der weiß, was sich gehört; Kule abers is zu gemein zu so was! Hat neulich ein richtigen Baron die Hose zerrissen, wo man doch bei solchen Herrschaften nich mal sehen muss, dass sie eine Hose anhaben! Und nachher is gnä Fräulein bloß besorgt gewesen, ob Kule auch nicht ein Stück Hosenzeug versluckt hätte. Das is zu doll! Geht ihr man hin und lasst ihm ein büschen swimmen, das is gut für ihm!«

Auch sonst fanden wir Gelegenheit, allerhand zu tun, was uns unterhielt. Es hatte etwas sehr gemütliches, in dem großen Klostergarten umherzustreifen und eigentlich alles tun zu können, was man wollte. Jedes Haus lag für sich und hatte wieder seinen eigenen, abgeschlosse-

---

[10] gepflegt.
[11] Julie.

nen Garten. Wir besuchten auch diese Privatgärten mit großer Unbefangenheit, ohne jemand um Erlaubnis zu fragen. Hin und wieder stießen wir dabei auf eine alte Dame, die uns erstaunt betrachtete, nach unserem Namen fragte, uns wohl auch etwas schenkte. Das war denn eine der vielen Klosterdamen gewesen, die wir niemals unterscheiden lernten. Einige waren Komtessen, andere Baronessen: noch andere gnä Fräuleins. Einige trugen braune, andere graue Strohhüte, sonst aber waren sie einander alle sehr ähnlich, und wir wussten nie, ob gestern Komtess Julie mit uns gesprochen hatte oder heute Baroness Adeline.

Tante Emma tadelte uns sehr ob dieser Gedächtnisschwäche und hielt uns öfter eine längere Rede, in der sie uns auseinandersetzte, es sei eine große Ehre für uns, von diesen vornehmen Damen überhaupt freundlich behandelt zu werden. Wir sagten natürlich »ja« zu diesen Ermahnungen, Sophie aber stand auch hier wieder auf unserer Seite. »Mensch bleibt Mensch!«, sagte sie, während sie kunstvoll ein Hähnchen spickte; »und Klosterdame bleibt Klosterdame. Bloß dass die einen ein Badienten haben und die andern keinen, das is der ganze Unterschied. Unser gnä Fräulein hat keinen Badienten, was den Dienst hier for mir sehr swer macht. Besonders im Winter. Denn es is nich gut, dass der Mensch allein sei; das hat unser Pastor auch gesagt, als vergangnen Jahr in unsre Klosterkirche 'ne Trauung war. Gott, wo war das schön! Christine, die Frau Prijörin ihr Kammerjumfer, mit'n Fremden aus Kiel! Ein feine Partie: ein Leichdornenoperatör und Zahnausreißer mit'n offnes Geschäft, und hatte noch gar kein einzige Frau vorher gehabt! Und Christine is doch gewiss in die Vierzigen gewesen. Aber wers Glück haben soll, der kriegts auch. Frau Prijörin hat die Braut sehr viel schöne Sachen geschenkt und nachher auch die Hochzeit ausgerichtet, und das ganze Kloster hat mit einmal von Christine gesprochen, was doch ne große Ehre war. Und der Bräutgam is auch dankbar gewesen und hat zu Frau Prijörin gesagt, wenn sie mal was an die Zähne oder die Füße hätt, so sollt sie man getrost zu ihn kommen. Er wollt allens gern besorgen und zum halben Preis; abers ich glaub nich, dass sie das annimmt. Sie is ordentlich stolz, und ihr Badienter auch, was ich gräsig von ihn finde, wo er doch nich mehr is als ich.«

Eines Tages rief mich Tante Emma, als ich gar keine Zeit hatte, ihrem Rufe Folge zu leisten. Ich baute nämlich gerade ein Kartenschloss für fünfundzwanzig frisch eingefangene Grashüpfer und konnte doch diese wichtige Beschäftigung nicht unterbrechen. Aber sie rief mich noch einmal, und als ich wieder bemerkte, sie müsse sich noch etwas gedulden, wurde Sophie geschickt, die mich bei der Hand nahm und sagte: »Komm man flink, die Ohlsch is bös!«

»Meine Grashüpfer laufen ja davon!«, jammerte ich.

»Ach, steck die man in Tasche und denn dein Taschentuch über! So – nu komm man flink!«

In der besten Stube saß eine der Klosterdamen und neben ihr Tante Emma. Die sah sehr böse aus, und meine Seele schrie nach Jürgen, der gerade im Nachbargarten die Kirschbäume untersuchte. Doch bewahrte ich äußerlich die nötige Unbefangenheit, denn mein Gewissen war in jeder Beziehung rein. Nun räusperte sich Tante Emma und begann in strengem Tone: »Bist du gestern in Baroness Fridas Garten hineingeklettert?«

»Nein!«, sagte ich.

»Hat Jürgen dort dem Gärtner einen Frosch an den Kopf geworfen?«

Ich schüttelte den Kopf.

»Und habt ihr beide Kirschen vom Spalier gestohlen?«

»Tante Emma, ergriff ich nun das Wort, die Geschichte ist nicht wahr. Ich bin nicht in den Garten hineingeklettert: Neben der Tür ist ein Loch, da bin ich durchgekrochen, und Jürgen auch. Und es war kein Frosch, den Jürgen dem alten Manne an den Kopf geworfen hat, es war eine Kröte. Ganz gewiss, es war bloß eine Kröte mit gelben Flecken! Und die Kirschen – die Kirschen waren furchtbar sauer, wir mochten sie gar nicht, es musste eine sehr schlechte Sorte sein!«

Obgleich also meine Unschuld sonnenklar vor Augen lag, kam doch eine gewisse Bangigkeit über mich. Es ist auch zu schwer, es allen Leuten recht zu machen. So zog ich denn mein Taschentuch heraus und wischte mir die Augen, ein Umstand, den die Grashüpfer schon lange erwartet haben mussten, denn sie sprangen alle hinter meinem Taschentuche her; auf die Tischplatte, auf den Fußboden, auf das Sofa, sodass sich die Klosterdame mit großer Eilfertigkeit empfahl. Sie war mit einem Mal gar nicht mehr neugierig, ob es ein Frosch oder eine Kröte gewesen wäre, die als Wurfgeschoss gedient hatte, und selbst Tante Emma überließ mir den Alleinbesitz der besten Stube und versparte ihre weiteren Bemerkungen auf später.

Bei dem Wiedereinfang der Grashüpfer half mir keine Menschenseele, ich bekam sie auch nicht alle wieder. Zwölf ganze und fünf halbe – mehr konnte ich trotz angestrengten Suchens nicht finden, und die fünf halben passten nicht einmal zusammen. Fräulein von Moldenwitt aber wollte von nun an die Zeitung nicht mehr in der besten Stube lesen, und auch Kule ward der Zutritt verweigert; sein teures Leben hätte ja durch die Grashüpfer gefährdet werden können! So sagte Fräulein von Moldenwitt, die in ihrer Unschuld nicht ahnte, dass Kule die Bekanntschaft der Grashüpfer durch unsere Vermittelung schon in ausgiebigster Weise gemacht hatte.

Ich glaube, dass für den Besuch des fremden Gartens und auch für die Grashüpfer unser eine Strafe harrte; wenigstens redeten die beiden Damen viel zusammen und schüttelten dabei die Köpfe, während sie von Kindererziehung sprachen. Auch las uns Fräulein von Moldenwitt eine Reihe von Unglücksfällen vor, in denen unartige Kinder regelmäßig starben. Aus welcher Quelle sie diese Geschichten schöpfte, weiß ich nicht, wir fanden sie aber sehr nett und baten sie dringend, uns noch mehr der Art mitzuteilen, ein Verlangen, das sie mit Verlegenheit zu erfüllen schien.

Aber sie und Tante Emma konnten sich nicht über die Art unserer Bestrafung einigen, und so unterblieb sie denn, wie uns Sophie endlich mitteilte. Sie buk gerade einen Pudding, und wir »schmeckten« mit großer Beharrlichkeit, während sie nach ihrer Gewohnheit redselig meinte: »Was wahr is, muss wahr bleiben: ein paar

Drivers [¹²] seid ihr, abers Jugend hat keine Tugend. Das hab ich auch zu gnä Fräulein gesagt, als sie mir um Rat fragte, was sie mit euch machen sollt. Gnä Fräulein, sag ich, lassen Sie die beiden man, wie sie sind, für anner Leute Kinder is man nich verantwortlich. Wenn man sie nun zum Beispiel hungern lässt, und sie denn krank werden, was denn? Oder einsperren? Du liebe Zeit – die stoßen mit'n Kopp an die Wände. Nee, gnä Fräulein, lassen Sie die Kinners man gewähren.« Dabei rührte sie triumphierend an der Fruchtsauce für den Pudding, während wir dieser interessanten Handlung mit Spannung zusahen.

Wir hatten die kleine Garten- und Grashüpfergeschichte bald wieder vergessen, und als Vater kam, uns abzuholen, tat uns der Abschied doch leid. Besonders Sophie verließen wir ungern, denn sie war sehr gut gegen uns gewesen und hatte uns mit allerhand Leckerbissen verwöhnt. Auch vom Klostergarten mit seinen Bäumen und Blumen, seiner Freiheit, seinem plätschernden Bach trennten wir uns schwer. Aber es musste geschieden sein, und wir hielten es für unsere Pflicht, jeder Klosterdame, der wir am letzten Tage noch einmal begegneten, Lebewohl zu sagen. Auch sonst hatten wir einige Freunde erworben und wurden überall mit freundlichen Worten entlassen. Selbst die Baroness, die uns verklagt hatte, schickte uns zum Abschiede noch ein Körbchen mit Kirschen, und als wir fortfuhren, stand Sophie weinend an der Haustür. Tante Emma hielt uns eine Rede, und Fräulein von Moldenwitt schenkte uns die letzte Zeitung mit einem prachtvollen Unglücksfall. Sie meinte, Papa solle

---

¹² Wildfänge.

uns die Geschichte unterwegs vorlesen, was er aber nicht tat. Wir hatten ja so viel zu erzählen, dass wir keine Zeit dazu fanden.

Da wir nicht denselben Weg nach dem Sunde zurückfuhren, kehrten wir auch nicht wieder in dem Wirtshause ein, wo wir übernachtet hatten, was wir sehr bedauerten, da uns Zephanjas Schicksal von Neuem einfiel und plötzlich wieder sehr am Herzen lag. Als uns jedoch versichert wurde, Zephanja sei entweder tot oder lebe noch, fanden wir uns mit Fassung in die Unbestimmtheit seines Schicksals.

Zu Hause angekommen, hatten wir sehr viel zu berichten, soviel, dass uns manchmal Schweigen geboten wurde. Später sollten wir in der Privatstunde einen kleinen Aufsatz über unsere Reise ins Kloster machen. Da erklärten wir wie aus einem Munde, dass wir gar nichts mehr von dieser Reise wüssten, und dass wir auch gar nichts erlebt hätten, weder Feuer noch Räuber noch sonst einen Unglücksfall. Herr Sörensen sah auch endlich ein, dass wir von dieser Reise nichts erzählen konnten. Seit der Zeit sprachen wir nur mit Vorsicht von der Klosterreise; sie wurde für uns selbst immer geheimnisvoller, aber je mehr sie in die Vergangenheit rückte, desto schöner erschien sie uns. Nur in der Dämmerung sprachen wir zwei noch oft vom Kloster, von den Gärten und ihren Blumen, von Sophien und ihrer Küche, von Kule und den Grashüpfern, und wenn dann Jürgen und ich in ein nicht zu bannendes Gelächter ausbrachen, sagten die großen Brüder: »Nun hört nur die dummen Kleinen, die lachen wieder über gar nichts!« Aber wir wussten wohl, worüber wir lachten; wir sagten es nur nicht.

Onkel Peter

Eine Geschichte aus Holstein

»Die Männers taugen nix!«, sagte Line und seufzte tief.

»Weshalb nicht?«, fragte ich, und die Gefragte schüttelte den Kopf.

»Nee, Fräulein; taugen tun sie nix, und wenn ich Sie erzähle, wie mich das gegangen hat, denn fragen Sie auch nich mehr, warum alle Männers gleichemang slecht sind!«

Sie seufzte noch einmal, und dann fing sie wieder an, sich ihrer Beschäftigung zuzuwenden, die sie eben unterbrochen hatte, und die aus Bohnenschneiden bestand.

Line war unsere Köchin und eine Perle ihres Standes. Erstens liebte sie ihre Herrschaft; eine Gefühlsanstrengung, der sich die meisten Köchinnen heutzutage nicht mehr unterziehen; zweitens kochte sie gut, und dann war sie ehrlich. Bei so viel Lichtseiten kann der Schatten nicht ausbleiben: Line gehörte nicht zu den schönsten ihres Geschlechts – sie war hässlich, und sie war alt. Ihr Herz aber hatte sich die Wärme der Jugend bewahrt, und – man hat diese Erscheinung ja manchmal – vielleicht waren ihre Gefühle mit den Jahren noch glühender geworden: kurzum, in ihrer knochigen, hageren Gestalt pulsierte warmes Blut.

Jetzt legte sie das Bohnenmesser von Neuem hin und stöhnte.

»Ja, wenn ich da an denken tu, was ich schon allens erlebt habe, Fräulein, und all die jungen Dinger kriegen Männers, und ich bleib sitzen, wo ich doch all das schöne Essen kochen kann: das is doch reinemang nich zu begreifen!«

Eben, gerade als ich in die Küche kam, war ein großer, vierschrötiger Mann weggegangen, der mit Line eine Unterredung gehabt hatte. Er sah nicht gerade nach einem Liebhaber aus; da aber Line merkwürdig verlegen und zerstreut war, hatte ich sie doch gefragt, was dieser Besuch bei ihr gewollt habe. Darauf war denn die Antwort erfolgt, dass die Männer alle nichts taugten. Nun war Line wieder an die Arbeit gegangen und schnippelte eifrig darauf los.

»Dass Onkel Peter noch einmal zu mich kommen mag, wo er mir doch so slecht mitgespielt hat, das is auch warrafftigen Gott nich zu verstehen. Das war nämlich Onkel Peter, der da eben aus die Küche ging. Kein richtigen Verwandten; ich nenn ihm abers Onkel, weil dass er den richtigen Onkel von die Swester von mein besten Freundin ihr Swager is. So gehört er doch in die Familie, und ich hab auch ehemals Vertrauen zu ihn gehabt, bloß dass er mir so anführte! Nu will er wieder mit mich anfangen; ich hab ihn abers gesagt, dass ich mich erst noch besinnen will!«

»Will dein Onkel Peter dich denn heiraten?«, fragte ich, und Line sah mich erstaunt an.

»O nee, da denkt er nich an, und ich auch nich. Denn er hat all die zweite Frau, und die is ganz gesund. Nee, auf Onkel Peter hab ich auch niemalen gerechnet!«

»Was wollte er denn mit dir anfangen?« forschte ich weiter, und Line nahm ein neues Paket Bohnen aus dem Korbe, der neben ihr stand.

»Es is von wegen das Heiraten, Fräulein. Onkel Peter is ja Fuhrmann und fährt das ganze Jahr auf die Landstraße. Da kriegt er ordentlich Menschen zu sehen: heute is er in Heilgenhaben und morgen in Oldenburg und Lüttenburg. Und weil er so viel Männers und Mädchen sieht, so macht er ein klein Geschäft daraus, fürs Heiraten zu sorgen. Und das is ein ehrliche Sache. Lieber Gott, wenn ich hier in Plön sitze, denn kann ich doch nich wissen, dass in Heiligenhaben ein Mann is, der ein Frau sucht. Und wenn in Neustadt ein Deern is, und in Oldenburg ein Mann, und beide wollen heiraten, so können sie sich das nich von'n Himmel abkucken; da muss Onkel Peter zwischen, der ihnen zusammenbringt. Ein Mark pro Person kost das man für sein Bemühungen, und wenn es was wird, dann muss man noch ein Mark extra bezahlen!«

»Wenn Onkel Peter so gut für das Heiraten sorgt, weshalb willst du ihm denn auch nicht eine Mark geben?«, fragte ich. »Du willst doch auch gern heiraten?«

Line seufzte herzbrechend.

»Das is es ja gerade, Fräulein. Ich hab ihn all fünfmal ne Mark gegeben, und nie und nimmer is es was geworden. Und bei das letzte Mal, da hat es mich so slecht gegangen; da läuft mich noch das Gräsen über, wenn ich da an denke!«

Ich hatte mich auf den Tisch vor Line gesetzt und sah sie so gespannt an, dass ihr melancholischer Gesichtsausdruck sich etwas milderte.

»For meinetwegen kann ich Sie das erzählen, Fräulein«, sagte sie, eifrig weiter schneidend. »Denn ein Mundvoll Snack is for mir mein Lebtag ne gute Medizin gewesen und hat mich das Herz leichter gemacht. Abers auslachen dürfen Sie mich nich – das kann ich nich vertragen!«

Ich murmelte einige Worte, die wie ein Schwur klangen, und Line nickte.

»Ich weiß all. Nee, Sie lachen nich, und das is auch gut for Sie, weil ein jedes Mädchen doch gern heiraten will, und mits Lachen kann man sich sein Glück verderben. Besinnen kann ich mich da nich auf, abers ich muss ehedem doch auch was versehen haben, dass es mit mich und das Heiraten partuh nich glücken will. Mühe hab ich mich gegeben, dass es man so knackte, abers es half allens nich. Und Onkel Peter is auch gelungen gewesen. Einmal verzählt er mich was von ein Knecht, der in meine Jahrens is und eine Frau sucht. Da schreib ich denn ein Brief, ob er mich nich wollte, wo ich doch so tüchtig wär und auch was auf die Sparkasse hätt. Da schrieb er mich wieder, was mein Sparkassenbuch wär, das wollt er wohl nehmen, mir selbst abers wollt er nich auf zu. Was doch gar nich ein büschen freundlich war. Aber so sind die Männers.«

»Und was hat Onkel Peter denn nun so schlecht gemacht, dass du wieder mit ihm unzufrieden bist?«, fragte ich, und Line schüttelte den Kopf.

»Oh, du mein himmlische Zeit! Wenn ich da an denke,
denn könnt ich einen ganzen Tag weinen, bloß dass
mich das nich mehr hilft. Abers vorn halben Jahr, als es
passierte. Sie waren gerad nich hier, Fräulein, da hab ich
mir gar nich wieder verholen können. Das war so in Oktobermonat, als Onkel Peter da zu mich kam und sagte,
dass er ein Mann für mir wüsste. Ein richtigen guten
Mann sollt es sein und von Gewerbe Schaseewärter in
die Nähe von Neumünster, was ja bekanntlich ein schöne Gegend is. Onkel Peter sagt, dass Jochen Frey schon
ziemlich lang auf sein Heiratsliste stand, weil dass er
sich so langsam besinnen tat. Sein Frau war ihm nämlich
tot geblieben, was ja auch ein Mallöhr is. Und gesehen
hat Onkel Jochen Frey auch lang nich, weil dass er in die
Gegend von Neumünster nix zu tun gehabt hat; abers,
dass er heiraten wollt, das wusst er ganz genau, und das
war for mir natürlicherweise die Hauptsache. Ich gab
denn auch an Onkel Peter eine Mark, und denn kaufte
ich mich ein Traumbuch. Da stand ein, wenn man von'n
Sarg träumte, denn bedeute das eine Verlobung. In die
nächste Nacht träumte mich, dass ich von'n Heuwagen
herabfiel, was mich sehr weh tat, abers ein Sarg war nich
dabei. Und da las ich ins Wochenblatt eine Geschichte,
wo in stand: Träume sind Schäume. Worauf ich mich
vornahm, nich auf mein Traum zu achten, was ganz und
gar verkehrt gewesen is, wie Fräulein das auch sehen
werden. Onkel Peter hat mich versprochen, er wollt mal
nach Neumünster fahren und sich nach Jochen Frey umsehen, abers ein ganze Woche hört ich nix von ihm. Na,
das is ein lange Zeit, wenn man die Liebe ins Herz fühlt,
und als ich nu mein freien Sonntag hatte, kriegt ich das

mit die Unruhe. Denn Onkel Peter hat gesagt, er wüsst ein ganzen Berg Deerns, die Jochen Frey gern nähmen, was ich gewiss glaubte. Die meisten Mädchens sind ja so hinter die Männers her, dass es ein wahre Schande is. Wo das Wetter nu gut war, Sonnenschein und allens, dachte ich, es könnt nich schaden, wenn ich mir mal selbst nach Jochen Frey umsähe. Denn selbst is der Mann, und wenn Onkel auch in ganzen keinen slechten Gesmack hat, so is es doch auch gut, mal selbstens die Augen offen zu machen. So um die Kirchzeit bin ich denn die Schasee nach Neumünster entlang gegangen. Hatt mein dunkelblaues Kleid an, das mit'n Sampeinsatz, und mein Pallitoh, wo so große Knöpfens an sind. Mein Hut mit die dunkelroten Rosen auf is auch nich slecht, und alle Leute, die ich begegnet bin, haben nach mir gekuckt, was ich sie nicht verdenken kann. Denn wenn ich fein bin, mag ich mir selbst auch leiden.«

»Abers wie ich nu so for mir hingehe, denk ich daran, dass ich mir an den Schaseewärter auch nich wegsmeißen will. Das hatt ich nich nötig, wo ich achthunnert Mark auf die Sparkasse stehen hab und sechs Paar Tassen mit »Ich grattelier« auf und ein Gedeck mit zwölf Savjetten und sonsten noch viel Kram. Bei die Liebe muss auch noch die Vernunft sein, und daher sag ich mich noch allens vor, was Onkel Peter von Jochen Frey verzählt hatt. Das war ein Mann in die besten Jahrens, mit ein Kuh und ein Swein und drei Kindern. Ein Stück Weideland hatt er natürlicherweise auch und ein Garten. Na, das war denn ein ganz nette Stelle, wo ich hinkommen würde, und wenn ich mich auch dachte, dass wir zwei Sweine halten wollten, so könnt ich Jochen Frey das ja nahstens sagen. Denn mit zwei Sweinens kann man mehr anfangen, als mit einen, Fräulein, das is ganz gewiss. Und denn hat Onkel Peter auch noch gesagt, dass Jochen ein Platz auf'n Torfmoor hatt, wo er Torf stechen könnt – da dacht ich mich auch noch allerhand aus, was wir mit'n Torf anfangen wollten, und was wir für'n Preis nehmen konnten.«

»Bei diesen Gedanken ging das Gehn sehr schön, und ich merk das gar nich, dass ich all schon vier Stunden auf die Schasee nach Neumünster herumlauf. Das war nämlich ein tüchtigen Weg, bis dass ich nach Jochen Frey sein Haus kam, und wie ich mir ein büschen auf'n Schaseestein setz, um mir ein Momang zu verpusten, kommt aus'n Redder ein Mädchen anspaziert, das ich kennen tu. Ich hab mit sie mal zusammen in ein Haus gedient und konnte ihr nie ausstehn. Abers snacken musst ich natürlicherweise auch mit sie.«

»Na, Nike«, sag ich, »wo kommst du denn her?«

»Von Hause!« sagt sie ganz snippsch, und denn steh ich auf, und wir gehn zusammen.

»Sie war hellschen fein. Ein rotes Kleid mit grünem Samp besetzt, ein Hut mit'n blauen Sperling auf, und übern Jackett hatt sie Krallen mit'n Bernsteinfloß. Nee, so was Prachtvolles hab ich lang nich gesehen! Fräulein, Ihr bestes Kleid is da gar nix gegen! Nike is nämlich ihr Lebtag so for die irdische Pracht gewesen, wornach ich ganz und gar nich verlangen tu, weil ich mein Gedanken bei der Sparkasse hab. Abers merken sollt sie doch, dass ich direktemang in'n Ehestand reinging, wenn ich auch kein Sperling auf'n Hut trug, und so sag ich denn so ganz verloren for mich hin, dass ich mich freuen tät.«

»Wo über freust du dir?«, fragt Nike, und ich lach.

»Ja, wenn das man wüsstest, klein Deern!«

»Ich freu mich auch!«, sagt sie ganz kurz. »Wo über denn?« musst ich nu fragen, »weil ich doch glasig gern wissen wollt, was sie vor hatt.

Da kuckt sie mir so'n büschen höhnisch an.

»Ich freu mir, dass mein Hochzeit bald is!«

»Da musst ich ein Augenblick stehn bleiben und Luft holen. Natürlicherweise freue ich mir, wenn alle Menschen auf die Welt es gut haben und ein Mann kriegen. Ich bin ein Christenmensch und weiß, was ich mich schuldig bin. Abers dass Rike nu auch grade Hochzeit machen will, das war so'n Gefühl, als hätt ich ein Slag vorn Kopp gekriegt. Merken lassen wollt ich mir abers nix und mach ein freundlich Gesicht, was mich ein büschen sauer ankam.«

»Willst denn jemand heiraten, Rike?«, frag ich mit'n ganz sanfte Stimme, und da ich stehn bleib, is sie auch stehn geblieben und lacht.

»Ja, mein Line, wenn ich Hochzeit mach; denn muss da woll ein Person mehr bei sein!«

»Ich krieg auch einen Mann. In allernächster Zeit!« sag ich, und Nike nickt mich zu.

»Das freut mir, Line! Das wurde auch Zeit; abers, was lange währt, das wird gut! Ich hab noch neulich zu mein Mutter gesagt: Pass auf, Mutter, die alte Line kriegt auch

noch 'n Mann! Da is kein Pott so schief, da passt ein Deckel auf! Ich grattelier dich auch vielmals!«

»Wie sie so sprach, da stickte ich beinahe vor Dollheit,
Fräulein; abers ich nahm mir zusammen. Denn Nike ihr
Spitzigkeit war bloß Neid. Ihr Bräudgam hatte gewiss
kein Kuh und kein Swein.«

»Wie sie so sagt, dass sie mich grattelierte, da grattelier
ich sie auch, und sie sagte: Vielen Dank! und denn gingen wir weiter.«

»Nu hatte ich woll Lust, ihr nach ihren Bräudgam zu
fragen, weil es ja sein konnte, dass er, wie Jochen Frey,
in die Nähe von Neumünster wohnte. Abers da sie kein
Wort von ihm sagte, wollte ich nich zeigen, dass ich mir
was aus ihren Bräudgam machte. Kein einmal haben wir
zusammen gesnackt, bis dass wir in die Nähe vons
Schaseehaus kamen. Ich kannt es gleich, denn es war
ganz, wie Onkel mich das beschrieben hatte. Ein rotes
Dach hat es und zwei Bäum vor die Tür und ein Kuhstall an die eine Seite. Nu war es schon Nachmittag, und
ich fühlt mir flau, weil dass ich doch gar kein Essen um
mein gewöhnliche Zeit gekriegt hatt. Da kam auch so'n
Art Rührung über mir, denn es war doch mein neue
Heimat, das ich zun ersten mal seh, und ehe ichs mich
versehe, laufen mich die blanken Tränens die Backen
hendal. Rike sah es nich. Sie stand still und kuckte sich
den Kuhstall an.«

»Da muss ein neues Dach auf!«, sagte sie. Nu slug ich
meine Augen da auch hin und sah, dass sie Recht hatte.
Auf meinen und Jochen Frey seinen Kuhstall wollt ich
abers doch nix kommen lassen.

»Ich find das Dach noch sehr gut«, meinte ich; »und ich find auch, um ander Leut ihr Kuhställe brauchst du dir nich zu kümmern!«

»Rike macht ein ganz dummes Gesicht, und ich will noch sagen, dass jederein vor sein eigen Tür fegen soll – da kommt mit einmal ein Einspänner von die andre Seite angefahren! Oh, du Herrjemineh!«

Line hatte in steigender Erregung gesprochen und immer schneller geschnitten. Jetzt ließ sie aber plötzlich das Messer fallen und lehnte sich in ihren Stuhl zurück.

»Nee, Fräulein, weiter kann und kann ich die Geschichte nich verzählen. Is mich unmöglich! Oh, was hab ich nahstens geweint. In meine Tränens hätt man ein paar Handtücher waschen können!«

Es dauerte mehrere Minuten, ehe die Köchin sich entschloss, weiter zu sprechen, und erst meine Versicherung, ich würde sehr weinen, wenn sie mir die Geschichte nicht zu Ende erzählte, bewog sie, ihre Seufzer zu unterbrechen und wieder zum Bohnenmesser zu greifen.

»Nee, Fräulein, um mich sollen Sie nich weinen. Da will ich kein Schuld zu haben, denn da wird noch oft Gelegenheit zu sein, dass Sie betrübt sind. Liebe Zeit, ich sollt das Leben nich kennen! Das wird Ihnen auch noch mal hart anfassen, abers wünschen will ich Sie, dass es nich so slimm wird wie mit mich. Das war rein zu doll, und ich hatt gleich die Ahnung von was Sweeren, als der alt Einspänner kam, und ich das Pferd gleich direktemang erkannte. Denn es war das Butterpeerd von den Meierhof, wo ich ehemalen gedient hatt. Ein Frauensperson, die ich auch ganz gut kenn, und die allein auf den Einspänner sitzt, hält den Wagen an, steigt ab und bindt das Peerd an'n Baum fest, was nu eigentlich nich nötig war. Denn das alt Krack musst an die dreizigen Jahrens sein, was für'n Menschen ja noch furchtbar jung is, für'n Peerd abers nich mehr das beste Alter is. Und nun wollen Sie woll wissen, Fräulein, wer das Frauensmensch war, die auf den Einspänner gesessen hatt? Das war die Meiersch auf denselbigten Hof, wo ich einstens gedient hatt, und wo auch das Peerd her war. Sie war all ihr Lebtag wenigstens fufzehn Jahrens älter als ich gewesen, und hatt nu ein weißen Kapottenhut mit Liljen und Veilgen auf'n Kopp, und um ihr flatterte ein lila Kleid mit'n Sleppe.«

Ich steh und kuck ihr an, und Rike bleibt auch stehn, und die Meiersch wird uns gewahr und steuert auf uns zu.

»Nu, Deerns, wat hebbt jü hier to dohn?«, fragt sie, und denn fällt sie das ein, dass sie fein sein will und hochdeutsch snacken muss. Und sie kriegt aus'n Wagenkasten ein Fächer raus und fächert sich, was warrafftig nobel aussah, wenn es in Oktobermonat auch ein büschen kalt fürs Fächern is.

»Nun, mein Line, sagt Meiersch nu zu mich, was führt dir denn in die Natur? Bist du nich in die Stadt bedienstet?«

»Ja, Meiersch, sag ich, ich dien in die Stadt, wo es mich soweit nich slecht geht, bloß dass jedwerein mal ein klein Veränderung haben muss!«

Sie nickt ein büschen von oben herab. »Na, denn geht man weiter, und ich wünsch euch einen pläsierlichen Tag!«

Da lacht Rike aus vollen Hals. »Vielen Dank, Meiersch; weiter geh ich abers nich. Ich steh auf die Liste und will mal zun Schaseewärter rein und mich die ganze Geschichte ankucken. Wenn er zu viele Kinners hat, denn will ich mir noch besinnen!«

Mich wurd es swarz vor Augen, und ich fang an zu bewern, gerad wie ich jetzt bewer; abers ich nehm mir zusammen, gerad wie ich mir jetzt zusammennehme, weil dass ich Fräulein allens zu Ende verzählen will.

»Rike«, sag ich, »auf wen sein Liste stehst du?«

»Auf Onkel Peter sein, natüllicheweise. Das is noch ein weitläufigen Verwandten von mir. Die Swester von sein Frau hat den Bruder von mein Kasine ihr Mann geheiratet, und ich nenn ihm Onkel. Er is Fuhrmann und besorgt das Heiraten für'n Mark à Person.

Ich will gerad sagen, dass ich doch noch näher mit Onkel Peter verwandt bin, und dass er mich eher mit'n Mann bedenken muss als Rike, da fängt die Meiersch auf einmal an ganz laut zu sprechen. Wir stehn alle drei vorn Schaseehaus, und ein Mann kommt aus die Haustür, der so'n büschen ängstlich aussieht. Er trat kurz mit'n rechten Bein, und sonsten schien er mich auch nich weiter hübsch. Denn was seine Nase sein sollte, das war ein klein feuerroten Punkt ins Gesicht, und Haare auf'n Kopp halt er auch nich mehr.

Die Meiersch is ganz snell auf ihn losgegangen.

»Sünd Sie der Schaseewärter Jochen Frey?«, fragte sie.

Er nickt mit sein kahlen Kopp und macht den Mund offen, weil er gern was sagen will; sie slägt ihm abers mit die Hand auf'n Rücken.

»Na, denn is gut! Onkel Peter hat mir gebeten. Ihnen zu heiraten, und ich will es denn auch woll tun. Wo veel Kinner sind dor, und die Kuh is doch wohl frischmelkend, sonsten –«

Jochen Frey räuspert sich und halt den Kopp ganz auf die eine Seite. Nahstens hab ich gehört, dass er swerhörig war und deshalb nich allens verstand.

»Abers« – sagt er nu, und denn räuspert er sich noch einmal und hinkt ein büschen von die Meiersch weg. Die aber kriegt ihn beim Arm.

»Was hast du zu abern?«, schreit sie. »Ick will di, und du willst mi! Lass mir ins Haus!«

»Abers« – sagt Jochen noch einmal, und sein Nase wird ordentlich weiß vor inwendigen Schrecken, »abers – dat geiht nich – mit den besten Willen geiht das nich!«

Er hat sich an die Wand von sein Haus gedrückt und fängt an ganz furchtbar zu switzen.

»Warum geiht dat nich?«, fragt Meiersch. Sie is ganz rot ins Gesicht geworden und zieht ihre Handschens aus, was swer war, weil dass sie von weißen Glazeeleder waren. »Ich hab all lang mit Onkel Peter gesnackt, der mich Jochen Frey sein Adresse gab, als ein Mann, dem sein Sinn nach'n Ehestand gerichtet is. Fünf Meilen bin ich heutigen Tages gefahren, weil ich allens in Ordnung bringen wollt. Eher konnt ich nich kommen, weil dass wir so spät Erntebier hatten, und ich auch sonstens von ein Mann wusst, der mir vielleicht heiraten wollt. Da kam abers was zwischen, und das wurde nix. Nu abers will ich nich wie ein Narr hier stehn! Herein in die Stube, Jochen!«

Bei dieser langen Rede hatte sie sich endlich die Handschens von die Fingers gerissen und slenkert ihnen vor Jochen seine Nase rum, dass er anfängt zu zittern.

»O du liebe Zeit, sagt er, ich tät es ja gern. Ganz warrafftig, wenns denn nich anders sein kann, denn tät ich's; und nehmen Sie's man bloß nich übel, dass es nich angeht. Was mein Bruder sein Swiegervater is, der is schon einmal bei die Türken gewesen – mit'n Damper von Hamburg aus –, und der sagt mir all neulich, dass es bei die Leute angeht. Denken kann ich es mich ja nich so recht, dass viele Männers sich zwei oder drei Stück nehmen, weil dass es ja ein gräsigen Spektakel geben muss – verzählt is mich das abers, und wenn ich nu dor wohnte und –«

Meiersch wurd doll. »Jochen, halt dein Mund und lass mir ein. Ich will mich das Haus ankucken, und von die Türkens weiß ich rein gar nix. Bloß dass da türksche Pflaumens wachsen, die nich ümmer gut smecken!«

Und sie kriegt Jochen an die Schultern, und weil dass er kurz tritt und ein büschen swach auf die Beinen is und auch an'n ganzen Leibe bewert, so war sie direktemang in sein Haus gekommen, bloß dass Rike mit einmal ruft: »Oh, herrjeh, wer kuckt denn da aus'n Fenster? Das is ja mein beste Freundin von vergangen Jahr: das is ja Grete Sneider!«

»Das is min Fru!,« sagt Jochen Frey, und Meiersch, die schon beim Türdrücker is, kehrt sich um:

»Din Fru? Was hast du mit'n Fru zu tun, wo du doch ein gottseligen Witwer sein sollst?«

»Es tut mich auch leid«, sagt Jochen und reibt sich sein Arm, den Meiersch vordem angefasst hatt. Onkel Peter hat mir auf sein Liste gesetzt, ohn dass ich ihm darum bitten tat. Leid tut mich der kleine Irrtum wirklich und warrafftig, abers sie meinten ja alle, ich sollt mich doch snell ein Frau wieder nehmen, weil dass ich sonstens kein Ruh hätt. Das is auch wahr. Von den Mädgens sind an die Stücker vierzehn schon bei mich gewesen und haben mir besehen. Kein ein hat mir abers so gekniffen, wie mich das eben passiert is. Sie sind nu all Nummer fufzehn, und wenn diese beiden Mädgens auch noch –«

Er kuckte uns an, ich abers wurde stolz.

»Nee, Herr Frey, sag ich, da sind Sie doch ein büschen im Irrtum. Ich geh man bloß nach Neumünster spazieren, und ein Schaseewärter is kein Partie vor mir, wo ich doch in die Stadt bei Herrschaftens diene!«

»Bei mich is das gerade so!«, ruft Rike. Ich bin hier man so ganz von selbstens vorbeigekommen und hab bei mich gedacht, dass ich mein Herrgott heut Abend noch danken wollt, weil dass ich nich hink! Wenn ich hier ein klein büschen lange stehn blieb, denn is das bloß, weil ich mich den Kuhstall ansah. So'n schrecklichen Stall hab ich noch nie und nümmer gesehen, und ich dacht bei mich, dass Sie außer die Swerhörigkeit vielleicht auch noch ein büschen an die Augens litten, weil dass Sie so'n öffentliche Schande sonsten doch woll nich mit ansehen konnten!«

Jochen Frey lachte, und da sah er ganz nett aus.

»Is wahr?«, sagte er. »In diese Zeit hab ich so viel Grobheiten gehört von all die Frauensminschen, die mir ansehen wollten, dass es mich auf'n paar mehr gar nich ankommen kann. Wer ein Sluck Kaffee haben will, der kann man zu mich eintreten, und ein Swager von mein Frau is auch in die Stube. Sein drütte Frau is letzthin gestorben, und er hat'n schönes Brot bei die Altona-Kieler Bahn. Hat Onkel Peter den noch nich auf sein Liste?«

»Fräulein, können Sie sich so was denken? Die Meiersch ist warrafftig mit Jochen Frey in sein Haus gegangen, und wir haben ihr noch lachen gehört! Das kann man doch bloß tun, wenn man gar kein Herz mehr hat, was ja wohl mit'n Alter fortgeht. Rike abers und ich sind Arm in Arm auf der Schasee nach Neumünster gegangen. Versweigen will ich es nich, Fräulein, dass ich zuerst furchtbar weinte, und dass Rike das auch tat. Sie sagte noch, dass Grete Sneider ihre beste Freundin gewesen war, und dass sie ihr niemalen hätt leiden können. Sie hatt sich auch falsch benommen bei diese Geschichte, das is ganz gewiss.«

»Ja, Fräulein, mehr kann ich nich verzählen, und ich freu mir, dass ich nu zu Ende bin. Denn es war gar nich schön in Neumünster, und nahstens musste Rike mit'n Eisenbahnzug zurück, und die Landpartie is mich teuer zu stehn gekommen. Rike ihre Korallenkette is man von Glas, und das Bernsteinsloss auch, und bei den blauen Sperling waren die Mottens all gewesen. Daher hatt sie ihm von die Putzmachersch billig gekriegt!«

Line atmete tief auf. Die Bohnen waren alle geschnitten, und sie hob die schwere Schüssel mitten auf den Tisch.

»So'n klein Snack tut doch wohl«, bemerkte sie. »Is mich grad, als wenn mein Herz ein büschen leichter geworden is, was natürlicherweise nich angehn kann – man denkt sich das abers!«

»Onkel Peter hat euch doch alle sehr angeführt«, meinte ich, »du solltest ihm nun nicht wieder glauben und ihm erst recht keine Mark geben.«

»O, ganz gewisslich nich!«, rief Line eifrig. »Wo sollt ich so'n Unsinn tun, wo ich all so viel Ausgaben hatt – auch das Traumbuch, Fräulein! Mein Traum abers, der mit'n Heuwagen, wo ich herabfiel, war doch wahr, und das Wochenblatt sagt: Träume sind Schäume! So kann sich jedwerein irren, das Wochenblatt und Onkel Peter! Irren is menschlich, sagt er mich heute morgen noch, und wenn er lange nich nach Neumünster gekommen is, denn kann er warrafftig nich wissen, dass Jochen nich mehr auf sein Liste gehört. Heut Nachmittag kommt er wieder, und da können Sie ganz gewiss sein – dass ich mir nich wieder so anführen lasse. Noch viel doller muss ich aufpassen, weil dass alle Männer nix taugen, und ich da nu so recht hintergekommen bin. Nee, ich geb ihm bloß ein Mark, wenn ich ganz gewiss bin, dass der Mann, den ich in'n Ehestand begleiten soll, nich hinkt und auch nich zu swerhörig is. Ein bessern Kuhstall muss da auch bei sein, und was ich würklich im Ernst mein: ein Frau darf er noch nich haben. Wenn ich da man aufpasse und mir nich leichtfertig anstelle, wenn ich was träume, denn wird Onkel Peter das woll noch mit mich glücken!«

Die Wiege

Als wir noch Kinder waren, hatten wir, wie die meisten unseres Alters, eine große Leidenschaft für das Spielen mit Sand. Dies ist nun eine sehr gewöhnliche Beschäftigung, und es verlohnt sich kaum der Mühe, davon zu reden. Wir aber bildeten uns ein, eine besondere Art Sandspiel zu haben. Die meisten Kinder graben auf einem Sandhaufen, der ganz beliebig irgendwo hingeworfen ist, in unserem elterlichen Garten aber befand sich eine große mit Sand gefüllte Kiste. Es war ein roh zusammengeschlagener Bretterverschlag; er hatte aber einen Deckel und war so groß, dass mehrere Kinder ganz bequem in ihm sitzen und spielen konnten, ohne sich gegenseitig zu hindern. Natürlich gab es hin und wieder im Sandkasten zwischen uns Geschwistern einen tüchtigen Streit, bei dem dann schließlich auch geweint wurde. Aber der Sand hatte außer allen anderen noch die gute Eigenschaft, dass er selbst die bittersten Tränen aufsog. Und wer erst so weit war, dass er dem von der Wange fließenden Tropfen wissbegierig nachsah und Nachforschungen darüber anstellte, wie tief er im Lande versänke, dessen allgemeine Stimmung konnte nicht mehr untröstlich genannt werden. Im Gegenteil: Nach einem großen Geheul wurden wir alle friedfertiger und liebevoller und spielten mit doppeltem Eifer.

Heute gibt es blasierte Kinder, die nichts mit einem Sandhaufen anzufangen wissen und höchstens einen Pudding aus Sand machen können. An einen Pudding dachten wir nun gar nicht. Den aßen wir in Wirklichkeit viel zu gern, als dass wir ihn durch eine ungenießbare

Nachahmung gewissermaßen entheiligt hätten. Aber wir bauten Festungen aus Sand, die sich besonders nach Regentagen durch eine dauerhafte Konstruktion auszeichneten. In unserem nordischen Klima regnet es manchmal fünfmal in der Woche, der Sand war also meist von sehr angenehmer Feuchtigkeit. Dann gab es aber noch ein Spiel, dem wir mit großem Eifer oblagen. Es war das Spiel des Begrabens.

Wir wohnten nämlich ganz dicht am Kirchhof, und wir verfolgten mit großer Aufmerksamkeit jede Beerdigung. In unserem Städtchen passierte im ganzen unendlich wenig; daher kam es wohl, dass eigentlich alle Leute eine Beerdigung als ein sehr angenehmes Fest ansahen und sie auch als ein solches behandelten. Im Hause der Leidtragenden gab es am Beerdigungstage immer sehr viel Gutes zu essen, und jeder Knabe, der singend vor dem Sarge herschritt, erhielt nachher Wein und Kuchen. Daher wurden diese Leichensänger, zwanzig oder vierundzwanzig an der Zahl, von vielen Menschen sehr beneidet. Sie machten sich auch sehr stattlich, wenn sie paarweise, das Gesangbuch in der Hand, laut und oft sehr falsch singend den Trauerzug eröffneten, und sie sahen alle so vergnügt aus, dass man unwillkürlich bei ihrem Anblick an Wein und Kuchen dachte.

Wir taten es wenigstens, wenn wir auf der Kirchhofsmauer standen, um den Leichenzug kommen zu sehen, und unsere Gedanken wurden erst von diesem Gegenstand abgelenkt, wenn mir Herrn Sörensen erblickten. Das war einer der Lehrer, der auch uns mit freundlicher Hand in einige Vorhallen der Wissenschaft führte, und zu dessen Ämtern es gehörte, mit den Leichensängern zu gehen. Ob er eine große musikalische Begabung hatte, weiß ich nicht; jedenfalls riss er den Mund so weit und zugleich so schief auf, dass wir ihn immer ganz außerordentlich bewunderten. Wir hatten unseren Herrn Sörensen überhaupt sehr gern, und wenn auch die großen Leute ihn nicht schön fanden, so war er doch in unseren Augen ein hübscher Mann, und sein ungewöhnlich großer Mund reizte uns zur Nachahmung. Aber es gelang uns nicht, den unseren so weit aufzureißen, wie er den seinen, und nur Milo konnte annähernd solche Töne ausstoßen, wie Herr Sörensen es beim Singen tat. Milo war das Rednertalent in der Familie. Er empfand manchmal das Bedürfnis, auf einen Stuhl zu steigen, sich schweigend umzusehen und dann wieder herunterzuspringen. Wir anderen liebten es nicht, öffentlich aufzutreten, und wenn Besuch kam, dann zerstoben wir in alle Winde. Nur Milo ging unaufgefordert in das Wohnzimmer und erkundigte sich teilnehmend bei den Fremden, wann sie wieder fortgingen. Mit seinen großen blauen Augen und seinen dunkeln Locken erwarb er sich viele Freunde, und unsere Dienstmädchen prophezeiten ihm eine große Zukunft. Da er nun wirklich Neigung hatte, mit lauter Stimme ernste Worte zu sagen, so war er es natürlich, der die Beerdigungen in und außerhalb der Sandkiste einzuleiten und auszuführen hatte. Wenn wir irgendein totes Tier, eine Maus oder einen Vogel, gefunden hatten, wurde es säuberlich eingewickelt und von meinem Bruder Jürgen und von mir auf einer kleinen Bahre getragen. Wir mussten auch dazu singen, während Milo ganz langsam hinter uns herschritt und nur von Zeit zu Zeit versuchte, seinen Mund ähnlich aufzureißen, wie Herr Sörensen, und zu schreien wie er. Es war wirklich sehr feierlich, und wenn wir an der Sandkiste angekommen waren und den Leichnam begraben hatten, dann fühlten wir uns stets in sehr angenehm gehobener Stimmung. Dass wir nach einer Weile den eben verscharrten Gegenstand wieder ausgruben und anderswo unterbrachten, versteht sich von selbst. Wir wollten nur das Fest der Bestattung feiern, weiter nichts, und der tote Gegenstand war uns gleichgültig geworden, sobald wir über ihm gesungen hatten. Manchmal allerdings vertrauten wir einen besonders hübschen Vogel gleich der Erde an und störten seinen Frieden später nicht mehr. Dann banden wir auch zwei Stäbchen zusammen und errichteten ein Kreuzchen an der Grabstätte.

Übrigens begruben wir nicht alle Tage. Es gab Zeiten, wo wir gar nicht an diesen angenehmen Zeitvertreib dachten, und wo uns die Sandkiste nur zum Festungsbau bestimmt zu sein schien – dann aber konnten wieder Wochen kommen, wo wir täglich eine Bestattung feiern wollten und es sehr bedauerten, wenn wir nicht einmal einen toten Käfer fanden. Milo war eines Tages sehr unangenehm berührt. Er hatte in Gemeinschaft mit uns einen toten Sperling bestattet und behauptete, über den Gartenzaun habe ein spöttisch lachendes Gesicht geblickt. Wir hatten nichts gesehen; er aber war in seiner feierlichen Stimmung beeinträchtigt worden und wollte erst wieder Beerdigen spielen, wenn unser Vater den Zaun um den Garten habe höher wachsen lassen. Er war noch in dem glücklichen Alter, wo er glaubte, dass die Väter alles können.

Am nächsten Tage spielten wir also nicht begraben, denn der Zaun war schon aus dem Grunde nicht gewachsen, weil es eben erst Frühling wurde, und die ersten Zweiglein sich nur ganz schüchtern grün zu färben begannen. Es regnete ganz fein, und wir saßen in unserer Sandkiste, deren Deckel wir so weit zugestellt hatten, dass wir nicht nass wurden. Eine große Festung war eben fertig geworden, und wir hatten sie mit vielen Soldaten besetzt. Diese Arbeit hatte uns müde gemacht, und wir sahen beharrlich in den Regen. Gibt es doch nichts schöneres, als mitten im Regen zu sitzen und doch nicht nass zu werden. Wenn dann nachher die Mutter vorwurfsvoll fragt: Aber Kinder, wo habt ihr in diesem abscheulichen Wetter gesteckt? Dann ist es ein sehr angenehmer Augenblick, sich in seiner ganzen unschuldsvollen Trockenheit zeigen zu können. Etwas nass ist man natürlich immer; aber das wird nicht gerechnet.

Wir saßen also im leise niederfallenden Regen, und wenn man nicht sprechen mag und nichts hört als das Tropfen des sich auf dem Sandkistendeckel ansammelnden Wassers, dann ist es ganz natürlich, dass die Augen sich von selbst schließen. Jürgen, Milo und ich ruhten uns also ein wenig von der Anstrengung des Lebens aus, fuhren aber bald alle drei hastig in die Höhe, denn eine laute Stimme rief plötzlich: »Hier!«, und etwas weiches flog mir an den Kopf.

Vor der Sandkiste stand ein größeres Mädchen und sah uns mit funkelnden Augen an. Aber ich achtete zuerst nicht auf sie, sondern blickte bewundernd auf einen kleinen grünen Vogel, der mir entgegengeworfen war. Er hatte einen krummen blauen Schnabel, und er war tot. »Hier!«, rief das Mädchen noch einmal, und ein zweites totes Vögelchen folgte dem ersten. Es sah genau so aus wie das andere, nur dass sein Schnabel weißlich gefärbt war. Vorsichtig nahm ich beide Tiere und legte sie nebeneinander. Milo rieb sich die Augen. Es gehörte zu seinem für die Öffentlichkeit bestimmten Talent, dass er sich immer schnell fasste.

»Grüne Sperlinge!«, sagte er wohlwollend. »Wo wachsen die?«, fuhr er fort, mit dem Finger über das schimmernde Gefieder fahrend.

Das Mädchen lachte gezwungen. »Du bist aber dumm, Kleiner!«, sagte sie, mit heißen trockenen Augen meinen Bruder ansehend. »Es sind ja Gesellschaftsvögel – kleine Papageien. Sie gehörten mir, und sie sind immer mit mir herumgezogen. Aber wenn einer von ihnen stirbt, dann kann der andere nicht leben. Gestern wurde Sidi krank und starb, und heute – – –« Sie stockte und kehrte sich hastig ab.

»Ihr sollt beide Vögelchen begraben«, fuhr sie nach einer Weile fort. »Gestern, als ich an euerm Garten vorüberging, habe ich über den Zaun gesehen. Da standet ihr und begrubt ein Vögelchen und sanget dabei. – Meine Vögel sollen auch mit Gesang begraben werden! Habt ihr mich verstanden?«

Sie hatte sehr schnell und in einem etwas fremdartig klingenden Deutsch gesprochen; dennoch wussten wir genau, was sie wollte, und fühlten uns nicht wenig geschmeichelt. Zwei so schöne Vögel hatten mir noch niemals begraben. Uns war überhaupt noch nie ein so ehrenvoller Auftrag geworden, und bis jetzt wussten wir auch niemand zu nennen, der unseren Gesang so schön gefunden hatte, dass er sich ihn bestellt hätte. Ohne ein Wort zu sagen, krochen mir alle drei aus unserer Kiste heraus, und Jürgens Tatendurst war so entflammt, dass er sein Lied bereits leise zu singen begann. Nur Milo bewahrte seine unverwüstliche Ruhe. Bei der Bemerkung des fremden Mädchen, dass sie über den Zaun gesehen habe, hatte er sie sehr ernsthaft angesehen; jetzt, als er außerhalb der Kiste stand, musterte er sie von oben bis unten.

Du bist mal komisch angezogen, bemerkte er, und nun sah ich auch, dass unser Besuch nur ein Schoßjäckchen trug, aus dem ihre Beine, mit rosafarbenen schmutzigen Strümpfen bekleidet, lang herauskamen. Ihre Füße steckten in sehr abgetragenen hohen Stiefeln, und die ganze Erscheinung hatte etwas ungewöhnliches.

»Meine Mama trägt immer Unterröcke!«, sagte Milo im Tone höchster Missbilligung, und das Mädchen griff in seine dunkeln Locken.

»Dummer Kerl, was weißt du davon? Komm, begrabe meine Vögel!«

Aber auch in Jürgen und mir war die Wissbegierde erwacht, und Jürgen lachte nach kurzem Nachdenken plötzlich laut auf.

»Ach, nun weiß ich, wer du bist! Gestern hast du auf dem Marktplatz Seil getanzt und nachher auf dem Kopf gestanden! Ah – er atmete vor Entzücken tief auf –, du kannst ein Rad schlagen, was unser Turnlehrer niemals tun will, und wenn du Kreide auf deine Fußsohlen streichst, dann läufst du auf dem Seile wie auf der Erde!«

Milos Augen waren rund geworden vor ungläubigem Staunen.

»Ist das alles wahr?«, fragte er, und das Mädchen warf sich in die Brust.

»Gewiss – es ist wahr! Ich bin Atalanta, die Tochter der Luft. Pah – ich sage euch, ich kann alles, alles, alles!«

Ihre schlanken Glieder dehnten sich förmlich bei diesen triumphierend gesprochenen Worten, und es sah aus, als ob sie größer würde. Zum Glück hatte es aufgehört zu regnen; wir würden aber den stärksten Guss nicht bemerkt haben, so aufgeregt waren wir, so unverwandt hingen unsere Augen an den feinen Zügen des fremden Kindes. Milo kehrte zuerst in die Wirklichkeit zurück.

»Kannst du wirklich auf dem Seil herumlaufen?«, fragte er noch immer ein wenig zweifelnd, und als das Mädchen statt aller Antwort ungeduldig mit dem Kopfe nickte und sich einige Mal um sich selbst drehte, da machte er ein sehr schlaues Gesicht.

»Auf dem Holzboden hängt die Waschleine – ich weiß es, denn ich habe heute Morgen noch daran geschaukelt. Komm mit nach oben und zeige mir, wie man auf dem Seile läuft! Dann will ich nachher deine Vögel begraben!«

Atalanta lachte über diesen Vorschlag, aber sie schien ihn nicht unvernünftig zu finden, und Jürgen und ich waren sehr von ihm begeistert. Wir hatten nur einmal aus der Entfernung ordentliches Seiltanzen gesehen, und auch Atalanta war gestern von Jürgen nur durch eine

Zeltspalte beobachtet worden. Dass uns auf unserem Holzboden plötzlich ein ungeahnter Kunstgenuss bevorstand, machte uns förmlich beklommen, und wir suchten unserer Verlegenheit dadurch Herr zu werden, dass wir die Fremde mit großer Eilfertigkeit in unseren Stall führten und mit ihr eine steile Treppe ohne Geländer hinaufkletterten. »Wie alt bist du?«, fragte Milo, der die rosafarbenen Beine Atalantas noch immer mit Grauen betrachtete.

»Das weiß ich wirklich nicht genau,« lautete die nachlässige Entgegnung. »Zwölf Jahre vielleicht – vielleicht dreizehn oder vierzehn!«

Milo schüttelte den Kopf. »Jedermann muss wissen, wie alt er ist!«, bemerkte er strafend. »Hat dein Vater denn nicht in seine Bibel geschrieben, wann du geboren bist?«

Sie schüttelte den Kopf. »Einen Vater habe ich gar nicht, nur einen Onkel, und der schlägt mich manchmal. Ich aber werde es ihm heimzahlen!« setzte sie mit flammenden Augen hinzu.

»Das tue nur!«, rief Jürgen wohlgefällig. »Von Onkeln braucht man sich nicht schlagen zu lassen. Und hier kannst du Seil tanzen!«

Wir waren auf dem sogenannten Holzboden angelangt, wo wir an Regentagen oft lange spielten. Es war hier auch sehr gemütlich, schon des halben Dämmerlichtes wegen, das eigentlich immer auf dem Boden herrschte. In einer Ecke lag geschlagenes Holz, in einer anderen, durch einen Vorhang abgetrennt, standen einige Möbel, die in den Zimmern keine Verwendung mehr fanden.

Hier stand ein altes Korbbett, das unsere Hauskatze als ihr ausschließliches Eigentum betrachtete, und in dem wir öfters kleine Kätzchen fanden, und hier waren noch mehr Sachen, mit denen wir oft und gern spielten. Ein großes Seil hing aufgespannt zwischen zwei Balken, und beide Brüder stürzten eilfertig darauf zu, um es noch fester zu ziehen. Atalanta sah ihnen lachend zu, und dann wanderte sie neugierig, die Arme übereinandergelegt, auf dem Boden umher. Bald stand sie in der Möbelecke, wo der Vorhang zurückgeschlagen war, und betrachtete aufmerksam einen Gegenstand, auf den aus einem kleinen Bodenfenster gerade das Tageslicht fiel. Es war ein Gestell, in dem ein winziges Gitterbettchen hing.

»Was ist das?«, fragte sie, und ich sah sie überrascht an.

»Das kennst du nicht? Das ist unsere Wiege!«

»Eure Wiege? Was bedeutet das?«

»Was das bedeutet?« Mein Erstaunen hatte einen so hohen Grad erreicht, dass mir die Worte fehlten. Hastig sah ich mich nach Hilfe um.

»Jürgen, Milo! Sie weiß nicht, was eine Wiege bedeutet!«

Die beiden ließen die Untersuchung des Seiles fahren und stellten sich neben das Seiltänzermädchen.

»Was weißt du nicht?«, fragte Jürgen mit dem Ausdruck solcher Betroffenheit, dass Atalanta ganz rot wurde.

»Dummer Junge«, murmelte sie, sich halb abkehrend. Und doch wandte sie sich im nächsten Augenblicke wieder um und tippte das Bettchen an, dass es leise schaukelte. Milo hatte sich auf einen Stuhl gesetzt und nickte ernsthaft.

»Ich dachte es mir gleich«, sagte er. »Du weißt nicht viel. Sonst müsstest du auch wissen, dass Mädchen Unterröcke tragen!«

»Hast du denn niemals kleine Geschwister gehabt?«, fragte Jürgen, und Milo machte eine abwehrende Handbewegung.

»Lass sie, Jürgen. Sie ist dumm – ich habe es gleich gedacht. Sonst würde sie ja wissen, dass unsre Wiege für die kleinen Kinder da ist.« Er richtete seine ernsthaften Augen auf Atalanta, die unbeweglich vor ihm stand und ihn starr ansah. »Für die ganz kleinen Kinder,« wiederholte er. »Der liebe Gott schickt sie, und sie gehören ihm. Mama aber macht sie groß. Augenblicklich haben wir keine ganz kleinen Kinder – ich denke mir aber, dass der liebe Gott bald wieder eins schicken wird!«

Milos Redefluss war erschöpft, und er schwieg. Das große Mädchen stand noch immer unbeweglich und sah bald ihn, bald die Wiege an. Dann seufzte sie tief auf.

»Ich habe noch nie eine Wiege gesehen«, sagte sie, halb entschuldigend, »und auch keine kleinen Geschwister gehabt. Wir ziehn immer herum, von einem Ort zum andern, da – –

»Da wird Euch der liebe Gott natürlich keine Kinder schicken«, meinte Milo. Seine Stimmung war milder geworden, weil er so ungestört sprechen durfte. »Kleine Kinder müssen ganz still in der Wiege liegen und dürfen nicht reisen. Ihr könntet ja auch vergessen, sie mitzunehmen!«

»Ich würde ein Kind nicht vergessen!«, rief Atalanta ungestüm. Wieder stieß sie die Wiege an und verfolgte mit den Augen ihre Schwingungen. »Wie hübsch sie ist!«, murmelte sie, und Milo nickte befriedigt.

»Ich habe auch darin gelegen!«, sagte er. »Es ist sehr, sehr lange her, ich weiß es aber noch ganz gut. Es war sehr schön!«

»Gewiss!« Das Seiltänzermädchen seufzte plötzlich, und Milo sah sie teilnehmend an. »Willst du die Wiege vielleicht geliehen haben? Mama erlaubt es gewiss! Vielleicht legt der liebe Gott ein kleines Kind hinein!«

Milo gehörte zu den Naturen, die mit Vorliebe fremdes Eigentum verschenken oder verleihen, und deshalb fühlte sich Jürgen veranlasst, hier einzuschreiten.

»Milo, die Wiege gehört dir gar nicht, und Mama verleiht sie nicht; wir brauchen sie selbst!«

»Nein, es geht nicht!« gab Milo nach kurzem Besinnen zu. »Die Kinder, die in diese Wiege kommen, die gehören uns. – Willst du aber nun nicht auf dem Seile laufen?«, fragte er ungeduldig. Da aber schlug die nahe Kirchturmuhr fünf, und Atalanta fuhr aus ihrem Nachdenken auf.

»Es geht nicht – heute habe ich keine Zeit mehr! Wir haben heute noch eine Vorstellung da darf ich nicht fehlen. Ich bin die Beste in der Gesellschaft!« setzte sie stolz hinzu.

»Aber die Vögel!«, rief ich, und sie nickte hastig.

»Morgen komme ich wieder!« Noch einmal stand sie
einen kurzen Augenblick vor unserer Wiege – dann war
sie die Treppe hinuntergehuscht und verschwunden.

Als wir wieder vor dem Sandkasten standen und die
toten Papageien sahen, wurde Milo enthusiastisch. Er
wollte die grünen Sperlinge, wie er sie fortwährend
nannte, einzeln beerdigen und jedes Mal ein großes Fest
dabei veranstalten. Er wusste verschiedene Freunde, die
sich durch eine Einladung sehr geehrt fühlen würden,
während Jürgen durchaus wissen wollte, was unsere
Hauskatze zu den grünen Vögeln sagen würde. In dieser
Hinsicht war Milo durchaus nicht wissbegierig, und es
gab zwischen den beiden Brüdern eine kleine Mei-
nungsverschiedenheit, die damit endete, dass Jürgen
den größten Sittich entführte, während Milo laut über
die Ungerechtigkeit eines Schicksals jammerte, das ihm
nur einen Vogel, und zwar den mit dem weißen Schnabel ließ. Meine eigenen Ansichten waren in dieser Angelegenheit sehr geteilt. Eine feierliche Beerdigung hatte
großen Reiz für mich. Wenn ich mir aber unsere ehrbare
alte Hauskatze in wildem Erstaunen vor einem grünen
Sperling vorstellte, dann hatte auch dieser Gedanke seine Anziehungskraft. Ehe ich mich entschlossen hatte,
welchem Genuss ich mich zuwenden sollte, erschien,
durch Milos laute Klagen angezogen, unser Kindermädchen. Beim Anblick seiner Tränen schmolz ihr weiches
Herz vollständig.

»Komm, mein klein Jung! Wer hat dich was getan? Is
Jürgen all wieder unartig gewesen?«

»Ich will – ich will alle beide begraben!«, schluchzte
Milo, der, wenn er bedauert wurde, doppelt so lange

weinte als gewöhnlich. Vom Begraben wollte Line aber nicht viel wissen.

»Sweig doch still von das alte Begraben! Da mag ich nix von hören! Hier is es wirklich ein ganz guten Dienst, wenn man bloß das Begraben nich wär, was ihr all Tage vor habt. Gott in hogen Himmel, als wenn wir nich alle längstens früh genug in die Erde kommen.«

Unter diesen Ermahnungen führte sie Milo mit sanfter Gewalt davon, und sein Vogel lag im Sandkasten, ohne dass er sich um ihn kümmern durfte.

Auch an mich war die Aufforderung gestellt worden, mit Milo zu kommen und »artig zu sein«. Zu dieser Beschäftigung, die mir vom letzten Mal her noch in eintöniger Erinnerung stand, verspürte ich gar keine Lust, und ich schlüpfte eilig aus der Gartentür. Ohne ein eigentliches Ziel im Auge zu haben, lief ich über den Kirchhof in die Stadt hinein und blieb erst stehen, als ich auf dem Marktplatz angelangt mal. Hier standen die Überreste eines Zeltes, aber nur die Überreste. Stangen, Latten und einige Fetzen schmutziger Leinwand. Hier konnte Atalanta doch keine Vorstellungen geben! Betrübt und nachdenklich ging ich um das Zeltskelett herum und erblickte plötzlich meinen Bruder Jürgen, auf dessen Gesicht dieselbe Enttäuschung geschrieben stand, die mein Herz erfüllte.

»Gestern war es hier viel hübscher«, berichtete er. Im Zelt lag eine rote Decke, und es war ein ordentliches Zelt! Wo sind die Leute geblieben?

Ja, wo waren die Akrobaten geblieben? Auf dem ganzen Marktplatz befand sich kein Mensch, der uns hätte

Aufklärung geben können, und enttäuscht gingen wir wieder nach Hause. Hier empfing uns Milo triumphierend. Ein Onkel war da gewesen, der ihm zwei Bankschillinge geschenkt hatte, eine Spende, die Milo sofort zum Ankauf von Pfeffernüssen verwandt hatte.

»Allen, die hier in der Stube waren, habe ich etwas abgegeben«, bemerkte er, stolz auf seine Freigebigkeit. Einige Pfeffernüsse lagen noch vor Milo, und wir betrachteten sie mit räuberischen Blicken. Als er uns aber mitteilte, dass er an allen geleckt habe, damit keiner sie ihm wegnähme, zogen wir uns grollend zurück. Die Geschichte von den grünen Vögeln und dem Mädchen mit den komischen Beinen hatte Milo natürlich auch schon so oft erzählt, dass ihm von den älteren Brüdern nachdrücklich Stillschweigen geboten wurde. Also konnten Jürgen und ich nichts Neues mehr berichten, und deshalb ergaben wir uns an diesem Abend einem finsteren Schweigen, das nur hin und wieder durch die höhnische Bemerkung unterbrochen wurde, es fiele uns nicht ein, jemals wieder mit Milos Hilfe jemand zu beerdigen. Über Nacht ändern sich die Ansichten, und als ich am anderen Morgen den grünen Gesellschaftsvogel noch in der Sandkiste liegen sah, erinnerte ich mich einer Pappschachtel, die sich sehr gut als Sarg für die Vögel eignen würde. Jürgen hatte den Versuch mit der Hauskatze und dem grünen Sperling nicht ausführen können, weil die Katze nicht zu finden war. So waren denn die beiden Unzertrennlichen auch im Tode wieder vereinigt.

Es war ein herrlicher Frühlingstag, und meine Stimmung war ebenso glänzend wie der wolkenlose Himmel. Da schlenderte ich also die Landstraße entlang, um für das bevorstehende Bestattungsfest einige Blümchen zu pflücken. Ich wusste einen Platz, wo die ersten Frühlingsblumen ihre Köpfchen aus der Erde heraussteckten, und dorthin lenkte ich meine Schritte, als mir Fritz Bünnau mit seinem Wägelchen begegnete. Fritz gehörte zu unserem nächsten Freundeskreise, obgleich er mindestens sechzig Jahre älter war als wir. In der Nacht sollte er über unsere Stadt wachen und tat es so eifrig, dass er, wenn Feuer ausbrach, kaum zu erwecken war, und am Tage beschäftigte er sich mit Landwirtschaft. Er hatte ein sehr altes Pferd, das Paul hieß, und einen Kastenwagen, und diese Equipage wurde manchmal von der städtischen Verwaltung benutzt.

Als Fritz Bünnau mich kommen sah, hielt er Paul an und fragte, ob ich mit ihm in die Stadt fahren wollte. Da ich nun schon einige Blümchen gepflückt hatte, nahm ich sein Anerbieten mit Freuden an, obgleich diese Art der Beförderung viel langsamer war, als wenn ich gegangen wäre.

»Wo bist du denn gewesen, Fritz?«, fragte ich, während ich auf der schmalen Bank neben meinem Freunde Platz nahm.

Er antwortete nicht gleich. Sein Paul wollte nämlich nie wieder von der Stelle, wenn er stand, und es dauerte eine ganze Weile, ehe er sich zum Weiterziehen entschloss. Einige energische Hott und Hüh von Fritz verfehlten aber schließlich ihre Wirkung nicht. Paul entschloss sich kopfschüttelnd zum langsamsten Schritt, und Fritz konnte meine Frage beantworten.

»Ich hab man die Bagasche fortgebracht – per Schub!«, sagte er bedächtig.

»Was ist das?«, erkundigte ich mich, denn meinem Wortschatz waren die Bezeichnungen Bagage und Schub bis dahin fremd geblieben.

Fritz rieb sich das linke Ohr, was bei ihm großes Nachdenken bedeutete.

»Bagasche is Bagasche,«, sagte er dann. »Du musst nich so dumm fragen, Kind. Und wenn der Burmeister zu mich sagt: Bünnau, schaffen Sie mich das Pack mal über die Stadtgrenze, dann is das per Schub. So wie es mit'n Seiltänzerspack war, die aufn Marktplatz rumklabasterten. Sie hatten kein Schilling Geld und was uns' Burmeister is, der is da gleich hinter gekommen. Gestern Abend hat er die Komedi schließen lassen, und heute Klock sechs hab ich ihnen fortgebracht. Ihn und ihr und die kleine Deern!«

»Atalanta!«, murmelte ich. Aber Fritz verstand mich nicht.

»Ich weiß auch gar nich, was das bedeutet, wenn ein Mann aufs Seil tanzt!«, sagte er vorwurfsvoll. »Da kann doch nix bei rauskommen und is nich mal ein Pläsihr. Und da kann man auch noch bei fallen und zu Mallöhr kommen. Nee nee, auf die Erde is das sicherer. Und nu steig man ab; nu bist du gleich zu Haus!«

Paul stand mit Freuden still, und ich stieg schweigend vom Wagen. Denselben Tag feierten wir die Beerdigung der grünen Vögel in sehr ernster Stimmung. Milo sang herzzerreißend, während Jürgen und ich feierlich eine buntbeklebte Schachtel trugen. Wir hatten auch allen

Grund, ernsthaft zu sein, denn es ist nicht angenehm, eine Bekannte zu besitzen, die per Schub von Fritz Bünnau über die Stadtgrenze gebracht worden war. Trotz Fritzens Erklärung wussten wir noch nicht ganz genau, was das Wort per Schub bedeutete, und das erhöhte seine Unheimlichkeit.

Deshalb begruben wir Atalantas Vögel sehr eindringlich und schaufelten ein kleines Grab für sie. Aber unser Garten erschien uns nicht weihevoll genug, wir gingen auf den Kirchhof. Dort stand hart an der Kirchenmauer eine riesige Trauerweide. Sie beschattete ein verwahrlostes Grab, an das sich allerhand sonderbare Geschichten knüpften. Auf diesem Platze begruben wir die Vögel und mit ihnen die Erinnerung an Atalanta. Nur Milo sprach noch einige Mal von ihr, und zwar immer, wenn mir auf dem Holzboden spielten. Er stellte sich dann vor unsere Wiege und sah sie lange starr an, und als wir fragten, was er habe, sagte er: »Sie hatte sehr lange Beine, und sie sagte, dass sie auf dem Seile laufen könnte. Aber sie kannte nicht einmal unsre Wiege.«

*

Jahre waren vergangen. Ich wanderte mit einem Freunde über die Heide Nordschleswigs. Er war alt, und ich war jung; daher gingen unsere Ansichten sehr auseinander. Er sagte, es sei gut, wenn alle Menschen stürben, und noch besser, wenn keine mehr geboren würden. Noch mehr derartige und sehr schreckliche Dinge behauptete er, und da ich nicht so gelehrt sprechen konnte, wie er, und für meine wachsende Bestürzung nicht einmal einen logischen Grund anzugeben vermochte, so behielt er in allen Stücken recht, und seine Miene wurde immer zufriedener. Denn er gehörte zu den Männern, die die Frauen verachten und doch ohne ihre antwortlose Gegenwart nicht leben können. Nach einem sehr langen Marsch war ich müde geworden, und als wir uns dem einsam liegenden Häuschen eines Waldwärters näherten, meinte mein Begleiter, er wolle mir ein Glas Milch besorgen. Wahrscheinlich empfand er ein flüchtiges Mitleid mit meiner bedrückten Stimmung und griff zu dem Mittel, mit dem so viele Männer weibliche Wesen beruhigen wollen, zu Essen und Trinken.

Das Häuschen lag am Rande eines Tannenwaldes, der noch nicht lange in den Sandboden gepflanzt zu sein schien. Die Bäume waren noch jung und sahen aus, als wenn sie sich nicht an die Heide gewöhnen könnten. Die Wohnung des Waldwärters war aber neu und frisch. Sie lag in einem kleinen Garten, und als wir die mit Land bestreute Hausflur betraten, empfingen wir gleich den Eindruck einfacher Behaglichkeit. Eine schlanke, sauber gekleidete Frau trat uns entgegen. Freundlich hörte sie unser Begehr und führte uns in ein kleines, zu ebener Erde liegendes Zimmer. Hier schien die Nachmittagssonne in die blanken Fenster, und mit großem Behagen setzten wir uns beide auf die gescheuerten Holzstühle.

Es war ganz still in der Stube, und mein Begleiter gähnte. Er sagte, die Ruhe täte ihm gut; er wisse nur nicht, warum hier eine so wunderbare Stille herrsche – ich aber ging auf den Zehenspitzen in die dämmerigste Ecke des Zimmers. Da stand eine verhängte Wiege, und als ich den Vorhang leise lüftete, erblickte ich ein schlafendes Kind. Es hatte beide Händchen an seinen rosigen Kopf gepresst und schlief so eifrig, dass ihm die Schweißperlen auf der Stirn standen. Jetzt trat die Frau ein und brachte zwei Gläser Milch und kräftiges Landbrot. Als sie mich bei der Wiege stehen sah, lachte sie ein wenig, und ihre schwarzen Augen funkelten.

»Ist er nicht reizend?«, fragte sie, und ich nickte. Mein Begleiter gähnte noch einmal, und dann sagte er, er wolle vor der Tür sitzen und eine Zigarre rauchen. Es war ihm entschieden unheimlich bei uns. Als er gegangen war, sah ich mir noch einmal die Wiege an. Es war ein Gitterbettchen, das zwischen zwei Ständern hing, gerade so wie bei unserer alten Hauswiege. Ehe ich aber eine Bemerkung machen konnte, kam die Frau mir zuvor.

»Ist es nicht eine hübsche Wiege?«, fragte sie stolz. »Gerade so habe ich sie mir gewünscht seit langen Jahren, und gerade so wollte ich sie haben! Das war nun einmal eine Idee von mir!«

Sie hatte sich mir gegenüber gesetzt, und ich sah sie nachdenklich an. Irgendetwas an ihr kam mir bekannt vor, ich wusste aber nicht, was es war. Vielleicht war es ihre sich etwas überstürzende Sprache, die merkwürdig gebildet für eine Frau in ihrer Lebensstellung klang, vielleicht waren es ihre blitzenden Augen. Als sie meinem prüfenden Blick begegnete, errötete sie ein wenig.

»Komme ich Ihnen vielleicht auch bekannt vor?«, fragte sie. »Wir leben hier still, und ich sehe so wenig Menschen; dennoch haben mir schon etliche Leute gesagt, dass sie mich schon einmal gesehen hätten. Lieber Gott, das ist nun nicht zu verwundern. Wenn man, wie ich, in allen kleinen Nestern herumgezogen ist und sich produziert hat, dann müssen die Leute einen ja gesehen haben!«

Eine längst verblasste Erinnerung stieg in mir auf – ehe ich sie aber in Worte kleiden konnte, hatte die Frau die stumme Frage meiner Augen verstanden und lächelte.

»Jawohl, Fräulein, sehen Sie mich nur recht an, ich bin Künstlerin gewesen, Künstlerin!« Sie wiederholte das Wort mit einem gewissen Stolz. »Es war wohl schön auf dem Seil zu tanzen oder im Trapez zu schwingen und dann zu merken, dass die Zuschauer mich bewunderten; aber der Onkel sagte immer, das rechte Künstlerblut fehlte mir doch. Ich war nicht dafür geschaffen, von einer Stadt in die andre zu ziehn, ohne irgendwo warm zu werden. Die Wiege hatte mich verdorben!«

Sie sah mit stolzem Lächeln in die Ecke.

»Ja, Fräulein, das glauben Sie nun wohl nicht, dass solch ein Möbel auf unsereins Eindruck machen kann, und doch ist's so gewesen, und wenn Sie zuhören mögen, so will ich Ihnen die Geschichte erzählen. Böses ist nicht dabei, und ich bin immer anständig geblieben, trotz der Hüpferei auf dem Seile und all dem Elend, was drum und dran war!«

Die Erzählerin hatte sich leicht in ihren Stuhl zurückgelegt und sah einen Augenblick sinnend vor sich hin, ehe sie fortfuhr zu sprechen. Das Kind in der Wiege lachte im Traum, und seine Mutter dämpfte die Stimme.

»Ich weiß gar nicht, wie wir in das kleine Städtchen gekommen sind, von dem ich erzählen will. Es ging uns gerade über alle Maßen schlecht, und der Onkel meinte, er wolle es dort einmal versuchen. Wie alt ich war, kann ich nicht sagen. Jedenfalls spürte ich deutlich, wie arm wir waren, denn meine Mutter und ich weinten oft darüber. Und in diesem Städtchen, wo fast niemand zu unsern Vorstellungen kam, starben auch noch meine Gesellschaftsvögel. Ein alter Kunstreiter hatte sie mir einmal geschenkt, und ich liebte eigentlich nichts auf der Welt so sehr wie sie. Nun waren sie tot, und als ich in unserm elenden Seiltänzerzelt saß und weinte, da war ich so unglücklich, wie nie vorher in meinem Leben. Dann kam noch eine Sorge. Wohin sollte ich mit den toten Vögeln? Auf dem gepflasterten Marktplatz konnte ich sie doch nicht begraben, und sonst wusste ich keinen Platz. Da fiel mir etwas ein. Am Tage vorher, als ich auf eigne Hand einen Spaziergang durch die Stadt machte, hatte ich neugierig in einen Garten geblickt. Da standen drei Kinder, und die begruben einen Vogel. Sie sangen sehr laut dabei und sahen sehr andächtig aus.

Konnte ich diese Kinder nicht bitten, dass sie meinen Vögeln ein Grab gruben? Was mir so durch den Kopf ging, habe ich immer gleich ausgeführt. Nach wenig Minuten war ich schon über den Gartenzaun geklettert und suchte die Kinder. Ich fand sie bald. Sie saßen alle drei in einem Versteck und schliefen ganz fest. Ich weckte sie ohne Weiteres, und sie schienen sehr erstaunt über mich. Aber sie waren sehr neugierig und wollten, dass ich ihnen erst etwas vortanzen sollte, ehe sie meine Vögel begruben. So kamen wir auf einen großen, dämmerigen Bodenraum, und dort stand eine Wiege, wie ich sie jetzt selbst habe. Damals aber kannte ich sie nicht und wusste auch nicht, wozu sie diente. Wo hätte ich ganz kleine Kinder sehen sollen? Da wunderten sich die drei

Kleinen sehr über mich, wie über ein Wundertier. Und einer von ihnen sagte allerlei von seiner Wiege, vom lieben Gott, von der Bibel. Ich aber hatte von allen diesen Dingen niemals etwas gehört!«

»Atalanta!«, murmelte ich, und die Frau nickte.

»Gewiss – so nannte man mich. Es war ein schrecklicher Name, und ich lernte ihn bald hassen. Am andern Tage ließ uns der Bürgermeister aus dem Stadtgebiet bringen, weil mein Onkel keine Mittel hatte, uns zu ernähren, und meine Vögelchen, die ich den Kindern gelassen hatte, konnte ich nicht mehr begraben helfen. Sie werden sie aber in die Erde gelegt haben, denn sie hatten es versprochen. Ich habe so oft an diese Kinder denken müssen. Es kam mir so friedlich bei ihnen vor – ganz anders als bei uns in unserm Zelt. Ich hatte vorher niemals darüber nachgedacht, dass es Kinder gäbe, die ein andres Leben führten als ich selbst – nun wollten diese mir nicht mehr aus dem Sinn!«

Die Frau atmete tief auf und strich sich das dunkle Haar aus der Stirn. »Es ist sonderbar zu erzählen«, fuhr sie fort, »die Wiege habe ich nicht mehr vergessen. Solche Wiege und ein kleines Kind darin zum Pflegen und Liebhaben – das musste etwas überirdisch Schönes sein! Und wenn ich von einem Fleck zum andern ziehn und überall seiltanzen musste, dann wurde ich immer betrübter, und das Vagabundenleben wollte mir nicht mehr munden. Und wie ich erwachsen war und manche Versuchung kam, ist es der Gedanke an die Wiege und die Kinder um sie herum gewesen, der mich bewahrt hat. Denn solchen Frieden, wie ich damals gesehen hatte, den gibts nur für reine Menschen. Als mein Onkel plötzlich starb, war ich sechzehn Jahre alt. Meine Mutter ging zu einer andern Truppe; ich aber hatte von einer alten Dame gehört, die an dem Ort, wo wir uns gerade aufhielten, wohnte und sehr gut sein sollte. Ich ging zu ihr und sagte ihr, wie ich das Seiltänzerleben satthabe und gern etwas andres anfangen wolle. Da hat sie mithilfe andrer guter Menschen für mich gesorgt, mich in eine Schule geschickt, dass ich das Notdürftigste lernte, und mir später einen guten Dienst verschafft. Den habe ich dann behalten, bis ich meinen jetzigen Mann kennenlernte und heiratete. Es ist einsam hier, besonders im Winter; aber er ist gut gegen mich, und seitdem der liebe Gott mir meinen Jungen in die Wiege gelegt hat, weiß ich nicht, wie ich dankbar genug sein kann!«

Leise bewegte sich gerade jetzt die Wiege, denn der Kleine war erwacht und stieß einige Töne des Behagens aus. Ich wollte soeben Atalanta erzählen, dass wir ihre Vögel sehr schön begraben hätten, da steckte mein Begleiter den Kopf in die Tür.

Er war schlechter Laune, denn er hatte sich bei seiner einsamen Zigarre gelangweilt. Jetzt fragte er, ob ich nach Hause wollte, oder ob ich hier zu übernachten gedachte. Da musste ich denn eilig mit ihm davongehen und konnte der Frau nur noch freundlich die Hand schütteln. Vielleicht war es auch besser, dass sie mich nicht erkannte.

Auf dem Heimwege aber hatte ich das große Wort, denn ich erzählte meinem Begleiter die Geschichte von Atalanta und von unserer Wiege, und er hörte mir ganz still zu. Wahrscheinlich ist ihm eingefallen, dass er ehemals auch in einer Wiege gelegen hatte.

Geburtstag

Wenn man älter wird, ist der Geburtstag nicht mehr das schönste Fest, das man feiern kann; ehemals aber, als wir noch Kinder waren, gab es nichts Besseres, als den Tag festlich zu begehen, an dem wir das Licht der Welt erblickt hatten. Wir durften eine Kindergesellschaft haben, die um vier Uhr nachmittags mit Schokolade und Kuchen begann und um acht mit Butterbrot und Glühwein endete. Glühwein! Noch heute werden wir Geschwister begeistert, wenn wir an den Glühwein denken, den unsere Mutter mit unübertrefflicher Kunst bereitete. Er bestand aus viel Wasser, etwas Rotwein, Nelken und Zucker und wurde aufgekocht. Wir hatten einmal einen Gast aus der Großstadt, der uns erzählte, dass er schon Champagner getrunken hätte. Auf diese Heldentat bildete er sich etwas ein. Wir aber fragten ihn, ob er schon jemals Mamas Glühwein gekostet hätte. Er musste die Frage verneinen, und darauf erklärten wir, dass er überhaupt von Wein gar nichts verstünde, wenn er unseren Glühwein nicht kennte.

Ja, solch ein Geburtstag mit Schokolade und Glühwein war herrlich; aber man hatte an diesem Tage doch auch seine Aufregungen. Nämlich die, dass man nicht ganz genau wusste, was die Eingeladenen einem schenken, und ob sie auch etwas schenken würden. Man tat natürlich, als wäre einem die Gabe ganz einerlei, als freute man sich nur über die Anwesenheit des geliebten Freundes; im Stillen rechnete man aber doch schon aus, ob man wohl ebenso viel Geschenke bekäme, wie man Spielgenossen eingeladen hatte.

Und was war es wohl, das sie, sauber in Papier gewickelt, auf den Geburtstagstisch legten? Man sah natürlich nicht gleich nach, man spielte den Unbefangenen und sprach vielleicht sogar vom Wetter, wie die Großen immer taten – dann aber riss man doch mit eiligen Händen eine Papierhülle nach der andern ab, während der Geber dicht dabei stand und meistens erzählte, wie viel das Geschenk gekostet hätte. Es waren keine Unsummen, die ausgegeben wurden – manche brachten auch eine Gabe, die schon durch die halbe Stadt als Geschenk gewandert war, und die meisten schenkten eine Papeterie.

Das war ein großer buntbedruckter Umschlag, in dem sich drei bis vier mit Vergissmeinnicht und Rosen geschmückte Briefbogen, ebenso viel Kuverts und einige Gummioblaten befanden. Es war ein hübsches Geschenk, wie Herr Metzger uns versicherte. Der handelte nämlich mit Papeterien und andern schönen Dingen, und er verstand es ausgezeichnet, uns die Nützlichkeit dieser Sachen eindringlich vorzustellen. Deshalb freuten wir uns auch immer, wenn wir eine Papeterie bekamen; als ich aber einmal an meinem Geburtstage zehn erhielt, da weinte ich doch ein wenig, und es bedurfte des Zuredens meiner gesamten Familie, um mir wieder die schöne Fassung zu geben, die ein Geburtstagskind nötig hat. Aber seit dem Tage ärgerte ich mich doch, dass mein Geburtstag gerade in die Zeit fiel, wo Herr Metzger Ausverkauf zu halten pflegte, und im folgenden Jahre machte ich wochenlang vorher in meinem Freundeskreise bekannt, dass ich noch immer mehr als genug Papeterien hätte.

Ebenso ernsthaft, wie wir die Frage der Geschenke für
uns selbst auffassten, beschäftigten wir uns auch mit
dieser Angelegenheit, wenn wir einen Freundesgeburts-
tag mitfeiern sollten. Sobald die Einladung erfolgt war,
quälten wir uns mit dem Gedanken, was wir schenken
könnten. Gewöhnlich hatten wir kein Geld, um eine An-
schaffung zu machen, und so galt es also zunächst die
nötigen Schillinge herbeizuschaffen. Wir hatten gottlob
einen guten Großvater, und an ihn wandten wir uns
meist in unsern Sorgen. Zwar mochte er nicht um Geld
gebeten werden und behauptete auch, wir feierten jede
Woche einen andern Geburtstag; aber nachdem er tüchtig gewettert hatte, steckte er doch die Hand in die Tasche und fragte verdrießlich, wie viel wir haben wollten.
Und da er häufig kein Kleingeld hatte, und wir uns mit
der größten Bereitwilligkeit anboten, in den nächsten
Laden zu laufen, um wechseln zu lassen, so schenkte er
uns für diese Mühe auch manchmal noch eine Kleinigkeit obendrein.

Eines Tages war ich ganz besonders vergnügt. Großvater hatte mir auf mein stürmisches Verlangen einige
Schillinge für ein zu kaufendes Geburtstagsgeschenk
gegeben, und Herr Metzger mir einen Federkasten so
billig verkauft, dass ich noch etwas Geld übrig hatte.

»An dem Kasten hab ich Schaden!«, sagte Herr Metzger, indem er das betreffende Stück vorsichtig einwickel-
te. »Der kostet mich selbst eine Kurantmark; aber weil
du es bist, bekommst du ihn fast geschenkt. Nun wickle
ihn nur nicht wieder aus!«

Mit dieser Ermahnung entließ er mich, und ich lief
nach Hause, um sofort meinen billigen Schatz wieder

auszuwickeln. Denn wozu macht man Geburtstagsgeschenke, wenn man sie nicht einmal gründlich besehen
darf? Der Geburtstag meines Freundes war überhaupt
erst morgen – ich hatte also genügend Zeit, meine Gabe
zu mustern und das Geburtstagskind durch einige geheimnisvolle Andeutungen sehr neugierig zu machen.

Der Kasten war wirklich hübsch, blank und zierlich.
Auf dem Deckel stand »Souvenir«, ein Wort, das mir
dunkel war, und das ich deshalb sehr schön fand. Als
ich aber diesen Deckel öffnen wollte, fand es sich, dass
das nicht ging. Ich mochte zerren und reißen, schieben
und drücken, alles half nichts, und betrübt starrte ich auf
den mir von Herrn Metzger so billig überlassenen Gegenstand. Da kam der Propst des Weges gegangen. Ich
saß nämlich vor der Tür unseres Hauses und begrüßte
alle Vorübergehenden, natürlich auch den Propst, einen
ganz besondern Freund der Familie. Er war ein großer
Herr mit freundlichem Gesicht, der immer sehr gut gegen uns war.

»Was hast du denn da?«, fragte er, und ich zeigte ihm
meinen Federkasten, den er alsbald in die Hand nahm,
um an dem Deckel zu zerren. Seinen kräftigen Fingern
gelang, was ich nicht erreicht hatte: Der Deckel flog ab;
aber der ganze Kasten ging aus dem Leim.

Ich schrie vor Entsetzen, und auch der Propst erschrak.
Aber das wollte er natürlich nicht merken lassen, und er
lachte gezwungen. Nun nun, nicht so hitzig! Wie kannst
du so schreien, nur weil der dumme Kasten entzwei-
geht! Das schickt sich nicht!

Ich war gewohnt, ausgescholten zu werden, wenn Erwachsene in meiner Gegenwart etwas verkehrt angriffen; aber ich musste doch meinem Herzen Luft machen. Den Kasten sollte Heinz Behrens haben, wimmerte ich. Ich habe es ihm heute schon gesagt, und morgen soll er ihn kriegen!

»Heinz Behrens? Wird der nicht morgen zehn Jahre alt?« fragte der Propst, der das Alter seiner sämtlichen Gemeindekinder, der alten und der jungen, im Kopfe hatte, und der es ihnen oft aufs Unbarmherzigste sagte. Aber ich hörte nicht auf seine Frage.

»Was soll ich ihm nun schenken?«, stöhnte ich. »Ich hatte noch sechs Bankschillinge, aber ich habe mir gerade Schokolade gekauft!«

»Wie kannst du nur so naschhaft sein!«, schalt der Propst, der verdrießlich geworden war. »Sieh mal, wenn du das Geld noch hättest, dann würde ich dir auch etwas dazu geben, und du könntest einen neuen Kasten kaufen!«

»Dieser war ja neu!«, erklärte ich, und der alte Herr betrachtete ihn nachdenklich. Dann seufzte er erleichtert.

»Ich will ihn dir wieder zusammenkleben, und du holst ihn morgen früh bei mir ab. Mein Leim ist gut, und er wird dann wie neu.«

Mit diesem Versprechen ging er davon und steckte die Trümmer des neuen Federkastens in die Tasche. Ich bedachte mich einen Augenblick, ob ich weinen sollte oder nicht; da aber gerade unsere große Hauskatze mit einem Hunde angebunden hatte und ihn ohrfeigte, so vergaß ich über diesem Anblick allen Kummer dieser argen Welt.

Aber den Federkasten vergaß ich deswegen doch nicht, und der folgende Morgen sah mich in sehr früher Stunde in der Propstei. Dort wurde noch die große Diele gescheuert, und das Mädchen erklärte, der Herr Propst sei noch nicht zu sprechen. Als ich dann nach einigen Stunden wieder vorsprach, hieß es, ich dürfe den Herrn nicht stören, er sei bei seiner Predigt. Ich war in großer Betrübnis, denn nun hatte die Uhr schon neun geschlagen; ich musste bald in die Lernstunde und hatte später wenig Zeit, herumzulaufen und ein Geschenk zu kaufen, selbst wenn ich mir das Geld dazu erjammert hätte. Nachdenklich ging ich über den Kirchhof, an den das Haus des Propstes grenzte, und als ich mich hier auf den grünen Erdwall setzte, der den Friedhof von der Straße trennte, liefen ganz von selbst einige Tränen über meine Wangen.

»Was weinst du?«, fragte eine Stimme neben mir.

Der Sprecher, ein kleiner dicker Mann mit rotem Gesicht, stand plötzlich bei mir, und ich sah ihn ganz erschreckt an, weil ich ihn gar nicht bemerkt hatte.

»Was weinst du?«, fragte er noch einmal, und ich schluchzte tief und lange. »Heinz Behrens Geburtstag ist, und da – ich konnte nicht weiter vor Schmerz. Der Fremde zog ein rotes Taschentuch hervor. »Na, wisch dich mal ab! Ist das denn schlimm, wenn Heinz Behrens Geburtstag ist?«

»Ich wollte ihm ja etwas schenken!«, erklärte ich, und dann breitete ich das Taschentuch aus und betrachtete es unter Tränen und doch mit Entzücken. Es war auch ein wunderbares Taschentuch. Zwei Schiffe waren darauf abgebildet, die beide in Flammen standen, und in der Luft flogen Menschen herum.

Der Mann sah mir wohlgefällig zu. »Nicht wahr? Is ein feines Tuch und ganzen rein, weil ich eigentlich niemalen ein Taschentuch brauch. Kannst dich gern mit die Nase putzen!«

»Weinst du denn nie?«, fragte ich, seine Erlaubnis mit Freuden benutzend.

Er lachte ein wenig. »Nee – dieses tue ich nicht mehr!« Manchmal sprach er nämlich richtig und manchmal verkehrt hochdeutsch.

»Ein feines Bild, nich?«, fuhr er fort und setzte sich neben mich. »Das is ›Krischan der Achte‹, der in die Luft fliegt, und das is ›Gefion‹. Weißt du, was ›Gefion‹ war? Das war auch ein Schiff, und die Leute, die hier oben fliegen, sind tot. Na, und nu verzähl mich mal, warum du weintest!«

»Ich habe ja kein Geburtstagsgeschenk!«, rief ich kläglich. »Heinz Behrens Geburtstag ist heute, und ich kann ihm nichts schenken!«

»Nun, freut Heinz Behrens sich nicht, wenn du ohne Geschenk kommst?«

»Wie sollte er das tun? Das tut niemand. Er steht schon auf der Straße, ganz weit von seinem Hause, und wenn einer kommt, der bei ihm eingeladen ist, dann schreit er ganz laut: »Nu man rut mit de Geschenkens!«

Ich weinte schon wieder. Der Gedanke, vor versammeltem Volke mit leeren Händen zu kommen, schien mir unerträglich. Dann erzählte ich die Geschichte vom Federkasten, und der fremde Mann hörte mir teilnehmend zu. »I, so kuck mal an! Der Propst hat dein Kasten entzwei gemacht und macht ihn nicht wieder heil! Da soll doch ein Donner einslagen!«

»Er macht seine Predigt!«, entschuldigte ich: Der andre zuckte die Achseln. »Da hat er nich viel Arbeit von«, sagte er. »Lauter Bibelsprüche und Gesangbuchverse. Das kann unsereiner auch! Sag ihn das man von mich, wenn du ihm wieder siehst!«

»Wie heißt du denn?«, fragte ich.

Mein neuer Freund schob an seiner blanken Wachstuchmütze. »Wie? Du kennst mir nich, und ich bin doch Kaptein gewesen! Kaptein von die Brigg ›Helene‹ aus Glückstadt. Abers ich mochte nich mehr – da is mich zu viel Verdruss bei die Segelei heutzutage – da wollt ich mir lieber ein büschen ausruhen!«

Es schlug vom Turm halb zehn, und ich fuhr in die Höhe. »Ich muss in die Stunde und habe kein Geschenk für Heinz!«, rief ich kummervoll, aber der Kapitän legte seine braune Hand auf meinen Arm.

»Komm du heut zu mich! Auf'n Norderende, Nummer dreiunddreißig. Da kannst mir besuchen um den Glockenslag drei, und wenn ich dich denn nich ein Geschenk geb, was du mit Fug und Recht verschenken und vergeben kannst, denn will ich nich Friedrich Franz Weber heißen. Komm man, und denn lass das Weinen!«

Punkt drei Uhr stand ich vor einer kleinen, sehr grell-grün bemalten Haustür, die zur Hälfte offen stand. Es war noch eine von den Türen, die aus einer oberen und einer unteren Hälfte bestanden. Da konnte man, wenn man den unteren Flügel schloss, bequem aus der Haustür sehen, ohne dass sie doch geöffnet war, und konnte sich außerdem behaglich auf sie stützen. Kapitän Weber sah auf diese Weise aus der Tür. Er war in Hemdärmeln und trug eine rotkarierte Zipfelmütze. Als er mich erblickte, öffnete er die untere Tür.

»Nun komm man ein! Gut, dass du gekommen bist. Der alte Kaptein ist auch keiner von den Leuten, die zuerst was versprechen und dann gar nichts halten. Wenn ich ja sage, denn meine ich auch ja!«

Er lobte sich noch eine Weile, und ich blickte mich inzwischen um. Auf der kleinen, mit roten Ziegelsteinen belegten Diele sah es auch bunt genug aus. An der Wand prangten nicht allein Bilder von Schiffen verschiedener Art – von der Decke hing ein großer, ausgestopfter Fisch herunter, der das Maul weit geöffnet hatte und sehr durchdringend roch. Dazu lagen auf einem Wandbrett eine Reihe von schönen rosaroten und weißen Muscheln, die auf beiden Seiten von ausgestopften Vögeln bewacht wurden.

»Magst du es leiden?«, fragte der Kapitän, und ich nickte, während ich doch etwas zweifelhaft den großen Fisch betrachtete.

»Nu, was möchtest du dann wohl haben?«, fragte Friedrich Franz Weber, behaglich seine Zipfelmütze von dem einen Ohr auf das andere rückend, und ich sah mich noch einmal um.

»Den Fisch will ich nicht!«, erklärte ich dann nach einigem Besinnen. Ich glaube, Heinz würde sich auch nicht darüber freuen!«

»Weshalb nicht?«, erkundigte sich der Kapitän lächelnd.

»Nun – er ist so groß, und dann riecht er auch. Beinahe so wie Herrn Metzgers Eau de Cologne, das ich voriges Jahr zum Geburtstag bekam!«

»Den Fisch hättest auch nicht gekriegt!«, erklärte der neue Freund. »Das ist ein Haifisch, der mir beinahe mal den Kopp abgebissen hätte. Aber ich war klüger als er! Nun komm man in die Stube!«

Nach hinten lag ein kleines Zimmer, das wie eine Kajüte ausgestattet war. Alles sah sehr blank und sauber aus, und auf dem Tische lagen verschiedene Kästchen aus Strohgeflecht und Sandelholz. Von ihnen durfte ich mir eins aussuchen, und dann entfernte ich mich unter vielen Dankesbeteuerungen und dem Versprechen, den Kapitän bald wieder zu besuchen.

Auf diese Weise bestand ich mit Ehren an Heinz Behrens Geburtstag und konnte meine Schokolade mit dem erhebenden Bewusstsein trinken, etwas geschenkt zu haben, von dem niemand den Preis sagen konnte, wie dies sonst bei den von Herrn Metzger gekauften Sachen immer der Fall war.

Am anderen Tage begegnete mir der Propst.

»Nun,« redete er mich an, »weshalb hast du deinen Kasten nicht geholt? Er ist seit gestern fertig!«

»Dein Mädchen sagte, du machtest deine Predigt und ich dürfte dich nicht stören!«

Er lachte. »So schlimm war's nicht!«

Ich aber fuhr eifrig fort: »Herr Kapitän sagt auch, an deiner Predigt könne nicht viel Arbeit sein, weil du nur Bibelsprüche aufsagest – und den Kasten verwahre mir nur, bis ein neuer Geburtstag kommt!«

»Wer ist der Herr Kapitän?«, fragte der gute Propst, der etwas rot geworden war. »Ach, kennst du den nicht? Er heißt Friedrich Franz Weber und hat einen ausgestopften Haifisch von der Decke hängen!«

»Es scheint kein besonders netter Mann zu sein!«, sagte der Propst ernsthaft. Du musst wirklich nicht mit jedem anbinden – ich werde einmal mit deinem Vater sprechen!«

Er ging, und ich begab mich nach Hause, ohne dass die Drohung des alten Herrn meine natürliche Heiterkeit beeinträchtigt hätte. Er hatte uns nämlich noch nie bei Papa verklagt, und ich wusste, dass er mir sicherlich bald einmal Äpfel schenken würde, was er immer tat, wenn er mich je etwas rau angefahren hatte.

»Ich weiß was Neues!«, sagte Jürgen, dem ich an der Tür unsers Hauses begegnete. »Etwas ganz Neues!«

»Was ist's?«, erkundigte ich mich neugierig.

»Hierher ist ein Mann gezogen, der hat einen großen, großen Haifisch im Zimmer! Ob er lebendig ist, weiß ich nicht – ich glaube es aber!«

»Er ist tot!«, sagte ich triumphierend, denn es begegnete mir nicht häufig, mehr zu wissen als die Brüder. »Er ist tot, und ich habe ihn selbst gesehen!«

»So?« Mein Bruder sah mich zweifelnd an. »Du hast ihn gesehen und hast mir kein Wort davon gesagt? Weißt du denn auch, was der Haifisch getan hat?«

Ich musste beschämt den Kopf schütteln.

»Er hat – ja, denke dir nur! – er hat dieses Mannes Frau aufgefressen! In einem einzigen Happen. Schwapp! Hat er gemacht – und da war die Frau weg! Und dann klappte er das Maul zu und schwamm weiter!«

»Aber nun hat er doch das Maul offen!«, sagte ich, atemlos vor Erregung.

»Nun ja, später ist ihm natürlich übel geworden. Eine ganze Frau liegt schwer im Magen, besonders wenn sie noch Kleider und seidne Mantillen oder so etwas anhat!«

»Vielleicht einen Pelzmantel oder einen Muff!« schaltete ich ein, und Jürgen sah mich ärgerlich an. Er mochte nicht unterbrochen werden, wenn er im Erzählen war.

Mit einem Muff ist sie wohl nicht im Wasser gewesen, wo es doch gewiss warm war. Die Haifische sind ja nur dort, wo –

»Gott o Gott, Kinners, wenn ihr noch mehr von so'n schreckliches Zeug snackt, denn beswiemel ich, und ihr müsst mich Wasser und Hoffmannstropfen holen!«

Das war Line, die also sprach, unser Kindermädchen, das heutzutage gewiss Kinderfräulein genannt werden würde, weil sie so hübsch war, wie wenigstens die Großen sagten; wir selbst sahen nichts Besonderes an ihren

dunkeln Augen und ihren roten Wangen. Sie saß mit
unserem Jüngsten vor der Tür und hatte unseren Worten mit großer Aufmerksamkeit zugehört. Manchmal
war sie sehr nett, und dann hatten wir sie gern; manchmal aber »predigte« sie, wie wir es nannten, und dann
konnten wir sie nicht leiden. Nun fing sie wieder an.
»Gott o Gott, wenn ihr man bloß still sein wolltet von so
was gräsiges! Wovor gibt es überhaupt Kinners, wenn
sie nich artig sein wollen! Als ich noch klein war – o was
bin ich da artig gewesen!« Wir hörten ihr ungerührt zu;
denn wenn Line anfing, ihren Redestrom über uns zu
ergießen, dann sagte sie immer eigentlich dasselbe, und
ihre Gedanken zeichneten sich nicht durch Neuheit aus.

»Nu bleibt man bei mich und verzählt mich ein büschen!« setzte sie hinzu, als Jürgen und ich Anstalt
machten, uns zu entfernen. »Sitzt die Frau da noch im
Haifisch und hängt vom Boden herab? O du mein Heiland, wie einmal schrecklich! Und den Mann, was sagt
den Mann dazu? Is das nich so'n hübschen kleinen dicken Mann, der hier mannichmal spazieren geht? Ja, was
nich allens passieren tut! Und Geld soll er auch haben,
einen ganzen Berg Geld! Nich?«

Ob Kapitän Weber Geld hatte, wussten wir nicht; der
Gedanke beschäftigte uns auch weniger als der, dass
seine Frau noch in dem Haifisch sitzen könnte. Wir gerieten hierüber sogar in eine fieberhafte Erregung, und
Linens Zureden, bei ihr zu bleiben, half nichts. Der
nächste Augenblick sah uns schon auf dem Wege zum
Norderende, und bald klopften wir an des Kapitäns Tür.
Sie war diesesmal verschlossen; er öffnete aber gleich
und begrüßte uns freundlich.

»Nun, meine Kinder, womit kann ich dienen?«

Wir sagten aber kein Wort, sondern starrten unverwandt den großen Fisch an.

»Nun?«, sagte er noch einmal, und ich fasste mir ein Herz.

»Sitzt sie noch drin?«, fragte ich halb verschämt. Der Kapitän sah mich verwundert an.

»Ich meine deine Frau!«, fuhr ich hastig fort. »Der Fisch hat sie ja aufgefressen!«

Herr Weber räusperte sich ein wenig und schob seine Zipfelmütze auf dem Kopfe hin und her.

»O was die Leute doch snaken! Und denn schicken sie so'n unschuldiges Kind zu mich, dass es mir ausfragen soll! Als wenn ich darüber sprechen möchte, was doch nicht angenehm is, an zu denken!«

»Hatte sie alles Zeug an, oder badete sie gerade?«, fragte nun auch Jürgen, und der Kapitän räusperte sich wieder.

»Du musst nicht so viel fragen, mein Kind!«, bemerkte er dann auf Hochdeutsch und in einem so ernsten Tone, dass wir uns unwillkürlich schämten. Aber er war gleich wieder freundlich. »Nu kommt man ein in die Stube, und ich schenk euch auch was!«

Mit einer Muschel, die sehr schön »kochte«, zogen wir dann wieder ab und warfen beim Gehen noch einen langen Blick auf den Haifisch. Es war doch schade, dass Friedrich Franz Weber nicht darüber sprechen wollte, wie seine Gemahlin aufgegessen worden, und ob sie dem Raubfisch gut bekommen war. Im Übrigen hatte er es eigentlich auch nicht nötig; denn wenn er selbst auch nicht darüber sprach, so sprachen andere Leute desto mehr. Bald wusste jedes Schulkind, ja fast jedes Wickelkind, dass Friedrich Franz Weber seine Frau auf eine sehr ungewöhnliche Weise verloren hätte, und dass er eigentlich bloß durch diese tote Frau auf die Insel gehörte. Er war nämlich aus Mecklenburg, und nur Frau Webers Wiege hatte in unserer Heimat gestanden. In welchem Dorfe oder ob in der Stadt – darüber gingen die Meinungen auseinander, und eigentlich war dies auch einerlei. Sie lebte ja nicht mehr, und die ganze Landschaft konnte sich gewissermaßen freuen, dass sie einmal in ihr geweilt hatte. Denn das passiert nicht jeder Gegend, dass ihre Einwohner vom Haifisch aufgefressen werden.

Eine Zeit lang sprachen wir Kinder viel über die Geschichte von dem Haifisch, besonders mit Line, die niemals genug davon hören konnte, obgleich sie jedes Mal vorher drohte, »beswiemeln« zu wollen, ohne es aber jemals zu tun.

»So'n netten Mann!«, sagte sie dann mit einem lauten Seufzen. »So'n furchtbar netten Mann und was is er hübsch! So dick und rund, grad wie ein kleinen Engel!«

Und dann dauerte es nicht allzu lange, dass unser Jüngster, der Lines Obhut anvertraut war und schon ziemlich gut sprechen konnte, auch seine Meinung äußerte. »Furchtbar netten Mann!«, sagte er eines Tages, als Line wieder von Herrn Weber sprach; und dabei lutschte er an einem riesigen Stück Gerstenzucker, was wir ihm natürlich wegnahmen, denn es war nicht gut für ihn. Er schrie in allen Tönen, tröstete sich aber bald.

»Morgen netten Mann mich Zucker geben. Line Kuss!«

Die letzten Worte wiederholte er wohl zehnmal und lachte dabei so schelmisch, dass Line dunkelrot und wir sehr aufmerksam wurden. Das Kindermädchen schalt. Zuerst auf unseren unschuldigen Jüngsten, was wir sehr übel nahmen, und dann auf uns, was uns kalt ließ, und dann vergaßen wir Herrn Weber und seine Frau über einer neuen Sorge.

Wir hatten wieder eine Einladung zum Geburtstag erhalten, und nicht allein Großvater war verreist, sondern auch unsere Eltern hatten die Insel verlassen, um einen kurzen Ausflug zu machen. Was sollten wir schenken, und aus wessen Mitteln wollten wir die Gabe bezahlen? Da war guter Rat teuer, denn das Geburtstagskind, Fritz Iwersen, hatte jedem von uns eine Flasche mit »Rükels«, wie er sagte, geschenkt, die wirklich recht gut roch. Wir wussten natürlich auch, was das Parfüm gekostet hatte, und dass es durchaus nicht billig gewesen war – da durften wir uns nicht lumpen lassen.

Schon dachten wir daran, bei Herrn Metzger »anschreiben« zu lassen, was wir eigentlich durchaus nicht durften, da fiel mir der Federkasten ein, den der Propst noch immer in Verwahrung hatte. Da er so schön und nun auch tadellos war, konnten Jürgen und ich ihn wohl zusammen schenken, besonders da Fritz Iwersen im Laufe der Einladung erwähnt hatte, dass er sich keine Papeterie und auch kein Eau de Cologne wünsche.

Der Federkasten war weder das eine noch das andere, und ich beschloss sofort, zum Propst zu gehen und mir das kostbare Geschenk zu holen. Es war dämmerig geworden, und ich lief eilig über den Kirchhof, um nach dem Garten der Propstei zu gelangen, der an einer Seite hart an den Friedhof stieß. Man brauchte nur von der Friedhofmauer an einer bestimmten Stelle hinunterzuspringen, dann befand man sich mitten im Garten. Wir benutzten diesen Weg meistens, und auch heute wollte ich ihn einschlagen, als ich gerade dort, wo die Mauer niedrig war, einen Mann und eine Frau erblickte, die sich starr ansahen und mich gar nicht bemerkten. Sie saßen eng aneinander geschmiegt, drückten sich die Hände, und manchmal küssten sie sich. Einen Augenblick betrachtete ich sie schweigend – dann besann ich mich, ob ich plötzlich vor sie springen und sie auf diese Weise zart erschrecken, oder ob ich lieber einen anderen Weg nehmen sollte. Ich wählte das letzte – nicht aus Zartgefühl, sondern weil ich die eben gesehene Neuigkeit sofort und ohne Störung ausposaunen wollte.

Der Propst war diesesmal sofort für mich zu sprechen. Er kam mir in seiner mit blauem Qualm angefüllten Studierstube sehr freundlich entgegen und fragte nach meinem Begehr. Ja, er hatte den Federkasten, musste ihn aber suchen, weil er ihn so gut verwahrt hatte, dass er sich seines Platzes nicht mehr entsann.

»Warten Sie einen Augenblick!«, sagte er zu einer Frau, die neben der Tür saß, und deren Anwesenheit ich erst jetzt bemerkte. Sie trug ein schwarz und weiß kariertes Umschlagetuch und schien geweint zu haben, wie ich aus ihrer häufigen Benutzung des Taschentuchs entnahm. Frauen, die weinten, saßen auch bei uns häufig; entweder im Hausflur oder bei unserem Vater. Sie blieben oft sehr lange, und wenn sie eine kleine Unterstützung oder sonst einen Trost erhielten, kamen sie manchmal alle Tage wieder. Deshalb nickte ich dieser Frau auch zu wie einer alten Bekannten, obgleich ich sie nie gesehen hatte, und dann platzte ich mit meiner Neuigkeit heraus.

»Denke dir, Herr Propst, Line küsst draußen auf dem Kirchhof einen Mann!«

»So?«, sagte der Propst. Er wühlte in einem Wandschrank und schien nicht so erschüttert von dieser Nachricht, wie ich es erwartet hatte. »Nun, dann will sie wohl heiraten. Kennst du den Mann?«

»Gewiss, Herr Propst! Es ist der Mann mit dem Haifisch. Du weißt doch, der Haifisch, der von der Decke hängt, und der seine Frau aufgefressen hat. Jürgen sagt, die Frau ist nicht mehr drin – ich aber meine –«

»Der Mann mit dem Haifisch?«, unterbrach mich der Propst. Ihm schien die Sache sehr gleichgültig zu sein; ich aber nahm ihm diese Geschmacksrichtung in meinem Eifer übel. Es tat mir zu leid, dass er die schönsten Geschichten unserer Stadt so schlecht kannte. »Nun ja«, sagte ich, »Herr Kapitän Weber ist doch der Mann mit dem Haifisch. Ein furchtbar netter Mann, der viel Geld hat und sonst auch sehr gut ist. Aber seine Frau ist von einem Haifisch aufgefressen worden, und zur Strafe dafür muss der Fisch immer hängen, und er selbst ist so allein. Ich meine, der Kapitän ist allein, der heute Abend die Line küsste, und ich glaube« – hier fiel mir manches andere wieder ein –, »er hat sie wohl schon oft geküsst!«

»Du mein Heiland!«, sagte die Frau in dem karierten Umschlagtuch; sie hielt ihr Taschentuch schon lange un-

benutzt in der Hand und hatte mir starr zugehört. »Du
großen Gott im Himmel!«, fuhr sie fort, und dann stand
sie auf. »Sehen Sie, Herr Propst, hab ich es Sie nich gesagt? So is er nu! Das nennt er nu den Ehestand, wo er
hier auf die Insel andre Fruensminschen küsst und mir
ganz allein in Altona in die Kleine Brauerstraße sitzen
lässt! Und denn verzählt er noch schenierliche Dinge
von mich – dass ich von'n Haifisch aufgefressen bin, wo
ich doch in mein ganzes Leben anständig gewandelt habe und so'n Diert niemalen zu Gesicht gekriegt hab!
Nich mal in'n soologischen Garten in Hamburch, wo ich
an die billigen Tage woll gewesen bin. Hab ich es Sie
nicht gesagt, Herr Propst? So is er nu und spielt sich hier
aufn Witmann, wo er mir doch in die Kleine Brauerstraße in Altona wusste, wo ich hingezogen bin, als ich mir
so über ihm ärgerte!«

Sie hielt erschöpft inne, und der Propst seufzte mit dem
Seufzer dessen, der schon eine Stunde lang dasselbe
vernommen hat.

»Sie müssen nicht auf die Worte eines Kindes hören«,
bemerkte er jetzt. »Es kann alles ganz anders zusam-
menhängen, und die Geschichte mit dem Haifisch kenne
ich überhaupt nicht. Besinnen Sie sich, liebe Frau, und
kehren Sie nicht lieblos zu Ihrem Manne zurück, der
wohl seine Fehler hat, den Sie doch aber sehr bestrafen,
da Sie so lange von ihm fortblieben. Eheleute sollen Geduld miteinander haben!«

Die Frau antwortete nicht, sondern weinte bitterlich.
Der Propst aber drückte mir den Federkasten in die
Hand und schob mich sanft aus der Tür. Schweigend
ließ ich mir alles gefallen, denn mein einziges Bestreben

war, so schnell wie möglich nach Hause zu kommen. Atemlos stürzte ich in die Kinderstube, wo der jüngste von den großen Brüdern unterhalten wurde; denn Line war noch nicht erschienen, um ihn zu Bett zu bringen.

Hinter mir trat sie langsam ins Zimmer. Sie schien heiß zu sein, sah aber sonst aus wie immer; sie schalt uns alle der Reihe nach aus und sagte dann, wir sollten nur hinausgehen, der Kleine würde sonst so aufgeregt.

»Ich weiß was Neues!«, rief ich nun, und Line sah mich starr an.

»Is woll was Rechtes!«, meinte sie dann in einem Tone der Verachtung, der mich stets reizte.

»Ist auch was Rechtes!«, erwiderte ich trotzig. Kapitän Webers Frau sitzt gar nicht im Haifisch –«

»Als wenn ich das geglaubt hätte!«, unterbrach sie mich höhnisch. »Die alte Person liegt irgendwo in dem südländischen Ozean tot und begraben!«

»Sie wohnt in der Kleinen Brauerstraße in Altona und ist gar nicht tot!«, schrie ich triumphierend; »und heute ist sie beim Propst, und als ich sagte, dass du und der Kapitän euch eben immerlos geküsst habt –«

Weiter kam ich nicht, da Line, die viele Kräfte hatte, nicht allein mich, sondern auch die Brüder aus der Tür warf, wobei es viel Geschrei und Gelächter gab. Denn eine kleine Prügelei war doch immer das Allerschönste im Leben.

Aber am nächsten Tage liefen wir doch alle nach dem Norderende zum Häuschen des Kapitäns. Er sah gar nicht aus der Tür, und als wir sie vorsichtig aufklinkten, erschien auch nicht seine dicke kleine Gestalt, sondern die lange magere einer Frau, die uns wenig freundlich betrachtete. Als sie nach unserem Begehr fragte, murmelte Jürgen, dass er sich nach dem Befinden erkundigen sollte. Ihm fiel gerade ein, dass wir mit dieser Frage öfters dorthin, wo Kranke lagen, geschickt wurden. Frau Weber machte aber ein sehr saures Gesicht.

»Vielen Dank for die Erkundigung, und sag man wieder, dass ich von keine Krankheit in diesen Haus wusste, und dass du nich wieder zu kommen brauchst. Denn was mein Mann, der Kaptein Weber, is, der is gesund wie'n Fisch, und was ich, die Frau Kapteinin, bin, so hab ich woll jeden Tag Smerzen in'n Kopp und bei's Herz – das abers wird von Fragen nich besser!«

So zogen wir denn wieder ab, und auf der Geburtstagsfeier, die an diesem Tage erfolgte, machten wir aus, dass es doch sehr merkwürdige Menschen gäbe. Warum hatte der Kapitän gesagt, seine Frau wäre vom Haifisch gefressen worden, wenn sie in Altona lebte? Aber hatte er es denn gesagt? Darüber waren die Meinungen geteilt, und niemand konnte behaupten, diese Nachricht von ihm selbst erhalten zu haben.

Line war in dieser Zeit sehr schlechter Laune und wurde erst wieder vergnügt, als der Kommis beim Krämer sie jedes Mal durch uns grüßen und dann zum Ball einladen ließ.

Es dauerte eine längere Zeit, ehe wir den Kapitän wieder sahen. Aus seiner Haustür schaute er nicht mehr, und von seiner rotkarierten Zipfelmütze war erst recht nichts mehr zu erblicken. Als ich ihm eines Tages begegnete, war der erste Schnee gefallen, und er trippelte vorsichtig darin herum. Ich sagte ihm freundlich Guten Tag; er nickte halb zerstreut.

»Nun Kind, machst du noch immer so viel Geburtstagsgeschenke?«

In dieser Zeit seien keine Geburtstage, versicherte ich ihm, und er lachte ein wenig.

»Geburtstage sind jetzt doch auch – morgen ist der Geburtstag meiner Frau.« Er seufzte.

»Trinkt ihr da Schokolade?«, erkundigte ich mich; aber er schüttelte den Kopf. »Sie is ein von die Strengen – so was mach sie nich – ich hab sie gar nicht gratteliert in die letzten Jahre –«

»Sie war ja auch in der Kleinen Brauerstraße, und du –«

Er ging vorsichtig neben mir her, während ich versuchte, einige Schneebälle zu machen.

»Ja ja, das war ja ein büschen was zwischen uns gekommen«, murmelte er. »Sie is ein von die Strengen – ich bin gar nich strenge –, abers sie sorgt gut for mir und kocht gut und is sparsam und liest mich auch was vor, wo meine Augens swach sind – Itzehoer Nachrichten, wo so viel Geschichtens ein stehn, aber grattelieren tu ich sie doch nich – da schenier ich mir. Von Geburtstag und so was is bei uns gar nich mehr die Rede. Schon lange nich. Sie mag mir ja eigentlich nich leiden, weil ich ja mannichmal ein büschen leicht war« – er hustete. »Aber ich mein es nich böse, und wenn ich gewusst hatt, dass sie auch so nett sein konnte – aber dazumalen in Altna, als wir uns verzürnten, da war sie grässlich, ganz grässlich, bloß weil dass ich« – er räusperte sich wieder.

»Ja, da sagt meine Frau zu mich, sie wollt nix nich mehr mit mich zu tun haben, und sie blieb in die Kleine Brauerstraße in Altna, und ich könnt gehn, wo ich hin wollt. Na, da wurd ich denn auch doll; denn Mann bleibt Mann, und in die Bibel steht: Er soll dein Herr sein! Was ich in meinen ganzen irdischen Leben noch nich bemerkt hab, dass so was wahr is. Abers stehn tut es doch ins erste Buch Moses, und da bin ich denn darum auch nich in Altna geblieben und bin hierher gegangen mit all mein Sachens, und wenn die Leute sagten, mein Frau war tot, dann hab ich kein Wort dawider gesprochen!«

Er schwieg und zog das bunte Taschentuch mit dem Untergang »Christians des Achten« hervor. Zu meiner Verwunderung bemerkte ich, dass er sich die Augen trocknete. Da ich aber gerade mit Mühe und Not einen sehr schmutzigen Schneeball zusammengeklebt hatte, konnte ich nicht weiter darüber nachdenken.

»Nu is sie denn hierher gekommen, und zuerstens war es ja nicht weiter schön, weil dass sie mir so auslümmelte und mich kein gutes Wort gab; abers mit die Zeit is sie gemütlicher geworden. Und neulich hat sie an ihre Tante ein Brief geschrieben, wo ich einkuckte, als sie nich in die Stube war, und da schrieb sie ein, dass sie in Altna ümmer Sehnsucht nach mich gehabt hätt, und dass sie nu anfing einzusehen, dass ich doch kein slechten Kurakter hatt!«

Der Kapitän putzte sich lange die Nase, ehe er fortfuhr zu reden, und in dieser Zeit fiel mein Schneeball wieder auseinander. Das war sehr ärgerlich, und ich klagte laut; Herr Weber achtete aber gar nicht auf meinen Schmerz.

»Nu mocht ich sie woll ein büschen zum Geburtstag, schenken und sie auch grattelieren, bloß, dass ich das partuh nicht anfangen kann!«

Während ich mich bis dahin gelangweilt hatte, machte mich das Wort »Geburtstag« wieder sehr aufmerksam. »Natürlich musst du ihr gratulieren!« sagte ich mit Bestimmtheit. »Bei den Erwachsenen fängt das Gratulieren um zwölf Uhr mittags an. Da kommen alle – der Bürgermeister und der Propst, der Amtsverwalter und der Zollverwalter und alle mit ihren Frauen. Die Damen kriegen Schokolade und Kuchen und die Herren Pasteten und Wein. Um drei Uhr ist es zu Ende. Das ist der Geburtstag für die Erwachsenen,« setzte ich hinzu, als ich bemerkte, wie aufmerksam Friedrich Franz Weber mir zuhörte, »oder willst du einen Kindergeburtstag feiern? Der fängt um vier Uhr an, und –«

Der Kapitän unterbrach mich: »Nein, mein Kind; das lass man!« Er fing wieder an, Hochdeutsch zu sprechen. »Aber ich will dir etwas sagen. Komm du morgen und gratuliere meiner Frau; wenn du Zeit hast, denn wir sind immer zu Hause! Sie wird sich freuen, dass ein Mensch ihren Geburtstag weiß.«

»Muss ich ihr dann nicht etwas schenken?«, fragte ich bedenklich, und Weber blieb stehn.

»Ich weiß was! Ich kauf dich heute ein Pfund Schokolade, oder wie das alte Kram heißt, und du schenkst sie das denn morgen! Denn hat sie ein klein Spaß, und vielleicht dass wir dir denn später einladen!«

Dieser letzte Satz verfehlte nicht seine Wirkung. Im Grunde genommen hatte ich eigentlich wenig Lust, Frau

Weber zu gratulieren – sie war doch unfreundlich gegen mich gewesen. Aber mit einem Pfund Schokolade in der Hand sah die Sache schon anders aus, besonders wenn in der Ferne die Aussicht winkte, diese Gabe auch selbst mit vertilgen zu dürfen. So ließ ich mich denn willig zu dem Kaufmann geleiten, dessen Schokolade ich mit warmem Herzen empfehlen konnte, und erschien am nächsten Tage vor der Haustür des Kapitäns.

Jürgen war natürlich mit. Ich wüsste mich keiner besonderen Gelegenheit zu erinnern, wo Jürgen mich nicht begleitet, und wo er nicht teil an meinen Erlebnissen gehabt hätte. Manchmal nahm ich mir allerdings vor, ihm von diesen oder jenen Dingen nichts zu sagen; meine Vorsätze dauerten aber selten länger als eine Stunde. Deshalb war es auch ganz natürlich, dass Jürgen an diesem Tage mit vor Frau Weber erschien, die nur die halbe Haustür öffnete und ihre Arme fest auf die untere Hälfte legte.

»Nu, Kinners«, sagte sie scharf, »was wollt ihr denn bei mich? Zu sehen is da nix mehr! Der Haifisch häng auch nich mehr hier, weil dass er so furchtbar stank, was kein Christenmensch aushalten könnt. Ich hab ihm im Garten eingegraben, vielleicht dass da nächstes Jahr ordentlich Sellerie und Suppenkraut auswächst. Nu, was kuckt ihr mir noch an?«

»Wir wollten dir gratulieren, Frau Weber!«, sagte ich nun feierlich. »Heute ist ja dein Geburtstag, und ich bringe dir ein Geschenk! – Wir sollen etwas davon ab haben!« setzte ich hastig zu, als Frau Weber mir das Paket ohne Weiteres aus der Hand nahm und die untere Haustür doch noch nicht öffnete.

»Mein Geburtstag?«, fragte sie misstrauisch, und dann roch sie an dem Paket. »Was wisst ihr davon? Steht das bei euch im Schornstein, wann ich geboren bin, oders« – und hier wurde ihre Stimme drohend, »weiß Line, das hässliche alte Ding, das vielleicht?«

Nun aber wurde ich beleidigt.

»Frau Weber, dein Mann hat mir das von deinem Geburtstag gesagt, und Line weiß gar nichts davon. Nicht das Allergeringste. Und hässlich ist sie auch nicht; der Kommis bei Ohrt hat noch neulich gesagt, sie wäre hübsch, und ich sollte sie vielmals grüßen, was ich gleich getan habe. Und die Schokolade hat der Kapitän gestern gekauft – beste Sorte; vier Mark das Pfund. Er mochte es dir nicht geben – ich weiß nicht warum, aber er mochte nicht!«

»Ein Geschenk von mein Mann? Und er dachte an mein Geburtstag?« Die untere Haustür ging plötzlich wie von selbst auf, und wir standen auf dem kleinen Flur, der nicht mehr so komisch roch wie ehemals.

»Ja, er sagte, du wärest eigentlich ganz nett, und du läsest so gut vor, aber er möchte es nicht sagen!« berichtigte ich, und Jürgen nickte fortgesetzt mit dem Kopfe, als ob er alles gehört hatte, was der Kapitän mit mir gesprochen hatte.

Das ärgerte mich etwas, wie jedermann begreifen wird; Frau Weber sah uns beide aber gar nicht an.

»Von mein Friedrich?«, sagte sie wie zweifelnd. »Wirklich? Hat er an mein Geburtstag gedacht und schenkt mich was? Oh, wie lange is es her, dass er mich was schenkte! Und nu denkt er an mein Geburtstag, wo keiner an dachte, all die langen Jahre!«

»Wir bekommen aber von der Schokolade etwas ab!«, rief ich noch einmal, und Jürgen sagte dasselbe, was mich wiederum ärgerte. Er wusste doch eigentlich gar nichts davon, und deshalb musste ich ihm einen derben Rippenstoß geben, den er mit überraschender Promptheit erwiderte. Vermutlich hatte er sich schon lange über mich geärgert, weil ich ganz allein die Unterhaltung führte. So kam es, dass wir uns ein wenig erzürnten und gar nicht merkten, dass Frau Weber plötzlich verschwunden war. Als sie wieder vor uns stand, wischte sie sich die Augen.

»Liebe Zeit, Kinners«, sagte sie, und ihre Stimme war viel milder geworden, »man keine Streiterei! Da kommt bloß was slimmes bei heraus, wo kein Mensch gut von hat! Und nun kommt ein in die Stube, damit ihr ein Sluck Wein kriegt, weil dass die Schokolade noch nich fertig is. Abers heute Nachmittag könnt ihr man wiederkommen!«

Als wir in die kleine saubere Stube traten, kam der Kapitän uns entgegen. Er räusperte sich mehrere Male und gebrauchte öfters das schöne bunte Taschentuch mit den Schiffsbildern; sonst aber war er ganz unverändert. Nur als seine Frau die kleinen Spitzgläser mit gelbem Wein gefüllt hatte, hob er sein Glas mit etwas zitternder Hand. »Mein klein Frau, mein Friederike soll leben, und noch viele Jahre! Nicht wahr, mein Nike? Und nach die Kleine Brauerstraße in Altna ziehst nich wieder, nich wahr?«

»Ganzen gewiss nich!«, sagte Frau Weber, während ihr
große Tränen über die Wangen rollten. Ganzen gewiss
nicht! Was Gott zusammengefügt hat, das soll der
Mensch nicht scheiden!« Und dann gaben sich die beiden Eheleute einen Kuss und saßen Hand in Hand und
so versunken nebeneinander, dass sie gar nicht merkten,
wie Jürgen sich noch einmal verstohlen einschenkte.
Denn er behauptete, er hätte zuerst kein volles Glas bekommen.

Als wir dann nach Hause gingen, war er sehr heiter
und sagte, »dass ein Geburtstag doch immer der schönste Tag im Jahre sei«.

Dagegen protestierte ich eifrig: schon aus Ärger, weil
ich das zweite Glas Wein nicht erhalten hatte, aber Frau
Weber hat später immer Jürgens Ansicht beigepflichtet.
Und sie musste es eigentlich wissen.

Um die Weihnachtszeit

Erwachsene Leute sprechen oft lange darüber, wie viel
sie um die Weihnachtszeit zu tun haben, und bedenken
gar nicht, dass die Kinder noch sehr viel mehr Arbeit
und Nachdenken zum Feste nötig haben als die Großen.
Sie haben sich erstens so viel zu wünschen und dann
auch noch darüber nachzugrübeln, wozu sie alles, was
sie haben möchten, nachher verwenden können.

Große Leute wünschen ja nicht halb soviel wie die
Kinder. Ihnen gehen eben nicht alle Wünsche in Erfüllung, und weil sie dies wissen, wünschen sie sich
manchmal gar nichts mehr. Dies aber kann kein Mensch

ändern, und jedenfalls wird es kein Kind hindern, sich jeden Tag vor Weihnachten mehr zu wünschen.

So machten es auch mein Bruder Jürgen und ich, wenn wir dem Weihnachtsfeste entgegensahen; und wir lächelten mitleidig, wenn uns andere Ansichten entgegentraten.

»Kinder müssen immer bescheiden sein!«, sagte eine von unseren Tanten. Sie hielt es für ihre Pflicht, uns tagtäglich zu erziehen, während wir die Notwendigkeit dieser Erziehung nicht einsehen konnten. Wenn sie ihre Weisheit von sich gab, dachten wir uns schnell noch einige Wünsche aus, und das Dokument, das wir mit dem bescheidenen Namen Wunschzettel belegten, vergrößerte sich alle Tage.

Vor dem Weihnachtsfeste, von dem ich jetzt erzählen will, bestand mein Wunschzettel aus verschiedenen zusammengestellten Papierbogen.

Zuerst hatte ich gar nicht so viele Wünsche, allmählich aber, bei eifrigem Nachdenken, kamen sie über mich, und wenn ich auch manchmal einen Gegenstand durchstrich, so traten an seine Stelle immer zwei andere.

Mein erster Wunsch, dessen Erfüllung mir sehr am Herzen lag, war ein lebendiges Lamm, das aber nicht größer werden dürfte. Leider sagte man mir, dass diese Bedingung schwer zu erfüllen sei: Aus Kindern würden Leute, und aus Lämmern Schafe. Nach langem Besinnen entschloss ich mich also, diesen Wunsch zu streichen und einen sprechenden Papagei an seine Stelle zu setzen. Ein mit uns Kindern sehr befreundeter Schiffskapitän besaß nämlich ein solches Tier. Es war grün von Farbe, konnte Deutsch und Spanisch sprechen, wie ein Hund bellen und wie eine Katze miauen.

Wir wussten genau, dass ein so begabter Vogel viel zu unserm irdischen Glück beitragen würde. Wir wollten ihm einen Käfig verschaffen, dann müsste er sich eine Papageiin suchen und viele Jungen bekommen, die wir dann verkaufen wollten. Auf diese Weise konnten mir mit großer Geschwindigkeit reich und wahrscheinlich auch berühmt werden. Denn eine Papageienfamilie von solcher Fruchtbarkeit, wie die unsere haben würde, hatte noch kein Mensch auf der ganzen Insel.

Bei dieser Sache war übrigens viel zu bedenken. Sollte der Käfig lackiert oder von Messing sein, und ging es an, dass alle kleinen Papageien »Lora« hießen, wie der große vom Kapitän? Diese Fragen verdienten, dass man ihnen ernstlich näher trat, und wir bedauerten sehr, nicht viel Zeit zum Nachdenken zu haben.

Wir hatten nämlich so viel mit unserem Weihnachtsliede zu tun! Nicht allein, dass wir es auswendig lernen und am Heiligen Abend unserem Vater hersagen mussten: Wir waren auch genötigt, das Lied abzuschreiben, und zwar so schön wie möglich. Der Bogen, auf dem geschrieben werden sollte, musste ausgezackt oder mit einem Kranze von Rosen oder Vergissmeinnicht verziert sein, und es war nicht immer leicht, sich in dieser Hinsicht zu entscheiden. Meistens tauschten wir den gewählten Briefbogen noch etliche Male um, ehe wir anfingen, auf ihm zu schreiben, und dann kamen fürchterliche Augenblicke. Denn wenn das Lied mit unendlicher Sorgfalt und vielem Gestöhn fast ganz abgeschrieben war, dann kam »ganz von selbst« auf der letzten Seite ein großer Tintenklecks.

Wenn man ihn zuerst erblickte, und sich die Haare auf dem Kopfe vor Entsetzen sträubten, dann war man fest davon überzeugt, niemals wieder im Leben froh werden zu können. Darauf leckte man den Klecks ab, radierte ihn energisch aus, und wenn nun der Vergissmeinnicht-bogen ein kugelrundes Loch mit schwärzlicher Umgebung zeigte, dann betaute man das ganze Werk mit vielen Tränen.

Nein, es ist keine Kleinigkeit, ein solches Weihnachtslied abzuschreiben, und wenn man außer dieser Arbeit auch noch Lernstunden hatte und seine Teilnahme dem Kuchenbacken in befreundeten Familien nicht entziehen durfte, so wird jeder begreifen, dass unsere Zeit vielfach in Anspruch genommen war. Am Morgen empfand man auch große Unruhe beim Erwachen. Die Gedanken überstürzten sich, und man konnte trotz dringender Wünsche erwachsener Zimmergenossen nicht wieder einschlafen. Zuerst dachte man natürlich an das Weihnachtslied und sagte es sich leise auf. Es ging dann immer so schön, viel besser als nachher vor einem Erwachsenen – aber sehr lange beschäftigte man sich auch nicht damit.

Um die Weihnachtszeit wurden in der ganzen Stadt Schweine geschlachtet, und zwar in der frühesten Morgenstunde. Aber so nötig die frischen Würste zum Weihnachtsfeste gehörten, die Schweine trugen doch nicht gern zur Weihnachtsfreude bei. Sie weckten die ganze Nachbarschaft mit ihrem unvernünftigen Geschrei auf und konnten es niemals über sich gewinnen, ihr Schicksal etwas freundlicher zu tragen. Nun – einmal wurden sie doch still, und wir hatten sie schon vergessen; es war ja bald Weihnachten.

Fünfmal werde ich noch wach,
Heissa! dann ists Weihnachtstag!

Das Verschen wurde begonnen, als wir noch vierundzwanzig mal wach werden sollten: Nun waren wir schon bis zur Zahl fünf gekommen, obgleich wir am ersten Dezember dachten, wir würden das Weihnachtsfest nicht mehr erleben, so lange, lange schien es noch hin. Nun kam es uns doch so vor, als könnte es möglich sein, noch fünf Tage weiter zu leben.

Dann aber! – Ach, es war kaum auszudenken, was dann kommen sollte! Wir drückten den Kopf in die Kissen und wollten so gern wieder einschlafen, da so die Zeit schneller ginge. Aber es ging nicht, und wir trösteten uns mit dem Vorsatze, heute Abend recht früh zu Bette gehen zu wollen.

Es war also noch etliche Tage vor Weihnachten, und unser Wunschdokument befand sich schon in den Händen der glücklichen Anverwandten, als Jürgen und ich eines späten Nachmittags auf der Straße waren.

Irgendein Kind unserer Freundschaft hatte die Dummheit begangen, eben vor Weihnachten Geburtstag zu feiern, und wir mussten natürlich dabei helfen. Jetzt gingen wir nach Hause und sprachen bedauernd von dem unglücklichen Geburtstagskinde, das gar nichts geschenkt bekommen hatte außer Schokolade und Kuchen, weil Weihnachten so nahe war, und dann lobten wir uns, weil wir unsere Geburtstage viel klüger eingerichtet hatten. Unser Städtchen rühmte sich keiner Beleuchtung; daher waren die Straßen sehr dunkel, und wir gingen sehr eilig: nicht dass wir bange gewesen wären – Gott bewahre! Aber wir hatten uns angefasst und sahen weder nach rechts noch nach links – bis wir plötzlich stehen blieben und vor Angst zitterten. Aus der Ferne erklang dumpfes Brummen, von eintönigem Gesang begleitet.

Was war das? Einen Augenblick dachte ich an alle Gespenster, die in unserer Stadt umgehen sollten – dann lachte Jürgen plötzlich.

»Da ziehen die Rummeltöpfe herum!«, rief er, und darauf zog er mich mit sich fort, dem Geräusch entgegen. An der Straßenecke beim Bäcker stand eine Knabenschar. Ihre Gesichter waren in der Dunkelheit nicht zu unterscheiden; sie hatten aber für den Fall, dass etwa aus einer geöffneten Haustür ein Lichtstrahl auf sie hätte fallen können, auch dadurch noch einer Erkennung vorgebeugt, dass sie ihre Köpfe mit Tüchern und sonderbaren Hüten unkenntlich gemacht hatten. Jeder von ihnen trug einen länglichen Tonkrug, dessen obere Öffnung mit festem Leder verklebt war. In der Mitte dieses Leders war ein gewachstes oder mit Pech bestrichenes Rohrstöckchen angebracht, das mit großer Geschwindigkeit auf und nieder gezogen wurde und ein dumpfes, zugleich aber sehr durchdringendes Geräusch hervorbrachte.

Zu diesem »Rummeln« sangen sie:

> Annlischen, mak de Dören apen
> Und lat den Rummelpott in!

Und wenn de Schipper vun Holland kümmt,
Denn hett he goden Sinn!
Schipper wullt du wiken,
Bootsmann wullt du striken, [13]
Treck de Segel op und dal,
Und gif mi wat in'n Rummelpott;
En, twe, dre, veer –
Und wennt ok en halmen Daler wer!

Alle Jungen hatten mit lauter Stimme gesungen, ohne sich vom Fleck zu rühren, und dabei rummelten sie so eifrig, dass es großartig anzuhören war. Als sie das Lied zu Ende gesungen hatten, stürzten sie wie auf Kommando in den Hausflur des Bäckers, um gleich darauf mit wildem Geschrei zurückzulaufen. Die Bäckerfrau schien keine Lust zu haben, ihren Wünschen nach einem halwen Daler zu entsprechen. Sie musste schon hinter der Tür gestanden und auf die Eindringlinge gewartet haben, denn mit einem großen nassen Besen fuhr sie den Sängern ins Gesicht, und dabei schimpfte sie mit einer solchen Geläufigkeit, dass sie selbstverständlich einen glänzenden Sieg davontrug. Nach einer Minute befanden sich alle Rummeltopfbesitzer prustend und lachend in wilder Flucht auf der Straße, wahrend die Bäckerfrau siegreich auf der Schwelle ihres Hauses stand und noch lange hinter ihnen her drohte und schalt.

Jürgen und ich hatten uns den Rummlern angeschlossen; nicht allein, weil es uns wundervoll erschien, hin-

---

[13] Beide Ausdrücke sind etwas unverständlich, werden aber noch heute so gesungen. Das Lied stammt vermutlich aus dem achtzehnten Jahrhundert, zu der Zeit, wo die kleinen Ostseeinseln eifrig mit Holland handelten.

ausgeworfen und ausgescholten zu werden, sondern weil uns auch einige Gesellen in der lustigen Gesellschaft sehr vertraut vorkamen. Wir hatten ältere Brüder und glaubten ihre Stimmen und auch einen alten Hut von Papa erkannt zu haben. Wo aber der Hut unseres Vaters war, da durften auch wir sein.

Die Rummler hatten sich durch die aufgeregte Bäckerfrau nicht abhalten lassen, einige Häuser weiter ihren Gesang wieder zu beginnen. Dieses Mal öffnete sich bald ein Fenster, ein Mann begann mit ihnen eine scherzhafte Unterhaltung, fragte, ob sie auch nötig hätten zu betteln, und reichte ihnen schließlich Gebäck und kleine Münze. Beides nahm ein Junge in Empfang, der einen großen Korb trug, und dann ging es weiter.

Jürgen und ich waren nun schon so angenehm angeregt, dass wir zum dritten Mal laut mitsangen, aber diese offene Fröhlichkeit gereichte uns zum Verderben.

Jemand – seinen Namen will ich rücksichtsvoll verschweigen – trat zu uns und schickte uns mit so viel Drohungen, begleitet von sehr eindrucksvollen Püffen, nach Haus, dass wir eiligst entflohen.

»Ich will ihn verklagen!«, schluchzte ich. »Er hat mich in den Arm gekniffen, und er darf doch gewiss nicht rummeln! Bürgermeisters Christian habe ich auch erkannt!«

Der Kummer, dass wir an den Freuden des Rummeltopfes nicht teilnehmen konnten, überwältigte uns eine Zeit lang. Dann kam Jürgen auf einen guten Gedanken.

Wir wollen jeder auch einen Rummeltopf haben und ganz allein damit herumgehen! Davon brauchen wir keinem Menschen etwas zu sagen!

»Wenn die Leute uns nun nichts geben, und wenn sie uns erkennen?«, fragte ich zaghaft; aber mein Bruder lachte.

»Natürlich werden sie uns etwas geben, und erkennen sollen sie uns auch nicht. Wenn ich Großvaters alten Dreimaster aufsetze, der oben auf dem Boden liegt, dann sieht niemand, wer darunter steckt. Du weißt, das ist der Hut, den Großvater in der Hand halten musste, als er in Plön zum König befohlen war. Als er nachher sitzen durfte und das Ding zwischen den Knien hielt, weil er sonst keinen Platz dafür hatte, da kamen die Diener und brachten etwas zu essen. Und Großvater schüttete aus Versehen Heringssalat in seinen Hut, weil er meinte, es sei ein Teller. Deshalb trägt er den Dreimaster nicht mehr, ich kann ihn aber gut gebrauchen!«

Jürgens Vorschlag gefiel mir sehr gut, und da auf Großvaters Boden noch allerhand vakante Kopfbedeckungen umherhingen, so war in dieser Beziehung auch für mich gesorgt.

Viermal werden wir noch wach! Mit diesem Gedanken erwachte ich am nächsten Morgen; als ich mir aber mein Weihnachtslied aufsagen wollte, da summte es mir in den Ohren:

> Annlischen, mak de Dören apen
> Und lat den Rummelpott in!

Ich musste, ich musste einen Rummeltopf haben; er erschien mir nötiger als der grüne Papagei mit seiner ganzen Nachkommenschaft, und ich versuchte also gleich, mir ihn zu verschaffen. Großvaters Kutscher Hinrich hatte Verständnis für die Notwendigkeit dieses Besitzes; es dauerte denn auch nicht lange, und Jürgen und ich drückten jeder einen Rummeltopf an unser Herz. Dieser Besitz machte uns nicht wenig froh, und bald hatten wir mit unserem Gesang und dem begleitenden Gerummel mehrere Erwachsene in eine so leidenschaftliche Erregung gebracht, dass sie sogar die Drohung ausstießen, uns zum Weihnachten nichts schenken zu wollen.

Da war es denn besser, die freie Natur aufzusuchen, um dann, nachdem es dämmrig geworden wäre, den ersten Straßenrundgang anzutreten. Leider geht nun nicht alles, wie man will. Gerade als Jürgen Großvaters Dreimaster gefunden und auch ich eine köstliche Mütze erwischt hatte, kam Besuch, der Jürgen zu sehen wünschte. Es war eine Tante, die ihm immer etwas mitbrachte, und in der Aussicht auf eine wohlschmeckende Gabe verschwand er mit seinem Rummeltopf und ließ mich im Stich. Er sagte allerdings, ich sollte auf ihn warten – mein Lebtag habe ich aber nicht warten mögen, und so beschloss ich, allein mit meinem Rummeltopf auszugehen.

Wenn wir ins Freie wollten, gingen wir eigentlich immer zuerst auf den Kirchhof. Er lag mitten in der Stadt, und über ihn führte uns immer unser Weg, wenn wir vom Elternhause zu unserem Großvater gingen. Im Sommer saßen wir unter seinen großen Linden und machten Ketten aus den langen Stängeln des Löwenzahns, und mit dem Totengräber verband uns zu allen Jahreszeiten eine innige Freundschaft. Dieser hieß Kelling, und wenn wir gerade nichts Besseres anzufangen wussten, dann besuchten wir ihn und sahen zu, wie er ein Grab grub oder in Ordnung brachte. Auch heute beschloss ich, ihm meinen Rummeltopf zu zeigen und ihm »Annlischen« vorzusingen, das ich viel schneller gelernt hatte als mein Weihnachtslied.

Vergnügt vor mich hinsummend, lief ich über den breiten Kirchhofweg, als ich einen Jungen erblickte, der auf einem alten Grabsteine saß. Er hatte beide Hände vors Gesicht gelegt und weinte. Nicht laut und mit Geheul, sondern leise und von Herzen. Seine Kleidung bestand eigentlich nur aus Lumpen, und er war außergewöhnlich schmutzig. Ich stand still und betrachtete ihn nachdenklich, während ich mich zugleich sehr wunderte. Denn wer konnte in dieser Zeit so traurig sein, wo man doch nur viermal noch wach zu werden brauchte, um Weihnachten zu erleben? Unwillkürlich fing ich an zu rummeln und mit halblauter Stimme zu singen:

Annlischen, mak de Dören apen
Und lat den Rummelpott in!

Der Junge hatte die Hände vom Gesicht genommen. Mit großen, tränenschimmernden Augen sah er zu mir auf, und als ich nun fortfuhr:

Und wenn de Schipper von Holland kummt –

Da lachte er.

»Was lachst du?«, fragte ich, misstrauisch die blanken Tropfen betrachtend, die auf seinen schmutzigen Wangen helle Straßen gezogen hatten.

»Ich lach, weil du es nich kannst,« lautete die Antwort. »Du kannst nicht rummeln! - Deerns können so was überhaupt nich!« setzte er verächtlich hinzu.

Ich war immer gekränkt, wenn mich jemand an die betrübende Tatsache, dass ich kein Junge sei, erinnerte, und mein Mitleid mit dem weinenden Knaben schwand dahin.

»Du bist ein komischer Junge!«, sagte ich. »Erst weinst du, und dann lachst du. - Worüber hast du denn geweint? Übermorgen und dann noch ein Tag, dann ist Weihnachtsabend!«

»Weihnachtsabend -« er sprach mir das hochdeutsche Wort nach, dann nickte er. »Ja - der Schulmeister sagt auch so was!«

»Nun, ist denn das nichts Schönes?«, rief ich eifrig. »Da bekommst du etwas geschenkt von deiner Mutter!«

»Ich hab keine Mutter!«

»Oder von deinem Vater -«

»Ich hab kein Vater!«

»Du hast keinen Vater und keine Mutter?« Ich musste mir den Jungen daraufhin noch einmal ansehen. »Hast du denn deswegen geweint?«

»Nee -«, sagte er; »da hab ich mir all lang angewöhnt. Weinen tat ich, weil ich kein Rummelpott hab' und all die andern Jungens rummeln, und ich - und ich -« er fuhr sich mit beiden Händen in die Augen, und von Neuem begannen seine Tränen zu fließen.

Ich aber sah ihn hilflos an, während ich meinen eigenen geliebten Rummeltopf fest an mich drückte, und zugleich eine bange Ahnung mein Herz beschlich.

»Ich will flink nach Hause gehen«, sagte ich hastig; aber schon stand der Junge neben mir.

»Leih mich dein Rummelpott! Kannst ja doch nix mit das Ding anfangen! Soll ich dich mal das Rummeln zeigen? So musst du den Stock anfassen und dann rummeln, dass es knarrt!«

Er hatte mir den Rummeltopf aus der Hand genommen, und während er mit ihm einen wahrhaften Höllenlärm machte, sang er dazu mit rauer Stimme:

Annlischen, mak de Dören apen
Und lat den Rummelpott in!

Ehe aber der Schiffer von Holland kam, war der Sänger mit lautem Hohngelächter über den Kirchhof gelaufen und samt meinem Rummeltopf verschwunden.

Einige Minuten war ich sprachlos über das mir Widerfahrene; dann fiel mir ein, dass trotz aller schlechten Menschen doch bald Weihnachten sei, und ich ging zu meinem Freunde Kelling. Der hatte gerade ein neues Grab zugeworfen und saß jetzt vespernd auf seinem Schiebkarren. Ich klagte ihm mein Leid, und er hörte mir mit gewohnter Teilnahme zu.

»Is die Möglichkeit! Hat der Franz dich deinen Rummelpott gestohlen! Nu seh doch einer an! Ja, das ist ein wilden Jung, der allens haben will! Ich kenne ihm ganz gut. Sein Vater is auf See geblieben, und was sein Mutter war, die hab ich all lang begraben. Swindsucht. Nu is er bei die Ohlsch; Tante Horn heißt sie auch!«

»Aber er bekommt doch etwas zum Weihnachten?«, fragte ich, und Kelling schnitt sich mit seinem großen Taschenmesser bedächtig ein Stück Brot ab. »Für Schenken is de Ohlsch nich«, meinte er, »und sie mag hellschen gern hauen!«

»Aber, Kelling, Weihnachten kann sie Franz doch nicht schlagen!«, rief ich entsetzt; der Alte aber wischte sich den Mund und meinte achselzuckend, einige Leute bekämen auch Weihnachten Prügel.

Dann stand er auf und schaufelte noch etwas an dem Grabe herum, während ich mich auf den Schubkarren setzte und seinem Tun in Nachdenken versunken zusah.

Viermal muss ich noch wach werden, überlegte ich mir – dann kommt Weihnachtsabend. Die Lichter an den großen Bäumen werden angezündet, die Klingel ertönt, und wir dürfen in den Saal kommen. Dann liest Papa mit seiner tiefen, ruhigen Stimme das Weihnachtsevangelium vor, von der Jungfrau Maria, dem Jesuskinde und den Engeln, die da sangen: Friede auf Erden, und den Menschen ein Wohlgefallen.

Nach dem Lesen durften wir zu unseren Geschenken gehen, und wenn wir sie noch längst nicht genügend bewundert hatten, dann mussten wir unsere Lieder hersagen.

Ich blieb immer stecken, ich wusste es schon im Voraus, obgleich ich mir so viel Mühe gab – aber Papa half aus. Er hatte es im vorigen Jahre so geduldig getan; auch dieses Mal baute ich auf ihn. Er hatte mich auch nicht ausgelacht, wie die anderen es wohl taten, obgleich er wohl hätte böse werden können, wo es doch sein Weihnachtsgeschenk war, das ich ihm so schlecht und so stockend aufsagte. – Franz Horn hatte keinen Vater, der ihm half, wenn er etwas schlecht machte, keine Mutter, die ihm die Tränen trocknete – er bekam nichts zu Weihnachten, höchstens Schläge.

Es war ganz dämmerig geworden; die kahlen Linden rauschten über den Gräbern, und vom Kirchturm schlug es halb fünf. In der Ferne aber sang eine trotzige Stimme:

En, twe, dre, veer –
Und wennt ok en halmen Daler wer!

Am andern Morgen, bald nach Beendigung der Schulstunden, suchten Jürgen und ich Franz Horn. Er war nicht schwer zu finden. Vor einem der elendesten Häuser des ärmsten Stadtteils glitschte er auf einem eben zugefrorenen schmutzigen Rinnstein. Dabei hielt er die Trümmer meines Rummeltopfes in der Hand und pfiff ein Liedchen.

Wir waren noch unschlüssig, ob wir ihn für seinen gestrigen Raub zuerst gemeinsam durchprügeln und ihm dann die Aussicht auf eine Weihnachtsfreude machen sollten, als Franz diesen Zweifeln ohne Weiteres ein Ende machte. Er kam auf uns zu und hielt mir den zerbrochenen Topf vor die Augen.

»Das war ein slechten Rummelpott!«, sagte er geringschätzig. »Konnt auch nich das geringste vertragen! Als ich mir gestern Abend mit Fite Schulz prügelte, smiss ich ihn das Ding an'n Kopp, und das ging gleich twei! – So'n slechten Pott hab ich lang nich gesehen. Aber ich kauf mich heut einen neuen! Acht Bankschillings hab ich mich gestern rangerummelt und ein Berg Brot und Kuchen!«

Dieser großen Unbefangenheit gegenüber mussten wir uns nicht recht zu benehmen und fanden es also richtiger, von der Franz zugedachten Bestrafung zu schweigen. Wenn sobald Weihnachten ist, dann kann man doch überhaupt keinem Menschen lange böse sein. Deshalb bemerkte Jürgen wohlwollend, wenn Franz artig sein wollte, so schenkten wir ihm trotz seines gestrigen schlechten Betragens vielleicht etwas zum Weihnachten.

»Was denn?«, fragte der Junge. Er machte den Versuch die blau gefrorenen Hände in seine Hosentaschen zu stecken; er hatte aber keine.

»Ich schenke dir vielleicht eine Hose!«, sagte Jürgen. »Sie ist schwarz und weiß kariert und noch ganz fein!«

»Geht sie twei?«

»Ja, kaputt wird sie wohl einmal gehen – Hosen gehen leicht entzwei!« Und Jürgen seufzte. Er dachte wahrscheinlich an das Schicksal einer Sonntagshose, die nach dem Erklettern eines Baumes auf rätselhafte Weise zerrissen war, und die ihn dann in Unannehmlichkeiten mit Mama gebracht hatte.

»Ich will dir einen Kamm und Seife schenken!« schob ich großmütig ein. »Etwas Geld ist noch in meiner Sparbüchse, deshalb wollte Mama durchaus den Schlüssel haben. Wenn ich aber ordentlich schüttle und die Ritze

etwas größer mache, dann wild das Geld schon heraus-
fallen!«

Franz hatte uns aufmerksam zugehört. Jetzt spuckte er
durch die Zähne, wie die Schiffer taten.

»Eine Hose, die twei geht, will ich nich! Wenn da ein
Loch ein kommt, krieg ich bloß Prügel von die Ohlsch.
Da is mich mein alte lieber!«

»Abel Kamm und Seife –«, sagte ich ermahnenden Tones.

»Was soll ich mit so'n Kram?«

Er sah allerdings danach aus, als wenn er den Gebrauch von Kamm und Seife durchaus nicht zu schätzen
wisse, und wir mussten die Richtigkeit seiner Frage im
Stillen zugeben.

»Was wünschst du dir denn?«, fragten wir, und Franz
spuckte wieder aus.

»Ich wünsch, dass ich die Ohlsch, was mein Tante is,
mal tüchtig durchneien [14] kunnt.«

»Magst du sie denn nicht leiden?«

Er sah erstaunt aus.

»Oh – ich mag ihr wohl leiden, was sollte ich ihr nicht
leiden mögen? Aber ich ärgere mir, dass sie mir immer
prügelt, und ich ihr nie. Fite Schulz sagt, wenn ich groß
bin, denn is die Ohlsch alt und swach geworden, denn
kann ich ihr über – abers denn bin ich nich hier!«

»Wo bist du denn dann?«

---

[14] Durchprügeln.

»Wo ich bin? Natürlich auf See! Vater is auch auf See gefahren, und ich will auch Schipper werden! Bloß, dass es noch so lang hin ist!«

Er seufzte, hob den Kopf und sah den grauen Schneewolken nach, die vom Ostwind über unsere Insel gepeitscht wurden.

Nein, er wünschte sich gar nichts – höchstens einen Rummeltopf, der aber unter keinen Umständen entzweigehen durfte, und dann glitt er wieder auf dem gefrorenen Rinnstein entlang, pfiff schrill und ohne Melodie vor sich hin und kümmerte sich gar nicht mehr um uns. Nur als wir fortgingen, rief er uns mit einem gewissen Wohlwollen nach, dass er zu uns zum »Gratulieren« kommen wollte.

Am 23. Dezember begann das Fest der Gratulation. Unzählige alte Weiber, mit Riesenkörben an dem einen und Kindern auf dem andern Arme, wuchsen urplötzlich aus der Erde und gingen von Haus zu Haus. Woher sie alle kamen, ist mir noch heute ein Rätsel geblieben – aber sie waren da, standen in dicke Tücher gehüllt schweigend im Hausflur, und wenn man nach ihrem Begehr fragte, sagten sie, dass sie »man bloß to'n Wihnachten gratteleeren« wollten.

Ein großer Korb mit Weiß- und Rosinenbrot und eine Schale mit Kupfergeld stand schon für die Gratulanten bereit, und wir Kinder durften diese Gaben überreichen, was wir natürlich mit großem Vergnügen taten. Auch die Rummler wurden jetzt sehr dreist: sie standen nicht mehr vor, sondern in den Häusern und sangen ihr Lied auf den Vordielen. Zwischen ihnen und den gratulierenden Frauen herrschte aber, der Konkurrenz wegen, ein gespanntes Verhältnis, und wenn sich beide Teile in einem Hause begegneten, dann ging es nicht ohne Geschrei und lautes Schelten ab.

Als wir gerade einer sehr verhüllten und sehr verdrießlichen Frau ein Weißbrot und mehrere Geldstücke gegeben hatten, steckte Franz Korn den Kopf in die Haustür und brüllte:

Annlischen, mal de Dören apen!

»I, du vermaledeiten Slüngel! Willst mal nah Hus gahn!«, schrie die Alte, mit geballten Fäusten auf ihn losgehend.

Er aber schlüpfte unter ihren Armen durch und rettete sich zu uns auf die Treppe.

»Das is mein Ohlsch!«, bemerkte er mit vorstellender Handbewegung. »Sie is doll, weil dass sie nich genug kriegt! Nich, Tante? Abers sei man still – ich bring dich noch ein Weißbrot mit und Geld. Die Kinners hier, die geben mich noch was!«

Die Ohlsch schalt noch eine ganze Weile zu Franz herauf, ehe sie sich zum Fortgehen entschloss. Dass sie in ihren Ausdrücken nicht wählerisch war, hörten wir mit einem Gemisch von Freude und Grauen. Franz aber nickte zufrieden.

»Kann sie nich fein fluchen? Wie'n Schipper, ganz wie'n Schipper! Na, nu gebt mich man zwei Bröte und nich so knapp Bankschillinge, dass ich nach Hause kann!«

Er war, wie wir bemerkten, gar nicht bange vor seiner fluchenden Tante und lief nachher eilfertig hinter ihr her.

Am 24. Dezember bettelte es bei uns den ganzen Tag, und das Gratulieren zum Weihnachten nahm kein Ende. Am frühen Nachmittage schon kochte ein Topf mit Milchreis auf dem Herde, und unsere Köchin bereitete mit hochroten Wangen eine Art Schmalzgebäck, das bei uns »Pförtchen« hieß. Dann kamen die besitzlosen Hausfreunde mit Töpfen und Tellern und erhielten von allem ihr reichlich Teil.

Einige Auserwählte waren zum Essen in die Küche geladen worden, und auch für Franz Horn hatten wir eine Einladung erwirkt. Er sollte reingewaschen um fünf kommen und war schon um drei Uhr da. Sein Gesicht zeigte Spuren von Wasser und war schwarz und weiß gestreift: Auch trug er Jürgens karierte Hose, mit der er sich, obgleich sie »twei« ging, wegen ihrer Taschen ausgesöhnt hatte. Darauf fing er sogleich an, Milchreis und Pförtchen in solchen Mengen zu verspeisen, dass unsere Köchin beinahe weinte. Um vier kam dann die »Ohlsch«. Dieses Mal unverhüllt, glattgekämmt und mit einem Ausdruck stillen Friedens in den harten, früh gealterten Zügen.

Wir waren überrascht, denn unseres Wissens hatte sie kein Mensch eingeladen; Franz aber bemerkte mit vollen Backen kauend: »Ich hab ihr eingeladen, weil dass sie so gern kommen wollt. Sie is ja auch mein Tante und kann fluchen wie'n Schipperknecht!«

So löffelte die Ohlsch bald still und emsig und schien sich auf langes Bleiben eingerichtet zu haben.

Jedermann weiß, dass die Zeit am Weihnachtsabend vor der Bescherung entsetzlich langsam vergeht. Zuerst will es trotz der kurzen Tage gar nicht Abend werden, und wenn die Lampen angezündet sind, dann dauert es doch noch Ewigkeiten, ehe die köstliche Glocke erschallt. Jede Gelegenheit, die Zeit zu vertreiben, wird mit Freuden ergriffen, und deshalb saßen Jürgen und ich auch auf dem Küchentisch und suchten die nähere Bekanntschaft der Ohlsch zu machen.

Sie aß in Frieden, und unser unverwandtes Anstarren schien sie nicht zu stören. Als sie in sehr entschiedener Weise den dritten Teller Milchreis und das achte Pförtchen verlangte, da benutzten wir diese kleine Pause, um sie zu fragen, wo sie das Fluchen gelernt habe.

Sie sah uns nachdenklich an.

»Das Fluchen, Kinners? Ich fluch mein Dag nich!«

»Du fluchst nicht! Oh – gestern hörten wir es doch – und weshalb prügelst du Franz? Pass nur auf – wenn er groß ist, prügelt er dich!«

Die Ohlsch leckte behaglich die Finger ihrer linken Hand ab, die sie zum Essen benutzt hatte.

»Ich glaub nich, dass er mir prügeln wird, weil dass ich es bloß aus Liebe tue. Kinners müssen Släge haben, sonst werden sie nicht groß!«

»Aber du musst ihn nicht so viel schlagen und auch nicht so viel schelten!«

Die Alte zuckte die Achseln.

»Wir sind ein büschen heftig in unsre Familie – da denken wir uns nix bei. Abers – sie erhob ihre Stimme und sah sich mit blitzenden Augen um – »was is das hier für'n Wirtschaft? Köksch, wo bleibt mein Teller? Willst mir narren? Meinst, dass ich hier sitz für nix und wieder nix, und dass ich tothungern will, bei labendigem Leibe? Köksch! Wenn du mich nich flink was gibst, denn slag ich dich die Knochens in Leib twei!«

Sie gebrauchte noch einige sehr kräftige Redewendungen mehr und beruhigte sich erst, als wieder ein gefüllter Teller vor ihr stand, Franz aber sah mich mit strahlenden Augen an.

»Kann sie nich fein schelten? Ich sag, da kommt kein Mann gegen!«

Als unsere empörte Köchin mit lauter Stimme sagte, er solle nur nicht auch so »eklig« werden, lachte er verächtlich.

»Als wenn Weibers da was von verstehn!«

Wir hörten der weiteren Unterhaltung nicht mehr zu. Es hatte vom Kirchturm fünf geschlagen – nun musste es bald klingeln! Schon waren wir, um die fieberhafte Erregung auszutoben, treppauf und treppunter gelaufen, dann hatten wir unsere Weihnachtslieder aufgesagt, wobei ich zu meiner Bestürzung bemerkte, dass ich das von Jürgen besser konnte als mein eigenes – ein kleiner Streit war auch entstanden, weil jeder voranstehen wollte beim Hineingehen ins Zimmer, und dann – ja dann klingelte es wirklich!

Es war keine Täuschung – es klingelte, wir standen ganz still und sahen uns an – war es denn wirklich mög-

lich – durften wir das herrliche, einzige Weihnachtsfest
wirklich erleben?

Da wurden wir gerufen – es kam etwas Feierliches über
uns; scheu und langsam traten wir näher, und dann sahen wir die strahlenden Weihnachtsbäume.

Dies ist die Nacht, da uns erschienen des großen Gottes
Herrlichkeit.

Ja, dies war die Nacht, und wir, die wir diese irdische
Herrlichkeit sahen, dachten immer, sie könne nur über-
troffen werden von dem Tage, wo wir an die dunkeln
Pforten der Ewigkeit klopfen würden, und die Tür des
Himmels sich öffnen würde.

Als wir nun unter den Weihnachtsbäumen standen,
kehrte unsere Fassung wieder zurück, wenn wir auch
wie auf Rosenwolken gingen. Wir hörten das Weihnachtsevangelium, wir besahen unsere Geschenke, und
ich hatte den grünen Papagei so total vergessen, dass
seine Abwesenheit gar nicht von mir bemerkt wurde.

Mein Weihnachtslied ging sehr gut. Zweimal nur
wusste ich nicht weiter, und den dritten Vers überschlug
ich aus Versehen – aber ich war doch außerordentlich
mit mir zufrieden, denn es hätte viel schlimmer ausfal-
len können.

Plötzlich befand sich Franz Horn auch im Weihnachts-
zimmer. Wir hatten ihn gerade holen wollen, er war aber
schon ohne Aufforderung gekommen und auch ein
Zeuge unserer Deklamation gewesen.

»Du kannst dein Gesang man slecht«, sagte er zu mir.
»Hast dich ja woll gar keine Mühe bei gegeben!«

Ich war tief gekränkt – er aber steckte die Hände in die Taschen, und mit seinen strahlenden Augen unverwandt in die Lichter der Bäume blickend sagte er mein Weihnachtslied ohne jeden Anstoß auf und Jürgens Lied gleichfalls.

Ihn störte gar nichts – weder die ungewohnte, für sein Auge doch glänzende Umgebung, noch die fremden großen Leute, die um ihn herumstanden und ihn betrachteten. Als er geendet hatte, wandte er sich wieder zu Jürgen und zu mir.

Das hab ich in Schule gelernt und denn bei die Ohlsch aufgesagt. Sie kann die Dingers auch!

Unsere Geschenke erregten kaum seine Neugier, nur Kuchen ließ er sich gern schenken, und als sich plötzlich ein großer Rummeltopf für ihn fand, da jubelte er vor Vergnügen. Dann gingen die Ohlsch und er sehr einträchtig nach Hause, und die Prophezeiung der Köchin, dass Tante und Neffe in kurzer Zeit an den Folgen des Genusses einer schier unglaublichen Quantität von Milchreis und Pförtchen sterben würden, erfüllte sich nicht. Im Gegenteil, die Alte sah im Winter sehr frisch aus. Sie bewies unserem Hause ein dauerndes Wohlwollen dadurch, dass sie seit jenem Weihnachtsabend jede Woche einmal kam und sich Essen holte. Wenn sie nach ihrer Ansicht nicht genug bekam, schalt sie die Köchin so energisch aus, dass diese förmlich Angst vor ihr hatte.

Franz begleitete sie häufig, und wenn er sich auch manchmal noch dringend wünschte, seine Ohlsch durchprügeln zu können, so merkten wir doch, dass Neffe und Tante sich auf ihre Art sehr liebten. Der Junge wurde groß und stark – auch seine Wildheit nahm nicht ab. In der Weihnachtszeit bekam er immer einen Rummeltopf von uns, über den er sich mehr freute, als über den dabei geschenkten Anzug.

Als er eben dreizehn Jahre geworden war, war er in der Frühlingszeit ganz plötzlich verschwunden – er war, wie so viele unserer Insulaner, heimlich zur See gegangen, und zwar auf einem Schiffe, das nach England segelte.

Uns regte sein Fortgehen sehr auf. Die Ohlsch aber war sehr gleichmütig. »Er kommt all wieder«, sagte sie; »da hab ich kein Angst bei. Was sein Großvater war und sein Vater, die sind auch so weggelaufen. Das is so in die Familie. Sie kommen nach ein paar Jahrens wieder, und denn haben sie ein büschen von die Welt gesehen. Und denn wollt ich auch noch sagen, dass ich vergangen Woch gar kein Kartoffeln bei mein Essen gekriegt hab, bloß dicken Reis, was für'n labendigen Menschen nich genug is und nich wieder vorkommen darf!«

Franz kam nicht wieder, solange wir in der kleinen Stadt wohnten, und was aus ihm geworden war, wusste kein Mensch zu sagen.

»Er kommt all wieder!«, sagte die Ohlsch zuversichtlich auf unsere Fragen; allmählich aber fragten wir nicht mehr nach ihm.

Dann zogen die Eltern fort aus dem Städtchen, und als ich einmal um die Weihnachtszeit wieder durch seine Straßen ging, lag die Kinderzeit hinter mir, und vieles war anders, ganz anders geworden. Äußerlich sahen die kleinen Häuserreihen aus wie früher; als es anfing dunkel zu werden, hörte ich auch den Rummeltopf brummen, das alte Lied dazu singen und die Leute lachen und schelten. Gerade so wie ehemals, und doch kam ich mir fremd vor in den dunkelnden Straßen. Da kam mir eine gebückte Alte entgegen. Sie stützte sich auf einen dicken Stock und fluchte und seufzte abwechselnd über das kalte Wetter und die schlechten Zeiten.

Es war die Ohlsch, die mich auch sofort erkannte und in ihrer bekannten dringenden Weise eine Weihnachtsgabe verlangte. Ich befriedigte ihren Wunsch, und dann fragte ich nach Franz.

Da schüttelte sie den Kopf und stieß mit dem Stock in die harte Erde. »Das is ein ganzen Dösbaddel gewesen«, sagte sie finster; »ein furchtbaren Dösbaddel! Da hab ich einen slimmen Verdruss von gehabt!«

Sie humpelte neben mir her und brauchte allerlei Kraftworte, ehe sie weiter erzählte.

»So'n verdwarsen Bengel! Dass er nach England fuhr mit Schipper Swarz, da war ja nich im geringsten was bei! Das haben sein Großvater und Vater auch getan, und was in die Familie is, das is in die Familie. Abers, er kam von Engelland nich wieder. Heuerte auf'n Schiff nach Merika und lässt mich sagen, ich sollte mir man nich um ihm quälen, was ich auch nicht tue. Denn das Seefahren is in die Familie, und in Merika sind die beiden annern auch gewesen. Und von da geht er nach Schina, wo ich auch nix gegen hatt, wenn ich auch nich weiß, wo das alte Land liegt. Abers wo in so'n slimmen Sturm der Steurmann über Bord fällt – dass Franz das einfallen muss, ihn nachzuspringen, das nenn ich ein offenbaren Unsinn! Denn er könnt sich denken, dass bei so

was nix ordentliches herauskommt. So is es denn auch
gewesen. Als die andern Jungens mit'n Boot kommen,
kriegt Franz den Steurmann noch herein – denn abers
kommt so ne greuliche swarze Welle, und von mein
Jung is nix mehr zu sehen gewesen. Was mir nun nich
wundert, weil dass ich das Wasser auch kenne. – Der
Steurmann hat mich die Geschichte selbst auf engellisch
geschrieben, und Schipper Swarz übersetzte mich das.
Um Wihnachen is es auch gerade gewesen, und Franz
hatte sich gerade ein Rummelpott gemacht und wollte
die andre Mannschaft zeigen, wie man rummeln sollt.
Nu is das allens umsonst gewesen, bloß, weil er ein
dummen Jung war!«

Sie stand still und atmete schwer. Aus der Ferne klang
es lustig:

> Annlischen, mal de Dören apen
> Und lat den Rummelpott in!
> Und wenn de Schipper van Holland kümmt,
> Dann hett he goden Sinn!

»Ich kann das Singen nich mehr hören!«, sagte die Ohlsch. »Mein Jung, der verstand es besser – viel besser! –
Er hat oft gesagt, dass er mir durchneien wollt, wenn er
groß wär – hätt mir gern jeden Tag prügeln können,
wenn er man bloß wiedergekommen wär!«

> Schipper wullt du wiken,
> Bootsmann wullt du striken,
> Treck de Segel dal und op –
> Und giff mi wat in'n Rummelpott;

En, twe, dre, veer –
Und wennt ok en halmen Daler weer!

So sangen die frischen Stimmen, und die Lippen der alten Frau begannen zu zittern. Aber sie wollte nicht weinen – das war wohl nicht Brauch in ihrer Familie.

»Nu« – sagte sie halblaut vor sich hin – »vielleicht nimmt uns' Herrgott meinen Jung sein Dösigkeit nicht übel – nu is doch wohl auch Wihnachten in Himmel, und vielleicht darf er da ein büschen rummeln!« – –

Ich glaube es beinahe.

9 789925 001941